유다의 별 2

유다의 별 2

도진기 장편소설

황금가지

15

다음 날 아침 이유현은 심기일전, 울주경찰서에 다시 들렀다. 수배해 놓은 용접 전문가가 이미 나와서 기다리고 있었다. 땅딸막한 키에 서글서글한 인상의 중년 남자는 경찰에게 전문 지식을 과시해 보일 기회가 만족스러운 듯 여유롭게 투박한 손을 내밀어 이유현에게 악수를 청했다. 간편한 남방 차림에 도구 상자 하나 없는 빈손이었다.

"장비는 준비 안 해 오셨습니까?"

"컨테이너 용접부위 같은 건 그냥 보면 압니다. 이쪽 경력만 25년인데요."

전문가의 자신감을 믿을 수밖에 없다. 이유현과 전문가는 울주경찰서에서 내준 차량에 동승해 같이 컨테이너가 있는 장소로 향했다. 차가 들어갈 수 있는 길이지만 굳이 찾아 들어갈 용건이라고는 생각하기 어려운 외딴 곳이다. 여순철의 목숨을 삼킨 컨테이너는 환한 여름 아침의 햇살에 어울리지 않는 흉물이 되어 있었다. 이유현은 나란히 붙은 두 대의 컨테이너 중 여순철이 죽은 컨테이너 쪽을 가리키며 조사를 부탁했다. 전문가는 창틀로 다가가서 유심히 들여다보다가 손가락으로 쓰윽 문질러 보기도 하더니 금세 판단을 내린 듯 이유현에게로 고개를 돌렸다. 이유현은 너무 빨리 끝난 검사에 조바심과 불안감을 느끼며 물었다.

"어떻습니까? 새로 창을 용접해 붙인 흔적이 있죠?"

용접을 25년 했다는 남자는 무슨 소리를 하냐는 듯 무심하게 대답했다.

"아닌데요."

"예?"

"새로 용접한 거 아닙니다."

남자는 창틀의 접합 부위를 가리키며 말했다.

"녹도 슬었어요. 용접한 지 한 몇 년은 된 거 같은데."

"……새로 창틀을 때워 붙였어도 그새 녹이 슬 수 있지 않습니까? 비도 많이 맞았을 테고."

이유현이 미심쩍은 듯 말하자 전문가는 어처구니없다는 얼굴을 했다.

"용접 제대로 하면 그라인드, 페인트칠하고 마감제까지 뿌리거든요. 비 좀 맞았다고 그새 녹슬진 않죠."

"안 뿌리고 대충 했으면……."

전문가는 고개를 저었다.

"아뇨. 최근에 용접한 흔적 자체가 없어요. 그러고 용접을 떠나서도요, 여기 페인트칠 보세요. 오래된 페인트칠이 그대로 남아 이어져 있잖아요. 창틀 떼어내고 용접 새로 했으면 이 낡은 페인트가 그대로 남아 있겠습니까? 이런 건 전문가가 아니래도 알 수 있겠네요."

"그래도 너무 빨리 조사를 끝내신 거 아닙니까? 좀 더 면밀하게 봐 주시죠."

마침내 자존심이 상한 듯 용접 전문가는 이맛살을 찌푸렸다.

"형사님. 이건요, 그거 하고 똑같습니다."

"뭐요?"

"똥하고 된장을 놓고 어느 게 똥인지 맛보라는 거거든요."

"그, 그런가요……."

이유현은 말을 잇지 못했다.

그날 오후, 어쩐지 이번에도 발 벗고 나서서 용해운의 무고함을 입증시켜 주는 짓을 한 건 아닌지 불안한 느낌을 안고 이유현은 KTX 울산역으로 향했다. 기차에 오르기 전 이유현은 유오경에게 전화를 걸었다. 재빠른 유오경은 벨이 채 두 번도 울리기 전에 받았다.

"요즘 용해운 쪽 움직임은 어때?"

"별 움직임이 없는 것 같습니다."

기약 없이 24시간 잠복근무를 할 수는 없지만 광역수사대 형사 둘씩 한 조가 되어 각각 용해운과 남기만의 동태를 수시로 파악하고 있는 중이다.

"주로 다니는 데는 어디야?"

"별로 없습니다. 마트, 우체국처럼 일상적인 곳밖에 없습니다. 아주 유유자적하게 다닌다더군요. 잠도 늘 집에서 자고요."

"지금쯤 임인건이를 찾아 광분해서 돌아다닐 줄 알았는데 의외로군."

용해운과 남기만에게 이상한 행적이 있었다면 광역수사대 형사들이 놓쳤을 리는 없다. 이유현의 의문은 유오경도 같이 가졌던 모양이다.

"저희도 좀 김이 빠져요. 불시에 며칠씩 잠복에 들어가기도 하는데 똑같아요. 일상적인 행동밖에 없습니다. 뭘 찾아다니는 눈치도 없고요. 우리가 언제 동태 파악에 나서는지 알고서 그때만 연기를 하는 건 아닐 텐데요."

의혹은 잠시 접어 두고 이유현은 마지막 구덩이에 뛰어드는 심정으로 염두에 두고 있던 말을 꺼냈다.

"여순철이가 컨테이너에서 죽던 무렵에 용해운은 국과수에 근무하고 있었지?"

"국과수 근무요? ……그랬죠, 분명히. 여순철이 죽은 건 초봄인가 그랬고, 용해운이 국과수를 그만둔 건 겨우 두어 달 전이니까."

"그럼 국과수 측에 한번 확인해 봐. 여순철이가 죽던 날 용해운이가 국과수에 제대로 출근했는지."

"알겠습니다."

유오경은 두말 없이 대답하고 전화를 끊었다. 그로부터 2시간쯤 후, KTX가 광명역에 곧 도착한다는 안내 방송이 막 나오는데 유오경으로부터 전화가 걸려 왔다.

"팀장님, 국립과학수사연구원에 확인해 봤는데요."

“어, 그래. 어땠어?”

마지막 기대감으로 자신도 모르게 음성이 커졌다. 몇몇 승객이 돌아보았다.

“여순철이 죽은 날, 휴가를 내거나 결근하진 않았나?”

“아니랍니다. 정상 근무했답니다.”

“근무했다고? 확실해?”

“예. 근무 상황부에 기록이 있습니다. 또, 그날이 월요일이어서 기술용역직들의 아침 모임이 있었는데 그때도 참석했다는 증언이 있습니다.”

“그래…….”

이유현은 휴대전화를 그대로 이마에 댄 채 당혹감에 젖어들었다.

트럭과 중기 임대업자에 대한 수사는 애당초 그리 큰 기대를 품지 않았었다. 범행 방법을 밝혀내는 게 최소한의 목표였다. 밀실과, 거기서 파생되는 알리바이의 기초를 무너뜨리려 했다. 그런데, 긴 여행의 끝에 밝혀진 것은, 컨테이너의 창틀 용접은 멀쩡했고, 여순철이 울주군의 어느 외딴 곳 컨테이너 안에서 목이 졸려 죽어 갈 때 강력하고 유일한 용의자 용해운은 500킬로미터 떨어진 서울의 직장에 멀쩡히 출근해 있었다는 사실이었다. 물론 용해운에게는 그 무렵 믿고 따르던 수하가 여럿 살아 있었던 때니 여순철의 살해는 용해운의 지시로 그들이 실행했다고 보면 그만이다. 하지만 용해운이 직접 살인을 수행했을 가능성이 완전히 멀어진 것도 사실이다. 더구나 밀실이다. 용해운을 체포하려면 그가 직접 살인에 가담했다는 실마리를 붙드는 일이 거의 유일한 지푸라기인 상황이었다. 여순철 살해를 직접 담당했을지 모르는 백백교도들은 대부분 죽어서 사라졌다. 남기만이 남아 있지만, 그가 그동안 보여 준 용해운에 대한 충성심으로 보아 용해운이 범행을 사주했다고 털어놓으리라는 기대는 구름 저편으로 접어야 할 게 분명하다.

컨테이너는 정상.

용해운도 정상 근무.

의혹은 이유현의 머릿속에서 빠져나갈 길을 찾지 못하고 오랫동안 메아리쳤다.

"형님, 이번에도 헛다리였어요."

이유현이 따지듯 말하자 고진은 숟가락을 든 채 무슨 소리냐는 듯 흐릿한 눈으로 쳐다보았다. 70년 전통을 내세우며 강남에 분점을 낸 곰탕집 안은 손님을 컨베이어벨트처럼 찍어 내느라 아침부터 시끌벅적했다.

"헛다리라니?"

"그 소위 '밀실살인' 사건 말입니다."

"여순철? ……그럼 용접이 아니었단 거야?"

고진은 뜻밖이라는 듯 흐릿한 눈을 크게 떴다.

"예. 창틀을 새로 뜯어내고 붙인 흔적이 전혀 없었어요. 원래 만들어진 대로였답니다. 자그마치 25년 된 용접 전문가가 말한 거니 틀림없어요."

"……의외군. 곰탕 맛이 뚝 떨어지는데."

고진이 숟가락을 식탁 위에 탁 놓았다.

"괜찮습니다. 한두 번도 아닌데요."

고진 대신 먹기라도 하듯 이유현이 고개를 숙이고 크게 한 숟갈 입에 욱여넣었다.

"……두 번째 아니었나?"

"그렇다고 해 두죠. 어쨌든 좋은 시도였어요."

"비아냥이 묻어나는군. 헐리우드 영화의 악당 대사 같아."

고진은 다시 숟가락을 들었다.

"하여튼 여순철 사건은 다시 원점으로 돌아와 버렸어요. 여전히 '밀실자살'에서 한 발짝도 나가지 못했습니다. 용해운을 얽어맬 단서를 잡아 내기는커녕 머리털 한 오라기도 건드릴 수 없는 상황에 한 치의 변함도 없단 것이죠."

"김성노 별장 사건도 아무 진전이 없고?"

"없다고 합니다. 저야 전해들을 뿐이지만."

"임인건은 어디 있대?"

"아무도 모르죠."

"교토의 안병조 살인사건은 밝혀진 거 있어?"

"오리무중입니다. 반요한이가 일본에서 안병조를 죽인 줄 알았더니 엉뚱하게 우리나라에서 죽은 채 발견되지 않았습니까."

"그럼 그 반요한의 토막 살인사건은?"

"그건 언제 죽었는지조차 알 수 없고요."

"장문오 일가 살인사건은?"

"유일한 증인인 장문오의 사망으로 영구 미제에 빠지기 직전입니다."

온갖 투망을 던졌건만 수많은 물고기가 스쳐 지나갔을 뿐 그물에는 아무것도 걸리지 않았다는 사실을 확인한 두 사람은 잠깐 동안 침묵했다.

"……단 한 건도 건져내지 못했군."

고진이 툭 던지듯 말하고는 마지막 숟가락을 떴다. 그리고 다시 고개를 들어 말했다.

"결국 용해운이 문제 아닌가."

"그럼 뭐가 문제겠습니까."

"도발적으로 답하는 걸 보니 자네도 많이 예민해져 있군."

"어쨌든 실업자 신세니까요."

"실업자가 된 김에 나하고 누굴 좀 만나러 가 볼까."

"누구요?"

고진은 숟가락을 완전히 내려놓고 냅킨에 물을 졸졸 따르더니 그걸로 입을 쓱쓱 닦았다.

"물수건을 달라고 하시지…… 혹시 여자 앞에서도 그럽니까?"

"안 그래도 만날 사람이 어떤 여자야."

"여자요?"

"기대하지 마. 미팅 주선은 아니야."

고진은 검지를 뻗어 흔들었다.

"일단 따라와 봐. 실업자 선생."

고진은 식당을 나와 성큼성큼 걸어 지하 주차장으로 향했다.

고진은 돌고래처럼 미끈한 승용차에 올라 운전대를 잡고 도로로 접어들었다. 이유현은 입을 꾹 닫고 고진이 어떤 말을 꺼낼 때까지 기다렸다. 테헤란로의 지체를 뚫고 이윽고 차는 올림픽대로에 올라섰다. 고진은 음악을 켜고 버튼을 몇 번 꾹꾹 눌렀다. 메탈리카의 「Master of Puppets」가 흘러나왔다. 고진은 볼륨을 올려놓고 달리기 시작했다. 제임스 헷필드가 외쳤다.

너의 주인에게 복종하라
나는 꼭두각시 조종자
너를 조종하고
너의 마음을 비틀며
너의 꿈을 산산이 부숴 버리노라

"용해운을 생각하면 왠지 이 곡이 떠올라."

고진은 유쾌해 보였다. 우퍼까지 달았는지 베이스음이 자리를 쿵쿵 울려 댔다. 간주가 나올 때쯤 조수석의 이유현이 볼륨을 확 줄였다.

"아니, 왜 꺼. 그 찰진 기타 리프 부분은 내가 제일 좋아하는……."

이유현은 고진의 불평을 끊어 버렸다.

"아무리 요즘 내가 빈둥거린다지만 너무한 거 아닙니까. 행선지는 가르쳐 주셔야죠."

"……의정부로 갈 거야."

고진은 다시 볼륨을 높였다.

"의정부? 거기서 누굴 만날 건데요."

"만날 사람은 용해운의 이모야."

"용해운의 이모요?"

날카로운 기타 사운드를 뚫고 나올 만큼 이유현은 버럭 목소리를 높였다.

"응. 용해운의 모친이었으면 더 좋겠지만 모친은 오래전에 사망했어. 거의 유일하게 남은 가까운 가족이 용해운 모친의 언니더군."

"아니 그런데, 용해운의 이모를 왜 만나야 합니까?"

"이번 여순철 사건 조사에서도 그렇고 별장 사건에서도 그렇고 사건의 껍데기에서만 접근해 들어가니 자꾸 막다른 골목이 나와. 해결의 실마리도 없고. 그래서, 용해운이라는 희한한 인물의 개인사를 한번 파헤쳐 보자는 거야. 일종의 인물 탐구지."

"그럴 거면 아버지 쪽을 찾아보는 게 먼저 아닙니까? 왜 모친 쪽입니까?"

"모친의 이름이 용여순이기 때문이지."

"모친이 용 씨?"

이유현의 말꼬리가 올라갔다.

"용해운의 제적등본엔 말이야, 부친이 나와 있지 않아. 모친의 성을 따라 용 씨를 쓰고 있었어."

"그럼 용해운의 모친은 미혼모로서 아이를 낳은 겁니까?"

"호적상으로는 그래 보여. 결혼한 적이 없는 걸로 되어 있으니."

"흠…… 하지만 그런 가정이야 꽤 흔하잖아요. 그렇다고 용해운의 가족을 만나는 게 도움이 될 까요?"

이유현이 왠지 흥미를 잃은 듯 말했다.

"왜, 구미가 당기지 않아?"

"우리가 르포 기자도 아니고, 막연히 찾아다니는 건 썩 내키지가 않네요."

이런, 하며 고진이 답답한 듯 핸들을 두드렸다.

"누가 경찰 아니랄까 봐. 눈에 보이는 목표가 있어야 움직인단 거야? 이 사건의 바닥에는 끈질긴 욕망이 흐르고 있어. 거기엔 백백교라는 1세기에 걸친 역사가 있고. 적어도 용해운이 왜 백백교도가 남긴 끈을 찾아다녔는지에 관해서라면 그의 과거가 무언가를 알려 줄지도 모르는 거야. 그리고……."

"그리고 뭐요?"

고진이 한심하다는 듯 말했다.

"자네의 남아도는 시간은 대체 어디다 쓸 건가?"

삐걱거리는 문을 연 여자는 "경찰이 왜……." 하고 뒷말을 얼버무리며 주눅 든 표정을 지었다. 예순이 넘은 나이답지 않은 수줍음이 나잇살로 늘어진 얼굴에서 묻어나왔다. 의정부 가능역에서 몇 골목을 돌아 들어간 연립주택 반지하 단칸방이 여자의 거처였다. 방 안으로 두 사람을 들인 건 이유현의 경찰공무원증이 물론 힘을 발휘한 덕분이지만, 위험해 보이지 않는 두 사람의 풍모도 한몫 한 듯했다. 특히 어딘가 삐딱해 보이는 고진보다는 이유현의 서글서글한 말투와 선한 얼굴이 안도감을 준 것 같았다. 고진은 장롱 아래쪽이 시커멓게 변색된 모놀륨 장판이 깔린 방 안에 털썩 앉았다. 홍삼 원액 박스를 건네고 이빨을 드러내며 씩 웃자 드디어 고진에게도 경계심을 푼 것 같았다.

용귀순이라는 이름의 이 여자는 식당을 돌며 허드렛일을 하고 있다고 했다. 그녀는 요즘엔 일이 없어 낮 시간에는 대개 집에 있다고 변명하듯 말을 흐리며 뼈대 굵은 팔뚝으로 냉수 컵을 내밀었다. 프레임은 크고 화면은 작은 구형 TV, 삐딱하게 기운 간이 장롱, 옷으로 뒤덮여 크리스마스트리처럼 변해 버린 옷걸이, 프릴 달린 때 묻은 커튼. 빽빽하게 방 한 칸을 가득 채운 낡은 물건들은 숨 막힐 정도였다. 그녀는 조카와 연락이 끊긴 지 10여 년이라고 말하며 고진과 이유현의 기색을 살폈다. 그녀는 처분을 기다리듯 바닥에 웅크리고 앉았다. 아닌 밤중에 홍두깨처럼, 소식이 없는 조카일로 다른 이도 아닌 경찰이 찾아왔으니 범법과는 멀게 살아온 듯한 이 여자는 바짝 긴장할 수밖에 없을 터였다.

"용해운 씨에게 문제가 있는 건 아닙니다."

고진이 안심시키듯 말했다.

"그럼요?"

"자세한 사건 내용은 말씀드리기 어렵습니다만, 아무래도 용해운 씨가 억울한 오해를 사고 있는 것 같기도 하고요. 그런 점을 깨끗하게 풀기 위해서라도 가족 관계라든지 하는 구체적인 부분까지 조사가 필요한 상황입니다."

"그런가요? 무슨 오해인지 몰라도…… 해운이가 나쁜 짓을 할 애는 절대 아니에요."

용귀순의 의심은 걷히지 않았지만 말씨에 깃든 긴장감은 많이 누그러졌다.

"알고 있습니다. 나쁜 짓을 해서가 아니라 일상적인 조사 정도로 이해하시면 됩니다. 조카에게 걸린 오해를 풀기 위해서라도 사실대로 말씀해 주셨으면 합니다."

"뭔지는 모르지만 그럴게요. 누구한테든 떳떳한 아이니까, 숨길 이유가 없지요."

"그럼 일단 동생 되시는 용여순 씨, 그러니까 용해운 씨의 모친 이야기를 좀 해 주세요."

"여순이는 왜요?"

"가족 관계에 관한 기초 조사죠. 어릴 때 모친을 여윈 것으로 알고 있습니다만……."

고진은 제적등본에서 확인한 사항을 근거로 용해운의 주변을 잘 아는 양 말을 덧붙였다. 용귀순은 우물쭈물하던 태도를 버리고 슬금슬금 입을 열기 시작했다.

"……여순이는 정말 불쌍한 아이였어요. 어릴 때부터 늘 참하단 소릴 들었죠. 자라기야 같이 힘들게 자랐지만 그래도 여순이는 커서 잘 살 줄 알았는데…… 우리 팔자가 다 그래요. 애시당초 부모 덕을 못 보니까…… "

자칫하면 주제에서 벗어나 용여순이라는 '여자의 일생'이 굴비 엮듯 나올 판이었다. 이유현이 말을 가로막으려 했지만 고진은 오히려 부추겼다.

"부모 덕을 못 보았다고 하셨는데, 자세히 좀 말씀해 주시죠."

"예? 우리 아버지, 어머니 얘기를요?"

버릇처럼 붙였을 법한 부모 덕이란 말에 대해 질문을 받게 되자 용귀순이 의심을 담아 반문했다. 고진이 건성으로 덧붙였다.

"예. 그런 건 기초 조사죠."

용귀순은 잠깐 머뭇거리다가 입을 열었다.

"……우리 아버지는 시골에서 농사 짓던 분이었어요. 어머니는 일찍 돌아가시고 아버지 혼자 우릴 키우셨는데, 아니 뭐 키웠다기보단 우리가 그냥 컸죠. 아버지는 술하고 도박밖에 몰랐으니까. 술 마시면 우릴 많이 때렸어요. 결국 아버지는 밤에 술 드시고 집에 오다 도랑에 떨어져서 돌아가셨죠."

"혹시 유산을 남기시진 않았습니까?"

"유산은 무슨 유산."

용귀순의 표정이 일그러졌다.

"그나마 있던 시골집도 빚쟁이한테 뺏기고 여순이하고 둘이 수원으로 올라와서 식모부터 식당일까지 온갖 잡일을 하면서 근근이 살았는데요."

"고생 많이 하셨네요…… 자매간의 우애가 남다르시겠습니다. 그런데 혹시 아버님이나 어머님이 무슨 종교를 믿으신 것 같진 않던가요?"

"종교요?"

용귀순은 이마를 찡그렸다.

"어머니는 워낙 어렸을 때라 기억에 없고, 아버지는…… 종교 믿는 분이 그렇게 사셨겠어요? 그런데 그런 건 왜 자꾸 물으세요?"

용귀순은 엉뚱한 질문이 나오자 지금껏 열심히 대답해 온 자신이 어처구니없다고 여긴 듯했다. 고진은 대답 대신 재차 질문을 했다.

"혹시 백백교라고 들어 보셨습니까? 부모님이 언급하신 적이 있다던가."

"아뇨. 전혀요."

용귀순은 도리질을 치더니 반문했다.

"혹시 무슨 이상한 종교하고 관련된 사건이에요? 해운이가 그런 데 빠져서 사고를 쳤단 건가요?"

"아뇨, 꼭 그런 건 아닙니다만……."

고진이 얼버무리자 용귀순이 말했다.

"형사님들이 해운이를 몰라서 그러시는 모양인데, 그런 데 어리숙하게 빠질 아이가 절대로 아니에요. 그런 오해라면 일찌감치 안 하시는 좋아요. 형사님들도 헛수고하시는 거예요."

용귀순이 은근히 열을 올렸다.

"알겠습니다. 저희도 확실하게 말씀드리지만 용해운 씨가 사이비 종교 같은 데에 빠져 있다고 믿는 건 절대로 아닙니다."

고진이 달래는 투로 말했다. 이 말만은 지어낸 게 아니다. 용해운은 사이비 종교의 추종자 나부랭이가 아니라 끈을 조종하는 꼭두각시 마스터다. 답답해진 이유현이 말했다.

"예, 알겠습니다. 종교 이야기는 아니고요, 용여순 씨가 용해운 씨의 아버지와 만나서 살았던 이야기를 좀 부탁드립니다."

용귀순은 이유현의 말에 원래의 담담한 태도를 회복했다.

"……여순이는 젊었을 때 수원터미널에서 표를 팔았어요. 그때 터미널을 자주 이용하던 해운이 아빠를 만났던 모양이에요."

"그분 이름이 뭡니까?"

"진성모라고 하는데……."

"네에, 진성모 씨요."

고진과 이유현은 시선을 교환했다.

"직업이 뭐였는지는 지금도 잘 모르겠어요. 수원역에서 자주 얼굴을 보다가 정이 들었던가 봐요. 이리저리 막 돌아다니는 사람이었다는 건 아는데. 둘이 한눈에 반했는지 곧장 수원 화성 근처에서 방을 얻어 동거를 시작했죠. 부모님은 이미 돌아가시고 안 계셔서 세상에 피붙이라곤 여순이하고 나하고 둘이었어요. 경제 문제도 있고. 그러니 버젓하게 결혼식을 올리는 건 꿈도 못 꾸었죠. 동거하면서도 여순이가 주로 생활비를 벌었던가 봐요. 생활은 힘들었겠지만 그래도 그때가 여순이가 그나마 행복하게 살았던 때였던 것 같네요."

"그런데 마치 전해 들은 이야기를 하시는 것 같습니다."

"전 그때 갓 시집을 가서 전주 시댁에 내려가 있어서 여순이하곤 자주 볼 수가 없었거든요. 지금은 곡절이 있어 저도 혼자 살고 있지만…… 어쨌든 전화로 소식만 들었어요. 그땐 시외전화 요금도 비싸고 시댁 전화를 몰래 쓰기도 힘든 때여서 전화를 자주 못 했고요……."

여자는 마치 동생과 왜 연락이 뜸했느냐는 질책을 받기라도 한 듯 변명조로 흘렸다.

"그렇게 살면서 곧 대운이하고 해운이하고 형제를 낳고는……."

"잠깐요, 용해운 씨한테 형이 있었습니까?"

고진이 화들짝 놀라 이야기를 막았다.

"예. 대운이라고 있었어요."

"호적에는 없던데요?"

이유현이 물었다.

"갓난아기 때 괴질로 죽었어요. 호적에도 오르기 전이었죠. 원래 예전엔 아이들이 워낙 갓난아기 때 많이 죽다 보니 출생신고도 늦게 했잖아요. 한 1~2년씩. 대운이도 꼭 그래서는 아닌데, 사실 혼인신고도 안 한 판에 출생신고를 생각했겠어요? 미적대고 있던 중에 그만 일찍 저세상에 가 버린 거죠."

"아…… 그렇군요."

고진은 미심쩍은 표정으로 고개를 갸우뚱했다.

"그때야 그렇잖아요. 지금이야 나라에서 예방주사도 맞혀 주지만, 70년대엔 주사 한 방 못 놔 줘서 소아마비도 흔했고…… 대운이도 며칠을 토하고 고열로 앓다가 손도 못 써 보고 죽었다죠. 여순이가 전화로 펑펑 울더라고요. 세상에 여순이가 그렇게 많이 우는 건 첨……."

"동생의 아이가 죽었는데 전화만 하셨습니까?"

"……예. 제가 그때 막 결혼한 때였고, 시어머니가 보통 엄해야 말이죠. 출가외인이라고, 친정 이야기는 아예 꺼내지도 못하게 했어요. 동생도 오히려 괴롭다고 올라오지 말라고 그러더라고요."

여자는 다시 변명조였다. 여성의 지위가 낮았던, 불과 30여 년 전의 이야기였다. 용귀순이 혼자 살고 있는 곡절에는 엄혹한 시댁의 처사가 얽혀 있는지도 모를 일이다.

"그러다가 해운이까지 낳고서 한 2년 뒤인가 진 서방하고 헤어졌죠."

"애를 둘이나 낳았는데 왜 헤어졌습니까?"

용귀순은 방바닥이 꺼져라 한숨을 쉬었다.

"……큰일이 있었어요. 여순이가 해운이 낳을 무렵부턴 저도 좀 시집 생활에 여유가 있어져서 외출도 좀 자유롭게 할 수 있게 되었거든요. 그 무렵이었어요. 여순이가 연락이 와서는 좀 올라와 달라더라고요. 전화 목소리로도 애가 하얗게 질린 걸 금세 알겠더라고요. 보통 급한 일이 아니구나 싶어서 시댁에 대충 둘러대고 시외버스를 타고 수원으로 올라갔죠. 아니나 다를까……."

"무슨 일이었습니까?"

"진 서방이 바람을 피웠더라고요."

"아, 네. 그랬군요."

고진은 김 샌 목소리로 말했다. 당사자야 청천벽력이었겠지만 고진과 이유현에겐 생각보다 시시한 소재였다. 떠돌이 남자가 자리 잡고 동거를 시작했다. 시간이 흐르면 슬슬 엉덩이가 들썩거릴 테고, 어쩌면 필연적인 일이랄 수도 있다.

"낯선 여자한테서 먼저 시외 전화로 연락이 왔었대요. 그 전화를 받고서 여순이는 벌벌 떨고 있었어요. 제가 올라갔더니 하필 막 젊은 여자가 아기를 업고 들이닥쳐 이미 사달이 나 있었어요. 춘천 사는 여잔데, 진 서방이 자기 남편이라고. 그런데 얘길 들어 보니 그쪽도 혼인신고 안 하고 애 낳고 사는 건 마찬가지였고, 시기를 따져보니 여순이보다 한참 뒤에 만난 여자였어요. 그러니 여순이가 본처고, 그 여자 쪽이 불륜 상대인 셈인데. 하긴 그런 일에 눈이 뒤집히면 선후가 있나요. 엄청 드센 여자였어요. 눈이 쭉 찢어지고 어찌나 목소리가 크고 말이 청산유수인지 우리가 둘인데도 꼼짝 없이 당할 정도였어요. 여순이를 잡아먹을 듯한 얼굴이 지금도 생생할 정도예요. 뭐 하면서 굴러먹은 여잔지 몰라. 애 머리는 무슨 인디언처럼 삐죽하게 만들어 놓고, 지 머리는 노리끼리하게 염색해 갖고는 입술에는 돼지 피 같은 거 쳐발라 놓고, 팔목에는 문신하며…… 하긴 애를 업고 그 교통 불편한 시절에 춘천에서 수원까지 시외버스를 두 번 갈아타고 왔을 정도니 지도 얼마나 화가 났으면 그랬겠어요. 지금은 그리 생각하고 있어요. 잘못은 진 서방이 한 거지. 남은 여자들끼리 괜히 치고 박고 한 거잖아요. 여자가 대판 휘젓고 간 뒤에 기가 약한 여순이는 완전히 탈진했어요. 저도 같이 부둥켜 울었고요."

끔찍했을 옛날 일이지만 용귀순은 격해지지 않고 차분하게 늘어놓았다.

"진성모 씨도 그 자리에 있었습니까?"

"일이 다 끝난 다음에야 어슬렁어슬렁 나타나더군요. 진 서방 얼굴을 그때 처음으로 봤어요."

"어떤 남자였습니까?"

"좀 놀랐어요."

"왜요?"

"여순이가 키도 크고 인물도 참하고 해서 좋단 남자들 많았거든요. 그래서 진 서방이 인물이 훤한 남자일 거라고 생각했어요. 그런데 보니까 키도 작고 땅딸막한 게 참 볼품없더라고요."

"그 정도였습니까?"

용귀순은 말해 놓고도 왠지 미안한지 표현을 누그러뜨렸다.

"아니, 뭐 심하게 이상한 건 아닌데, 여순이가 단박에 살림을 차렸다길래 기대를 많이 했던 거에 비하면……."

"진성모 씨는 뭐라던가요?"

"뭐라 구질구질 변명을 많이 했는데 다는 기억이 안나요. 그래도 뭐 뻔하잖아요? 바람피우다 걸린 남자들이 늘상 하는. 아들을 많이 갖고 싶었다나? 그쪽 여자하고는 한두 번 만난 게 전부다, 뭐 이런 식의. 얼마나 기가 차던지. 하여튼 뭐 말도 안 되는 소리를 변명이랍시고 했던 것 같아요. 그런데 지금 생각해도 이상한 건 진 서방이 분명 두 집 살림을 한 못된 인간인데, 만나 보니 그다지 밉지는 않았어요. 뭐랄까, 측은한 생각이 좀 앞선달까요…… 그건 여순이도 마찬가지였나 봐요. 그 앞에서 눈물만 주룩주룩 흘릴 뿐, 진 서방한테 욕을 하거나 달려들거나 하지 않았어요. 그냥 모두가 불쌍해져서 저도 같이 울고만 있었던 거 같아요."

아무리 남존여비의 풍조가 강했던 시절이라고 해도 바람피운 남자를 오히려 불쌍하게 여기는 게 평균적인 정서는 아니었을 것이다. 용씨 자매가 순한 탓도 있겠지만 진성모라는 남자가 그렇게 만드는 재주가 있었을지 모른다.

"진성모 씨가 묘한 캐릭터였던가 봅니다."

"네. 풍채는 보잘 것 없지만 미우면서도 정이 가는 그런 남자였어요. 어쨌든 잠깐 바람피운 것도 아니고 딴 여자와 살림을 차렸잖아요. 일이 그렇게 되었으니 더 이상 예전처럼 살 수는 없게 되었죠. 전 그날 전주로 내려왔는데 나중에 동생 이야길 들어 보니 며칠 후에 진 서방은 짐을 챙겨서 몸만 쏙 빠져나갔대요. 그 얘길 들으니 또 잠깐 그 인간을 불쌍하게 생각했던 마음마저 완전히 달아나데요."

"자기 아이도 있었는데, 심하군요."

"그러니까요. 그 뒤로 동생이 죽을 때까지 단 한 번도 찾아오지도, 연락을 하지도 않았답니다. 물론 몰래 해운이를 보러 오는 일도 없었고요."

그 말대로라면 용해운의 부친과의 관계는 더욱 멀어진다. 이유현과 고진은 마주 보았다. 용해운과 백백교의 접점은 어디에 있을까, 하는 의문이 담긴 눈으로.

"용해운의 모친은 언제 돌아가셨습니까?"

"쉰을 갓 넘기고 식도암으로 죽었어요. 벌써 한 10여 년 전이죠. 해운이를 혼자서 키우느라 고생만 실컷 하다가."

이미 딱지가 앉아 버린 탓인가, 여자의 눈시울이 붉어지지는 않았다.

"용해운은 어떤 아이였습니까?"

"착했어요. 아빠가 없다고 비뚤어지거나 하지도 않았고요. 말도 잘하고 인기도 많아서 늘 친구들을 몰고 다녔어요. 한번은 애처로운 마음에 '아빠 없어서 힘들지 않니?' 했더니, '아버지가 있고 없고 하는 정도가 제 인생을 어쩌진 못해요.' 하면서 씩 웃더라고요. 그때 얼마나 어른스럽게 보이던지. 아, 얘는 내가 생각하는 것보다 훨씬 위에 있구나 하는 생각이 들었어요. 그런 해운이가 보기에 또래 애들은 투정 부리는 어린아이들로 보였을 거예요. 공부도 꽤 잘했는데, 일찍 돈 벌어야 한다면서 여순이가 말려도 굳이 공고에 진학했죠. 대학도 안 갔고."

"그래도 좀 성격적으로 문제가 있는 부분이 있진 않았을까요?"

이유현이 물었다.

"아뇨."

여자는 선을 그었다. 민망해진 이유현은 화제를 바꾸었다.

"용해운의 부친에 관해서 이름 말고 다른 건 아시는 게 없습니까? 주민등록번호나 나이 같은 건요?"

"주민번호는 제가 알 수 없고요. 어디 보자……. 나이도 정확히는 몰라요. 그때가 한 서른몇 살 됐나? 동생보다 한 대여섯 살 많았던 거 같은데."

낭패스러웠다. 고진과 이유현은 눈빛으로 용해운의 부친을 찾아야 한다는 데에는 동의하고 있었다. 그런데 진성모라는 이름만으로 특정할 수 있을지는 보장이 없다. 알려진 대로라면 진성모라는 이름에, 대략 1950년대 출생, 그리고 용여순과 살았던 1970년대 말부터 1980년대 초까지는 적어도 혼인신고를 한 적이 없는 남자. 이 정도의 정보만으로 경찰의 네트워크를 동원해 찾아보는 수밖에 없다.

"혹시 사진 갖고 계세요?"

"아뇨. 전혀. 여순이하고는 정식으로 혼인신고하고 식을 올린 사이도 아니었고. 전 얼굴도 한두 번 본 게 다인데요."

용여순이나 용해운의 사진은 없는지 물었더니, 용여순이 동거하기 전 자매끼리 찍은 사진밖에 없다면서 빛바랜 흑백사진을 한 장 보여주었다. 수원에 갓 올라왔을 때 찍은 모양으로, 햇볕이 내리쬐는 유원지를 배경으로 흰색 머리띠를 매고 활짝 웃으며 팔짱을 낀 풋풋한 처녀 두 사람이 사진 안에서 세월을 건너뛴 모습으로 서 있었다.

"원천 유원지예요. 지금은 없어졌지만."

용귀순이 말했다. 제복 비슷한 옷을 입은 쪽이 용여순이었는데,

당시 여성치고는 큰 키에 뽀얀 피부가 인상에 남았다. 어딘가에 행복이 남아 있을 거라고 믿었던 자매의 젊음과 희망의 마지막 증거라는 생각에 이유현은 차마 사진을 빌려 달라고 하지 못했다.

"진성모 씨에 대해서 더 아시는 건 없습니까?"

"글쎄요…… 더 기억나는 게 없네요."

여자는 기억을 더듬으려 눈동자를 위로 치켜뜨고 이리저리 굴려 댔지만 성과는 없었다.

고진과 이유현은 괴롭힌 만큼 극진하게 인사를 하고 용귀순의 집을 떠나왔다. 형사랍시고 찾아온 사람마저 그리웠던 듯 노년에 접어든 여자의 눈가에는 사람 나는 자리가 아쉬운 빛이 스쳐 지나갔다. 그녀는 처음에는 의심을 드리웠지만 이내 성실하게 기억을 짜내 가며 묻는 말에 대가 없이 답해 준 순한 여자였다. 언니의 성품을 보면 동생인 용여순의 기질도 미루어 짐작되었다.

부모 없는 천애고아 순둥이 자매 앞에 한 남자가 바람처럼 나타나서는 용여순에게 잠깐의 행복을 맛보게 하고 용해운이라는 씨앗을 남긴 채 사라져 버렸다.

용해운의 아버지, 진성모는 어떤 남자인가.

"용해운은 어떤 경로로 백백교의 정신적 유산을 물려받았을까요."

용귀순의 집을 나서 차를 세워 놓은 곳으로 걸어가며 이유현이 말했다.

"용귀순 말대로라면 용해운의 아버지란 사람은 어릴 때 버려두고 찾지 않았던 것 같은데. 그렇다면 아버지한테서 뭔가를 이어받았을 가능성이 낮지 않습니까."

고진도 고개를 끄덕였다.

"그렇지. 용귀순 할머니가 거짓말을 한 거 같지는 않아. 우리가 어떤 걸 확인하고 싶어 묻는지 의도를 알지 못하는 판에 그 부분을 떼서 거짓말할 수는 없거든."

"그렇다고 모친 쪽인 용여순이 그쪽이 백백교와 관련 있는 인물이었을까, 하면 그건 왠지 생각하기 어려워 보이거든요."

"용귀순 할머니 이야기대로라면 백백교도 집안이었을 가능성은 낮아. 설사 백백교 집안이었다 하더라도 내려오는 '무언가'를 물려받았을 가능성은 더욱 없어 보이고. 무엇보다 용귀순이 백백교에 얽힌 가문의 비밀을 알고 있는 사람이라면 용해운이 처음부터 어딘가에 숨겼겠지."

이유현도 눈으로 확인했다. 용귀순은 보호가 필요한 노인에 불과했다. 있는 거라곤 벽지에 핀 곰팡이와 외로움뿐이다.

"백치 아다다였나? 오래된 노랫말이 떠오르는군. '차라리 모를 것을. 젊은 날의 그 행복.' 정말 용여순의 인생을 제대로 묘사하는 가사 아니야?"

그러더니 고진은 콧노래로 노랫가락을 흥얼거리기 시작했다. 이유현은 고진의 노래를 무시하고 말했다.

"부모 쪽이 아니라 다른 경로로 빠져들게 된 거 아닐까요?"

고진은 콧노래를 멈추었다.

"다른 경로? 사회에 나와서 만나게 되었다는 이야기?"

"집안에서 물려받은 전통이 아니라면 그거밖엔 없잖습니까."

"그럴 수도 있지만…… 백백교 사건이란 게 벌써 역사 속으로 사라진 거잖아. 교도나 교리가 남아 있는 것도 아니고. 집안 대대로 이어오는 어떤 전통이나 유산 같은 게 아니라면 사회생활을 하다가 만나게 될 가능성은 전무하다고 봐야지 않을까."

고진은 자신 없다는 듯 목덜미를 주물렀다.

"그건 그렇고 그거 왜 그랬습니까?"

"그게 뭔데?"

"왜 화미령 변호사하고 같이 안 오고 절 끌어들였습니까?"

"내가 왜 화미령 변호사하고 와야 해?"

고진이 손을 내리고 자못 황당하다는 듯 반문했다.

"넓은 의미에서는 김성노 영감님 의뢰 건하고 관련 있는 조사 아닙니까? 움직이는 대가로 실비도 따로 받았다면서요."

"무슨 소리. 저 할머니 만나는 일이 채권 찾는 일하고 무슨 관련이 있어?"

"그럼 아닌 모양이죠. 일은 그렇다 쳐도 화미령 변호사하고 친해진 거 아니었습니까?"

"친하긴 뭘."

"솔직히 호감이 있지 않습니까?"

"내가 지금껏 미녀 아닌 여자에게 호감을 가진 적이 있었어?"

"그러니까 더 진짜겠죠."

이유현은 놀리듯 말했다.

"뭐, 같이 있으면 이상하게 말이 많아지게 하는 매력은 있지."

"그러니까, 이왕이면 그쪽과 동행하는 게 나았을 텐데요"

계속된 이유현의 채근에 고진은 얼버무리다가 결국 젠장 하고 혀를 차더니 말했다.

"역시 이 집요한 형사반장하고 같이 오는 게 아니었어."

"형사 아니라 누가 봐도 표가 나던데요."

고진은 "사실은" 하고 말머리를 떼며 털어놓았다.

"용해운의 이모를 만나러 가는데 같이 갈 거냐고 권해 봤는데 거절당했어."

"역시, 전 대타였군요. 어쩐지."

이유현이 장난기를 담아 웃었다.

"아무튼 실망하셨겠어요."

"뭐 별로. 어차피 거절이야 일상이지."

고진이 대수롭지 않은 투로 말했다.

"오히려 거부한 이유가 희망적이야. 용해운의 신상 조사에 관심을 가질 이유가 없다, 이런 이유였다면 섭섭했겠지. 오로지 비즈니스 관점에서만 나를 본다는 거니까. 하지만 흥미는 있는데 그냥 몸이 좀 안 좋대. 다음번에 같이 가자면서 미안하다더군."

이유현은 어처구니없다는 얼굴을 했다.

"몸이 안 좋다……. 게다가 다음번에? 그 말을 다 믿다니, 헛된 희망이 형님의 판단을 흐리게 한 것 같습니다."

"그게 자네의 판단이야? 사람 말을 액면대로 좀 믿어."

"'생일 축하한다'는 말도 그럴 리 없다면서 따지는 형님 아닙니까? 범죄자와의 대결에선 냉철한 이성을 가진 사람이 자기 일에는 엄청 어둡네요. 어쩌면 여성 심리를 논리로 해석해 왔던 게 지금까지 혼자 살고 있는 이유가 아닐까요?"

이유현은 명백한 야유조였다.

"훈수를 두려거든 먼저 결혼부터 하지."

"류 마담은 어떡하실 겁니까?"

"시끄러워."

주차장에 도착한 고진은 더 이상의 화제를 차단하고는 차 문을 벌컥 열었다.

고진과 헤어진 이유현은 윤영탁에게 전화를 걸어 임인건의 소재가 파악되었는지 물었다. 전혀 성과가 없다는 대답이었다.

"신경 안 쓰고 있는 거 아냐?"

"아닙니다."

윤영탁이 억울하다는 듯이 말했다.

"팀장님도 말씀하셨듯이, 용해운의 타깃이 될 소지가 있어서 저희도 용해운 수사만큼이나 힘을 기울이고 있거든요."

산 속으로 꽁꽁 숨어 버린 탈옥수처럼 조금의 움직임도 걸려들지 않고 있다. 임인건은 아내 명의로 개설한 신용카드를 가지고 나갔고, 경찰은 그 사용 여부를 체크했다. 현금 인출이나 식사 등에 이 신용카드를 종종 사용하고 있는 것이 실시간으로 체크되었지만, 카드를 이용하고 그 자리에 머물러 있는 게 아니니 그것만으로 그의 소재를 찾아낼 수는 없었다. 신용카드를 사용한다는 건 도심에서 일상 생활을 영위하고 있다는 이야기고, 그렇다면 통신을 단절하고 사는 폐쇄적인 상황은 아님이 분명했다. 윤영탁은 "분명 대포폰을 이용하고 있는 겁니다." 하고 단정했다. 사채업의 대부인 임인건으로서야 원래 대포폰 한두 개쯤은 갖고 있었을 것이다. 명성실업 사무실 책상 서랍에서도 여분의 대포폰을 찾아낸 터이다. 설사 대포폰을 들고 사라진 게 아니라 하더라도 몸을 감춘 후에라도 구하는 건 일도 아니었을 터이다. 아무튼 불법과 합법의 경계 위를 걷는 남자 특유의 경찰에 대한 불신에는 혀를 내두를 수밖에 없었다. 이 남자는 경찰이 자신을 지켜 줄 수 없다고 결론 내린 듯 했다. 어쩌면 그 이상으로, 어떤 연유로 경찰이 오히려 자신의 신변을 위험하게 할지 모른다는 판단을 하고 있는지도 모른다. 경찰에 대한 극도의 불신이 자신의 신변을 위태롭게 한다는 것도 알지 못한 채 기뢰를 찾아다니는 자폭 잠수함처럼 열심히 위험지대로 잠행 중인 것이다.

한편으로는 그나마 다행이란 생각도 전화를 끊는 이유현의 마음 한구석에 있었다. 온갖 첨단 테크놀로지와 강력한 수사망을 가진 경찰조차 있는 곳을 찾아내지 못할 만큼 꽁꽁 숨은 임인건이니, 제아무리 용해운이 비상하다 하여도 임인건을 찾아내기는 어려울 것이다. 더구나 용해운은 임인건을 찾기 위한 별다른 움직임도 보이지 않고 있다지 않는가.

그러니, 당분간은 시간 여유가 있다.

이렇게 마음 한구석을 내려놓는 이유현이었다.

인왕산이 보이는 김성노의 고층 아파트 창문 밖 정경은 폭염이 가라앉으면서 고즈넉해져 있었다. 이날 오전 김성노는 고진에게 전화를 걸어 "집에 한번 들르지." 하며 호출을 했었다. 선금도 1억 원이

나 받은 처지에 별다른 일 없어 빈둥거리던 고진은 알겠다고 전화를 끊은 후 화미령에게 전화를 걸었다. 김성노의 집에 같이 가자고 권했지만, 화미령은 "전 들은 바 없는데요?" 하며 잘라 버렸다. 고진은 김성노의 방문 요청을 수락한 것을 후회하면서 오후 느지막이 김성노의 집에 들렀다. 넙데데한 가사도우미는 현관문만 열어 주고는 몸을 획 돌려 종종걸음으로 되돌아가 버렸다. 부엌 쪽에서 향긋하게 한약 달이는 향이 피어오르고 있다. 오늘은 거실 원목 테이블 위에 사슴피 팩은 보이지 않았다. 대신 쟁반 위에 육포 조각 같은 것이 놓여 있었고, 김성노는 그중 한 조각을 입에 넣더니 우물우물 씹었다. 고진이 물었다.

"오늘은 뭐 드십니까?"

"웅담이야. 이게 최고지."

고진은 눈이 휘둥그레지며 쟁반 주변에 바싹 다가갔다.

"우와, 이런 건 정말 효험이 있습니까? 궁금합니다."

"이건…… 괜찮긴 한데 좀 별로야. 진짜 좋은 건 생 웅담이지. 곰을 잡아죽인 다음 즉석에서 꺼내 먹는 웅담 말이야. 20년 전만 해도 캐나다로 곰 사냥까지 갔는데. 그땐 세월이 좋았어. 여행사에서 관광 상품으로 만들어 놨길래 따라갔지. '곰 못 잡으면 환불해 드림'이라면서 광고지를 돌리더구만. 캬하. 역시 외제야. 캐나다 곰 거는 정말 좋더구만."

밉상스러운 이야기지만 김성노 노인이 말하면 어쩐지 해학이 묻어 나왔다.

"동물의 가죽 쪼가리를 지키기 위해서라면 인간의 마빡에 도끼를 내려칠 준비가 되어있는 과격파 동물보호론자들이 들으면 생명이 위험할 이야기입니다."

"뭐? 누가 도끼를 내려친다고?"

역시 오늘도 고진 식의 농담은 김성노에게는 통하지 않았다. 고진은 은근히 눈짓으로 웅담을 넘보면서 말했다.

"이렇게 좋은 걸 드셔서 정정하신 모양입니다."

"그럼 좋고말고. 제대로 된 거 하나 먹고 나면 다시 태어난 기분이 들어."

"다시 태어난 거라면 나체여야 하잖습니까?"

"뭐? 그게 무슨 소리야?"

먹히지 않는 농담을 꾸준히 주워섬긴 후 고진은 말을 돌렸다.

"좋은 거 드셔서 부럽단 말씀입니다."

"돈보단 건강이야."

고진은 슬그머니 웃었다. '돈보다 무엇'이란 말은 적어도 김성노의 입에서는 그다지 어울리지 않는 대사다.

"한 가지 가르쳐 줄까. 웅담 다음으로는 멧돼지 쓸개가 좋아. 내 원주 쪽 멧돼지 농장에 가끔 가는데, 언제 한번 같이 가지."

"같이 멧돼지 쓸개나 먹자고요? 좋죠. '언제 술 한잔'보다 더 정겹게 들립니다."

고진은 김성노와 회담이라도 하듯 거실 테이블을 사이에 두고 의자에 걸터앉아 팔걸이에 팔을 턱 올려놓았다. 오늘은 화미령이 같이 오지 않아서인지 가사 도우미가 차 한잔 날라다 주지 않아 테이블 위는 웅담 그릇 말고는 아무것도 없이 휑했다.

"그런데 왜 아무런 소식이 없어?"

고진이 앉자마자 김성노가 갑자기 추궁하듯 말했다. 대놓고 질책하는 목소리였다. 기분이 잘 변하는 노인이었다.

"어떤 소식 말씀입니까?"

"다! 내가 일을 맡겼잖아."

"저도 노력하는 중입니다만, 일단 그 암호문인가 뭔가가 적힌 광목 끈이 없으니 일이 진행이 되지 않습니다."

김성노는 끄응 하는 소리를 내며 입을 다물었다. 자신이 무슨 수를 써서든 임인건으로부터 끈을 구해 오겠다고 큰소리치지 않았던가. 아무리 노인이 막무가내라고 해도 없는 끈의 암호문을 풀어 내라고는 할 수 없는 노릇이다. 괜한 욕심을 부린 노인은 이번에는 목소리를 낮추어 재차 말했다.

"내가 생각해 봤는데 말이야, 경찰은 이미 그 글귀를 손에 넣지 않았을까 싶어. 그런데 그게 뭔지를 모르는 거지. 또 설혹 안다 하더라도, 걔들은 보물찾기보다 범인 찾는 게 목적이니까 뭘 어떻게 할 수 없는 거야. 그런 거 아닐까?"

"그건 아닙니다. 경찰에서는 전혀 짐작도 못하고 있습니다."

"그런가…… 아무튼 진행이 안 되면 안 되는 대로 이야기를 해 주어야지!"

할 말이 막힌 김성노는 또다시 신경질적으로 엉뚱한 말을 뱉었다.

"임인건은 아직 연락이 없습니까?"

"전혀. 휴대폰도 안 돼."

김성노는 괘씸하다는 듯 합죽한 입을 앙다물었다.

"그런데 참 어르신도 대단하시네요. 용해운이 겁나지 않습니까. 임인건도 저렇게 도망친 판인데."

"물론 겁나지. 사람을 한꺼번에 셋이나 아작 낸 놈인데. 그런데 용해운이가 날 모르잖아? 모르는데 어쩔 거야?"

"뭐 그렇긴 합니다. 어르신은 임인건한테서 끈만 사들이시면 되죠."

"이 나이가 돼 봐. 겁날 것도 없고 아쉬울 것도 없어. 이만큼 살았는데 더 살면 어떻고 당장 죽으면 또 어때. 다만 죽기 전에 한 가지 회한은 있어."

"회한요?"

고진은 흥미롭다는 듯 되뇌었다. 인생 여정의 마지막 무렵에 다다른 남자가 갖는 아쉬움이란 게 어떤 것일지, 역시 가져 보지 못한 것에 대한 미련일까 하는 짐작에 고진이 물었다.

"돈은 뭐 주체 못 할 만큼 갖고 계시니까…… 혹시 권력 같은 겁니까?"

김성노는 눈꺼풀이 거의 덮인 눈을 희번덕였다.

"권력? 좋지. 하지만 요샌 그런 것도 웃겨. 말 많은 학자들 싸그리 땅에다 묻어 버리고 책을 불 싸질러 버린 진시황쯤 돼야 권력인 게지, 의원 배지 한번 달려고 허리 굽실굽실 표 구걸하는 요즘에야 그게 권력인가? 누가 맘먹고 육탄 공격 하면 모가지 날리는 것도 금방이야. 그쪽은 인제 별로 재미가 없어. 대신에 돈은 갈수록 쓸모가 높아. 왜냐? 돈으로만 살 수 있는 좋은 것들이 자꾸 자꾸 나오거든. 난 돈 쪽이 더 좋아. 지금 막 눈앞에 내 일생의 꿈이 펼쳐져 있어. 내 평생 작은 부자로 살았지만 큰 부자는 못 되어 봤어. 돈 많다고 으스대는 놈들 아니꼬웠던 때가 한두 번이 아니었어."

수백억 자산가의 입에서 마침내 가난한 사람의 한풀이 같은 말이 나오자 고진이 깜짝 놀란 얼굴을 했다.

"어르신이 그런 말씀 하시니 도무지 믿기지 않습니다. 어딜 가나 부자로 대접받으면서 사셨을 법한데요."

"고 변호사는 돈을 못 벌어 봤지?"

김성노는 코를 벌름거렸다.

"어르신한테 비하면야 겨우 굶지 않는 수준이죠."

"없는 놈들이나 안빈낙도니 뭐니 하는 거지. 아예 가망이 없으니까 그렇게 위로하고 사는 거야. 저 아래쪽에 있을 땐 소소한 삶이니 뭐니 읊어 대도 어쩌다 위로 올라가면 꼭대기 한 번 밟으려 안달이 나는 법이거든. 에베레스트 100미터 남겨 두고 내려올 놈 있겠나?"

"그렇긴 합니다."

고진은 건성으로 맞장구쳤다.

"한 품고 눈감기 전에 마지막으로 한번 크게 당겨 보는 거야. 단군 이래 최대의 현찰왕이 되는 거지. 빌 게이츠? 세계 제일의 부자니 뭐니 해 봤자 재산 대부분이 주식이잖아? 1퍼센트만 처분하려 해도 마이크로 머시긴가 하는 회사 주식이 대폭락할걸. 그게 다 실제 쓸 수 있는 재산은 아니란 말이지. 우리나라 재벌들이야 더하지. 어차피 그 사람들 재산은 대부분 주식이거나 부동산 쬐금이야. 정작 맘 놓고 쓸 돈은 몇 푼 안 돼. 회사 돈으로 펑펑 쓰고 기분 내 봐야 잘못하면 배임이니 뭐니 걸려. 주식 평가액 몇 위라고? 흥, 현찰하곤 비교가 안 되지. 부동산도 주식도 아닌, 현찰만 수천억 원을 가진 현금 황제. 그게 바로 이 김성노가 되는 거야. 나 개인이 하나의 은행이 되는 거지."

"멋지게 들리는군요. 진시황의 헛꿈보다 훨씬 현실적입니다."

김성노는 눈가를 기묘하게 일그러뜨렸다.

"돈이 급한 기업들, 사장 놈들을 모조리 발아래 꿇릴 거야. 어떤가? 이 정도면 사나이 필생의 꿈이 될 만하지 않아? 이히히힛."

김성노의 장대한 꿈은 마지막에 덧붙인 웃음소리 때문에 어쩐지 정상으로 들리지 않았다.

"하여간에 경찰도 모른다니까 역시 그놈의 끈인가 나발인가가 있어야 일에 진척이 있을 텐데."

김성노의 한쪽 눈썹이 위로 슬쩍 올라갔다.

"어때? 고 변. 내가 슬쩍 임인건이 실종 신고를 한번 내 볼까? 그럼 경찰이 열심히 찾지 않을까?"

"그러실 필요 없습니다."

"왜?"

"안 그러셔도 경찰이 임인건을 열심히 찾고 있거든요. 부하 셋이나 죽었는데 사장이란 작자가 사라져 버렸으니 말이죠. 그 정도로 중요한 참고인인데 안 찾겠습니까?"

"쯧. 임인건이는 첨부터 알아봤어. 잔재주는 있는데 간이 작아. 크게 될 놈은 아니야. 지금도 저렇게까지 꽁꽁 숨어 버릴 게 뭐 있나."

불만이 가득한 목소리였다. 고진은 싱긋 웃었다.

"임인건은 정말 완벽하게 숨은 것 같습니다. 경찰도 열심히 찾고 있는데 도무지 알 길이 없는 모양이더군요."

"육시럴 놈. 연락이라도 와야 끈을 뺏든가 거래를 하든가 하지."

"어르신도 참 성격이 급하십니다. 임인건하고 거래를 하더라도 적어도 용해운이 검거되고 나서 하는 게 안전하지 않겠습니까?"

김성노는 질책하듯 목청을 높였다.

"이보게, 고 변. 내 나이가 얼만가? 그게 언젠지 알고 기다려? 용해운이가 버젓이 저렇게 길거리를 쏘다니고 있는데 경찰이 못 잡고 있잖아? 아니 일부러 안 잡는 거 아냐, 뭐야?"

잘 나가다가 또 혼자서 역정을 내는 김성노였다.

"아무렇게나 체포할 수 있겠습니까? 확실한 증거를 찾느라 그런 모양입니다."

"뻔한데 증거는 무슨. 이런 거 보면 경찰 하는 꼬라지도 참 답답해. 사람을 셋이나 죽였는데 증거가 없어서 안 된다, 이건가? 무슨 놈의 법이 그래?"

김성노 노인에게 법을 이해시키는 건 불가능하다. 고진은 입을 닫았다.

"그건 그렇고."

고진이 갑자기 테이블 위로 손을 가져가며 말했다.

"이 웅담 한 조각 먹어 봐도 되죠?"

김성노의 눈빛이 싸늘해졌다. 노인은 쭈글쭈글한 손으로 잽싸게 웅담이 놓인 쟁반을 가로막았다.

"오늘도 류 마담은 멀찍이서 코빼기도 안 보이네요."

이유현이 달랑 맥캘란 병 하나 놓인 카운터 너머 텅 빈 공간을 보며 말했다. 고진은 그 병마저 집어 들고 말없이 자신의 잔을 채웠다. 이유현이 본의 아니게 두 달간 실업자 신세가 되다 보니 부쩍 고진과 자주 만나게 된다. 오늘은 오랜만에 압상트에 들른 참이다. 양주가 그렇게 입맛에 맞지 않는 이유현은 원래 바에서 술 마시는 걸 그다지 좋아하지 않았다. 하지만 압상트가 주는 편안함이 그보다 컸다. 고진의 취향을 완벽하게 파악하고 있는 사장 류경아는 주문을 따로 하지 않아도 알아서 싱글몰트 위스키를 내왔다. 다른 손님보다 특별한 대우를 받는다는 느낌도 준다. 외상은 일상적이고, 안주 무료, 혹은 아예 양주 병째 무료 같은 통 큰 이벤트도 심심찮게 해 준다. 이유현은 그게 손님이 특별 대우를 받는다고 느끼게 만드는 류경아의 독점 상술인지 아니면 고진과의 미묘한 남녀 관계에서 비롯한 것인지 늘 헷갈린다. 요즘은 후자 쪽으로 기울고 있다. 고진이 엉뚱한 여자에게 한눈이 팔려 가고 있는 걸 아는 류경아의 고진이라는 '손님'에 대한 처우가 언제부턴가 시원찮아졌다고 느껴지기 때문이다. 오늘도 류경아는 술병과 서비스 땅콩 접시만 덩그러니 가져다 놓고는 등을 획 돌려 멀찌감치 사라져 버렸다. 이렇다는 것은, 마음 따라 몸이 가고 술도 가는 이치로 보았을 때…….

이유현이 이런 생각에 빠져 있는 동안 고진은 찰랑거리는 잔을 주저 없이 들이켰다. 류경아의 마음처럼 오르락내리락 하는 고진의 목젖을 보며 이유현이 물었다.

"보물 지도 해독은 잘 되고 있습니까?"

"보물 지도? 암호문 해독 말이군. 경찰에선 어때?"

"우린 사실 그쪽엔 신경 쓰고 있지 않는 것 같습니다."

"수사팀장이 '그런 것 같습니다'라고 하니 서글픈데."

고진은 채워 달라는 듯 손가락으로 빈 술잔을 팅 하고 튕겼다. 그는 이유현이 정직 처분을 받아 개점휴업 상태인 걸 아무렇지 않게 들춰내 건드리곤 한다. 그쪽이 이유현의 마음을 오히려 더 가볍게 한다.

"괜찮습니다. 형사들이 거의 실시간으로 수사 상황을 알려 주니까요."

이유현이 고진의 잔을 채우며 말했다.

"조금만 더 참아. 그런데 왜 암호문에는 신경을 안 써?"

"중요한 건 범인 체포지, 보물 사냥이 아니니까요. 그리고 형님도 지난번에 이야기했듯이, 암호 해독에 머리를 싸매느니 훨씬 효율적인 방법이 있지 않습니까? 용해운이를 잡아다가 주리를 틀면서 물어보면 끝날 일이죠. 그걸 왜 쓸데없이 머리 싸맵니까. 그럴 시간에 하나라도 더 발로 뛰어다녀야죠."

"그게 과학 수사를 표방하는 21세기 한국 경찰의 실체였군."

"한국 경찰만 그런 줄 아십니까? 미국 CSI도 드라마에서나 멋있지, 사실은 거지예요."

"그렇긴 해."

고진은 술을 한 모금 목구멍으로 넘겼다.

"딴 건 몰라도 암호 같은 데에선 형님이 실력 발휘를 해 주길 기대합니다."

"이거 무슨 소리야, 형사의 시간은 금값이고, 내 시간은 헐값이란 건가?"

고진이 발끈하자 이유현은 조용히 손바닥을 내밀었다.

"별로 궁금하지 않으신 모양이네요. 그럼 암호문 카피한 거 돌려주시든가요."

고진이 체념한 듯 고개를 돌렸다.

"……관둬. 내 약점을 잘 알고 있군. 실은……."

"실은……?"

"어떤 암호인지 알 것 같아."

"뭐라고요? 알 것 같다고요?"

카운터를 두고 나란히 앉아 있던 이유현이 고진 쪽으로 몸을 홱 돌렸다.

"응. 처음 자네가 보여 줬을 때 퍼뜩 떠오른 게 있었어."

"처음 보여 줬을 때 이미……."

이유현은 눈알을 한참 뒹굴뒹굴 굴리더니 갑자기 잔을 카운터 대리석 위에 쾅 내리쳤다.

"이런, 너구리 형님! 이러깁니까? 알면서 왜 모른 척 연기했습니까?"

"어? 왜 그래?"

고진은 갑자기 흥분한 이유현을 달래느라 손을 뻗었다.

"아하, 알겠네요."

이유현이 붉으락푸르락 해져서 고진의 손을 밀어냈다.

"돈 될 걸 본능적으로 알아보곤 말 안 한 거겠죠? 보물인지 채권인지 모르지만 혼자 찾아내서 꿀꺽하겠다, 그런 생각이었습니까? 어쩐지 처음 이걸 보여 줬을 때 낌새가 이상하더라니."

멀리서 소동을 본 류경아가 시선을 보냈다. 고진은 난처한 표정으로 류경아 쪽을 한 번 보고는 이유현을 향해 대꾸했다.

"무슨 소리야, 내가 인디아나 존스도 아니고. 자네가 처음 보여 줬을 땐 그게 일본 국채와 관련되었을 가능성은 알지 못했어. 그 뒤에 김성노 할아버지를 만나서 알게 된 거지."

"하지만 백백교주 용해운이가 목숨을 걸고 찾아다녔던 물건인데, 큰돈이 걸려 있을 거라는 정도는 아는 상황 아니었습니까. 암호를 풀었으면서도 입을 꾹 닫고……."

고진이 말을 막았다.

"이거 오해가 심하군. 암호를 푼 게 아니야. 내가 원래 전부가 이해될 때까지는 이야기를 않잖아? 그때도 그래서였어. 그런데 하필 며칠 뒤에 김성노 영감님 의뢰가 있어서 오해하기 딱 좋게 상황이 돼 버린 거야. 의뢰 건도 곧바로 솔직하게 자네한테 이야기를 다 했잖아. 김노인의 의뢰를 받아들인 것도 오로지 그 수전노가 이 위험한 게임에 뛰어드는 것에 흥미를 느껴서였어. 그래서 내가 끈의 사본을 갖고 있단 얘기도 영감님한텐 안 했고. 뭐, 약간의 착수금은 받았지만……. 그리고, 생각해 봐. 내가 혼자 몰래 챙길 심산이었으면 암호문을 풀기도 전에 오늘 자네한테 이야기를 왜 하겠어?"

특히 고진의 마지막 멘트가 그럴듯하게 먹힌 모양이었다. 이유현은 가만히 듣고 있다가 아무 일 없다는 듯 말했다.

"그렇다면 다행이고요."

"이거 뭐야. 실컷 오해해 놓고 그렇게 마무리하면……."

"암호문이나 이야기해 보시죠."

고진은 할 수 없다는 듯 술잔을 기울이다 이쪽을 보고 있던 류경아와 눈이 마주쳤다. 그녀를 향해 술잔을 들어 보이고는 나머지 술을 꿀꺽 들이켰다.

"암호문 해석은 절반쯤 안 되고 있어."

"그럼 절반은 했단 건데, 그거라도 이야기해 보세요."

"나머지 절반도 실은 된 건 아니야."

"절반은 안 되었고, 나머지 절반은 된 게 아니다? 이건 무슨 신종 화법입니까. 아깐 어떤 암호인지 알 것 같다고 했잖습니까."

"어떤 암호인지 알 것 같다고 했지, 암호를 풀었다고 한 건 아니야."

"실망입니다. 그런 변명을 하시다니."

"실망은 좀 기다려 줘. 그 광목 끈에 쓰인 문자의 비밀을 풀지 못한 건 내 상상력이 딸려서가 아니야."

"그럼 이유가 뭡니까."

"중요한 키가 미싱 상태야. 원숭이와 인간 사이의 미싱링크처럼 공백이 발생한 셈이지."

고진이 괜히 심각한 척 말했지만, 이유현은 뭉개 버렸다.

"비유는 말도 안 되지만 어쨌건, 중요한 키가 없다는 게 무슨 소립니까?"

"분명 이 자모들은 어떤 글자를 만들기 위한 거야. 하지만 여기엔 원칙도 법칙도 없어. 자네도 해 보아서 알겠지만 어떤 순열과 조합도 들어맞지 않아."

"그건 분명히 그렇죠."

"긴 광목 끈에 나열된 한글 자모…… 직관적으로 먼저 떠오르는 게 그거더군. 스키테일의 원통."

"스키……? 그건 또 뭡니까?"

"스파르타가 만들어 썼다고 전해지는 암호인데, 원통형 막대 위에 띠처럼 생긴 양피지를 둘둘 만 다음 가로로 메시지를 적어. 나머지 빈 곳에는 아무렇게나 문자를 채워 넣고. 이 양피지 띠를 풀어 버리면 문자가 뒤죽박죽되어서 못 알아보게 되지. 같은 굵기의 원통을 가져야만 이 양피지 띠를 원통에 감아서 이 암호문을 해독할 수 있게 돼. 간단하지만 유용한 비밀 전달 수단이지."

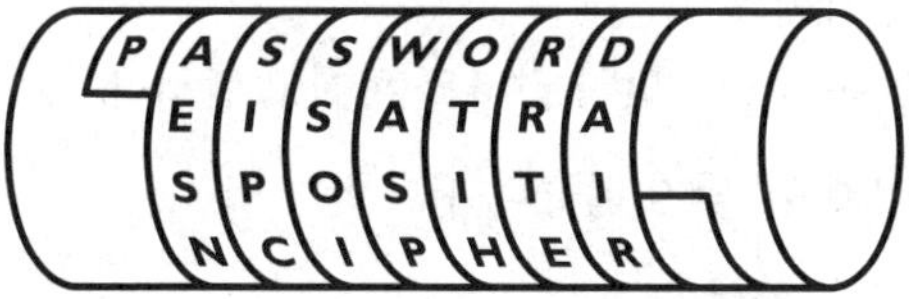

고진은 냅킨 위에 볼펜으로 그림을 그려보였다.

"윗줄을 가로로 읽으면 'password'가 되는군요. 정말 이 띠는 광목 끈하고 흡사한데요. 흠……."

그 위에 쓰인 한글자모까지 생각하면 흡사한 정도가 아니라 다른 방식의 암호라고는 생각할 여지가 없을 정도다. 이유현은 고진이 그려 놓은 냅킨 그림을 집어 조명이 비추는 쪽으로 옮겨 뚫어져라 보았다.

"요즘에야 컴퓨터로 복잡한 암호문을 만들어 내지만, 당시에는 서

양문물이 들어오면서 소개된 이런 고대의 암호문 방식이 획기적으로 보였을 거야. 백백교도는 그때 기준으로는 첨단의 보안 방식을 도입한 거지."

이유현이 왼손으로 턱을 괴고 그림을 한참 들여다보더니 의아한 눈빛으로 고개를 쳐들었다.

"그럼 거의 풀린 거 아닙니까? 기준이 되는 원통이 얼마 정도의 크기였는지 모른다고 해도요, 여러 번 해 보면 될 것 아닙니까. 종이를 적당히 원통처럼 말아서 사이즈를 조절해 가면서 띠를 말아 보면 되지 않겠습니까? 그러다가 가로로 줄을 그었을 때 말이 되는 글귀가 드러나면 바로 그게 암호문이겠죠. 쓰리세븐처럼 말이죠."

고진이 멈칫했다.

"자네 요즘 혹시…… 할일 없다고 파친코 출입하나?"

"내 말이 어때요? 맞지 않습니까?"

고진이 고개를 저었다.

"그렇게 해 봤는데 안 돼."

"안 돼요?"

이유현은 실망감에 목소리를 떨구었다.

"그럼 스키테일인가 뭔가 그 방식이 아닌 거 아닙니까?"

"아냐, 분명 그 방식의 암호 말고는 생각하기 어려워."

"글쎄요…… 하긴 그게 맞는 거 같긴 한데."

"아마도 스키테일 암호의 변형일 거야."

"변형이라뇨? 어떤……."

"실은 스키테일 방식엔 치명적인 약점이 있어. 글자 사이에 일정한 간격이 있게 되잖아. 원통 둘레 한 바퀴라는 간격 말이지. 그래서 아예 원통 굵기를 모르거나 아예 원통에 감지 않더라도 글자 첫머리부터 간격을 여러 단계로 바꿔 가며 시도하다 보면 언젠가는 암호문을 읽어 낼 수가 있게 되거든. 자네 말대로 결국 시간문제인 거지. 기준이 되는 원통의 사이즈를 모르더라도 이 암호는 풀 수 있을 거라고 생각했어. 그때 자네한테 문자가 적힌 종이를 건네받고는 혼자 집에서 해 봤는데…… 아, 오해하진 마. 다 풀어낸 다음 자네한테 술 한 잔 사, 그러고는 짠 하고 알려 주려고 했지. 근데, 아무리 해도 문자가 성립이 안 되는 거야. 혹시 스키테일식이 아닌 건가 하고 나도 잠시 헷갈렸는데 아무래도 그거일 수밖에 없다고 결론을 내렸어. 그런데, 도무지 일반적인 파해 방법으론 안 되는 걸 보면, 아마 백백교도들은 보안을 위해 하나의 키를 더 추가한 게 아니었나 싶어."

"하나의 키를 더 추가했다고요…… 어떤 거요?"

"아직은 모르겠어. 뭐, 아닐 수도 있고. 하지만 갈수록 그게 분명하단 생각이 드는 게, 백백교 일당이 80년이 지난 이제 와서야 끈을 찾게 되었다는 사실이 그런 사정을 말해 주고 있지 않은가 싶어."

"그건 왜 그렇습니까?"

"그동안에는 암호풀이의 키가 되는 부분을 갖고 있지 못했던 거지. 그러니 문자만 나열해 놓은 광목 끈을 찾는다 한들 아무 소용이 없는 거야. 키워드 없이는 끈을 가져 봤자 담배만 갖고 성냥 없이 독방에 갇힌 거나 마찬가지야. 얼마나 괴롭겠어. 나 같아도 차라리 잊어버리는 게 편하다고 생각했을 거야."

"비유는 별로지만 아무튼 신선한 추리입니다."

"반쯤 고맙네."

고진은 담배를 비유로 드는 통에 생각이 났는지 오랜만에 담배 한 개비를 꺼내들어 지포라이터로 불을 붙였다. 이유현은 파란 담배 연기가 허공으로 사라지는 장면을 물끄러미 보다가 퍼뜩 말했다.

"잠깐만요, 그렇게 스키테일 방식을 변형한 암호를 썼다 하더라도 80년을 기다리느니 일일이 해 보는 게 낫지 않았을까요? 까짓 거 수천 번쯤 하다 보면……."

고진은 고개를 흔들었다.

"한 줄에서 다음 줄로 넘어갈 때마다 경우의 수는 제곱 단위로 늘어나. 수천 번 정도가 아니지. 정확한 결론에 도달하려면 수십만, 수백만일지도 몰라. 물론 '백백교도들 사이에 전달될 만한 단어'라는 한정된 조건이 있으니까 그보다는 훨씬 쉽겠지. 그런데 문제는, 그 짓을 거듭해서 단어를 찾아낸다 해도 결국 해결할 수 없는 장벽에 도달하게 되어 있단 거야. 이 암호문을 잘 봐. 뒷부분에는 젠장맞을 숫자가 나와. 단어라면야 여러 가지 조합 중에 말이 되는 걸 골라서 장소든 사람이든 찾아내면 되겠지만, 그게 숫자라면 어쩔 건가? 그리고 그게, 이를테면 위도나 경도같이 위치를 알려 주는 지표라면? 그건 백날 조합을 해 봐야 이 숫자가 맞는 건지 틀린 건지 확인할 길이 없는 거야. 정확하게 어느 숫자인지를 가리키는 키워드가 없으면 말이야."

"……그렇군요."

이유현은 냅킨에 그려진 암호문을 물끄러미 쳐다보았다.

"그렇다면 용해운이 끈을 필사적으로 찾아 돌아다닌다는 건 어떤 경위로든 드디어 키를 손에 넣었다는 말이겠네요."

"그렇겠지. 그래서 우리의 대원님은 거사의 발걸음을 옮긴 거야."

"도무지 상상이 안 가네요. 그 암호의 키라는 게 어떻게 전해졌고, 그걸 용해운은 어떻게 80년이 지나서야 손에 넣었을까요?"

"그건 알 수 없지. 아직은."

고진은 잔을 단번에 비우고 말했다.

"어쨌든 그래서 용해운은 끈을 찾으러 나섰어. 수천억 원 어치의 채권을 사냥하러 피비린내 나는 붉은 십자군을 일으켰어. 불타는 열정에 사로잡힌 이자들이 죽도록 끈을 찾는 앞에서 얼쩡거리는 사람의 목숨은 파리보다 못하게 된 거야."

"그렇다면 지금 그 파리보다 못하게 된 인간은……."

고진은 파란 담배 연기를 허공에다 쭉 내뿜고는 말했다.

"물론 임인건이지."

집에 돌아와 잠자리에 들었을 때 곧장 잠이 들지 못하고 뒤척이던 이유현은 버럭 의문에 사로잡혔다.

고진은 이유현이 암호문이 적힌 쪽지를 보여 주었을 때 즉시 그것이 스키테일 방식이라는 걸 간파했다. 그리고 그 암호문이 큰돈과 직결되어 있다는 것도 이미 짐작하고 있었다. 그 말은, 고진은 그 무렵 독자적으로 암호문을 풀어서 보물을 찾을 수 있는 조건을 이미 갖춘 상황이었단 이야기다. 물론 단지 가능성일 뿐이었지만.

그 얼마 후, 노욕에 찌든 김성노가 고진을 불러 암호문 풀이와 채권 회수를 의뢰했다. 찾은 돈의 20퍼센트를 보수로 제시하면서. 이미 돈을 찾을 자료를 모두 가진 고진으로서는 거절하는 게 마땅하다. 그런데 굳이 10퍼센트만을 받겠다며 의뢰를 수락했다.

자신이 혼자서 찾아내는 경우에 비하면 어마어마하게 손해인 거래다. 그런데 왜?

단순한 흥미일까?

아니면 혹시 그걸 빌미로 화미령과 같이 일하고 싶어서일까?

아니면 혹시 다른 꿍꿍이가?

16

바닥에는 이불 한 채가 아무렇게나 나뒹굴어 있다. 가구도 없고 TV조차 없다. 누렇게 찌든 천장은 곧 철거될 이 집의 운명을 그대로 말해주는 듯하다. 벽에는 가뭄에 시달린 논바닥처럼 군데군데 균열이 생겨 있고 한쪽 구석은 습기가 번져 벽지가 시커멓게 변해 있다. 방 안은 정치적인 망명을 준비하는 자의 임시 거처처럼 휑뎅그렁하다. 창가에는 학교 강당에서 단체용으로나 쓸 법한 파이프 의자가 놓여 있다.

용해운은 그 의자 위에 앉아 창밖을 내다보고 있었다. 아무것도 하고 있지 않아도 무료한 표정은 떠 있지 않다. 바람 한 점 들어오지 않지만 그다지 더위도 타지 않는 듯하다. 창턱에는 경찰이 파악하지 못하고 있는, 노숙자 명의의 휴대전화가 한 대 놓여 있다. 그 휴대전화 벨이 울렸다. 겁먹고 탁한 목소리가 전해졌다.

"대원님, 남기만입니다."

"음."

"도착했다고 합니다."

"남 유사는 물건 받으면 그곳으로 와. 형사 따돌렸는지 확인하고."

'유사'란 직책으로 불린 남기만은 정중하게 말했다.

"예, 알겠습니다. 몸 보중하십시오."

용해운은 대답 없이 전화기를 눌러 껐다. 용해운은 다시 창밖을 내다보았다. 길가에 이제는 친숙한 소형차가 한 대 정차해 있다. 용해운은 차를 내려다보며 느긋하게 휴대전화를 집어 들었다. 조금 전에 남기만과 통화했을 때와는 다른 자신 명의의 휴대전화였다.

용해운의 방이 비스듬히 올려다 보이는 길가에 붙박인 듯한 이 차에는 광역수사대 형사 유오경, 박인식이 타고 있다. 이전에도 용해운의 주거지에 불시에 들러 동태를 살폈지만 임인건의 수하들이 죽은 다음부터는 아예 대놓고 주차해 있는 상태다. 숨기려는 기미조차 없으니 잠복근무라고 하기도 뭣하다. 어차피 감시당한다는 걸 모를 리 없는 용해운이다. 감시도 감시려니와 '경찰이 널 보고 있다. 서툰 짓 하지 마라'는 경고를 전하는 목적이 크다.

무더위에 지칠 대로 지친 유오경은 급기야 핸들에 손을 얹고 꾸벅꾸벅 졸기 시작했고, 조수석의 박인식은 그나마 눈이 아직 살아 있었다. 누군가가 운전석 쪽 반쯤 내린 창문을 거세게 두드렸다. 고개를 주억거리던 유오경은 퍼뜩 깨어났고, 박인식은 몸을 기울여 창밖을 내다보았다. 경찰 정복을 입은 두 사람이 서 있었다. 그러고 보니 그들이 탄 차 뒤에 흰색 경찰차가 딱 붙어 있다.

유오경이 남아 있던 창문을 다 내렸다.

"무슨 일입니까?"

정복 순경이 가볍게 경례를 부치고 말했다.

"여기서 뭐하고 계십니까?"

"뭐 하다니요? 차 안에 있는 거지 뭐하는 거겠습니까?"

박인식이 조수석에서 짜증스럽게 말했다.

"신분증 좀 보여 주십시오."

"신분증은 왜요?"

경찰과 형사는 잠시 옥신각신했다. 유오경이 마지못해 광역수사대 신분증을 꺼내 보여 주었다. 경찰은 "아, 죄송합니다." 하더니 다시 가볍게 경례를 했다.

"주민이 오해를 했나 봅니다."

"주민요?"

"낯선 사람들이 며칠째 길가 차 안에 눌러 앉아서는 무슨 범죄 모의를 하는 것 같다고. 불안해서 못 살겠으니 단속해 달라고 신고가 들어와서요."

"나 참. 아닙니다. 임무 수행 중입니다."

"그러시군요. 수고하십시오."

경찰은 형사들의 차 뒤에 댔던 흰색 경찰차를 타고 미련 없이 떠나갔다.

"젠장, 더워 죽겠는데 별꼴을 다 당하네. 어떤 할 일 없는 인간이 신고를 해."

박인식이 머리 뒤로 팔짱을 끼고 조수석에 몸을 누이는데, 유오경이 잠깐, 하며 머리를 쳐들었다.

"용해운?"

두 사람은 얼굴을 마주 보았다. 그리고 거의 동시에 차문을 열고 뛰쳐나갔다.

연립주택의 계단을 뛰어 올라갔다. 3층 위 옥상으로 올라가 용해운의 옥탑방 문을 당겼다. 아무 저항 없이 문이 벌컥 열렸다. 방 한 칸 부엌 한 칸. 집 안은 텅 비어 있었다.

용해운은 길가로 나와 택시를 타고 서울로 진입해 고속터미널역에서 내렸다. 번잡한 거리를 가로질러 전철역으로 내려가 전철을 타고 도곡역에서 분당선으로 갈아탄 후 구성역에서 내렸다. 구성역 1번 출구는 들르는 사람 없는 박물관 입구처럼 휑했다. 그는 개방형 역 출구에 서서 주위를 휘휘 둘러본 다음 다리를 건너 용구대로변으로 걸어가 택시를 잡아탔다. 온 길을 다시 거슬러 서울 방면으로 올라가는 듯 하더니 수지를 지나서는 고기리 방면으로 꺾어 들어갔다. 옆으로 시냇물이 흐르는 어느 도로가에 내린 후 포장된 언덕길을 걸어올라갔다. 조그마한 능선을 따라 고급스러운 전원주택이 듬성듬성 자리한 자그만 동네였다. 집 사이의 거리와 제각각인 집의 양식으로 보아 이웃간의 교류는 전혀 없을 것 같은 마을이었다. 그가 들어간 곳은 언덕 맨 위쪽 주택이었다. 익숙하게 비밀번호를 눌러 대문을 열고 현관을 열었다. 거실은 넓었고, 한동안 인적이 없은 듯하지만 윤기가 살아 있는 강화마루가 비쳐들어 온 햇빛에 은은하게 반짝였다. 그는 에어컨을 터보로 켜 놓고 냉장고에서 캔 음료수를 가져와 붉은색 버팔로 가죽 소파에 앉았다. 마시던 캔을 대리석 테이블 위에 놓고 주머니에서 휴대전화를 꺼내 번호를 꾹꾹 눌렀다. 신호가 떨어지자마자 용해운이 말했다.

"어디야?"

상대방의 목소리는 작고 정중했다.

"지금 막 가지러 왔습니다. 대원님 거처로 곧 가겠습니다."

남기만은 용해운이 전화를 끊은 것을 확인한 다음 공손히 전화를 끊고 곧 발걸음을 떼었다. 그가 전화를 받은 때는 철산역에서 막 내린 참이었다. 남기만은 통화를 마치자마자 곧장 광명성애병원 방향으로 걸어갔다. 5분 정도 걸어 병원을 지나친 그는 철산공원 안으로 들어간 다음 흙으로 다져진 산길을 지나 정자가 설치된 지점에 도착했다. 그가 향한 곳은 그 옆에 위치한 공중화장실이었다.

화장실에는 등산모를 쓴 중년 남자 한 명이 소변을 보고 있었다. 창이 나 있는 구석에는 오른 눈이 찌그러지고 남루한 옷을 걸친 중늙은이 홈리스가 라면 상자를 찢어 펼친 자리 위에 우두커니 앉아 있었다. 남기만은 입구에 있는 세면대에서 손을 씻는 시늉을 했다. 잠시 후 소변을 다 본 중년 남자가 세면대를 지나쳐 밖으로 나갔다. 남기만은 안으로 들어가며 화장실 칸을 살폈다. 두 칸의 문은 열려 있었고, 한 칸은 살포시 닫혀 있었지만 남기만이 문을 잡아 밀자 힘없이 열렸다. 안이 비어 있는 것을 확인한 남기만은 그제야 구석 자리의 홈리스에게 다가갔다.

남기만은 인사말도 없이 그에게 물었다.

"물건 왔다면서요?"

홈리스는 남기만과 구면인 모양이었다. 그는 앉은 채로 등을 돌려 뒤편 라면상자 아래쪽을 들쳐 뒤적뒤적했다. 그러더니 때가 가득한 손으로 조그만 소포 꾸러미를 집어 내밀었다.

"여기요."

국제 우편물이었고 수취인은 안영률로 되어 있는데 아마 이 홈리스의 이름인 모양이었다. 남기만은 선 채로 소포를 받아 챙긴 다음 지폐 몇 장을 그에게 건넸다.

"이 일은 잊어버리세요. 우린 이제 모르는 겁니다."

홈리스는 찌그러진 눈으로 남기만을 한번 올려다보는 것으로 대답을 대신했다. 남기만은 소포 꾸러미를 챙기자마자 미련 없이 뒤돌아서 바쁜 걸음으로 그곳을 떠났다.

"외제에 미친 놈. 목욕탕 비누도 외국에서 사나?"

홈리스는 뒤돌아 발길을 서두르는 남기만의 뒤통수에다 대고 들리지 않게 중얼거렸다.

* * *

고진이 전화벨 소리에 눈을 뜬 곳은 거실 소파였다. 전날 밤 술을 잔뜩 마시고도 택시를 제대로 잡아탔고 대모산 기슭 아파트까지 잘 찾아 돌아온 것까진 좋았다. 하지만 현관문을 따고부터 안심한 탓인지 급격히 술기운이 쏟아졌고, 몇 발자국 떼지 못하고 거실 소파에 쓰러졌다. 그대로 밤을 보낸 것이다. 양복 재킷을 얌전히 소파 등받이 위에 벗어 놓은 건 그나마 다행이었다. 얕은 잠으로 밤을 보낸 탓에 머릿속이 혼탁했고, 얼굴은 불이 붙은 듯 화끈거렸다. 고진은 누운 채로 팔을 뻗어 소파 등받이에 걸쳐진 양복 상의를 다 뒤집다시피 해서야 겨우 안주머니에서 휴대전화를 찾아냈다. 전화의 주인공은 이유현이었고 목소리는 다소 들떠 있었다.

"조금 놀라운 일이 있습니다."

"뭔데?"

고진은 잠에서 덜 깬 목소리로 이유현의 말을 받았다.

"진성모를 찾아냈습니다. 그런데 이미 사망했어요. 5년 전에."

"응? 가만, ……진성모가 누구더라? 들어 본 이름인데."

"요즘 기억력이 많이 떨어지셨네요. 용해운의 아버지잖아요."

"아, 아. 그랬지. 자다가 일어나서 그만 가물가물했네. 맞아. 진성모가 누군지 경찰청 데이터베이스에서 찾아본다고 했지."

"예. 비교적 특이한 이름에다 대략의 출생년도, 주소지나 결혼여부 등으로 범위를 좁히다 보니 결국 특정이 되겠더군요."

"그런데 찾고 보니 벌써 사망했다 이거구만. 그런데 그게 뭐 그리 놀라운가? 나이로 보면 충분히 있을 수 있는 일이지."

숙취에 절은 고진의 목소리에서는 잠을 방해받은 귀찮음이 묻어나왔다.

"아쉽게 됐지만 할 수 없어. 이걸로 용해운의 인물 추적은 끝내는 수밖에."

"그럴까요?"

"그럴까요라니. 첨에 그런 게 다 무슨 소용이냐고 빼더니만 웬 집

착이야."

"용해운의 가족사가 꽤 흥미롭지 않습니까?"

"그 시대에는 그런 이야기가 흔했어. 정식으로 연애하고 결혼식 올리고, 그런 패턴대로 살지 않는 인생들이 지금보다 훨씬 많았던 때야."

"그렇다곤 생각합니다만…… 두 번이라면요?"

"두 번?"

"진성모의 모친 성함이 뭔지 아세요?"

"퀴즈 내지 말고 그냥 말해 줘. 어차피 내가 알 턱이 없잖아."

"진상화입니다."

잠깐의 공백이 있은 후 소파에 파묻혀 있던 고진이 눈을 번쩍 떴다. 입술 끝이 기묘하게 일그러졌다.

"이거 정말 놀랍군."

고진은 조금 전에 이유현이 했던 말을 그대로 반복하며 일어나 앉았다.

"용해운과 마찬가지로 모친의 성을 따랐단 말이잖아. 그렇다면……."

"진성모의 호적에 아버지는 없습니다. 진성모의 부친은 진상화와 혼인신고 없이 살다가 아이만 낳고서 죽든가 어디론가 사라졌든가 한 거죠. 아들인 진성모가 나중에 그랬듯이. 진상화 할머니는 할 수 없이 자기 성을 붙여서 진성모를 길렀다. 이렇게 된 거 아니겠습니까. 용여순 여사와 마찬가지로요."

"대를 이어 역사가 반복되고 있는 거군. 이것도 유전으로 설명해야 하나? 흥미로운데…….”

“진성모의 아버지라는 사람에 관해서 한번 뒤져 볼 필요가 있지 않겠습니까?”

“진상화 할머니를 만나서 이야기를 한번 들어 볼 수 있으면 좋을 텐데.”

고진이 아쉬운 듯 말했다.

“설마 아직 살아 있지는 않겠지.”

이유현이 싱글거리는 모습이 수화기 너머로도 보이는 듯했다.

“살아 있습니다.”

살아 있다는 건 물론 본인에게 가장 큰 축복이겠지만 오랜 세월이 지나 증언자가 아쉬운 고진과 이유현에게도 천수답의 단비 같은 소식이었다. 고진은 곧 나가겠다며 전화를 끊었다. 샤워를 하고 냉장고에 쟁여 놓은 샐러드와 우유로 아침식사를 마쳤다. 조금 전 휴대전화를 찾느라 넝마짝처럼 헤집어 놓은 재킷을 툴툴 털어 그대로 다시 걸쳐 입고 아파트를 막 나서려는데 현관 벨이 울렸다. 기계음이지만 어딘지 신경질적으로 들렸다.

“성질 급하긴.”

고진이 현관문을 여니 아니나 다를까 조급한 표정의 이유현이 서 있었다.

“역시 성질 급한 놈이 손해네요. 근처에 와서 30분이나 기다렸어요.”

“아까 전화할 때 여기에 벌써 와 있었던 거야?”

고진은 혀를 끌끌 찼다.

"나도 느긋한 편이 아니지만 자네 성격 급한 건 정말 알아 줘야 해. 왜 이렇게 서둘러? 시간도 많은 사람이."

"장거리 여행을 각오해야 하거든요."

"어딘데?"

"전라남도 영암이에요."

"영암? 어흑."

고진은 신음 소리를 냈다.

"너무 먼데. 일단 광주까지는 KTX 탈까."

이유현은 양손을 들어 거부하는 표시를 했다.

"넘쳐나는 시간 뒀다 뭐합니까?"

고진은 조용히 차 키를 집어 들었다.

두 사람은 엘리베이터를 타고 1층으로 내려가 아파트 주차장으로 향했다. 운전석에 오른 고진은 핸들을 단단히 부여잡고 차를 출발시켰다. 음악을 크게 틀어 놓았건만 이유현은 이내 코까지 골며 잠에 빠져들었다.

"정말 신경이 굵은 친구야."

고진은 쓴웃음을 지으며 볼륨을 줄였다.

긴 여행이었다. 경부고속도로와 천안논산고속도로, 호남고속도로를 이어 달리는 동안 휴게소에서 두 번 쉬고, 일반도로로 접어들어 한번 길을 잘못 들기도 하다 보니 출발한 지 5시간이 훌쩍 넘어 있었다. 이유현은 중간에 교대해서 2시간쯤 운전했지만 나머지 시간에는 어젯밤 무엇을 했는지 조수석에서 병든 닭처럼 목을 푹 꺾고는 내내 잠만 잤다. 피로가 풀리는 것과 동시에 쌓이는 자세다. 그래도 기본 체력이 강인한 이유현과 달리, 전날의 술독도 해소가 채 안 된 상태에서 오랜만에 장거리 운전에 나선 고진의 허리는 나무토막처럼 뻣뻣해져 있었다. 우라지게 멀군, 하고 혼잣말로 푸념하던 고진은 옆자리의 이유현을 툭 건드렸다.

"실컷 잤으니까 돌아올 땐 자네가 계속 운전해야 해."

고진은 잠에 취해 정신을 못 차리는 이유현을 계속 흔들었다.

"아, 알았어요. 알았으니까 좀 내버려 둬요."

비몽사몽인 이유현을 괴롭힌 끝에 고진은 결국 약속을 받아 냈다.

드디어 고원지대처럼 시원한 전망이 파노라마처럼 열리고, 멀리 새파란 하늘 아래 월출산 자락이 시야에 들어왔다. 짙푸른 녹음의 거대한 장막을 회색 암반이 제각기의 힘으로 뚫고 나온 것처럼 우후죽순으로 솟아 있다. 크리스탈 같은 공기는 시야를 깨끗이 씻어 냈다. 출발하고 처음으로 에어컨을 끄고 창문을 열어젖혔다. 운전에 지친 고진과 갓 잠에서 깨어난 이유현 둘 다 꿈틀거리는 암봉을 인 독특한 월출산의 산세를 차창 너머로 내다보며 잠시 여행의 목적을 잊고 탄성을 올렸다.

"대단한데. 마치 스테고사우루스의 등줄기 같군."

"괴수가 시골 마을을 습격하고 있는 모습 같은데요."

이것이 그들의 감상이었다.

이유현은 진상화 노파의 연락처를 알아내 미리 방문을 알려 놓았다. 노파는 영암군 신북면 마을에 정착한 지 벌써 수십 년째라고 했다. 추레한 시외버스 정류장이 서 있는 1차선 폭을 간신히 넘긴 도로를 중심으로 슬레이트 지붕을 인 집 몇 채가 옹기종기 자리한 조그만 시골 마을이었다. 뒤로는 월출산의 장엄한 산세를 업고 들판에는 풀빛 작물이 자라고 있지만 마을은 온통 회색빛으로 뒤덮여 여름인데도 어딘지 황량하고 저무는 듯한 느낌을 주었다.

똑딱이로 여미는 하늘색 내의 비슷한 옷을 걸친 허리가 구부정한 노파가 한 손으로 지팡이를 짚고 다른 한 손에는 부채를 쥐고 시외버스 정류장 앞에 마중 나와 있었다. 이유현 일행이 버스로 올 거라고 생각한 모양이었다. 작은 키인 데다가 허리마저 구부정해 거동이 불편해 보이는 팔순 노파의 얼굴에는 걱정스러운 빛이 가득 드리워 있었다. 이유현과 고진은 무성의하게도 용귀순에게 주었던 것과 같은 홍삼 원액 상자를 들고 노파 앞에 등장했다. 경찰이라고 하니 잘못한 게 없는 사람일지라도 반가울 리는 없다. 체구가 작은 탓도 있지만 인상도 순박했다. 용여순 자매도 그랬었다. 경찰이 살인마로 단정하고 뒤를 쫓고 있는 인물의 모친이나 조모치고는 너무나 순한 기질들이라 연이어 놀랄 지경이었다.

진상화 노파의 집에 가서 이야기를 나누려 했지만 차가 들어갈 수 없는 길을 꽤 걸어야 하는 곳이라고 했다. 주변을 둘러보니 정류장 뒤쪽에 가게가 있고 마침 가게에서 내다 놓은 평상이 커다란 느티나무 그늘 아래 비뚜름하게 놓여 있었다. 고진과 이유현은 노파를 그 평상으로 데리고 갔다. 먼저 노파가 평상에 올라가고 이유현이 그다음, 마지막으로 고진이 평상에 올라앉으려는데, 가게 안에서 반바지에 슬리퍼를 신은 땅딸한 여자아이가 쪼르르 나왔다. 평상 옆으로 다가온 아이는 막 구두를 벗는 고진을 빤히 바라보며 말했다.

"여기서 뭐 하실 거예요?"

"무슨 문제 있냐?"

"어떻게 생각하세요?"

여자아이는 눈으로 평상을 가리켰다. 고진은 여자아이와 노파의 얼굴을 번갈아 보다가 할 수 없다는 듯 말했다.

"……토마토주스 한 박스 줘라."

여자아이는 곧 주스 상자를 가지고 왔고 고진은 값을 치르고 진상화 노파에게 밀어 주었다.

"시골이 시골이 아니야."

고진이 이유현의 귀에 대고 작게 말했지만 돈을 쓰지 않는 이유현은 묵묵부답이었다.

진상화 할머니는 가는귀를 먹은 탓에 대화를 하려면 소리를 버럭버럭 질러야 했다. 느티나무 어딘가에 찰싹 달라붙은 매미 울음소리가 귀를 때리는 탓도 컸다. 고진은 몇 번 큰 소리를 내더니 "힘이 없어, 자네가 물어." 하고는 뒤로 쑥 빠져 버렸다.

"그런데, 우리 성모가 죽은 지가 언젠데 이제 와서 사람이 찾아오누?"

"할머니, 별일 아니에요. 원래 경찰은 별의별 걸 다 묻고 다니거든요."

이유현은 노파를 안심시키느라 적당히 둘러댔다.

"아드님은 어쩌다 그렇게 일찍 돌아갔죠?"

"간경화야. 간 나쁜 건 대물림이지 싶어. 그러니 예순도 안 된 젊은 나이에 죽었지."

"그럼 할머니도 간이 안 좋으세요?"

"아니, 나 말고 성모 아버지. 그 양반도 생전에 간이 안 좋았어. 얼굴빛이 늘 시커멨거든."

어느 정도 예상은 했지만 '생전에'라는 말에 이유현은 약간 실망했다. 그래도 부부 중에 아내 쪽인 이 할머니라도 살아 있다는 게 다행이다 하고 생각을 고쳐먹었다.

"말씀이 나와서 말인데, 진성모 씨 아버님, 그러니까 바깥분에 관해서인데요……."

"그 양반이 왜?"

아들 이야기에서 남편 이야기로 건너뛰니 노파는 퍼뜩 놀라듯 되물었다.

"마찬가지로 그냥 일상적인 조사로 여쭙는 겁니다. 어떤 분이셨죠?"

"뭐 평범한 영감이었지. 남자가 별거 있나. 대체 뭘 물으려는 거야?"

노파는 대뜸 경계하는 눈초리로 눈알을 희번덕였다가 불현듯 시선을 내리깔았다. 미묘한 그 제스처에는 이유가 있을 성싶었다. 이유현이 물었다.

"어떻게 만나시게 된 겁니까?"

진상화 노파는 잠깐 머뭇거리는 것 같았지만 이내 입을 열었다.

"……뭐 이제 와서 숨길 거야 없지. 내가 젊었을 때 잠깐 시골 다방에서 일했었어. 그때가 해방 직후니까 60년도 훨씬 더 되었네……. 난 스무 살도 채 안 된 새파란 시절이었어. 그때 그 영감이 손님으로 와서 만났지. 어느 날 첨보는 늙수그레한 남자가 들어오는데 좀 이상하다, 싶더라고. 무슨 도망치는 사람마냥 행동거지가 불안하고 행색도 초라했어. 잠깐 이야기해 보니 나쁜 사람이 아니데. 아니 오히려 생각보다 좋은 사람이었어. 보아하니 이리저리 떠도는 사람 같고 거처도 없어 보이는 터라 결국 내 방에서 같이 지내게 되었지. 나이가 많은 남자라 그리 될 거라곤 첨에 생각지도 못했는데, 사람 인연이란 게 참 우스워. 알고 보니 이 남자가 땡전 한 푼 없는 처지인 거라. 돈 한 푼 안 벌어다 줬어. 같이 살면서도 내가 쭉 다방일 하면서 돈 벌었지."

"나이가 많았습니까?"

고진이 눈앞의 날벌레를 손으로 휘휘 쫓으며 끼어들었다.

"머리가 벌써 듬성듬성했고 늙은 티가 확 났어. 오십 줄은 됐지, 아마. 옛날에야 마흔만 넘어도 중늙은이 소리 들었잖아."

고진과 이유현은 잠깐 마주 보았다.

"그래도 그분이 맘에 쏙 들으셨던 모양입니다. 먹여 살리신 걸 보면."

"모르겠어. 그냥 왠지 가족같이 친근한 느낌이 들었달까. 아부지 같기도 하고 삼촌 같기도 하고. 나도 홀홀단신이라 그냥 숟가락 하나 더 얹어서 한 입 더 먹인단 생각으로 살았어. 그래도 그 늙은이하고 살았을 때가 지금 생각해 보면 내 인생에서 젤루 좋았던 것 같아. 한 2년 같이 살았지. 성모 태어나고 몇 달 뒤에 온다간다 말도 없이 가 버렸으니깐. 무슨 일을 잡았는지 이리저리 한참 바쁘게 집을 들락날락하더니 기어이 집까지 나가 버린 거야. 돈 벌어 오라고 눈치를 줬나 후회도 많이 했어."

마음이 휑한 노파는 남자의 무정한 처사조차 자신의 탓으로 돌리고 있었다. 세월이 흐른 탓인가, 눈가에 물기를 비치지는 않았지만 말을 하는 동안 아쉬움이 묻어나왔다.

"영감님 생김새는 어땠습니까?"

또다시 고진이 큰 소리로 물었다. 아이구, 하며 노파는 민망한 듯 부채로 고진의 팔을 탁 때렸다.

"다 늙은 영감이 뭘. 생김새랄 게 있나. 미남이거나 그런 건 아니었어. 키는 보통에다, 몸은 옆으로 적당히 퍼졌고. 얼굴은 넙덕하니 사람 좋게 생겼고……. 뭐 그런저런 보통 영감이었어."

"그럼 다른 매력이 있었던 모양입니다."

"얘기했잖아. 가족 같은 느낌이 들었다고. 성격이 워낙 느긋하고 푸근했어. 이래도 흥, 저래도 흥, 마치 아부지나 삼촌처럼 다 받아 줬어. 돈이 없어도 늘 여유만만했고. 별 걱정도 없는 사람 같았어."

"그 당시에 무슨 일을 시작하려고 하신 것 같던가요?"

"어떻게 거처를 알았는지 누가 찾아왔더라고. 성은 모르겠고 '기락'이란 사람인데, 성모 아비가 그 사람을 밖으로 데리고 나갔어. 눈치를 보아하니 옛날에 알던 사람인가 봐. 우리 영감한테 꽤나 공손하게 굴어서 내가 좀 놀랐어. 뭔가 돈벌이가 있어서 작당을 한 것 같아. 집에 찾아왔던 그 양반하고 몇 번 만나는 것 같더니만 결국 온다 간다 말도 없이 집을 나가 버렸어."

"바깥분은 언제 돌아가셨습니까?"

노파는 예전을 회상하듯 눈을 모으고 잠시 하늘을 바라보았다.

"20여 년 전인가, 경찰한테서 연락이 왔어. 객사한 사람이 있는데 얼굴 확인해 달라고. 내 이름이 그 사람 소지품 어딘가에 있었나 봐. 어느 경찰서인지 기억은 안 나지만 난생처음 시체실이란 델 가 봤어. 쪼글쪼글 궁기 든 할배 얼굴이었지만 단박에 알아봤지. 그동안 원망하는 마음도 있었는데, 막상 오랜만에 얼굴 보니까 불쌍했어. 그러면서도 뭐랄까, 못 이룬 원념에 찬 얼굴 같기도 하고, 영감이 내가 모르는 무슨 한이 그리 많았나 싶더라고. 길에서 뒹굴며 살다가 간암으로 죽었대. 그래도 참 오래는 산 거야……."

진상화 노파는 말꼬리를 흐렸다. 목을 몇 번 큥큥 하다가 토마토 주스를 하나 따더니 죽 마셨다. 주스 병을 쥔 노파의 손등은 가을 매미껍질처럼 푸석했고 손마디는 굵었다. 이유현은 처연한 마음이 들었다. 생이 얼마 남지 않은 이 노파는 곧 젊은 시절의 짧은 인연을 따라갈 것이다. 인생의 무게로 허리가 휜 이 노파에게 오랜만에 옛 남편의 추억이 희미하게 되살아난 모양이다. 매미 우는 여름날 저녁, 월출산 서쪽으로 가물가물한 햇살은 노파의 얼굴에도 낙조를 드리웠다. 이유현은 미안한 기분에 말을 돌렸다.

"바깥 어르신 성함은요?"

"이대철이라고 했어."

"흔한 이름이네요. 나이나 다른 인적 사항 기억나시는 거 없으세요?"

"정확한 나이는 몰라. 대충 둘러대길래 더 이상 캐묻지도 않았어. 실은 난 눈치채고 있었거든. 그 영감은 뭔가 일을 저지르고서 도망치고 있었던 거야. 내가 그때 나이는 어렸지만 매일 남자를 보고 살았잖아. 보면 알아. 죽고 없어진 지금이야 뭐 못할 이야기가 뭐 있겠어."

"영감님이 집 나가신 뒤로 중간에 찾아오거나 하진 않으셨습니까?"

"없어. 난 못 봤어."

"난 못 봤다고 하시면?"

"성모한텐 가끔 찾아갔었나 봐. 학교로. 난 결국 영감 얼굴 한 번 못 봤어."

노파의 말에서는 서운한 마음이 묻어나왔다.

"진성모 씨가 이야기하던가요? 아버지가 찾아왔다고."

"어. 아주 가끔. 와서 이상한 소리만 늘어놓는대. 성모는 오히려 귀찮아한 것 같아."

"할머니는 그 뒤로 새로 결혼도 안 하고 혼자 사셨습니까?"

뒤에 물러나 있던 고진이 또다시 끼어들어 물었다.

"에이, 망측하게 결혼은 무신. 성모 하나 보고 살았지."

"그러시군요. 혹시 그 어르신 사진은 없습니까?"

"사진은 한 장도 없어."

"그렇군요. 아쉽네요."

"그 영감이 사진 찍는 걸 질색했어. 형편이 그래 놓으니 결혼식이야 꿈도 못 꿨지만 기념으로 사진이나 한 장 박자고 아무리 말해도 꿈쩍도 안 했어. 도망치는 몸이라 그러겠거니 짐작했지만 내심 많이 서운했지. 나한테도 그럴 건 뭐냐고."

노파는 부채를 힘없이 펄럭펄럭 부치기 시작했다. 어쩐지 만났을 때보다 얼굴빛이 탁해지고 눈밑이 늘어져 보였다. 더위와 긴 대화에 지친 탓이었다. 더 이상 질문으로 괴롭히는 일은 가혹했다.

대화를 끝내고 고진과 이유현은 노파를 집으로 데려다 주었다. 차로 어느 정도 가다가 내려 꼬불꼬불 들길을 한동안 걸어가야 했다. 슬레이트 지붕이 기울어져 있고 툇마루 앞 얼기설기 빨랫줄에 말린 채소가 수건 몇 장과 같이 내걸린 작은 집이었다. 먼 산 매미소리마저 미치지 않는 외딴 집 마당에는 뿌연 비닐 위에 늘어놓은 새빨간 고추가 여름날 넘어가는 마지막 볕을 듬뿍 받고 있었다. 노파는 아쉬운 표정을 짓더니 영암 특산물이라며 무화과 몇 개를 이유현과 고진의 손에 각각 쥐어 주었다.

돌아 나오는 두 사람 앞으로 긴 그림자가 드리워졌다. 뒤돌아본 월출산은 물속 풍경처럼 깊이 가라앉아 있었다.

"이대철, 진성모 부자(父子)의 인생이 판박이네요. 간이 안 좋아 죽은 것도 똑같고, 아들을 세상에 남긴 것 말고는 같이 살던 여성에게서조차 자신의 흔적을 지웠던 것도 똑같아요. 그런 비밀스러운 행각은 그래도 인적 사항을 찾아낼 수 있었던 진성모보다 그 부친인 이대철 쪽이 더 심했고요."

귀경길에는 약속대로 이유현이 핸들을 잡았다. 조수석에 앉은 고진은 어둑어둑해진 바깥 풍경을 내다보며 연신 하품을 토해 내는 중이다.

"아함. 용해운의 가족사가 끊길 듯 끊길 듯하면서도 가늘게 이어지는군. 아무래도 더 파 보면 뭔가 드러날 것 같기도 한데."

고진은 조수석을 뉘이고 차 천장을 요령 좋게 피해 가며 기지개를 폈다.

"어딜 파야겠습니까."

"몰라. 아버지나 그 위쪽은 이대철에게서 막혔어. 다른 가족들은 없고."

이유현이 "생각해 봤는데요." 하며 운을 뗴었다.

"이대철이 아들인 진성모를 찾아갔다지 않습니까."

"진상화 할머니가 그랬었지."

"지가 내팽개친 아들이잖습니까. 애 엄마는 평생 두 번 다시 안 만났고. 그런데 학교로까지 가서 애를 몰래 만났다는 게 좀 위화감이 있지 않습니까."

조수석에서 위잉 하는 소리가 들렸다. 고진이 흥미를 느꼈는지 전동 버튼을 눌러 좌석을 일으키는 참이었다.

"흠. 분명히 그렇긴 해. 행적을 보면 애끓는 부정(父情)하고는 지구와 안드로메다만큼 떨어진 인물 같은데 말이야. 부자의 인연보다는 무언가 자신의 필요에 의해서 찾아갔을 것 같아."

"저도 같은 생각이에요. 이대철, 진성모 부자가 비슷한 패턴을 보이고 있다, 그리고 이용 가치가 없어진 여자는 버리고 아들만은 어떤 필요에 따라 몰래 찾아갔다면 말이죠, 혹시."

"혹시 뭐?"

"용해운에게도 그 아버지가 학교로 찾아가진 않았을까요?"

말이 끝남과 동시에 이유현과 고진은 서로 마주보았다.

그 무렵 광역수사대 윤영탁 형사는 어느 집의 거실 소파에 앉아 있었다. 그곳은 브랜드를 자랑스레 이야기할 만한 고급 아파트의 거실이지만 온갖 가구를 들여 놓고 벽마저 빽빽하게 커다란 도금 액자나 자수 직물로 메우는 바람에 오히려 집의 품격을 떨어뜨린 느낌을 주었다. 윤영탁은 한 여자를 상대로 설득에 애를 먹고 있었다. 음료수 잔을 사이에 두고 맞은편에 앉아 복잡한 표정으로 윤영탁의 말을 듣고 있는 여자는 임인건의 아내였다.

"임인건 씨의 신용카드 사용을 정지시켜 주세요."

이것이 윤영탁의 용건이었다. 모습을 감춘 임인건이 살아 있다는 흔적은 아내 명의의 신용카드 사용내역 뿐이다. 임인건이 당분간은 용해운의 마수로부터 안전하다 하나 경찰의 시야에서 벗어나 있는 한 안심할 수는 없다. 잠수 중인 임인건을 물 밖으로 끄집어내려면 생활 수단, 달리 말해 돈줄을 봉쇄해야 한다. 임인건의 머리카락 하나도 찾아내지 못한 윤영탁은 최후의 수단으로 임인건의 아내에게 신용카드 회사에 전화해 사용 정지를 신청하도록 설득하는 중이었다.

"아, 글쎄 내가 왜 그래야 하냐구요. 그래 버리면 그 사람이 집밖에서 혼자 당장 어떻게 생활하라고요."

"그럼 임인건 씨한테 집으로 들어오라고 하세요."

"저도 연락이 안 된다니까요."

임인건과 연락을 하고 있음이 분명한 여자는 강하게 부정했다. 이런 면은 부부가 닮아 가는 것 같다.

"그러니까 신용카드를 정지시키세요. 그럼 할 수 없이 집에 들어오실 것 아닙니까."

"본인이 잠시 밖에 나가 있겠다는데 왜요."

"아마 내막을 잘 모르시겠지만, 지금 임인건 씨는 경찰의 보호를 받아야 할 입장입니다."

윤영탁은 여자가 충분히 겁먹을 정도로만 부분을 발췌해서 이야기했다. 이번에 부하직원 세 사람이 죽은 거 잘 알지 않느냐. 임인건 씨의 신변도 마찬가지로 위험하다고 경찰은 판단한다. 어디 있는지를 알아야 경찰이 보호해 줄 수 있다. 윤영탁은 거듭 설득했다. 여자는 이맛살을 찌푸리며 한참을 고민하더니 결국에는 동의했다.

그녀는 윤영탁이 보는 앞에서 신용카드사에 전화를 걸어 카드 분실로 인한 사용정지 신청을 마쳤다.

"바깥 분이 나중에 전화가 와서 따져도 응하지 마시고 경찰을 믿고 집으로 들어오라고 설득하세요."

"아유, 이게 정말 잘한 건지 모르겠네. 난리 피울 텐데."

여자는 전화를 끊으면서 찜찜한 기색을 감추지 못했다. '난리를 피울' 거라는 말이 결국 임인건이 아내에게는 연락을 하고 있다는 사실을 스스로 폭로하는 말임을 여자는 의식하지 못한 것 같았다.

"아무튼 형사님만 믿어요."

"잘하셨습니다. 이 결정이 남편의 목숨을 살린 겁니다."

윤영탁은 만족한 미소를 지으며 돌아갔다.

17

이유현은 경찰 자료를 통해 이대철이라는 이름을 찾았지만 워낙 흔한 이름이라 도무지 특정할 수 없었다. 객사한 시체의 부검 기록을 뒤져 보려 했지만 이미 20년이 지난 일이라 자료 보관 기한이 훨씬 지나 모두 폐기된 상태였다. 역시 용해운이 다녔던 학교 쪽으로 방향을 트는 수밖에 없었다. 학교를 알아내는 일은 국립과학수사연구원에 남아 있는 용해운의 인사 파일을 통해 간단하게 이루어졌다. 물론 이력서의 아버지 란은 비어 있었다.

먼저 용해운이 다녔던 초등학교에 들렀건만 수확이 전혀 없었다. 지금은 폐교되어, 수원에서 오산으로 가는 방면이 그려진 지방도 옆 들판 위에 건물이 있었던 흔적을 간직한 부지가 남아 있을 뿐이었다.

고진과 이유현은 발길을 돌려 용해운이 다녔던 수원의 C공고를 찾았다. 하지만 당시의 담임은 물론이고 그를 아는 선생은 남아 있지 않았다. 담당했던 선생 두 사람은 퇴직했고, 한 사람은 이천에 있는 고등학교로 옮겨 있다고 했다. 이유현이 경찰공무원증을 제시하자 생활기록부는 찾아다 주었지만 용해운에 대한 기록은 3년 내내 평범했다. 성적은 그저 좋은 편, 성격이나 학교 적응 등은 무난한 기록이었다. 말하자면 눈에 띄지 않는 보통의 학생에게 적당히 적어주는 정도의 평가에 불과했다. 이런 정도라면 아마 당시의 담임 선생들을 만난다 하더라도 제대로 된 기억은 불러일으키지 못할 성싶었다.

"아무래도 별 소득이 없겠는데……."

용해운의 담임 선생 이름들을 적어 나오면서 이유현이 중얼거렸다. 별 말은 없었지만 고진도 실망한 기색이었다. 이유현은 마음에 품은 회의를 지우며 한 줄기 지푸라기를 잡는 심정으로 고진과 함께 용해운이 다녔던 수원역 부근의 중학교로 향했다. 여기서는 약간의 행운이 있었다. 용해운이 중학교 3학년 때의 담임이었던 김일환 선생이 마침 교장으로 부임해 있었다. 더구나 그는 용해운을 잘 기억하고 있었다.

"아, 아. 기억이 나요. 용해운. 부친이 없는 결손 가정 학생이었죠."

냉방이 잘된 교장실에서 고진과 이유현을 맞이한 김일환은 여직원이 가져다 준 얼음을 띄운 주스를 권하며 사람 좋은 웃음을 지었다. 그는 인품과 뱃살, 그리고 벗어진 이마까지 모두 넉넉해 보이는 초로의 신사였다. 경찰이라고 해서 특별히 경계하는 태도도 없었다. 덕분에 이유현은 스스럼없이 이야기를 시작했다.

"오래된 일인데 다행히 기억을 하시네요."

"워낙에 기억에 남는 아이였어요. 편부나 편모 가정 아이들은 자칫 주눅이 들거나 왕따를 당하거나 해서 교사로서 더 신경을 쓰기도 하는데, 해운이는 그런 게 전혀 필요 없었죠. 오히려 늘 급우들한테 둘러싸여 있었어요. 학교 생활하는 것만 보면 무슨 육성회장 아드님 같았다니까요. 하여간에 말도 잘했고, 뭐랄까요, 사회화가 지나치게 잘된 학생 같다는 느낌? 아니면 아이들을 한 수 위에서 주물렀다고나 할까요?"

"리더십이 강한 학생이었던가 보군요."

이유현의 말에 김일환은 선뜻 고개를 끄덕이지 않았다.

"글쎄요…… 리더십이라면 리더십이겠지만 좀 다른 종류였습니다."

"어떻게 다르단 말씀이신지?"

"그런데…… 용해운이가 무슨 일을 저질렀습니까?"

김일환의 얼굴에 뒤늦게 의아한 빛이 떠올랐다. 이유현이 서둘러 말했다.

"아, 그런 건 아니고요. 중요 참고인 정도입니다. 아주 중요한 증인이랄까요. 지금 소재를 알 수 없어서요."

"그런데 옛날 선생까지 찾아오셔야 합니까?"

"실은 가족과 관련된 사건입니다. 아시잖습니까? 인간사에다 감정에다 복잡하게 얽힌 그런 일. 그러니 이렇게 예전 선생님들이라도 만나서 이야기를 들어 보려고요. 말씀드리기 뭣합니다만 용해운의 됨됨이 같은 것도 중요한 자료가 되는 상황이거든요."

고진이 말했다. 가족, 인간사, 감정 이런 단어들이 나열되면 구체적인 내용을 물어보기가 애매하다. 더구나 김일환 교장처럼 나이가 들다보면 이런 두루뭉술한 단어들에 일단 고개를 끄덕이기 쉽다.

"아무튼 우리나라 형사님들 정말 고생이 많아요. 진술 하나 들으려고 예전 선생까지 찾아오고……."

김일환은 감탄한 듯 고개를 끄덕끄덕했다. 고진이 둘러댄 말을 납득했는지 어떤지는 알 수 없지만 경계심은 완전히 풀린 모양이었다. 점차 구체적인 기억이 되살아나는지 교장의 입에서는 답변이 줄줄 흘러나왔다. 표정도 생생하게 변해 갔다. 거의 20년 전에 가르쳤던 학생인데 이 정도로 말할 수 있다는 건 용해운은 아무래도 단순히 기억나는 정도 이상의 학생이라는 이야기다.

"리더십이면 반장이 됐든 뭐가 됐든 앞에서 당당하게 친구들을 이끄는 거잖아요? 그런데 해운이는 반장 같은 감투를 쓰진 않았어요. 무관의 제왕이라면 학생한텐 좀 과한 표현이겠지만, 아무튼 그런 표현이 어울렸어요. 성적이 좀 뒤처진 아이들은 반장 같은 아이들한테 오히려 반감 같은 게 있잖아요? 니가 뭔데 나서? 하는 사춘기 아이들의 반발심 말이죠. 해운이는 반장도 아니었고, 공부를 뛰어나게 잘하지도 않았지만 늘 아이들의 주목 한가운데에 있었죠. 튀게 행동하지는 않았는데 그래서인지 아이들이 따르면서도 거부감을 갖지 않는 것 같았어요. 별난 일이었죠. 용해운이는 모범생 이미지가 아닌데도 항상 올바르고 정의의 편에 서 있는 것 같은 인상을 애들한테 주었습니다. 학급 아이들의 옳고 그름을 어느새 용해운이가 판정하고 있었달까요.

가을 체육대회를 앞둔 무렵이었을 겁니다. 단체로 반티를 맞추게 되어서 학급 회의를 열었거든요. 반장이 아는 집을 통해 단체 티를 싼 가격으로 맞출 수 있게 했는데 반대하는 아이들 몇몇이 있어서 학급회의에서 알력이 있었어요. 그날 오후 반장은 학교 건물 뒤편 소각장에서 애들한테 두들겨 맞고 소각로에 머리부터 처박혔습니다. 안와골절에, 손가락 골절이었죠. 부모도 찾아오고 크게 문제될 사건이었는데, 이게 어찌된 일인지 아이들이 똘똘 뭉쳐서는 맞은 반장이 잘못했다는 식으로 일이 변질되는 겁니다. 반장 쪽에서 증언하는 애는 아무도 없고, 학급 모든 아이들 정서가 반장이 부당한 짓을 했다며 반대편으로 기울어 있었어요. 일이 이상하게 되어 가는 꼬락서니에 저도 화가 나 나섰지만 도리가 없었습니다. 반장 부모도 마찬가지고요. 어쩔 수 없이 도리어 반장이 아이들 앞에서 사과하는 걸로 마무리 지어졌고, 반장은 남은 학기 내내 종이 대표로 전락해 버렸습니다. 때린 쪽 애들 중에는 육성회장 아들이 있었어요. 그 힘을 써서 사건을 뒤집었나 싶어 분기탱천해서 이리저리 조사했습니다. 전 놀라고 말았습니다. 뻔해 보였는데, 심지어 그런 권력 관계의 일이 전혀 아니었습니다. 배후에는 용해운이 있었어요. 아이들은 모두 용해운의 말을 따르고 있었습니다. 사실도, 명분도 모두 용해운이 정하는 대로였습니다. 아마 그렇지 않은 아이들도 있었던 것 같은데 아무도 나서지 못하는 묘한 분위기도 만들어 놓았더군요. 당시에야 중학생이 설마 그렇게까지 하는 생각도 있었지만 시간이 갈수록 그런 생각이 뚜렷해졌습니다."

김일환 교장은 말을 멈추고 넥타이를 조금 풀어헤치더니 주스를 단번에 끝까지 들이켰다. 지금 생각해도 어지간히 분한지 얼굴이 벌겋게 달아올라 있었다.

"하루는 용해운이가 날더러 그러더군요. '선생님, 요즘 힘드시죠?' 하면서 씩 웃었어요. 오싹했습니다. 그때 분명히 깨달았습니다. 이 녀석은 분명히 알고 있다고. 자기가 아이들을 뒤에서 선동질한다는 사실을 선생인 내가 분명히 알고 있다는 사실을요. 그리고 그걸 굳이 숨기지 않았죠. 아니 숨기기는커녕 드러내 놓고 자기가 아이들에게 얼마나 영향력이 있는 존재인지 나한테 인지시키려는 것 같았습니다. 지금까지 선생질 오래했지만 용해운이 같은 녀석은 그전에도 그후로도 없었어요."

"『우리들의 일그러진 영웅』이라는 소설에 나오는 엄석대가 생각나는데요."

고진이 흥미에 겨운 얼굴로 말했다.

"엄석대하곤 좀 달라요. 엄석대는 폭력을 동원해서 아이들을 굴복시켰지만 용해운이는 폭력에 기댄 게 아니었어요. 그러니 더 골치가 아픈 거죠. 단순한 폭력이라면 선생이 꺾어 버릴 수도 있어요. 소설에서처럼요. 하지만 용해운이는 아이들의 마음을 장악했죠. 그러니 거미줄처럼 쉽게 걷어낼 수가 없는 겁니다. 실질적으로는 아이들을 조종하면서 정작 거부감은 갖지 않게끔 하는 탁월한 재주가 녀석에겐 있었던 거죠. 공부로 발휘되진 않았지만 정말 머리가 비상한 녀석이었다고 인정할 수밖에 없어요. 제 기억으론 일찍 입학해서 다른 아이들보다 나이도 한 살 더 어렸을 겁니다. 학생을 상대로 할 말은 아니지만, 한 번씩 배알이 터질 땐 저런 놈이 커서 피라미드 사기꾼이 되는 거겠지 하는 생각이 들기도 하더군요. 나중엔 좀 더 무섭다는 생각도 들었습니다. 이건 작은 학급에 불과하지만 만약 저 아이가 나중에 사회에서 어떤 형태로든 영향력을 갖게 된다면? 하고요. 눈에 보이는 거악(巨惡)은 싸울 수나 있죠. 하지만 '선(善)'의 얼굴을 하고 사람들의 뇌리에 들어앉아 그들을 조종해 수렁으로 이끈다면? 안 그래도 어떤 종류든 한번 바람이 일면 삽시간에 '광풍'이 되어 버리는 게 조그만 우리나라 사회 아닙니까. 정신을 차리고 보면 이미 돌이킬 수 없는 만신창이가 되어 있는 거죠."

이유현은 교장의 말에 자신도 모르게 고개를 끄덕끄덕했다. 이 노선생은, 애정에 눈먼 용해운의 가족이면서 더구나 가끔씩 만나 그가 가진 일면밖에 볼 수 없었던 이모보다는 훨씬 더 객관적이고 냉정하게 생도를 파악하고 있었다.

"혹시 사이비 교주 같은 인물이 될지도 모른다는 생각은 안 해 보셨습니까?"

"사이비 교주요? ……그런 건, 뭐. 허허허."

꽤나 예상 외의 질문이었는지 교장은 몸을 뒤로 물리고 헛웃음을 지었다. 고진도 교장을 따라 씩 웃었다. 교장은 넓적한 팔걸이를 괜히 슬슬 문지르다가 문득 말을 생각보다 많이 해 버린 사람 특유의 후회하는 빛을 띠며 한마디를 덧붙였다.

"해운이에 관해 너무 심하게 말한 것 같은데…… 그건 그때 그랬단 거고, 결국 사춘기 한때의 치기였을 겁니다. 또래보다 성숙한 애들이 어리숙한 친구들한테 자기 영향력을 과시하고 싶은 그런 거 있잖습니까? 겨울 방학 지나고 졸업할 무렵엔 해운이도 영 조용해졌어요. 성숙한 거죠."

"그렇겠군요."

이유현은 교장의 훈훈한 마무리에 맞장구쳐 주었다. 자리를 뜨기 전 마지막으로 용해운이 자기 부친에 대해 말한 적은 있는지, 혹시 만난 것 같지는 않았는지 물었으나, 잘 모르겠지만 아닌 것 같다는 답변이 돌아왔다. 역시 이런 문제는 있었다 하더라도 담임 선생이 알기는 어려운 부분이다. 더구나 20여 년 전의 일이다. 건물 현관 앞까지 배웅을 나온 김일환 교장의 너털웃음을 뒤로 하고 고진과 이유현은 학교를 떠났다. 원래 목적이었던 용해운이 부친과 만났는지 여부는 결국 확인하지 못했다. 다만 용해운이라는 인간의 독특한 인격 형성에 관해서라면 성과가 있었다며 이유현은 스스로를 위로했다.

"역시 저런 자질은 타고 나는 모양이지?"

주차장을 향해 터덜터덜 걷던 고진이 불쑥 말했다. 용해운이 어린 시절부터 보여 준 남다른 자질에 대해 그도 내내 생각하고 있었던 모양이다.

"뭐 연습으론 안 되는 거겠죠."

"사람의 마음을 사로잡는 재능은 확실히 효율 면에서는 가장 윗선의 재능이야. 재능 있는 사람은 대개 자신의 재능에 걸맞은 생활을 한다고 봤을 때, 이런 재능을 좋지 못한 쪽으로 발휘한다면 얻을 수 있는 게 몇 가지 있겠지. 약간의 돈, 혹은 여자, 혹은 추종자. 그런 걸 노린 자잘한 놈들은 사기꾼이나 카사노바 정도가 될 거야. 좀 낫게 발휘되면 정치 쪽일 거고. 용해운은 그중에서도 최대치를 얻으려 하고 있어. 100년 전 백백교도가 숨겨 두었다는 상상을 초월하는 거액의 재산. 초원을 질주하는 치타가 사정거리 내에 있는 가젤 중에 가장 먹음직스러운 놈을 골라 한방에 숨통을 끊어 버리듯 말이야. 거추장스러운 도덕 따위는 처음부터 안중에도 없었어…… 그런데 문제는 도대체 그가 어떻게 해서 그 비밀의 문을 마주쳤을까 하는 거지. 1세기 전의 비밀인데 말이야."

이유현은 고진이 잇고 있는 생각의 끈을 툭 잡아끊어 버리듯이 말했다.

"이렇게 찾아다니기보다 용해운을 잡아서 물어보는 게 빠르겠죠?"

고진이 떨떠름한 표정으로 이유현을 쳐다보았다.

"그건 겨우 잠든 불면증 환자를 깨워서 수면제를 먹이려는 간호사와 유사한 논리적인 오류를 범하는 거야."

"왜 아니겠습니까. 농담도 못 하겠습니다. 이번엔 고등학교 쪽을 다시 찾아가 보시죠."

이유현은 걸음을 재촉했다.

용해운의 고등학교 2, 3학년 담임 선생은 현재 퇴직한 상태라 당장은 행방을 찾기가 힘들었다. 1학년 때 담임 선생은 이천에 있는 공립고등학교에 재직 중이어서 학교를 찾아가 쉽게 만날 수 있었다. 하지만 만나지 않은 거나 진배없다고 해야겠다. 김일환 교장과는 사뭇 대조적으로 "그냥 눈에 띄지 않는 평범한 학생이었습니다."라고 사무적으로 대답할 뿐이었다. 3년간의 고등학교 생활기록부에 적힌 것과 별다를 것 없는 평가였다. 애당초 용해운이라는 과거의 학생이 기억나지 않는 눈치였다. 아니면 철저히 무관심했거나. 찬성도 반대도 아닌 무색무취. 용해운이 무언가 개성을 드러냈다면 그가 좋든 싫든 나올 수 없는 반응이었다. 그의 건조한 대답은 다른 선생들의 은거지까지 찾아다니며 인터뷰를 파고들 의욕을 꺾어 버렸다. 이천까지 간 보람도 없이 허무하게 국도를 돌아 나오는 두 사람은 완전히 지쳐 있었다.

"고등학교 때는 웬일인지 조용히 지낸 것 같은데요."

"재능이 막 피어나던 시기에 처음 각성한 자신의 힘을 뽐내고 발휘하다가 시간이 지나면서 능력을 숨기고 갈무리하는 성숙 단계로 접어들었던 거 아닐까."

"이거 아무리 용해운이라지만 너무 과대평가하는 거 아닙니까. 기껏해야 고등학생이었는데요."

두 사람은 이런 추측성 대화들을 나눌 뿐이었다.

차가 3번 국도를 벗어나 성남시 모란으로 막 진입할 무렵 이유현의 휴대전화가 울렸다. 조수석에서 꾸벅꾸벅 졸고 있던 이유현이 졸린 목소리로 전화를 받았다. 수화기 건너편에서는 윤영탁의 민망해하는 듯한 목소리가 건너왔다. 무언가 유쾌하지 못한 소식을 전하려는 망설임을 직감한 이유현은 전화기를 고쳐 잡았다.

아니나 다를까 윤영탁이 알려 준 소식은 졸린 뇌를 번쩍 깨어나게 했다.

"팀장님. 용해운이 사라졌습니다."

"사라지다니?"

"어제 잠복근무하던 형사들을 따돌리고 어디론가 사라졌는데 전날 밤에 아예 집에 들어오지 않았다고 합니다. 그러고는 지금까지 소재가 파악되지 않고 있습니다."

"남기만은?"

"용해운을 놓치고 남기만의 집에 가 봤는데 역시 사라졌답니다."

"어떻게 일을 그렇게 해?"

이유현이 목소리를 높였지만 이미 소용없는 일이다.

"갑자기 사라졌다니 뭔가 일을 저지르겠다고 공언하는 거나 마찬가지잖아."

"일단 당장은 임인건의 신변이 우려된다고 보고 그 처한테 신용카드 사용을 정지시키도록 했습니다."

"알았어. 일단 최우선적으로 용해운과 남기만을 찾아."

이렇게 말해 놓았지만 하나마나한 말임을 이유현도 잘 알고 있다.

이유현이 통화가 끝난 휴대전화를 꽉 쥐고 차창 밖을 노려보고 있으려니 핸들을 잡고 있던 고진이 거의 감탄조로 한마디 했다.

"둘이 동시에 사라졌다? 또 무슨 일을 저지르려는 모양인데."

"알 수 없죠. 형님이 한번 상상해 보시죠."

"상상 안 되는데. 무엇을 상상하든 항상 그 이상의 일을 저질러 왔으니까."

고진은 어쩐지 신나 보였다. 용해운이 앞으로 저지를 일이 오히려 궁금한 게 아닐까. 이유현은 의심스러운 눈초리로 바라보았다.

"아니야."

고진이 이유현의 따가운 시선을 외면하며 한마디를 던졌다.

"뭐가요."

"용해운이 뭔 짓을 하려나 기대하는 심정은 아니라고. 살인을 재미로 구경할 사람이 어딨겠어."

장지 IC를 지나 송파대로를 달리는 동안 이유현은 말없이 조수석 소파에 몸을 묻고 있었다. 롯데월드에서 막 좌회전을 할 무렵 입을 열었다.

"이쯤 되면 뭔가 있죠? 털어놓으시죠."

"뭐 말이야?"

"용해운의 전기를 쓰려고 인생 뒷조사 나선 건 아니잖습니까? 형님은 분명히 어떤 그림을 갖고서 시작한 겁니다. 어떤 가설이 서 있는 거죠?"

얼마간 침묵이 흐른 후 고진이 말했다.

"하여간에 눈치는. 어느 정도는 내 가설을 검증해 보려는 의도도 있었어."

"어떤 가설인데요."

"결과적으론 확인된 건 거의 없어. 자네도 알다시피 별로 알아낸 게 없잖아."

"그렇다 해도 이만큼 고생시켰으면 이제 털어놔야 하는 거 아닙니까."

고진은 글쎄, 하며 고개를 기울이다가 결국 한 차례 목을 까딱 했다.

"……할 수 없군. 운전하면서는 좀 곤란하고 차를 댄 후에 이야기하지."

그런 대화를 나눈 곳이 복잡한 송파대로 한가운데였는데, 결국 차를 어기적어기적 몰다가 멈춘 곳은 대모산 자락에 면해 있는 고진의 아파트였다.

대모산을 정면으로 바라보는 신축 아파트 단지 가운데서도 맨 위층에 있는 고진의 주거지는 전망도 뛰어나고 공기도 좋다. 고진 스스로도 그 때문에 이 아파트에 입주했다고 말하는데, 전망 쪽은 몰라도 한번 시작했다 하면 오소리나 라쿤 정도는 질식해 죽을 만큼 담배를 뻑뻑 피워 대면서 맑은 공기를 찾았다는 데는 고개가 갸웃거려졌다. 이곳에 올 때마다 이유현은 마치 인테리어 업체의 전시용 아파트 같다는 생각을 하게 된다. 깔끔하거나 장식이 뛰어나서가 아니라 왠지 사람이 실제로 살고 있다는 느낌이 들지 않아서였다. 벽걸이 TV, 맞은편에 소파 하나. 이것이 그레이하운드 서너 마리가 뛰어놀아도 족할 만큼 널찍한 거실 공간을 채우고 있는 가구 전부이다. TV 옆 공간을 꽉 채운 CD와 LP, 진공관 앰프와 소스기기, 스피커 덕분에 겨우 전시용 아파트 수준을 벗어나고 있다. 소파 뒤 벽면은 꼭 윈도 바탕화면 같은 초원 그림의 디자인 벽지가 온통 차지하고 있는데 미감이 어두운 이유현에게도 심각하게 거슬렸다. 거실 안을 장식하는 비쩍 마른 관엽 식물 정도로밖에 보이지 않는 고진 자신도 이 공간을 거쳐 가는 숙박업소 이상으로 생각지는 않는 듯하다. 외적 조건인 전망과 공기를 제외한다면 삭막한 이 집 안에서 이유현이 탐내는 부분은 50평에 육박하는 크기밖에 없다.

고진이 사는 동 아래층으로는 고진과 비슷한 독신자들이나 가까운 삼성병원에서 일하는 의사 부부가 거주하고 있었다. 맞은편 집에는 사진 작가, 아래층은 피아노 강사, 그리고 더 아래층은 의사 부부였는데, 그 나머지는 알지 못했다. 피아노 강사는 살짝 나이는 있지만 엘리베이터에서 가끔씩 만나면 괜히 호흡이 흐트러질 만큼 미모의 여성이었다. 한번은 아래층 피아노 선생과 잘 해 볼 생각이 없는지 이유현이 물었다. 그 여성은 고진의 담뱃재가 아래층으로 떨어져 피아노에 들어간다면서 올라와 따졌는데, 고진이 "그럼 집을 바꿔 드릴까요?" 하며 엉뚱한 제안을 하는 바람에 사이가 좋지 않아졌다는 대답이 돌아왔다. 고진은 농담이 아니었고 그에게는 집이 그 정도의 물건에 불과했는데, 아래층 피아니스트는 그를 이상한 사람으로 생각, 그때부터 일체의 불평을 않았던 모양이다. 하지만 이 여류 피아니스트는 얼마 후 처절하기 이를 데 없으며 범죄 역사상 유례없는 살해 방법이 동원된 기묘한 사건을 본의 아니게 고진에게 떠맡기게 되는데, 어쨌든 현재는 교류가 거의 없는 탓에 피아니스트를 포함한 이웃은 고진이 뭐하는 사람인지도 정확히 알지 못하고 정해진 시간에 출근하는 기색도 없는 그를 그저 팔자 좋은 룸펜 정도로 여기고 경원시하는 듯했다.

스위트 홈이 되려면 역시 '사람'이 있어야 한다. 이유현이 알기에 몇 번 기회는 있었던 것 같지만 마지막에는 결국 잘 안 되었던 것 같다. 그리고 그 이유는 대체로 고진의 무관심과 게으름 탓이라고 이유현은 여기고 있다. 혹시 이번에는?

고진은 더위에 어지간히 지쳤는지 들어오자마자 에어컨을 켜고는 재킷을 테이블에 던져 놓고 소파에 몸을 내던지듯 걸터앉았다. 침대 대용으로 사용될 수 있을 만큼 좌우로 널찍한 소파여서 실제로 종종 침대로 사용된다. 이유현은 냉장고에서 콜라 캔을 두 개 들고 와서 한 개를 내밀었다. 소파 위 리모컨을 집어내고 빈 공간에 앉았다.

"건강 음료라도 찾을까 했는데 냉장고엔 저주받을 콜라밖에 없네요."

"저주 고마워."

고진은 비스듬히 눕혔던 몸을 일으키며 캔을 받아들었다.

"압상트로 가자고 할 줄 알았는데 왜 여기로 왔어요? 쉬었다가 나갈까요."

"아냐, 관둬. 요새 류 마담이 차가워졌어. 나한테 뭐 기분 나쁜 일이라도 있는 거 같아."

"아니, 그 이유를 모릅니까?"

이유현이 어이없다는 듯 물었다.

"몰라. 뭔데?"

"……그게 섭섭하긴 합니까?"

"섭섭하지. 난 인연을 소중하게 여기는 사람이라고. 류 마담은 의리가 있는 여자야. 가끔은 이 집에서 같이 사는 상상도 해."

"어련하시겠어요."

"그래, 류 마담이 삐친 이유가 뭐야?"

이유현은 잠시 입술을 달싹거리다가 짧게 말했다.

"……뭐 관심을 안 보인 탓이죠."

"그랬나?"

"선물이라도 하시든가요. 내가 뭐 압니까."

이유현은 대충 얼버무리고 화제를 돌렸다.

"우리의 용건으로 돌아가죠. 이야기를 해 보세요. 무슨 생각이었습니까?"

고진은 음 하며 뜸을 들이더니 콜라를 끝까지 들이켰다. 테이블 위에 벗어 둔 재킷을 뒤져 담배와 지포라이터를 꺼내 칙 하고 담배에 불을 붙였다. 빈 캔이 재떨이 대용이다. 하필이면 에어컨이 뿜어내는 공기의 방향과 겹쳐 담배 연기는 몽땅 이유현의 얼굴로 날아들었고, 이유현이 눈썹을 찌푸리며 손으로 담배 연기를 휘저었지만 고진은 아랑곳 않고 주문이 밀려 있는 공장 굴뚝처럼 연신 고약한 연기를 뿜어 댔다.

"결론부터 말하자면."

"말하자면?"

고진은 이유현의 눈치를 보듯 시선의 끝을 더듬다가 말했다.

"용해운은 백백교주의 후손이지 않을까 하는 거야."

"백백교주의 후손요? 전용해의?"

이유현이 소리를 버럭 질렀다. 이유현은 잠시 멍한 눈을 거실 창밖으로 보내다가 퍼뜩 정신을 차렸다.

"전용해는 1937년 용문산 꼭대기에서 자살했습니다. 그에게 후손이…… 있긴 있었죠. 전중기와 전평자. 그럼 용해운은 그들 중 한 명의 자손이란 겁니까?"

"아니."

고진이 담배를 든 손으로 세차게 내젓는 바람에 담뱃재가 거실 바닥에 떨어졌다.

"그건 불가능해. 전중기는 기소에서 일단 빠졌는데 백백교 재판 도중 어린 나이에 사망한 걸로 되어 있고, 전평자는 아이를 낳지 못

하는 몸인 점 등을 정상참작해서 감형한다는 판결 기록이 있어. 또 지난번에도 이야기했지. 두 사람은 교주의 자녀이긴 했지만 심부름이나 허드렛일 정도만 했고, 백백교의 톱 시크릿에 관여할 만한 입장에 있지 못했어. 자손에게 물려 줄 이야기도 없었단 거지. 백백교는 교주와 간부들만의 리그였다구."

"그럼 무슨 소립니까? 용해운이 전용해의 후손일 수 있다는 말이."

말하다 말고 이유현이 피식 웃었다.

"설마 용해운이 전용해의 이름에서 따온 것이다는 식으로 말하려는 건 아니겠죠?"

"그런 말을 하면 자네가 날 가만 두겠어? 그런 게 아니고……."

"그럼 혹시 백백교주의 숨겨 둔 자녀?"

고진은 흥 하고 코웃음을 치더니 말했다.

"백백교주가 자녀를 왜 숨겨 둬. 전용해는 베일에 싸인 인물이지만 구차하게 눈치 보며 살진 않았어. 자녀를 숨겨 둘 바에야 차라리 죽였지. 용해운은 전용해의 숨겨 놓은 자녀가 아니라……."

"아니라?"

"나중에 낳은 자녀의 후손이라면 어떨까."

"나중에 낳았다……? 잠깐, 나중에라뇨? 그게 무슨 소립니까. 죽은 전용해가 나중에 후손을 또 얻어요?"

이유현이 말도 안 된다는 듯 열을 올렸지만 고진은 싸늘하게 대꾸했다.

"전용해가 당시 죽지 않았다면?"

"죽지 않았다고요?"

이유현은 입술을 실룩거렸다.

"무슨 근거가 있는 겁니까?"

"그러니까 처음부터 이야기했지. 가설에 불과하다고."

"어떤 겁니까. 형님의 망상이 가끔은 사실로 드러나기도 하잖습니까. 자세히 이야기해 보세요."

고진이 작게 고개를 흔들었다.

"실은 망상보다는 조금 더 근거 있는 이야기야."

"알겠습니다. 어떤 가설입니까?"

"백백교주 전용해가 1937년의 그날, 용문산 꼭대기에서 죽은 게 아니라 살아 있었다면? 하는 가설이야."

이유현은 차마 수긍하기 힘들다는 듯 말했다.

"……그럴 수 있을까요? 아무리 근 100년 전의 경찰 수사라 해도 너무 무시하는 거 아닙니까? 설마 본인 확인도 안 하고 사건을 종결지었을까요."

고진은 고개를 더 크게 흔들었다.

"본인 확인을 할 방법이 없었다면?"

"방법이 없다니요?"

"전용해는 알다시피 극도로 베일 속에 싸인 인물이었어. 본인이 최대한 조심하면서 신분을 숨겼지. 그 전 김화 사건 때 백백교도들에게 수사망이 덮쳐 오면서 한참 숨어 다니지 않았나? 그 사건을 계기로 자신의 신분을 노출하는 게 얼마나 위험한지를 뼈저리게 느끼지 않았나 싶어. 사람을 죽이고 재물을 빼앗고 아녀자를 강간하고 하는 짓들이 경찰에 알려지면 끝장이란 걸 늘 의식했을 거야. 그래서 중요한 연락은 잘 알다시피 광목 끈 암호를 이용했고. 전용해는 10여 개의 가명을 썼어. 그의 얼굴을 제대로 본 사람은 아무도 없었지. 교도들이나 심지어는 자신의 첩조차도 자신을 얼굴을 정면으로 보지 못하게 했고, 단 한 장의 사진도 찍지 않았어. 철저하게 자신을 은폐해 온 거야. 백백교도들은 전용해를 소위 '알현'할 때는 교주의 얼굴을 절대 똑바로 바라보지 않는다는 서약을 해야 했어. 그런 사정은 심복들도 마찬가지였다더군. 재판 기록을 봤더니 벽력사니 뭐니 하는 간부들도 교주 얼굴을 제대로 본 적 없다나. 심지어는 전용해의 첩과 처까지 같이 자면서도 얼굴을 볼 수 없었다는군. CCTV나 비디오 판독이나 DNA 검사를 한다 해도 교주의 행각이 이 정도쯤 되면 소용없을 지경인데, 그 옛날이야 오죽했겠나. 전용해의 얼굴을 제대로 아는 자는, 적어도 경찰의 입장 혹은 백백교의 적의 입장에서는 아무도 없었던 거야. 전용해는 도주한 지 두 달간 경찰의 추적에도 종적이 묘연하다가 용문산에서 겨우 꼬리를 잡힌 거잖아. 용문산 꼭대기의 시체가 전용해라고 확인했던 건 결국 경찰과 동행했던 아들인 전중기가 보자마자 달려들어 아버지 하고 울부짖었던 때문이야. 바로 전용해 '아들'의 진술을 근거로 전용해의 시체라고 확인했단 말이지. 들짐승에게 뜯겨 나갔는지 시체의 턱 아래 부분은 없어서 얼굴을 알아보기 힘들었다지 않나. 전용해의 옷과 시계, 칼 따위가 동일했지만 그런 건 얼마든지 갈아입힌 다음 넣어 놓으면 그만인 물건들이고. 그러니 과연 용문산에서 발견된 시체가 전용해인지는 아무도 알지 못한다고 봐야겠지. 범인 아들의 진술이라도 사람의 말은 무작정 신뢰해야 한다는 순진무구한 입장을 취하지 않는다면 말이야."

이유현은 숨을 삼켰다.

"……그것도 일리는 있습니다. 하지만 그 시체가 전용해가 맞을 수도 있는 거 아닙니까. 그 당시 정황에서는 경찰이 전용해를 독 안에 든 쥐처럼 용문산에 몰아넣은 걸로 아는데요. 그렇다면 그 시체가 전용해가 아니고 누구겠습니까."

"전용해가 용문산으로 쫓겨 들어갔지만 물리적으로 그 넓은 지역에서 자기 몸 하나 빠져나올 수가 없었다고 단정하기는 힘들지. 물론 쉽지는 않았을 거야. 하지만 협력자가 있고, 누군지 모를 시신 한 구만 구할 수 있었다면 가능하지 않았을까. 혹시 생사람을 죽였을지도 모르지. 전용해 같은 살인마라면 얼마든지 가능한 일이고. 도주를 도왔던 심복을 시켜서라도 그 정도 일은 쉽게 해치웠겠지. 자신이 입고 있던 옷만 갈아입히고 죽은 자로 하여금 자신으로 보이도록 했다는 설정은 얼마든지 가능해. 그리고 만약 미리 계획된 일이라면 도주할 무렵 미리 어린 아들한테도 이야기해 놓았을 거야. 나중에 아버지의 옷을 입은 시체가 발견되면 무조건 본인이 맞다고 증언하라고. 실은 미리 계획된 연극이 아닐까 싶은 게 그 무렵 입을 꾹 다물고 있던 백백교 간부 이경득이 갑자기 교주님이 자살했다는 말을 꺼냈다고 하거든. 시기가 절묘하게 맞아떨어지잖아."

"그럼 전용해가 그때 용문산을 탈출해서 살아남았고, 그 뒤에 후손을 남겼다는 생각입니까?"

"살아남았다면 충분히 가능한 이야기지. 신분을 숨긴 수상한 도망자이자 용해운의 할아버지, 이대철이라는 인물이 바로 그 백백교주 전용해라면 어때? 모든 게 맞아들어 가지 않아?"

"하지만 백백교주는 사건 당시 이미 43세였습니다. 전용해가 이대철이라면, 도망 다니다가 진상화 할머니를 만난 무렵이 해방 직후라고 하니까 대략 50세가 넘어요. 그 나이에 또 자녀를 낳았을까요?"

"수많은 여성 신도를 유린했고 발각 당시에도 앵정정 집에 시녀라는 이름으로 여자를 10여 명 두고 있었을 정도로 정력이 절륜한 교주였어. 그 정도 나이가 문제될 사람은 아니지."

"공상 이상의 근거가 있습니까?"

이유현은 아직 이 가설을 신빙성 있게 받아들이기 힘들었다.

"그게 바로 목하 벌어지고 있는 사건 아닐까? 21세기에 뜬금없이 백백교의 교주를 칭하는 '대원님'이라는 거룩한 이름으로 불리는 인물이 등장했어. 그를 따라다니는 인물들은 그를 단순한 보스 이상으로, 무슨 '교주'처럼 떠받들고 있지 않나. 대원님을 지키기 위해서라면 목숨을 헌신짝 내던지듯 버려가면서. '대원님' 용해운은 백백교 간부들의 후손들을 찾아다니며 광목천 끈의 소재를 찾고 있었어. 광목천 끈과 암호는 교주에게만 전달되는 중요 메시지고, 특히나 간부들에게 전해진 이 끈이 백백교의 재산을 숨겨 둔 곳을 알리는 메시지라는 사실은 극히 일부만이 아는 사실일 수밖에 없지 않아? 자신을 철저히 숨기고 재산을 그 이상으로 완벽하게 숨겨 놓은 전용해가, 자신 이외에 누구에게 이 재산에 관한 비밀을 흘리게 놔뒀을 성싶지는 않아. 그렇다면 그 비밀을 현재까지 이어받은 자가 곧 전용해의 피를 이어받은 자라고 일단은 생각해 볼 여지가 크지. 여기서부턴 공상이지만, 아마 경찰의 수사가 닥쳐오니까 자신은 급히 도피하면서 충성심 강한 교도한테 재산을 은닉하도록 지시했지 않았을까. 교도는 재산을 자신만이 아는 곳에 숨기고 광목 끈에 그 장소를 가리키는 메시지를 담아 전용해에게 전달하려 했고. 그런데 전용해는 용문산에 독 안에 든 생쥐처럼 몰려 버린 판국이니, 광목 끈은 사정을 모르는 다른 간부에게 몰래 전해졌다. 이런 시나리오가 상당히 개연성 높게 그려지거든. 그리고 무엇보다……."

"무엇보다?"

"불완전한 인간을 완전하게 따르게 만드는 특출한 힘. 그리고 필요하다면 가차 없이 인명을 말살해 버리는 냉혹함이 영락없이 백백교주 전용해를 연상시키지 않아?"

이유현은 고진의 말을 곱씹듯 고개를 끄덕이다가 말했다.

"여기서부턴 추리가 아니군요. 범죄에서 받은 인상에 근거한, 다시 말해 '감'이란 거죠."

"사람들에게는 여러 가지 재능이 있지. 그리고 그 재능이 대물림되는 경우는 흔히 보잖아? 가수 자녀가 다시 가수가 되고, 화가의 자녀가 그림에 특출한 재능을 보인다든지 말이야. 백백교주의 집안은 대대로 사이비 종교를 조직해 사람을 현혹하는 탁월한 재능을 물려준 것 같아. 전용해의 아버지도 백백교를 창시한 후 네 명의 첩을 생매장한 김화 사건을 일으켰지. 세 아들도 모두 사이비 교단을 만들어 독립해 나갔어. 그중에서도 전용해는 악마적인 재능의 극한치를 보여 주었어. 손자인 용해운도 못지않은 것 같아. 숫자는 적지만 누구보다 열렬한 수하들. 그리고 목적을 위한 가차 없는 살인. 그런 게 그 가문의 재능일지도 모르지."

"그럴 수도 있는데…… 지금 와서 교주의 혈통이란 게 중요할까요? 지금 용해운을 따르는 이들이 설마 백백교도인 건 아닐 거고. 그들에게는 자신이 따르는 인물이 백백교주의 정통 후계자라는 사실 따위가 하등 중요한 의미가 없을 텐데요."

"물론 아니겠지. 아무리 바보천치는 나라도 못 구한다지만 21세기에 백백교 이름을 내건다면 사람이 모이겠나? 백백교라고 칭하지는 않았을 거야. 그래서 더 백백교주의 후손이 아닐까 싶은 거야. 사이비 교주로서의 재능만으로 충분했을 텐데도 굳이 '대원'이라는 칭호를 내걸었다는 건 증조인지 고조인지 몰라도 직계 할아버지의 유업에 자부심을 갖고 그걸 잇겠다는 마음에서 비롯한 건 아닌지 말이야. 그런 내밀한 결의가 담긴 거라면, 그래서 더 전용해의 손자가 아닐까 싶단 거지."

이유현의 미간에 주름이 잡혔다.

"……대담한 가정이네요. 용해운의 직계 선조가 바로 전용해다, 진상화 할머니를 찾아왔던 그 남자, 이대철이 실은 전용해였다……."

"응. 일을 저지르고 무언가에 쫓기는 듯했고, 사진을 절대로 찍지 않았으며, 백발에 늙수그레해서 관심도 안 가졌던 어린 여자에게 접근해 남자를 감싸고픈 순진한 모성 본능을 불러일으킨 남자지. 10대 소녀들을 숱하게 시녀로 거느렸던 전용해다운 행각이야."

"안 그래도 이대철을 추적해 보려 했는데 이름이 워낙 흔하고, 기간이 지나 객사사건 자료는 모두 폐기된 상태예요."

"경찰이 이대철의 시신을 진상화 할머니한테 확인시켰다지만 이대철이라는 이름부터가 가명이니 자료를 찾는다고 해도 더 이상 역

추적은 어려울 거야. '이대철, 이름 외에 기타 인적 사항은 일체 불상, 간암으로 사망.' 이 정도가 다겠지."

"이대철, 아니 전용해의 아들이 진성모가 되고, 그는 용여순을 만나 용해운을 낳고는 바람처럼 사라져 버렸다. 이렇단 얘기군요. ……이대철이 정말 전용해라면 천수를 다 누리고 간 거네요. 20여 년 전에 객사했으니까 어디보자, 90살을 훨씬 넘긴 거 아닙니까! 희대의 악마가 이렇게 길게 살아도 되는 겁니까? 믿고 싶지 않습니다."

이유현이 대상 없는 분노를 터뜨렸다. 고진이 슬그머니 웃었다.

"전용해 아버지인 전정운도 사람 생매장해 놓고 잘 살다가 고이 죽었어. 그게 그 집안 대대로 내려오는 복인 모양이지. 정의감은 좋지만 어쨌든 지금은 죽었잖아? 그걸로 만족하게."

이유현이 그런 생각만으로 만족했는지는 모르지만 격앙된 표정을 일단은 누그러뜨리고 말했다.

"……그건 그렇고, 용해운은 언제 어떤 경로로 백백교의 비밀에 대해서 알게 되었단 겁니까? 이대철과 진성모 두 사람 다 행적이 꽤나 불분명한데."

"둘 중 하나겠지. 일단은 전용해라는 인물이 남한테 그런 중요한 이야기를 전달시켰을 리는 없다고 봐야 할 거야. 우선 생각할 수 있는 게 가전의 비밀을 아버지 전용해로부터 전해 받은 아들 진성모가 죽기 전 그 아들인 용해운에게 다시 전달했을 수 있어. 그런데 용여순의 말로는 진성모가 집을 떠난 뒤 용해운에게 어떤 식으로든 접촉한 것 같지는 않다고 했어. 용해운이 모친인 용여순을 철저하게 속였거나, 그게 아니라면 두 번째 가능성으로 전용해가 직접 용해운을 찾아가 만났을 수 있겠지."

"전용해가 직접 말입니까?"

"전용해가 20여 년쯤 전에 죽었으니까, 그 이전이면 아무리 늦어도 용해운이 중학생이나 고등학생 때겠지. 진상화 할머니는 이대철이 아들인 진성모를 가끔 찾아갔다고 했어. 진성모는 그다지 달갑게 여기지 않았던 것 같고. 그렇다면 이대철은 아들 대에서 이루지 못한, 혹은 아들이 관심을 보이지 않은 가문의 이야기를 전하러 이번엔 손자를 찾아갔을 가능성도 있다고 봐. 백백교주로서 화려했던 시절 이룩한 필생의 재산에 한이 맺힌 전용해 할아버지는 마지막으로 눈을 감기 전에 자신의 피를 이어받은 손자에게 가문의 전통과 재산을 회복할 키를 남겨 두고 갔다고 생각하면 어떨까. 한때 교도들 사이에서 초슈퍼울트라 스타였던 이 희대의 교주님은 간암으로 생이 얼마 남지 않은 시점에 도달하자 잊혀지는 서글픔을 이기지 못하고 손자에게 마지막 유산을 남기고 싶어졌겠지. 정말 말도 못하게 끈질긴 집념이야. 그런 집념 덕분에 죽어 가는 간을 부여잡고 그리 오래 살아남았는지도 모르지. 진상화 할머니 말로는 원념에 찬 얼굴로 죽었다고 하니 원래 자기 것이었던 막대한 유산을 되돌리지 못한 한을 안고 평생을 악귀 같은 심정으로 살다가 저세상으로 갔는지도 모르지. 아무튼 그런 연결고리들을 확인하려 나섰던 이번 조사에서 전용해가 용해운을 찾아가 만났다는 사실을 정작 확인하지는 못했으니 이 부분이 가장 약한 설명이긴 하지만……."

이유현이 이번에는 고진 대신 강하게 고개를 끄덕였다.

"아뇨. 충분히 가능한 이야기입니다. 전용해가 죽기 전 용해운을 찾아갔다는 증언이 나오지 않았다고 해서 그 사실이 없었다는 게 증명되는 건 아니니까요. 오히려 어떻게 보면 중학교 때 리틀 교주로서의 재주를 보였던 용해운이 고등학교 때 돌연 상반되게 변해 선생의 뇌리에 아무런 흔적을 남기지 않는 투명인간 같은 소년이 되었다는 것부터가 이상해요. 사람의 성정이 갑자기 바뀌는 건 아니잖아요, 절대. 분명히 큰 계기가 있었을 겁니다. 중학교 시절이 끝나 갈 무렵 할아버지 전용해가 찾아와 마지막 유언을 남겼고, 그때 상상치도 못할 어마어마한 재산에 대해 알게 된 게 아닐까요. 중3 때 담임이던 김일환 교장도 그랬잖습니까. 용해운은 반 아이들을 막후에서 쥐락펴락하다가 겨울방학 지나고 졸업할 무렵엔 영 조용해졌다고. 이때 죽기 전에 마지막으로 손자를 찾은 전용해를 만났을지도 모르죠. 그 만남 이후 남다른 자신의 혈통에 각성하고 숨겨 둔 재산의 회복을 꿈꾸게 되면서, 자잘하게 학교에서 애들을 조종하는 일 따위보다 훨씬 큰 그림을 그리고 그때부터 눈에 띄는 걸 피하고 내밀하게 욕망과 자신을 숨기는 조용한 인생을 택해 왔다면……."

팔짱을 끼고 이맛살을 찌푸린 이유현은 스스로 만든 답을 스스로 수긍한 듯 곧 곤혹스러운 감정에 휩싸였다.

"용해운이 백백교의 정통 후계자로서 광목 끈을 찾는 건 이해가 간다고 쳐도요, 하필 80년이 지난 이제 와서 찾기 시작한 건……."

"그건 역시 지난번에 내가 얘기한 것과 연결될 수 있지. 광목 끈에 적힌 문자는 변형된 스키테일식 암호이고, 일정한 키가 없으면 풀어낼 수가 없는 거야. 그래서 그 키를 갖지 못한 전용해와 아들 진성모는 광목 끈을 찾을 엄두조차 내지 못했고, 용해운도 한동안 때를 기다리며 잠복하고 있었어. 그러던 중 마침내 그 키를 발견한 게 아닐까. 그래서 자신의 추종자를 겁주고 이용해서 열렬히 끈을 찾아다니기 시작했다. 물론 할아버지 전용해로부터 비밀의 끈이 백백교 간부 누군가의 손에 들어가 있다는 정도만 들었고, 그래서 간부들의 후손을 일일이 찾아다니며 끈의 소재를 알아내려 했어. 걸리적거리면 서슴없이 살육을 자행하면서 말이지."

"그 키가 뭔지는……."

"아직 알 수 없어."

고진이 잘라 말했다. 이유현은 흠 하고 작은 탄식을 하더니 말이 없어졌다. 콜라 캔을 들어 마시려 했지만 어느새 김이 다 빠져 있었다. 고진이 재차 운을 뗐다.

"그래서 말인데, 좀 더 확인하려면 자료가 필요하지 싶어."

"어떤 자료요?"

"국가기록원에는 백백교 재판 기록은 있는데 수사 기록은 없더군. 알아봤더니 판결문 같은 건 한국에 남아 있지만 수사 자료는 경찰서를 통할하던 조선총독부에서 관리하도록 되어 있었고 해방 후 그런 자료는 모두 일본에 건너갔다고 해. 그 수사 자료를 보면 백백교 사건의 실체나 교주의 행방 같은 문제에 대해 더 힌트를 얻을 수 있지 않을까 싶어. 일본의 국가기록원이라 할 수 있는 국립공문서관에 알아봤는데 여기엔 자료가 없고 경시청의 자료보존실에 이관되어 있다고 그러더라고. 그래서 더 손을 못 써 보고 있었어. 자네한테 이런 이야기를 하는 김에 마저 부탁을 좀 해야겠어. 일본 경시청에 자료 요청을 해서 수사자료 사본을 받아 보면 어떨까 싶거든."

"일본 경시청에요…… 뭐 수사에 도움이 된다면 그런 요청쯤 마다할 이유가 없지요. 그리고 형님 이야길 들어 보니 상당히 개연성이 높습니다. 뭐 정직 상태긴 하지만 광역수사대 민호원 대장님께 이야기해서 정식으로 공문을 보내 보죠."

고진의 가설에 동감한 이유현은 고개를 크게 끄덕였다.

18

이틀 후 저녁, 고진은 강남구청역 근처 R아파트 놀이터 벤치에 앉아 있었다. 초등학교 1, 2학년쯤 된 아이들 셋이서 미끄럼틀을 둘러싸고 뱅글뱅글 돌다가 계단을 뛰어 올랐다가 미끄럼을 타고 도망쳤다. 고진은 잡기놀이에 열중인 아이들에게서 눈을 돌려 벤치를 향해 걸어오는 류경아를 보았다. 긴 머리를 한쪽으로 모아 묶고 쑥색 민소매 티셔츠에 청바지를 입은 청순한 모습이었다. 가게에서 보는 모습과는 딴판이다.

"안녕."

류경아는 향긋한 비누향을 풍기며 한 손을 들어 가볍게 인사하고 고진의 옆자리에 앉았다.

"세상에, 이렇게 미인이었어?"

고진이 야단스럽게 팔을 벌리며 말했다.

"왜 만나자마자 띄워요? 수상한데."

"피부가 이렇게 좋은 줄 몰랐어. 완전 10대잖아. 그동안 쓸데없이 화장으로 가리고 다녔군."

"그래요? 호홋."

연이은 칭찬에 류경아는 결국 웃었다.

"러시 콜페이스 쓰다가 얼마 전부터 가밀라 시크릿으로 바꿨는데 비누를 바꾼 게 도움이 됐나 봐."

중얼중얼 류경아의 말이 많아졌다. 고진은 막 류경아의 아파트 단지에 들러 그녀를 불러낸 참이다. 류경아는 처음에는 "요새 바쁘실 텐데 웬일?" 하며 가시 돋친 말을 하다가 아파트 놀이터 벤치에 와 있다는 말을 듣고서 반색하며 달려 나왔다. 류경아는 막 일어나 출근준비를 하려는 참이었다. 세수만 한 뽀얀 얼굴을 내밀고 있는데, 메이크업을 하지 않은 얼굴을 당당하게 평가받고 싶은 마음이 있었는지도 모른다. 고진은 의도치 않았지만 모처럼 류경아가 원하는 말을 정확한 시간과 장소에서 해 준 것이다. 류경아가 밝게 말했다.

"그런데 웬일이에요? 오랜만에 집까지 다 들러 주고."

"갑자기 내일 일본으로 가게 됐어. 며칠일지 모르지만 연락도 안 될 테고 가게에 통 들르지 못할 테니 얼굴이나 보고 가려고."

류경아가 고개를 돌리고 웃었다.

"마치 이별하는 연인이라도 된 것 같네요. 그런데 갑자기 일본엔 웬일로요?"

"백백교 사건 관련해서 말이야, 오래된 자료를 일본 경시청에 요청했거든."

"그럼 우편으로 받아 보면 되지, 왜 직접 가요?"

"답변이 오락가락해. 아마 우리 측에서 무슨 자료를 요구하는지를 정확히 모르는 것 같아. 그래서 이 반장하고 같이 직접 경시청에 가서 자료를 뒤져 보려고."

"어쨌든 그건 경찰이 할 일 아니에요? 그걸 왜 고 변호사님이 해요?"

"어차피 이 반장도 정직 상태니까 민간인으로 가는 거야. 물론 일본 쪽에서야 그런 사정은 모르지만. 내가 김성노 영감님한테서 의뢰받은 일하고도 간접적으로 관계있고."

류경아가 삐딱하게 쳐다보았다.

"그럼 혹시……. 화 변호사님도 가세요?"

고진은 항복의 표시로 양팔을 쳐들었다.

"정말 그 예리함은 못 당하겠어. 그 초감각으로 백백교 사건이나 좀 해결해 주지."

류경아의 표정이 썩 좋지 못했지만 고진은 거기다 기름을 부었다.

"호텔비 아껴야 하니까 방을 하나 잡으려다가……."

"네?"

류경아가 고진을 쏘아보았다.

"헛, 왜 소릴 질러? 그러려다가 두 개 잡았어. 영감님한테 받은 돈도 충분하고."

"그러거나."

류경아는 말을 툭 던지고는 정면을 향해 고개를 돌렸다.

"간 김에 맛있는 거 많이 드시고 오세요."

심사가 그리 좋아 보이지는 않았다. 류경아의 호의가 고진에게는 눈을 가리고 랜덤으로 뽑는 카드 패에 불과한지 모른다. 자기도 모르는 사이에 몽땅 땄다가 몽땅 잃어버리는 서툰 도박사인 셈이다.

고진은 "이거." 하면서 옆자리에 놓여 있던 커다란 직사각형 가방을 들어 자신과 류경아 사이에 옮겨 놓았다.

"뭐예요?"

고진은 직사각형 가방의 짧은 쪽 옆 지퍼를 열었다. 그 틈으로 털이 북슬북슬한 고양이가 빠끔히 얼굴을 내밀었다.

"고양이네. 어맛! 이거 노르웨이숲이잖아요! 웬 거예요?"

류경아의 눈이 휘둥그레졌다. 수북한 흰 털 위에 검은 털이 가지런히 배합된 노르웨이숲 고양이가 귀부인 같은 자태로 류경아를 거꾸로 요모조모 살피고 있었다.

"어, 경아 씨가 고양이 좋아하잖아. 주려고."

고진이 바구니를 내밀었다.

"정말? 우와. 너무너무 좋아. 노르웨이숲 이거 정말 키우고 싶었거든. 내가 얘 좋아하는 거 어떻게 알았어요?"

"예전에 한번 지나가듯 말한 적이 있었어. 그때 기억해 뒀지."

류경아는 활짝 웃으며 고양이를 꺼내 들었다. '정말, 너무'를 연발하며 이리저리 뜯어보느라 정신이 없다. 류경아는 고양이에서 눈을 떼지 못하고 아이처럼 기뻐했다. 가게에서는 볼 수 없는 천진난만한 웃음이었다. 그 모습을 본 고진의 얼굴에서도 오랜만에 흐뭇한 미소가 떠올랐다. 여자의 이 한 번의 웃음을 위해 어리석은 남자는 죽을 동 살 동 모르고 선물을 갖다 바치는 모양이다.

"정말 고마워요. 차라도 한잔 마시고 가요."

"아니, 오늘은 이만."

고진은 손을 흔들며 일어섰다. 차를 얻어 마시고 싶긴 하지만 여운을 남겨야 한다는 잘못된 허세였다. 류경아에게 선물을 해보라는 이유현의 말을 충실히 따른 고진이었다. 하지만, 고양이 선물로 지금 당장 류경아의 기분이 풀렸다 하더라도 류경아가 최근 냉랭해진 진정한 이유를 모르는 고진으로서는 과연 그게 얼마만큼 오래 효과를 발휘할지는 장담할 수 없는 상황이었다.

"지금 우리 몸에 방사능이 침투하고 있지 않을까요?"

이유현이 말했다.

"그러고 보니 자네 몸이 거대한 파리로 변해 가는 것 같군."

고진이 말했다.

"정말 국제적인 유치함이군요."

화미령이 말했다.

고진과 이유현, 그리고 화미령 세 사람은 도쿄 나리타 공항에 막 내린 참이었다. 백백교의 수사 자료가 필요하다는 고진의 말에 공감한 이유현은 1주일 전 광역수사대 명의의 공문으로 백백교 사건과 관련한 수사 자료를 일본 경시청에 요청했다. 팩스로 날아온 답변은 실망스러웠다. 그 무렵의 자료가 경시청에 일부 있는 것은 확인되었으나 정확히 어떤 사건을 말하는 것인지 알지 못하겠다, 그 무렵 자료는 경시청 말고도 다른 곳에 분산 보관하고 있다, 대략 그런 내용이었는데, 자료가 없는 건지 못 찾는 건지 아니면 숫제 귀찮은 것인지 알 수 없는 애매모호한 답변이었다. 최대한 좋게 해석해 보아도 한국 측에서 무슨 자료를 요구하는지를 정확히 모르고 있는 건 분명했다. 결국 고진과 이유현은 직접 일본으로 떠나기로 결정했다. 거기다, 김성노로부터 공동으로 이 사건을 의뢰받지 않았느냐며 거의 떼쓰듯이 권유한 고진의 말에 화미령도 동행을 승낙했다. 김성노로부터 받아 낸 풍족한 의뢰비가 그 결정에 큰 역할을 했음은 물론이다.

세 사람은 나리타공항의 인파를 헤집고 택시를 잡아탔다. 일본도 아직 여름이 끝나지 않았다. 택시 바깥은 아스팔트에 아지랑이가 피었나 싶을 정도로 더워 보였다. 화미령은 먼저 호텔로 가서 짐을 풀고 기다리기로 했고, 짐이라고는 속옷과 세면도구가 든 가방 하나씩밖에 없는 이유현과 고진은 곧장 경시청으로 향했다.

지요다 구 가스미가세키는 온갖 행정 기관이 들어선 도쿄 제일의 관청 지구다. 넓은 도로를 양옆에 거느린 경시청 건물은 위압적인 요새처럼 우뚝 서 있었다. 미리 공문을 보내 놓은 터라 이유현과 고진이 경시청에 들어가는 데는 큰 문제가 없었다. 물론 여기서 공문이란 이유현의 방문을 알리는 게 아니라 단지 자료 협조를 요청하는 내용이다. 방문자인 이유현이 정직 상태라는 사실은 일본 경찰이 알 턱이 없다.

두 사람은 방문증을 받아들고 '폭력단 추방' 슬로건이 커다랗게 내다 걸린 로비에 앉아 있었다. 이유현은 번거로운 방문이 될 것 같기도 하고 정직 상태인 게 괜히 찔리기도 하여 사전에 경감이니 하는 직위는 일체 밝히지 않았다. 그쪽이 일하기도 편하다. 잠시 후 오카야마라는 이름의 젊은 직원이 나와 이들을 맞이했다. 깡마른 몸에

헐렁한 검은색 양복, 기름칠한 억새덤불처럼 솟은 머리는 일본 젊은이 특유의 차림새였다. 오카야마는 싹싹한 태도로 고진과 이유현을 지하의 문서보관실로 안내했다. 어쨌든 외국 형사가 공문까지 띄우고 경시청을 방문하는 건 드문 일이라 꽤나 긴장한 모양이었는데, 고진과 이유현이 일본어를 할 수 있다는 걸 안 뒤부터 굳은 얼굴이 서서히 풀렸다.

"공문은 받았습니다만, 어떤 사건을 말씀하시는지 알기 힘들더군요."

오카야마는 변명처럼 말했지만 그를 따라 문서보관실의 문을 연 고진과 이유현은 납득할 수밖에 없었다. 오래된 종이 냄새가 코를 푹 찔렀고, 다닥다닥 늘어선 철제 선반을 누런 기록들이 빽빽하게 채우고 있었다. 철제 선반 사이는 사람 하나가 겨우 지날 정도로 좁았다. 기록 표지에는 숫자로 매겨진 사건 번호뿐이다. 당연히 '백백교 사건'이라는 식으로 찾는 사람 구미에 맞는 사건명으로 분류되어 있지 않다. 해당 사건을 찾으려면 비좁은 선반 사이에 낀 채로 물고기 눈이 되어 일일이 기록을 뒤져야 했다.

"감사합니다. 지금부터는 저희가 직접 찾아보겠습니다."

이유현이 말했지만 오카야마는 자기도 돕겠다고 나섰다. 돕는 것도 돕는 일이지만 타국에서 온 형사 둘에게 경시청의 문서보관실을 맡겨 놓을 수도 없는 노릇이리라. 고진과 이유현은 더 이상 사양하지 않았다. 일을 시작하고 보니 정작 오카야마가 가장 열심이었고, 가장 농땡이를 피우는 사람은 고진이었다.

고진이 박물관의 고서 전시관에 온 사람마냥 어슬렁거리는 사이,

이유현이 안쪽 깊숙한 곳에서 '일본제국 경찰의 조선반도 파견자료' 라는 낡은 표찰이 붙은 선반을 발견하고 그 아래 칸에서 두툼한 기록 더미를 끄집어낸 건 그로부터 2시간이나 지난 때였다. 기록은 여러 개의 뭉치가 끈으로 연결되어 있었는데, 모두 모아 보면 서너 상자는 나올 성싶었다.

이유현과 고진은 오카야마에게서 카트를 빌렸다. 자료를 싣고 복사기가 있는 곳으로 자료를 가지고 가서 복사를 시작했다. 오카야마가 복사를 도와주겠다고 했지만 두 사람은 남은 염치를 발휘해 사양했다. 몇 명인가의 직원이 줄을 섰지만 양해를 구해야 했다. 워낙에 방대한 양이라 불필요한 사진이라든가 반복된 자료, 거의 고정된 양식을 만들어 놓고 형식적으로 답변을 써 넣은 진술자료 같은 것은 복사에서 제외하기로 했다. 규칙적으로 움직이는 복사기 불빛이 몇 백 번이나 이들의 얼굴을 지나쳤을까. 고진과 이유현이 땀을 삐질삐질 흘려 가며 복사를 마친 뒤 용지를 두 개의 상자에 담고 있으려니 어느새 오카야마가 다가와 있었다.

"오늘 여러 가지로 감사했습니다."

이유현이 정중하게 허리를 굽혀 인사했다.

"오카야마 상이 아니었으면 아무것도 못 했을 겁니다."

고진도 자못 감동한 듯 말했다.

"아닙니다. 큰 도움이 못 되어 드려 죄송합니다. 제가 그 사이 좀 더 알아보았는데요, 여기 보관되어 있는 건 수사보고서라든가 재판에 증거로 제출되었던 자료들뿐이랍니다. 나머지 재판에 제출되지 않은 진술서라든지 기타 자료 같은 기록 일부는 도쿄 지방문서 보관소로 이전되어 있는 것 같습니다."

고진은 낭패한 기색을 띄웠다.

"그렇습니까. 거기에 오히려 중요한 자료가 있을지 모르는데…… 그건 어떻게 좀 협조를 얻을 수 있을까요?"

"경시청 쪽은 이미 공문으로 이야기가 된 상태라 쉬웠지만 그쪽은 시청 쪽 관할이라 오늘 당장은 힘드실 겁니다. 어쩌면 1주일 이상 시간이 걸릴지도 모릅니다. 이젠 어떤 사건을 찾으시는지 저희가 아니까, 추후에 저희가 직접 그쪽에 보관된 일체의 자료를 복사해서 한국으로 보내 드리겠습니다."

"아, 네. 이거 정말 감사합니다."

고진은 오카야마의 손을 덥석 잡고 한동안 놓지 않았다. 이런 식의 인사법이 익숙하지 않은지 오카야마의 귓불이 벌게졌다.

"어머, 자료가 이렇게나 많아요?"

화미령은 호텔 방문을 열어 주다가 각각 한쪽 어깨에 가방을 메고 양팔에 박스 하나씩을 안고 들어오는 고진과 이유현을 보고 놀라 말했다. 화미령은 고진과 이유현이 따로 잡은 호텔 스위트룸에서 주스를 마시며 기다리고 있었는데, 꽤나 무료한 시간을 보내고 있었던 듯 하다. 미리 받아 둔 고진과 이유현의 여권과 바우처를 호텔 프런트에 건네주고 남의 방 열쇠를 거머쥐었던 모양이다. 고진은 고급스러운 아이보리색 원목 테이블 위에 볼품없는 상자를 털썩 내려놓으며 말했다.

"이것도 자료 전부는 아니에요. 1930년대에 있었던 한국의 백백교 사건이라는 게 일본에서는 생소하다 보니 자료들이 단편적으로 쪼개져서 보관되어 있더라고요. 뭐 어떤 자료를 구하는지 의사소통에는 드디어 성공했지만 기록을 남김없이 찾는 데는 시간이 좀 걸리나 봅니다. 자료를 찾으면 일본 경찰에서 우송해 주기로 했어요."

"잘됐네요. 그건 그렇고."

화미령이 방을 휘 둘러보며 불만스럽게 말했다.

"다른 사람이 보면 두 분이 허니문이라도 온 줄 알겠어요. 난 그냥 1인실이고, 두 분은 아예 스위트룸이네요? 설마 안 들킬 줄 알았어요?"

일단 일본 호텔답지 않게 넓었고, 가구, 어메니티에다 전망까지 흠잡을 데가 없는 방이다. 물론 침대는 트윈이다.

"왜 그랬지? 가만 있자…… 이 반장이 예약하지 않았나?"

고진이 모른 척 이유현에게 말했지만 이유현은 "형님이 했습니다." 하며 딱 잘라 버렸다.

"사실은……."

고진이 할 수 없다는 듯 화미령을 향해 씩 웃었다.

"작업할 공간이 좀 필요할 것 같아서요. 이렇게 말이죠."

그러면서 테이블 위에 놓인 상자를 손으로 툭 쳤다. 이유현이 들고 온 상자까지 두 개의 상자가 테이블을 점령해 버렸다.

고진과 이유현은 이내 테이블을 앞에 의자를 나란히 가져다 놓고는 쭈그리고 앉아 자료를 뒤적뒤적하기 시작했다.

"어차피 난 일본어를 모르니 계속 쉬고 있을래요."

화미령은 창가로 물러나 마시던 주스 잔의 빨대에 입을 가져갔다.

두 사람이 가져온 두 박스 분량의 기록은 절로 한숨이 나오게 했다. 원래 백백교의 수사 자료가 총 3만 페이지고 수사관 의견서만 1000페이지에 달했다고 한다. 그중에 분실된 부분을 제외하고 경시청에서 보관된 자료 중에 선별해서 복사했는데도 이 정도 분량이었다. 타이프라이터로 친 서류도 있지만 경찰 단계에서는 손으로 직접 쓴 된 부분이 많았고, 그마저 세월이 지나 흐릿하고 바래 있었다. 더구나 공문서에는 읽기 어려운 가타카나가 많다. 이만한 대 사건이니 만약 경제사범이라면 돈의 흐름을 쫓고 회계 장부를 분석하느라 한 며칠은 골을 싸매고 앉아야 할 판국이다. 다행인 것은, 살인사건이고 간부들이 자백하는 사건이다 보니 현장이나 시체 사진 아니면 체포된 간부들의 조서로 기록의 대부분이 채워져 있어 부담이 훨씬 덜하다는 점이었다. 그 조서들도 모두 자백하는 내용이었으니 피의자의 머릿수가 많다 하더라도 진술 내용을 검토할 만한 것은 없어 보였다.

이유현은 고진에게 서류 작업을 맡겨 놓고는 사진만 들여다보았다. 백백교 간부들은 교도들을 살해한 후, 혹은 살아 있는 채로 구덩이에 묻었다. 그 구덩이에서 발굴된 상태 그대로 찍은 사진들은 현장감이 생생했다. 복사한 흑백 사진이라 해상도는 낮았지만 입은 옷차림 그대로 고스란히 흙에 절반쯤 묻힌 채 모습을 드러낸 사체들은 섬뜩하기가 그지없었다. 여자의 머리카락이나 흰 치마저고리가 간간이 드러날 때엔 비록 70년도 넘은 일이지만 으스스한 느낌을 자아냈다.

어느덧 2시간이 지났다. 화미령이 창가에서 꾸벅꾸벅 졸다가 불현

듯 기지개를 폈다. 고진과 이유현이 돌아보니 화미령은 시선도 마주치지 않고 백을 챙기더니 아무 말도 없이 자신의 방으로 가 버렸다.

20여 분이 더 지난 후 고진은 마침내 기록 중에 몇 장을 빼놓더니 나머지를 테이블 한구석에 쓱 밀어 버렸다.

"수사보고서 중에도 간부들이 자백한 진술을 정리한 부분은 이미 우리가 읽어서 알고 있는 백백교 판결문 내용과 대동소이해. 하지만 판결문에 나와 있지 않은 생생한 수사의 현장이 이 부분 보고서에 드러나 있어. 아주 흥미로운데."

고진은 수사보고서들 중에 발췌한 문건을 테이블 위에 펼쳐 놓았다. 이유현은 호텔방 한쪽에 마련된 전기 주전자에서 물을 데워 녹차 두 잔을 만들어 테이블로 돌아왔다. 이유현은 고진에게 차 한 잔을 주고 자신은 의자를 당겨 앉았다.

"고생하셨습니다. 전 그럼 형님이 찾아내 준 자료만 살짝 읽어 보도록 할까요."

"목마른 자가 판 우물에 빨대만 싹 꽂겠다 이거군. 할 수 없지. 그럼 어서 읽어 보시오. 특히 이 두 가지는 한국에서는 구할 수 없었던 귀중한 자료야."

고진은 녹차를 두 모금 홀짝거리고는 허리를 주무르며 침대에 드러누워 버렸다. 이유현은 수사보고서를 세워 들고 찬찬이 읽기 시작했다. 테이블에 놓인 차는 반쯤 남은 채 서서히 식어 갔다.

……[전략(前略)]

전용해의 시체에 대한 수사: 1937년 4월 7일 아침 8시 50분경 용문산 도일

봉 정상 부근 솔밭지대에서 도주한 백백교주 전용해의 시체를 발견하였다. 시체는 전용해가 도주할 당시에 입었던 옷을 그대로 걸치고 있었으며, 수색 결과 그가 찼던 엘진 금시계, 오덕도 등의 소지품이 발견되었다. 시신을 확인하기 위해 전용해의 첩 유명옥과 아들인 전중기, 간부인 이경득을 대동했는데, 전용해의 첩 유명옥은 늘 관계할 때 불을 끈 상태였고 얼굴을 정면으로 보지 못하게 하였으며 말도 건네지 못하게 하였고 전용해 본인도 거의 말을 하지 않았기에 발견된 시체가 전용해 본인인지 확실하게 모르겠다고 진술했으나, 아들인 전중기, 간부인 이경득은 전용해가 분명하다고 증언하였다. 부검의 소견에 따르면 발견 당시 이미 사망 50일가량 지난 것으로 추정되며, 겨울을 지난 탓에 부패가 그다지 진행되지 아니한 상태였다. 얼굴의 아래턱 부분이 없었고, 떨어져 나간 턱 부분은 좀 떨어진 솔밭에서 발견되었다. 비교적 생생하고 거친 절단면의 상태로 보아 발견되기 전에 늑대나 멧돼지 같은 산짐승에게 뜯긴 것으로 보인다. 이상의 정황으로 보아 전용해는 양평으로 도주한 후 행소리 산막에 은거하다가 도일봉에 올라가 소지하던 오덕도로 자결하였다는 결론임.

시체 발견 당시 목격자에 대한 수사: 최초발견자는 이춘달이라고 하는 19세의 떠꺼머리 청년. 이춘달은 설악면에서 비솔고개를 넘어 용문산 정상에 이르렀다가 솔밭 아래에서 전용해의 시체를 발견하고 비명을 지르며 수색대 쪽으로 뛰어온 바 있다. 수색대에는 행소리 마을 사람들이 다수 포함돼 있었는데 모두 떠꺼머리를 처음 본다고 말하여 거동불심자로 취급, 일단 동대문서까지 임의동행하였다. 조사 결과 이춘달은 집도 가족도 없이 떠도는 부랑아로서 설악면 쪽 용문산 기슭에 산막을 짓고 생활 중이라 함. 별 생각 없이 산에 올랐다가 우연히 전용해의 시체를 발견하였다는 이유로 경찰의 질문을 받게 되자 겁이 나서 횡설수설한 것으로 사료됨. 별다른 혐의점이 없으므로 귀가조치.

전중기에 대한 수사: 경문고등보통학교 2년생으로 학교에서 교사나 학생들 사이에 평판이 좋은 모범생임. 전용해도 이 아들에게는 비교적 잘 대해준 듯하나 전중기 쪽에서는 오히려 꺼려한 듯 보인다. 그래서인지 백백교의 교리나 교단 조직에 관해서는 아무것도 모르고 있음. 오히려 아버지가 백백교주라는 사실이 늘 의식되고 부끄러웠다고 진술하고 있다. 교도 살인, 교세 확장 등에 가담한 증거가 없고 연루된 정황도 보이지 않으므로 무혐의 송치 의견임.

전평자에 대한 수사: 전용해의 딸임에도 일개 백백교도에 불과한 지위에 있었던 것으로 보인다. 전용해는 자녀도 철저히 남녀를 구별해 차등 대우했고, 딸인 전평자에게는 백백교의 중책을 맡기지 않았다. 전평자 또한 조직의 상층부 일에 관여한 증거가 일체 없다. 다만 아버지 전용해에 대한 존경심이 강하여 동생인 전중기보다는 좀 더 적극적으로 교단의 선전에 충실하였다. 우연한 기회에 처녀의 몸으로 불임 진단을 받자(진단서는 조서 말미에 별지로 첨부하였음), 앞으로는 결혼도 하지 않고 오로지 아버지와 백백교의 위상을 높이기 위해 살아야겠다는 마음을 굳히게 되었다고 한다. 곧 일본의 지배가 끝나고 백백교의 세상이 온다는 말을 주변에 선전하고 다녔던 점이 인정되어 보안법 위반으로 송치 의견임.

"전평자가 불임인 점 등을 고려해 선처한다는 판결문 내용은 이 보고서를 근거로 한 모양이군요."

이유현이 수사보고서를 내려놓으며 말했다. 고진은 침대에서 허리를 일으켰다.

"그런 것 같아. 불임 운운하는 말이 판결문에 쓰인 게 좀 생경하기는 하지만, 당시로서는 여자가 처녀의 몸으로 이미 불임 판정을 받았다는 건 거의 사형 선고나 마찬가지로 여겨졌을지 몰라. 그래서 특별히 정상참작 사유로 거시한 걸 거고."

이유현은 또 다른 수사보고서를 집어들었다. '천원금광에 대한 수사보고서'라는 제목이었다.

천원금광에 대한 수사: 천원금광사무소는 전국에 인 금광 열풍에 편승해 전용해가 1935년에 세운 가짜 금광이다. 경기도 양주군 골짜기에 간이건물을 짓고 인근 유지와 관리들을 초빙해 성대한 개소식을 거행하였다. 실제로 금이 산출되는 광산은 아닌 것으로 조사되었으며 동굴을 깊게 파서 안에 미리 금을 묻어 놓고서 폭약을 터뜨린 뒤에 금이 나왔다고 거짓 선전을 했던 것으로 밝혀졌다. 백백교의 비밀 아지트 중에서도 핵심이 되었던 곳으로, 교도들을 비밀리에 살해하는 도살장으로 이용되었는데, 백백교 일당은 수시로 폭약을 터뜨려 살인을 은폐하였다. 천원금광 일대에서 40구의 시체가 발견되었는데, 모두 전용해의 눈 밖에 난 백백교도들이었다.

천원금광 주무는 전용해의 오른팔격인 이경득의 친형 이한종으로 행소리 포교 책임자이기도 했으며, 교주 전용해가 하사한 25세의 여자와 살기 위해 본처를 살해한 것으로 밝혀졌다. 천원금광사무소에는 '전령'이라는 직책으로 스무 살 안팎의 젊은 청년들을 수 명 고용하고 있었다. 심부름이나 소식의 전달 정도를 담당한다고 하지만 실제로는 아무나 될 수 없었고 엄격한 심사를 거쳐 선발되었으며 모두 뜀박질에 능하고 힘이 장사였다. 수사 결과 이

들은 백백교 간부들이 행하는 살인과 사체유기를 실제로 실행하는 일을 하거나 적극 가담한 것으로 판명되었다. 즉, 이들은 철저히 교주의 지시에 따라 백백교의 무력을 담당한 것으로 보이며, 하나같이 전용해에 대한 충성심에 사로잡혀 전용해의 지시라면 어떤 일이든 마다하지 않았는데, 그런 점이 또한 선발 기준이었던 것으로 보인다. 이들 중 일부는 도주했으며, 소재불명 상태이다.

"천원금광도 무시무시하지만, 스무 살 전후의 젊은 청년들을 전령으로 이용? 이거 마치 조폭들의 행동대원 같은데요?"

이유현이 기록에서 눈을 떼며 말했다.

"비슷할 거야. 백백교 간부들이 대량 살인을 지휘한 건 맞지만 그 자들도 대부분 나잇살이나 먹었으니 힘에 부쳤겠지. 실제로 사람을 잡아다 죽이고 하는 따위의 힘쓰는 일은 주로 저 전령인가 하는 젊은 놈들이 맡았던가 봐."

"이런 일에는 꼭 철부지들이 동원되는군요. 예외가 없어요."

이유현이 씁쓸하게 말하고는 지친 듯 깍지 낀 팔을 머리에 대고 침대에 벌렁 드러누웠다. 천장을 멍하니 훑는 그의 눈은 생각에 골몰한 것 같았다. 고진도 자신의 침대에 몸을 뉘였다.

다음 날 정오 무렵, 고진과 이유현, 화미령은 신칸센을 이용해 교토에 와 있었다. 안병조가 살해당한 현장을 한 번은 보아야 했다. 관할서에는 광역수사대 명의로 수사 협조 요청 공문을 보내 놓았는데, 그 힘을 은근슬쩍 빌어 경찰서에도 방문할 예정이다. 정직 상태인 이유현이지만 외국 경찰서를 제 발로 찾아가는 일이 문제될 소지는 없다. 화미령은 "교토가 도쿄보다 볼거리도 많고 좋아요." 하며 은근히 반기는 눈치였다.

안병조의 집은 교토 북쪽에 있는 난탄시 미야마초로, 가파르고 검은 일본 특유의 기와 지붕을 인 민가가 옹기종기 자리 잡은 전원을 통과해 택시가 내려 준 곳은 깔끔하게 포장된 도로가였다. 구획 지어진 논밭 너머로 빽빽한 산림이 눈을 시원하게 해 주는 전원 지대였다. 살인사건이 있었으리라고는 도무지 상상할 수 없는 평온한 마을. 현관문은 단단히 잠겨 있었고, 불러도 대답이 없었다. 문 옆에는 자전거 한 대가 반듯이 서 있을 뿐이었다. 안병조는 가족이 없었나. 지나가는 노인 두 사람을 붙들고 물었지만 여기서 사람이 죽었다는 것 말고는 별로 아는 게 없었다. 아내가 있는데 충격 때문인지 지금은 이 집에서 몸을 피해 있다고 한다. 안병조가 이런 데서 죽었군 하는 직관적 느낌 이외에 다른 수확은 없었다.

"아무래도 뭐라도 얻어들으려면 경찰을 방문해야겠는데요."

이유현이 재촉했다. 택시를 잡아타고 도착한 우쿄 경찰서 앞에서는 경찰복을 입은 사람 둘이 자전거를 타고 어디론가 막 떠나려 하고 있었다. 경찰차와 모터사이클도 물론 있지만 차분하게 전통을 보존해 온 도시에 걸맞게 순찰을 도는 방법도 어딘지 정겹다.

윤영탁은 협조가 안 돼 고생했다고 했지만 세 사람의 방문은 순조로웠다. 윤영탁이 무턱대고 들이닥쳤던 때와 달리 미리 공문을 띄워 놓은 덕분이기도 하고, 별스럽게 변호사가 두 사람이나 동행했으니 그쪽에서도 자세를 고쳐 비중 있게 대하는 모양이었다. 서장실로 안

내되어 서장과도 간단하게 인사를 나누었는데, 후리후리한 키의 서장은 아내가 한국 드라마의 팬이라면서 반갑게 손을 잡고 흔들었다. 씁쓸한 맛이 가득한 말차를 나누며 서장은 서글서글한 말투로 한국 이야기를 이것저것 끄집어냈지만 사건의 직접적인 언급은 피하려는 눈치였다. 대신 구로다라는 이름의 순사부장을 불러 "불편함이 없도록 협조해 드리고 잘 안내하도록." 하며 배려해 주었다. 아무튼 일본 경찰이 냉랭했다며 앓는 소리 했던 윤영탁의 말과 달라 서장의 환대는 어리둥절할 지경이었다.

자리를 옮겨 순사부장 구로다의 책상 앞에 세 사람이 의자를 나누어 앉았다. 구로다가 머리를 벅벅 긁으며 말했다.

"난탄시 하면 오이가와강 하천 부지에서 벌어지는 불꽃놀이로 유명한데 이런 사건이 일어나서 골치 아파 죽겠습니다."

30대 후반의 구로다는 한국인이 생각하는 '친절한 일본인'의 평균치와는 조금 거리가 있는 인물이었다. 자신이 거의 빨아 마시던 생수병을 입에서 떼고 "한잔 드릴까요?" 하며 내밀었다가 고진 일행이 사양하니 두말 않고 그만둬 버린 것까지는 털털한 성격 탓으로 보였다. 하지만 한쪽 다리를 책상 밖으로 꺼내 탈탈 떠는 거라든지, 기껏 다리를 거두나 싶더니 의자에 몸을 깊숙이 파묻어 반쯤 누운 자세로 팔을 배 위에 올려 한껏 차렷 자세로 앞에 앉은 세 사람을 꾸중 듣는 모양새로 만들어 버린다든지 하는 태도는 좋게 해석해 주기 힘들었다. 게다가 이야기를 하면 할수록 어딘가 신경을 거스르는 화법을 쓰는 남자였다.

"지난번엔 윤영탁 형사가 폐 많이 끼쳤습니다."

이유현은 먼저 의례적인 말을 건넸다.
"윤욘타쿠 상이오? 윤 상이라……."
구로다는 잘 기억이 나지 않는 듯 고개를 갸웃거렸다.
"살인사건 직후에 왔던 한국 형사요. 저희 수사대 사람이거든요."
이유현이 조금 답답해하며 설명했다.
"아! 그 윤 상!"
구로다는 무릎을 탁 쳤다.
"좀 지난 일이라 갑자기 기억이 안 났어요. 폐는 무슨 폐요. 두어 번 들러서 물어보고 간 게 다인데."
"아, 그랬습니까."
구로다는 분명 표면적으로는 겸양의 말을 했지만 이유현에게는 마치 윤영탁이 건성으로 일하다 돌아갔다는 투로 들려서 거슬렸다. 구로다가 거기다 말을 얹었다.
"혹시 CCTV 있냐는 것 정도만 물어보고 돌아간 걸로 기억해요."
구로다는 피식 웃음기까지 띄었다. 당시에는 그 이상 물어보기는 어려웠을 법하기는 하다. 일본 경찰이 제대로 협조를 안 해 주니 별 수 없지 않았겠냐는 생각에 부아가 은근히 치밀었다.
"혼자 조사를 하되 일본 경찰의 수사는 최대한 방해하지 말라고 지시를 해 놓았었지요. 아무래도 타국에 파견 나간 입장이다 보니 수사를 우선하기보다는 상대국 경찰 업무를 방해하지 않도록 최대한 조심하라는 뜻에서……."
그래도 한국 형사가 일본까지 와서 적당히 일하는 시늉만 하다가 돌아갔다는 인상을 남겨서는 안 된다는 일념에 이유현은 적당히 둘러댔다. 구로다는 이유현이 말하는 동안 딴 데를 보고 있다가 말끝을 뭉개면서 화제를 확 바꾸어 버렸다.

"수사에 진전이 없습니다. 목격자도 없고, 시골 마을이라 CCTV 같은 것도 거의 없거든요. 용의자가 완전히 안개 속이에요."

구로다가 손으로 머리를 짚으며 골치 아프다는 듯한 제스처를 취했다. 이유현의 머릿속에 '건방'이란 단어가 떠올랐지만 이내 지웠다. 타국이다. 구로다가 골치 아픈 것도 이해는 간다. 강력한 용의자 용해운은 한국에 있으니 그럴 수밖에 없다.

"피해자 안병조 씨는 어떤 사람이었습니까?"

고진이 물었다. 구로다는 그제야 고진을 발견한 듯이 힐끔 보고는 말했다.

"조용히 마을 입구에 구멍가게를 열어 먹고사는 사람이었어요. 부부가 오래전에 정착했기 때문에 원래 한국인이라는 것도 마을 사람 몇몇만 알고 있을 정도였습니다. 물론 평소에 한국어 따위는 쓰지도 않았고요. 시골 마을에 왜 왔나 몰라."

'한국어 따위?'

이유현의 신경에 또 거슬리는 말이었다.

구로다는 한쪽 발목을 세우고는 의자를 좌우로 빙빙 돌리기 시작했다.

"부인은 사건이 있던 날 하필 병원에 입원 중이었는데 덕분에 사고를 피했다고 해야 할지. 지금은 무섭다면서 언니 집에 옮겨가 있어 빈집이 돼 버렸어요. 딱 한 가지 단서가, 사건 있던 날 밤에 한국말로 추측되는 거친 말이 집 밖까지 들려왔다는 진술이 있을 뿐이에요. 그것도 마을 노인의 추측이니 어이가 없지요. 범인은 한국인이 아닐까 우리도 '추측'할 뿐입니다."

"범인이 현지인일 가능성은 없겠습니까?"

이유현이 물었다.

"한국인이지 않을까 하는 게 추측이니까 그 반대로 현지인일 가능성도 있기야 하겠죠!"

구로다가 숫제 면박을 주듯 말했다. 이유현은 울컥했다.

그런 뻔한 답을 들으려고 물은 게 아니잖아요.

그리고, 아무리 타국이라지만 일본 순사부장이면 경사에 해당하는데 한국의 경감이 훈계를 들어야겠니.

이 자식아.

물론 이유현의 머릿속에서 외친 말이다. 구로다가 그나마 설명을 덧붙였다.

"하지만 적어도 일본 내에서는 원한 관계가 밝혀진 바가 없어요. 그렇다고 돈을 훔쳐 간 것도 아니고. 지금까지 조용히 잘 살아온 노인네를 누가 무엇 때문에 죽이겠습니까. 한국인끼리 치고받고 한 거지."

진상이 물론 그렇긴 하지만 구로다의 입으로 들으니 이유현은 묘하게 기분이 불쾌했다. 고진이 불쑥 물었다.

"끈에 대해서는 수사가 진행되고 있습니까?"

"끈?"

구로다는 되물으며 숫제 비웃음을 흘렸다. 무슨 헛다리를 짚고 있냐 하는 듯이. 구로다의 반응에 이유현과 고진은 일제히 입을 다물었다.

일본어를 알지 못하는 화미령은 내내 말이 없을 수밖에 없었다. 구로다는 차가운 낯빛으로 앉아만 있는 화미령이 오히려 신경 쓰이는지 그녀 쪽을 가끔씩 힐끔거렸다. 마침내 화미령을 향해 물었다.

"그런데 변호사님은 왜 오셨습니까?"

언뜻 무례하게도 들릴 수 있는 질문이었다. '한 마디 말도 안 할 거면서'가 생략되었다고 상상되는 뉘앙스다. 고진이 통역을 해 주었다. 화미령이 구로다를 향해 가볍게 웃으며 유창한 영어로 말했다.

"어머? 일본은 안 그래요? 정식으로 해외 공조수사하게 되면 외국어 하는 변호사 두 명이 수행하는 건 기본이에요. 한국에서는."

고진의 통역을 들은 구로다의 얼굴이 언뜻 굳어졌다.

"현지에서는 영어를 전혀 못 알아듣는 분도 가끔 있으니까요."

구로다의 안색이 마침내 확 변했다.

세 사람이 인사를 하자 구로다는 자리에서 의자를 당겨 앉는 것으로 배웅을 끝냈다. 허탕 친 민원인처럼 경찰서 바깥까지 되짚어 걸어 나온 세 사람은 역으로 향했다. 교토의 외곽은 서울 도심 못지않은 땡볕이었다.

수확이 없었다는 허탈감 때문인지 세 사람은 역으로 향하는 내내 말이 없었다.

시무룩했던 세 사람은 짧은 기차 여행을 마치고 교토 시내에 들어온 뒤부터 기운을 회복했다. 내내 교토 관광을 노리고 있었던 화미령 쪽이 분위기를 주도했다.

"이렇게 재미없게들 사실 거예요?"

교토까지 와서 명소를 지나쳐 곧장 도쿄로 돌아가려고 꽁무니를 빼는 이유현과, 그 옆에서 미적대는 고진을 향해 화미령이 직격탄을 날렸다. 결국 화미령의 편일 수밖에 없는 고진이 그녀 쪽으로 한 표를 던지는 바람에 할 일을 앞두고는 아무것도 내키지 않는 이유현도 발걸음을 같이 해야 했다.

세 사람은 먼저 기요미즈데라에 들렀다. 여름에도 인파로 북적대는 절을 본 이유현은 기겁을 했다. 하지만 절벽과 산세를 절묘하게 이용한 건축과 미어터지는 관광객 사이에서도 잃지 않는 느림의 미학이 보는 사람의 마음을 잡아끄는 이 절은 순례를 마치고 돌아 나올 때쯤 마침내 이유현의 얼굴에도 잘 왔다는 기색을 역력히 떠올리게 만들었다. 기온의 하나미코지에서 두부를 주재료로 한 가이세키 요리를 선보이는 오래된 맛집을 찾아 식사를 하고, 꽤 먼 거리를 택시로 달려 금각사로 향했다. 늦은 시간이라 사람들이 물러가고 있어 다니기에는 한결 나았다. 세 사람은 아이스크림을 하나씩 사들고 금각사가 비스듬히 바라다 보이는 호숫가 그늘 벤치에 앉아 팍팍해진 다리를 두드렸다.

세 사람이 자리한 곳은 무척이나 조용했다. 가볍게 바람이 불어 이마에 맺힌 땀을 식히며 저물어 가는 날을 알렸다. 금각사를 비춘 호수는 바람에 깨어져 잔물결을 만들었고, 누각 아래 수면은 금빛 비늘로 덮였다. 화미령이 아련한 눈길을 보내며 말했다.

"평화롭네요. 실컷 살인사건만 연구하다가 여길 오니 정말 딴 세상이에요."

누각은 마치 물에 뜬 조그만 금박 상자처럼 보였다. 그녀는 고개를 돌려 살인사건 연구에 매진해 온 고진과 이유현을 나무라듯 쳐다보았다. 고진이 아이스크림 콘을 구기듯 입에 털어넣고는 시큰둥하게 말했다.

"그렇게 감탄하실 필요 없어요."

"왜요?"

"여기서 멀지 않은 와카야마란 곳이 있어요. 오사카 바로 아래에 있죠. 1986년 가을, 그 해변가에서 불에 바싹 탄 여자 시체가 일곱 구 발견되었어요."

"그래요? 무슨 사고가 있었나요?"

"신흥 종교 단체인 '진리의 벗 교회' 소속 여신도 일곱 명이 그 해변가에서 몸에 휘발유를 끼얹고 집단으로 분신자살한 겁니다. 25세에서 67세의 다양한 연령대인 이 여자들은 그 전날 교주인 미야모토 세이지가 간질환으로 사망하자 천국에서 만날 것을 기약하고 그를 뒤따라 자살했어요."

"……."

화미령은 아이스크림이 녹는 것도 모르고 대답 없이 가만히 있었다. 이유현은 살인사건에서 잠시 벗어난 화미령의 기분을 굳이 또다시 끔찍한 이야기로 끌어들인 고진에게 눈짓을 보냈지만 고진은 아랑곳 않았다. 오히려 화제를 구미에 맞는 데로 돌린 참에 승기를 잡고 흐뭇한 미소마저 띄우고 있었다.

"믿기지 않는 일이지만 그런 일은 심심치 않게 생겨 왔습니다. 1967년에는 필리핀의 민다나오 섬에서 '성직자의 교회' 신자 60명이 집단 자살을 했구요, 뭐 우리나라에서도 1987년에 유명한 오대

양 집단 자살 사건이 있었습니다. 오대양 회사 대표이던 '여신' 박순자와 가족, 종업원 등 32명이 회사 공장 천정에서 손이 묶인 채 사체로 발견되었죠. 다락방에서 그걸 발견했을 때 얼마나 섬뜩했을지 상상이 안 가네요. 물론 서양이라고 예외는 아닙니다. 1994년 스위스와 캐나다에서는 '태양의 사원' 사건이 있었죠. 설립자인 뤽 주레를 포함해 신도 74명이 집단으로 자살했습니다. 신도들에게 헌금을 강요하고 종말론을 퍼뜨리면서 신세계로 가기 위해서는 죽음을 택해야 한다고 가르쳤습니다. 십자가 모양이 들어간 흰 가운을 입은 채 의식을 치렀는데 마침내 마지막 거행된 의식에서 신도들을 집단자살로 몰고 갔죠. 그중 다섯 명은 아이들이었다는군요. 1997년 미국 샌디에이고 북부의 한 호화 주택에서는 '천국의 문' 신도 39명이 한데 모여 독을 마시고 집단 자살했습니다. 1993년 사교집단 다윗파의 데이비드 코리시는 종말론을 주창하며 스스로를 그리스도의 재림이라고 교도들을 세뇌시켰습니다. 신도들에게 가혹한 육체 노동을 시키고 어린 소녀들을 수십 명 강간하면서 절대자로 군림했지요. 텍사스 주 웨이코에 모여 무기고까지 두고 있던 이들을 FBI가 포위하고 최루가스를 쏘며 압박해 들어가자 스스로 목조 건물을 불 질러 87명이 몰살했고, 그 장면은 전국에 TV를 통해 생중계되었습니다. 이런 광신 행각은 늘, 어느 곳에서나 있어 왔지만 역시 그 수치에 있어 최고봉은 짐 존스의 인민사원이라고 해야겠죠."

"인민사원……?"

화미령은 아이스크림을 쥔 손을 힘없이 늘어뜨리고 힘없이 말했다. 마지못해 대답하는 모양새였다. 이유현은 벤치 등받이에 팔을 올리고 이젠 모르겠다는 듯 고개를 쳐들고 먼 하늘만 바라보고 있었다.

"346명의 신도를 살해한 백백교의 글로벌한 기록을 깨뜨린 사건이에요. 1978년 짐 존스의 '인민사원' 900여 명의 신도들은 남미 가이아나 정글에서 교주와 함께 집단 자살한 시체로 발견되었습니다."

"900……명요?"

"예. 짐 존스는 원래 미국 캘리포니아에서 포교를 시작했던 인물로, 처음에는 세금을 면제받는 등 상당히 환영받았습니다. 카터 대통령 부인도 선거전에 지지해 준 데에 감사했다고 하는군요. 무슨 인권옹호위원회 회장을 지냈고, 마틴루터킹 상까지 받을 정도로 좋은 평판을 쌓았지만 횡령, 살인, 섹스, 강제 노동 등 교단의 실체가 서서히 드러나면서 결국 미국 당국에 쫓기게 되었죠. 사소한 잘못만 저질러도 서너 명의 건장한 청년들과 복싱 시합을 해서 밤새도록 얻어맞아야 했고, 루비라고 하는 120킬로그램의 여자가 채찍질을 하고, 아이들에게는 '푸른 눈의 악마'라는 이름으로 전기침을 놓았다는군요. 결국 짐 존스는 1000명에 가까운 교도들을 이끌고 남미 가이아나의 '약속의 땅' 존스타운으로 도피하게 됩니다. 그곳에 미국의 한 의원이 기자들과 함께 조사차 방문했습니다. 밀림 안에 고립되어 인간 이하의 생활을 하고 있던 교도들의 처참한 실태를 보고는 경악했죠. 의원 일행이 돌아가려는 때, 짐 존스는 살인청부업자를 보내 비행기에 타려는 그들에게 총을 마구잡이로 난사해 살해해 버립니다. 그리고 짐 존스는 교도들을 한데 모아 집단 자살을 거행합니다. 유아와 아이들부터 독약을 마시게 했는데, 부모들로 하여금 이걸 하도록 시켰다는군요. 15세가 안 되는 아이들만도 180명이나 되었답니다. '죽음을 사랑해야 한다.' 짐 존스 자신만을 믿고 사랑하라고 설교했습니다. '우리는 이렇게까지 행복하지는 않았습니다.' 교주의 명령에 따라 900여명의 신도들이 한 줄로 늘어서서 차례차례 독이 든 음료수를 마시고 자살했습니다. '우리들은 부활할 것이다. 모두 함께 부활할 것이다.'

단 한 명의 여성이 항의했다고 합니다. 독을 안 마시려는 사람도 있었지만 친위대가 손발을 묶어 놓고 강제로 마시게 했습니다. 개와 고양이, 원숭이도 모조리 죽였고, 살아남은 것은 앵무새 두 마리뿐이었다는군요. 교주 짐 존스는 관자놀이에 총알을 쏴서 죽었습니다. 그런데 여기서 마지막 반전이 있습니다."

"……반전이라니, 뭐죠?"

화미령이 체념한 듯 물었다.

"짐 존스는 말기 암 환자였습니다."

"……."

화미령은 말이 없었고, 이유현은 휘이, 휘파람을 불었다.

"하지만 인민사원 사건은 어쨌든 드러난 모양이 자살이고 백백교는 처형이었으니 그 악성으로만 따지면 백백교 쪽이 질적으로 더 윗선이라고 하겠습니다. 또 발굴된 시신만 346구란 이야기이지, 경찰 추산으로는 백백교가 한 2000명은 죽였을 거라고 본답니다. 그렇게 따지면 인민사원도 감히 백백교에는 어깨를 나란히 갖다 붙이지 못한다는 거죠."

화미령은 아예 말이 없어졌다.

"그러고 보니 하필 『금각사』를 쓴 미시마 유키오도 할복 자살을 했군요. 과연 이곳이 평화만을 떠올릴 곳일까요? 하하하."

고진은 밑도 끝도 없이 웃었다.

찬연한 금각사 너머로 세 사람이 맞는 교토의 마지막 저녁놀이 지고 있었다.

19

초록불에 지나갈 기회를 놓친 차들이 다닥다닥 열을 맞춘 벽돌처럼 정체를 이루고 있다. 그 맨 뒷줄에 차를 붙인 정창원은 아예 포기하는 심정으로 운전대를 놓고 담배에 불을 붙였다. 넥타이를 느슨하게 풀고 오른편 차창 너머로 나른한 시선을 보냈다. 명동 거리를 가득 메운 사람 구경 쪽이 차라리 속 편하다. 이제 갓 서른이 된 파릇파릇한 제약회사 영업 사원인 그는 사무실로 복귀하는 이 무렵이 하루 중 가장 싫었다. 신세계 백화점에서 롯데 백화점 방면으로 이어지는 이 도로는 이 시간이면 늘 성냥갑처럼 꽉꽉 틀어막혔다. 차는 찔끔찔끔 앞차와의 간격을 좁혀 가지만 언제 제 신호를 받을지는 난망이다. 브레이크에서 발을 떼기도 그렇고 액셀을 누르기도 애매한 어중간한 상황. 늦더위에 카 에어컨도 속 시원하게 제 기능을 발휘하지 못했다. 정창원은 기어를 중립에 두고 아예 핸드 브레이크를 올렸다. 언뜻 졸음이 달려들었다.

쾅.

귀가 터질 듯한 굉음이 차 뒤에서 울렸다. 거의 동시에 차 앞에서도 굉음이 울렸다. 담배가 입에서 튀어나갔고 몸은 봉제인형처럼 왈칵 앞으로 쏠렸다. 갈비뼈가 핸들에 퍽 소리가 나도록 들이받혔다. 안전벨트를 매고 있지 않았다면 늑골이 산산조각 났을 것이었다. 벨트의 반탄 작용으로 몸은 이내 제자리로 돌아왔지만 체내의 전 신경이 마비된 듯 얼떨떨했다. 본능적으로 사태를 감지했다. 뒤에서 누군가가 차를 아주 제대로 처박았다. 그리고 그 충격으로 앞차까지 들이받았다. 보지 않아도 대파 사고란 걸 알 수 있다. 지금껏 가벼운 접촉사고는 있었지만 이 정도의 교통사고는 아직 당해 본 일이 없는데. 더구나 차라리 거북이 등을 타는 게 나을 복잡한 이 도심에서. 웬만큼 미친놈이 아니다. 어마어마한 충격의 강도로 보아 아무런 리미트를 걸지 않은 채 달리다가 처박은 것이다. 충돌하는 순간까지도 브레이크를 밟지 않은 게 분명하다.

젠장, 이럴 땐 어떡하지? 온갖 생각이 소용돌이쳤다. 가만 있자, 후방 추돌이니 저쪽이 100퍼센트 과실이다. 그래도 혹시 억지를 부릴지 모른다. 일단은 최대한 다친 척을 하고 인상을 찌푸리며 나가야 한다. 뒷목 잡는 건 기본이다.

정창원은 잠시 후 시나리오대로 뒷목을 잡으며 천천히 운전석에서 내렸다. 짐짓 찌푸린 표정도 지었다. 앞차에서는 충격이 컸는지 아직 아무도 내리지 않았다. 정창원의 차 뒤에는 보닛이 완전히 찌그러진 검은색 그랜저가 뒤꽁무니에 파고들듯 달라붙어 있었다. 뒤

범퍼는 차체에서 거의 떨어져 나와 바닥에 닿을 듯 덜렁거렸고, 트렁크는 종잇장처럼 말려 올라가 있었다. 도로변에는 행인들이 가던 발을 멈추고 웅성거리며 이쪽을 쳐다보고 있었다. 반면에 사고를 낸 그랜저는 마치 무인 자동차처럼 조용했다.

"뭐야, 사고 냈으면 운전자가 일단 내려야지!"

정창원은 사납게 내뱉으며 운전석 쪽으로 다가갔다. 짙게 썬팅되어 안을 들여다볼 수 없었다. 정창원이 차창에 얼굴을 바짝 들이대는데, 문이 덜컥 열렸다. 갑자기 열린 문에 부딪칠 뻔한 정창원은 엇소리를 지르고는 주춤하며 한 걸음 물러섰다.

안에서 나온 사람은 수염이 덥수룩한 중년의 남자였다. 사람이 차 문 밖에 다가와 있다는 사실은 안중에도 없는 듯했다. 욱하는 마음에 거칠게 다가가려던 정창원은 움찔했다. 이어, 교통사고를 당한 순간보다 더 깊고 혼미한 상태에 빠져 버렸다. 남자의 얼굴이 거칠어 보인 탓이 아니었다. 남자의 얼굴 아래가 문제였다. 그는 옷을 전혀 걸치고 있지 않았다. 몸뚱이는 완전한 누드, 실오라기 하나 없었다. 아이러니컬하게도 남자가 걸친 유일한 인공물은 얼굴 위의 선글라스였다. 태연한 얼굴에는 사고를 일으킨 자의 미안함이나 긴장 따위는 전혀 떠올라 있지 않았다. 몸에 아무것도 걸치지 않았다는 일말의 부끄러움도 느껴지지 않았다. 팔뚝과 허벅지는 동굴 생활을 하던 시절 인류의 그것처럼 실팍하니 야생이 살아 있었지만, 배가 중년의 훈장처럼 불룩하게 나왔고, 엉덩이는 오리처럼 처져 있었다. 남자의 몸은 팔다리가 굵은 눈사람을 연상시켰다.

남자는 정창원을 쳐다보지도 않았다. 남자는 차를 떠나 어디론가 휘적휘적 걸어가기 시작했다. 정창원은 멍한 나머지 남자에게 말을 걸거나 길을 막을 생각조차 하지 못했다. 남자는 도로를 가로지르더니 인도로 성큼 올라섰다. 수군거리며 시선을 모으던 구경꾼들이 모세가 가른 홍해처럼 쫙 갈라졌다. 몇몇 젊은 여자들은 손으로 얼굴을 가렸고, 아이를 데리고 나온 부모들은 자녀의 눈을 가리면서 종종걸음으로 자리를 떴다. 나머지 행인들은 인상을 찌푸리거나 비실비실 웃거나 하는 저마다의 반응으로 남자를 주시했다. 남자는 뒤뚱거리면서도 당당하게 명동의 골목길 안으로 사라졌다.

정창원은 그제야 정신을 차렸다. 이런. 저자가 스트리킹을 하는 건지 뭔지는 모르겠지만, 교통사고를 낸 놈이다. 이건 뺑소니다! 그래. 사고를 내고는 일부러 차 안에서 옷을 다 벗은 건지 모른다. 저런 방법으로 오히려 사람들의 이목을 현혹시켜 도망치려는 수작이다. 벌거벗은 거야 잠깐 쪽팔리면 그만일 테니. 젠장, 당했다! 정창원은 이런 생각들을 떠올리며 뒤늦게 남자가 사라진 길을 향해 허겁지겁 뛰어갔다.

명동 골목길 안으로 들어서 두리번거리다 보니 금세 남자의 벗은 뒷모습이 보였다. 눈에 띄지 않으려야 띄지 않을 수 없다. 서두르는 기색이 없는 걸음걸이를 보면 정창원의 짐작과 달리 도망치려는 것 같지는 않아 보였다. 도무지 상식으로 이해되지 않는 행태에 정창원은 와락 위험을 느꼈다. 잠시 상황을 볼까. 정창원은 걸음을 늦추며 남자와의 간격을 유지했다. 남자는 골목 안을 이리저리 돌아 들어가고 있었다. 한낮에 알몸뚱이로 거리를 활보하는 남자의 옆에 다가오려는 사람은 아무도 없었다. 다들 발길을 멈춰 서서 튀어나올 듯이 놀란 눈으로 남자를 보며 수군거렸다.

한참 걸어가던 남자는 어떤 건물 안으로 사라졌다. 정창원은 남자의 뒤를 따랐다. 남자는 계단을 올라갔다. 3층으로 가서 복도를 지나 어느 허름한 사무실 앞에 멈추더니 안으로 쑥 들어가 버리고 말았다. 남자의 행동은 벌거벗고 그것을 한다는 점만 제외하면 자신의 사무실로 출근하는 것처럼 자연스럽고 편안해 보였다. 정창원이 허겁지겁 따라가 남자가 사라진 사무실 문 앞에 섰다. '명성실업'이라는 아크릴판이 눈에 띄었다.

무서웠다.

이쯤에서 경찰에 신고를 할까. 아니면 일단은 남자를 만나서 도대체 왜 사고를 내고 도망쳤는지 따져볼까. 정창원은 꽤 한참을 망설였다. 결국 용기를 냈다. 서른의 젊은 혈기가 그를 부추겼다. 난 아무 잘못도 없는 피해자다. 뭐가 무서워서 정정당당하게 따지지 못하고 경찰에 전화질부터 한단 말인가. 한마디라도 먼저 사과를 받아 내자.

정창원은 손잡이를 쥐고 슬그머니 돌렸다. 마음을 다잡았지만 자신도 모르게 숨을 들이키며 헐떡였다. 조심스럽게 문을 열었다.

명성실업 사무실은 후텁지근했다. 열기 때문에 눈이 흐릿할 정도였다. 더운 김이 훅 덮치고 지나간 뒤의 사무실 모습은 휑했다. 책상 두 개. 가운데에 탁자와 소파.

벌거벗은 남자는 한가운데 소파 앞에 서 있었다. 남자는 정창원이 들어오는 것을 전혀 신경 쓰지 않는 것 같아 보였다. 긴장감 없이 서 있는 탓인가, 거리를 당당하게 활보할 때보다 배가 더 늘어져 있고, 자세는 엉거주춤해 보였다. 선글라스를 벗은 남자의 맨눈이 충혈되어 있는 반면 표정이 없어 오히려 그로테스크했다.

허억.

정창원은 바람이 새는 듯한 신음 소리를 내지르고 말았다.

탁자 위에는 문이 열린 새장이 놓여 있었다. 벌거벗은 남자는 오른손에 카나리아를 쥐고 있었다. 카나리아는 목 위가 없었다.

남자의 입에서 가늘게 흘러나온 피가 자신의 목을 물들이고 있었다.

이건 무슨 행위 예술인가?

정창원이 아득해진 머리로 그럴 리 없는 사실을 떠올리며 엉뚱한 생각에 빠져 있을 때 남자는 카나리아의 몸통을 자신의 입으로 가져갔다. 그때야 정창원은 깨달았다.

남자는 카나리아 모가지를 우적우적 씹고 있었다.

* * *

이유현과 고진은 압상트 카운터의 한 중앙을 떡 하니 점령하고서 스카치 한 병과 콜라 한 잔이라는 언밸런스한 오브제를 세워 놓았다. 이유현이 오늘은 술을 마시고 싶지 않다며 "콜라 시켜도 되죠?"라고 했고, 류경아는 "당연하죠." 하고 웃으며 고개를 끄덕였다. 모퉁이에 매달린 보스 스피커에서는 오랜만에 걸그룹의 노래가 흘러나왔다. 고진은 스트레이트 잔을 단숨에 비우고는 비스듬히 기운 자세로 음악에 맞춰 손가락으로 카운터 테이블을 톡톡 두드리고 있었다. 이유현이 말했다.

"지난번엔 용해운의 범죄를 기대하는 사람이 어딨겠냐고 했죠?"

"그랬지."

"그런데 형님은 숫제 재밌어하는 것처럼 보입니다."

"재밌어하다니, 그럴 리가."

"음악에 장단까지 맞추고 있잖아요. 기분이 좋아 보이는데요."

"어? ……그거하곤 관계없어."

고진은 슬쩍 손을 내렸다.

"단지 이 보컬의 팬일 뿐이야."

"백지영 팬 아니었습니까? 백지영 노래에 얽힌 살인사건*을 파헤친 적도 있었고."

"백지영도 이제 나이가 들어서."

"그럼 나도 얼마 안 남았겠네요."

류경아가 끼어들어 짐짓 새쭉해졌다. 고진은 주저 없이 고개를 끄덕였다.

"그럼. 류경아 양의 남은 청춘 10년을 어느 놈이 가져갈 것인가, 그것이 문제인 거지."

"정말 여자한테 무례한 건 알아 줘야 해."

류경아는 손으로 고진에게 총을 쏘는 모양을 만들었다.

"경아 씨가 계속 아름답다면 그거야말로 신이 준비한 최악의 불공평 아니겠어?"

총을 맞으면서도 고진의 입은 쉬지 않았다.

스피커에서는 계속 술을 권하고 있었다.

---

* 『순서의 문제』(시공사, 2012) 중 「뮤즈의 계시」

나 혼자 취해 보고, 이렇게 매일 울고불고

사랑 참 달콤했어 이별이란 그림자 안에서……

흔들리는 그림자 속에서 이유현이 말했다.

"용해운은 결국 무엇을 상상하든 그 이상을 보여 줬네요."

"용해운의 짓이라는 증거 있어?"

"증거보다 더 확실하죠. 지금은 그 '증거'가 없어서 체포를 못 할 뿐이고요. 물론 그자가 지금 어딨는지 모르기도 하지만."

고진은 옆 스툴에 걸쳐 놓은 양복 상의에서 주섬주섬 담배를 꺼냈다. 한 개비를 꺼내 입에 물었고, 류경아가 하얀 손을 내밀어 불을 붙여 주었다.

"또 무슨 사람 죽이는 이야기 하시죠? 정말 질리지도 않아."

"재벌남 연애 이야기는 왜 안 질려?"

고진이 고개를 옆으로 돌려 담배 연기를 뿜었다.

"어휴, 삐딱이."

류경아가 고진의 팔뚝을 잡아 흔들었다.

"원래 내 입도 삐딱하잖아."

고진이 비틀어진 입을 더 비틀어 올렸다.

"자학 개그까지 하고, 정말 오늘 기분이 좋은 거 아닙니까?"

이유현이 물었고, 고진이 고개를 가로흔들었다.

"단지 놀랐을 뿐이야. 임인건이가 그런 몰골로 발견되다니, 정말 상상도 못 했어."

"저도 그래요. 차라리 죽었다면 이해가 갈 텐데……."

"임인건이한테서 끈은 나오지 않았지?"

"당연하죠. 그 지경으로 만들어 놓은 게 다 끈을 뺏기 위한 거 아니겠습니까."

"임인건은 지금 어떡하고 있어?"

"일단은 병원에 강제로 수용 중이에요."

류경아는 알쏭달쏭한 두 사람의 대화를 들으면서 긴 속눈썹을 이리저리 끔뻑였다. 끼어들 찬스를 재고 있는 것 같기도 했다.

"몸에서 뭐 약 성분은 나왔어?"

"윤 형사 말로는 체모 검사를 해 봤는데 마리화나나 히로뽕 성분 같은 건 안 나왔답니다."

고진이 "그럼 역시……." 하는데 류경아가 덥석 끼어들었다.

"아하! 지금 그 사람 이야기하시는 거죠? 교통사고 내고는 벌거벗은 채로 사무실로 들어가 키우던 새를 잡아먹었다던. 뉴스에서 봤어요. 그냥 미친 사람 아니었어요?"

"미친 건 맞는데, 미치게 만들어 버린 거야."

고진이 말했다.

"미치게 만든다고요? 대체 뭘 어떻게 하면 멀쩡한 사람을 그 지경으로 만들 수 있죠?"

"약이지."

"마약? ……무섭네요. 히로뽕 맞으면 환각 상태에 빠진다고 하지만 그렇게까지 망가지는 줄은 몰랐어요."

"히로뽕은 아니고……." 하다가 이유현은 입을 다물었다. 이유현의 입이 다시 열리기를 물끄러미 기다리던 류경아는 이유현이 끝내

뒷말을 삼켜 버리자 "아하, 경찰의 보안 사항이라 이거군요. 알았어요. 민간인이 뭐." 하며 입을 삐죽거렸다. 고진이 대신 나섰다.

"내가 이야기해 볼까. 이건 개인의 추측에 불과한 거니 얼마든지 이야기할 수 있지. 물론 경찰 측의 권위 있는 발표가 아니라 신뢰도는 바닥이겠지만."

"그래요. 그럼 우리 이 경감님은 빼고 우리끼리 이야기해 봐요. 대체 뭘로 사람을 그렇게 만든 거예요?"

"뒤끝은 정말……."

이유현이 툴툴거리는데, 고진이 끊듯이 말했다.

"분명 배스솔트일 거야."

"엣, 배스솔트?"

류경아의 눈이 토끼처럼 동그랗게 변했다.

"목욕할 때 넣는 소금 말이에요? 그게 사람을 그렇게 만들어요?"

"정확히는 목욕 소금은 아니고, 그냥 그렇게 생겨서 그런 별명이 붙은 거야."

"그래요? 어떤 거예요?"

이야기가 길어질 모양으로 고진은 3분의 1이 남은 담배를 재떨이에 비벼 꺼 버렸다.

"2012년 미국 마이애미에서 루디 유진이라는 남자가 팝포라는 노숙자를 공격한 사건이 있었어. 신고를 받고 경찰이 현장에 도착했을 때 유진은 벌거벗은 채로 노숙자의 얼굴을 뜯어먹고 있었지. 유진은 현장에서 사살당했는데 노숙자의 얼굴은 수염만 남아 있었다고 하는군."

"어머…… 끔찍하다기보단 역겹네요."

"유진의 부검 결과 마리화나 성분이 발견되긴 했는데, 마리화나를 한 것만으로는 도저히 이런 행동을 설명할 수 없었거든. 그래서 경찰은 유진이 이 신종 마약인 배스솔트를 한 것으로 추측했어. 이 사건이 '인간좀비' 사건으로 알려지면서 배스솔트도 덩달아 유명해졌지. 인간좀비 현상을 일으키는 약으로 알려지면서 말이야. 그런데 문제는, 이 배스솔트가 미국의 절반 이상의 주에서 입욕제 비슷하게 포장돼서 판매와 사용이 허용되어 있단 거야. 주로 오프라인 판매지만 인터넷을 통해 전 세계를 상대로도 판매되고 있어."

"말도 안 돼. 마약인데 어떻게?"

"포장지에 '복용금지'라는 경고문만 붙이면 판매가 가능해. 웃기는 일이지. 하긴 먹으면 죽을 수 있는 주방용 락스도 복용하지 않는 걸 전제로 판매나 사용이 가능하니까 비슷한 논리라고 해야 하나? 요즘 마약 단속이 심해져서 코카인의 순도율이 급격히 떨어졌다는 군. 엑스터시도 마찬가지고. 그래서 그 대신으로 신종 마약인 이 배스솔트가 인기를 끌고 있어. 더구나 합법이잖아."

"좀 으스스하네요. 그런 마약이 퍼지면……."

류경아의 눈가에 두려움이 번졌다. 옆에 가만히 있던 이유현이 고진을 향해 입을 열었다.

"사실 배스솔트를 사용했다는 것보다 더 놀라운 건 용해운이 임인 건을 어떻게 찾아냈나 하는 겁니다."

고진 때문에 이유현도 할 수 없이 배스솔트가 사용되었다는 사실을 인정하고 만 셈이다.

"그러게 말이야. 그래서 내가 용해운을 내심 기대…… 아니 주목했던 거야. 방대한 수사망을 가진 경찰도 찾아내지 못할 만큼 감쪽같이 숨은 임인건을 수면 위로 끌어내 해치웠다, 이거잖아. 하여간 이해의 범위를 넘어서는 인물이야."

고진이 상의 주머니에 손을 뻗어 두 개비째의 담배를 꺼내려는데 등 뒤에서 목소리가 들렸다.

"그가 마음만 먹으면 두 분도 해치워 버릴지 모르겠네요."

고진과 이유현이 돌아보니 화미령이 서 있다. 에스닉 원피스를 입은 모습이 막 길을 떠나려는 보헤미안 같다.

"왔어요? 좀 늦으셨네요."

고진은 빙그레 웃음을 띠었다.

"그럴까 봐 스페어로 이 반장을 불러내 두었죠."

고진은 걸쳐 놓은 양복 상의를 치우고 옆자리를 권했다.

"난 또 대타였습니까?"

이유현이 볼멘소리로 말했으나 메아리는 없었다.

고진이 권한 자리에 앉은 화미령은 "키위주스 마셔도 되죠?" 하며 큰 백을 빈자리에 올려놓았다. "그럼요." 하고 냉큼 대답한 건 류경아가 아니라 고진이었다. 카운터 건너편 류경아도 이어 "그럼요." 하며 미소를 짓는데 마치 스마일 표식 같다. 입만이 웃고 있는 그 모양. 류경아는 화미령이 술 대신 주문한 키위주스를 준비하러 자리를 뜨기 전 고진에게 몸을 기울여 조용히 입으로만 웃으며 말했다.

"고 변호사님 술잔에 배스솔트라도 확 타 버릴까 부다."

"무슨 소리죠?"

화미령이 류경아의 뒷모습을 바라보며 고진에게 물었지만 고진은 "아무것도 아닙니다." 하며 손을 휘휘 저을 뿐이었다. 잠시 후 류경아 대신 아르바이트 여자가 화미령의 주스 잔을 가져다주었을 때 벌써 화제는 용해운의 범행으로 옮겨져 있었다.

"미령 씨 말처럼 용해운이 우릴 처리하는 건 일도 아닐지 몰라."

고진이 너스레를 떨자 화미령이 엷게 미소 지었다.

"그럼 왜 아직 살려 두는 걸까요."

"우리가 그다지 방해가 안 되고 있다고 여기고 있는 거 아닐까요? 우리가 무능하다는 걸 스스로에게 감사하다고 생각해야 할까."

"경찰 한 명을 없앤다고 자신을 쫓는 경찰 자체가 없어지는 건 아니니까요. 누군가는 또 그 역할을 대신할 테니, 그런 건 끝도 없고 수지도 안 맞는 살인이겠죠."

이유현이 말했다. 고진이 툴툴거렸다.

"그럼 난 뭐야. 경찰도 아니고 대체요원이 있는 것도 아닌 나라는 변수를 내버려 두는 건 별 위협이 안 돼서라는 얘기잖아. 씁쓸한데."

"형님이 관여하고 있다는 것 자체를 거의 의식 못 하는 거겠죠. 잠깐 보았을 뿐이잖아요."

화미령이 카운터 위에 손을 가지런히 모으고 차분하게 말했다.

"킬러가 오지 않는다고 불평할 수도 있는 거군요. 참 독특한 사고방식이에요."

고진은 들던 술잔을 멈추더니 화미령에게 이를 드러내며 웃어 보였다.

"킬러도 이런 킬러는 처음입니다. 듣도 보도 못한 살인 패턴을 구사하고 있거든요. 보통 연쇄 살인자는 선호하는 살해 방법이 있죠. 잭 더 리퍼가 독약을 써서 사람을 죽였다는 이야기 들어 보신 적 있습니까? 독극물 살인으로 유명한 보르지아 가문에서 칼로 사람을 죽였다는 이야기는요? 살인에도 일정한 기호나 취향이 있다는 거죠. 그런데 용해운은 온갖 살해 수단을 자유자재로 쓰고 있어요. 마치 입식 타격과 그래플링에 다 능한 격투가랄까. 물론 범행 방법을 가리지 않는다는 살인 취향의 문제는 넘어서 있죠. 어떤 수를 써서든 목적을 달성하고야 마는 정확한 범죄 기계, 아니, 차라리 범죄계의 술탄이라고 부르고 싶군요."

고진의 말을 가만히 듣고 있던 이유현이 느닷없이 고진이 질색하는 이름을 끄집어냈다.

"범죄의 술탄이라면 역시 이탁오 박사 아닐까요?"

"……이탁오 박사?"

고진은 상체를 뒤로 빼고는 곤란하다는 듯 턱을 슬슬 문질렀다.

"그 사람이야 범죄 자체가 목적이 아니지. 다만 눈앞의 가능한 수단 중에 하나를 선택하는 데 있어 그것이 범죄인가 아닌가라는 요소를 전혀 고려하지 않고 판단할 뿐. 그게 가끔씩 결과적으로 놀라 자빠질 범죄로 드러나는 거고. 그 사람에게 범죄는 우연의 산물일 뿐이야."

화미령이 말했다.

"이탁오 박사란 분이 누군지는 모르겠지만, 그분이나 용해운 같은 사람을 도덕이나 법의 기준으로 평가하는 건 번지수가 틀린 건지도 모르죠. 토끼를 잡아먹는 늑대에게 '그건 나쁜 짓이야' 하고 누군가

비난한다면 늑대는 이건 뭐야 하고 뜨악해하지 않겠어요? 살인을 대하는 용해운의 태도란 게 그 정도지 않나 싶네요."

"적절한 비유입니다. 그를 두고 잘잘못을 논하는 건 무의미할 겁니다. 어떻게 막을 것인가 하는 문제만이 있을 뿐이죠."

"아무렴 곧 성과가 있겠죠."

어쩐지 의지가 텅 비어 들리는 이유현의 말에 고진은 허허롭게 웃었다.

"용해운. 어떤 의미로든 대단한 인물이긴 해. 사건이 일어나면 우린 뒤따라 흔적을 확인하는 것만도 바쁠 지경이야. 힘들게 뒤쫓아가 보지만 늘 몇 발자국 뒤에 처져 있는 걸 깨닫게 돼. 마치 제논의 역설에 나오는, 거북이 뒤에 출발한 토끼 같다고나 할까. 앞서 출발한 거북이가 있던 지점까지 뛰어가면 그 사이 거북이는 또 앞에 기어가 있고, 그 거북이가 기어간 지점까지 뛰어가면 또 그 사이 거북이는 조금 더 앞으로 기어가 있고, 이런 식으로 토끼가 거북이를 영원히 따라잡을 수 없다는 그 패러독스 말이지. 그런데 여기서 더 문제는 앞서 출발한 용해운이 아예 거북이조차 아니라는 거야. 이자는 토끼 중에도 아주 빠른 토끼거든. 숨 돌릴 틈을 주지 않고 1루타부터 홈런까지 온갖 종류를 망라한 살인의 사이클히트를 쳐내고 있어. 그러다 보니 구경하는 데만도 정신이 없어. 안 그래도 요즘 내가 깜박깜박하는데 뭔가 중요한 걸 놓치고 지나온 게 수두룩할 것 같아."

고진의 범죄 품평을 가만히 듣고 있던 화미령이 말했다.

"그렇게 많은 범행을 하려면 공범이 있었겠죠."

"부하들은 있는데, 쓸모없어지면 부하도 가차 없이 죽여 버리더군요. 아시다시피 김각수란 열성 교도는 목숨을 던진 가미가제 공격으로 증인을 소멸시켜 주인을 살리기도 했고요. 임인건의 정신을 아스트랄계로 보내 버린 이번 범행도 아마 남기만과 같이 했을 겁니다."

"다른 공범은요?"

화미령이 무심하게 물었다.

"다른 공범?"

고진이 눈썹을 치켜떴다.

"예. 부하들은 소모품이라고 쳐도 외부에 어떤 협력자가 있지는 않을까요? 그렇지 않고서야 다른 건 몰라도 임인건을 어떻게 찾아내겠어요?"

"다른 공범이 어딨겠습니까. 무리한 설정입니다."

이유현은 탐탁지 않은 얼굴로 말했다. 하지만 고진은 "임인건을 찾아 준 공범?" 하며 화미령의 말을 되뇌더니 깍지 낀 손을 대리석 카운터 위에 올리고 화미령을 향해 말했다.

"사실 '다른 공범'의 가능성은 일본의 안병조 사건 때도 떠올랐던 문제이긴 해요. 반요한이 일본에 건너가 살해를 결행했다고 생각했지만 일단 방법이 없었고, 결국 낙동강 하구에서 토막 시체로 발견되었죠. 그래서 공범이 있을지 모른다는 생각을 나도 하긴 했습니다만……."

"잠깐요, 공범은 가능성이 없다니까요."

이유현이 막았지만 고진은 한 박자 쉬었을 뿐 말을 계속했다.

"그런데 임인건 사건을 보면 역시 미령 씨 말대로, 혹은 이 경감 말과 반대로 그 가능성은 역시 높다고 봐야죠……."

고진은 이유현을 돌아보며 말했다.

"용해운이 도살자이긴 하지만 첩보원은 아니잖아. CIA도 아니고 숨은 사람을 어떻게 찾아내겠어."

"CIA가 공범이 아닐까요?"

화미령이 말해놓고는 킥 하고 웃었다.

"아하하하. 미령 씨가 이렇게 전혀 어울리지 않을 것 같은 조크를 할 때마다 기겁을 할 정도로 웃깁니다."

고진은 홀쭉한 뺨을 찌그러트리며 허리가 휘청할 정도로 크게 웃었다. 고진의 과장된 웃음소리가 가게 내에 퍼지다 보니 싫어도 들을 수밖에 없는 류경아는 멀리서 딱하다는 듯한 눈길을 보냈다. 이유현은 왠지 따라 웃을 수 없었다. 고진이 말을 이었다.

"후훗. 그러고 보니깐 농담만은 아닐 수도 있겠는데? 방대한 정보력을 가진 기관이 임인건 씨를 못 찾는다면 제 아무리 무서운 자라 해도 개인에 불과한 용해운이 어떻게 찾을 수 있을까 하는 게 이 의문의 전제잖아. 하지만 그 말은 바꾸어 말하면, 개인에 불과한 용해운도 정보력을 가진 기관이 찾아낸 다음에는 임인건 씨의 소재를 알 수 있을 가능성이 상황 여하에 따라서 없지는 않다, 이렇게 되겠지. 이를테면 그 정보만 어떤 루트로든 누출이 된다면……."

"가능성이 없는 이야기입니다. 논리로서야 그럴듯할지 몰라도 어떻게 그런 정보가 누출이 되겠습니까? 하물며 용의자인 용해운에게요."

고진의 말이 채 끝나기도 전에 이유현이 못마땅한 표정으로 반박했다. 고진이 대꾸했다.

"가능성이야 왜 없겠어. 용해운이 국과수에 들어간 것처럼 이 공범도 공적인 일에 종사하고 있을지도 모르지. 그래야 정보에 접근할 수 있을 테니. 애당초 일본국 채권을 찾으러 오래전부터 기획한 일이라면 그 정도 준비를 했다고 해도 이상할 건 없어."

이유현이 어이가 없어져 고진을 쳐다보았는데 장난기만으로 할 말은 아닌 것처럼 보였다. 단지 화미령의 편을 들기 위해 이러는 건가, 아니면 설마, 진심인가? 이유현이 헷갈림을 판가름할 여유도 주지 않고 고진이 다음 말을 이었다.

"그런 공범의 존재, X-factor만 상정하면 이 사건의 수수께끼는 대부분 풀려 버려. 밀실과 알리바이, 일본에서의 살인, 임인건에 대한 수색과 테러. 이 모든 것들이 정보력 있는 외부인의 조력이 있다면 전혀 힘들 게 없지."

"밀실이니 뭐니 다 집어치우고 공범으로 편하게 설명하시려고요? 실망입니다."

"재미를 위해서 없는 밀실살인을 만들어 내야겠나?"

"없는 공범을 만드는 건 괜찮습니까?"

"굳이 이런 가설을 만들어 보자면 개연성 있게 성립하지 않는 것도 아니지. 만약 공범이 있어 그런 정도의 역할을 담당했다면 용해운과 거의 맞먹는 위치일 텐데…… 그건 어떨까…… 지난번에 들었을 때도 꽤나 신경 쓰였던 부분인데."

"뭡니까?"

어느새 이유현의 어조가 거칠어져 있었다.

"용해운의 형이 살아 있다면, 하는 거야."

"용해운의 형요?"

이유현이 놀라 소리를 높였다.

"거 왜 용대운이라고 갓난아기 때 죽었다고 했잖아. 그래서 호적에도 안 올렸다고. 만약 그 아이가 죽은 게 아니라 살아 있었다면 신백백교에서는 용해운 이상의 위치를 점할 수도 있는 거고, 일찌감치 목적을 위해서 어떤 정보력 있는 곳에 들어가 공적인 일을 하고 있었을 수도 있는 거지."

"잠깐요. 공적인 일에 종사한다는 건 어딜 의심하는 겁니까."

이유현은 목덜미까지 벌게졌다.

"그럼 우리 한번 솔직하게 생각해 보자고. 용해운이가 지금까지 해치운 살인사건이 대부분 알리바이가 있거나 밀실살인이야. 여기에 교묘한 속임수가 있다고 생각하는 게 쉽겠나, 아니면 우리가 모르는 공범이 있었다고 보는 게 쉽겠나."

고진은 태연하게 말을 이을 뿐이었다.

"하지만……, 좋습니다. 솔직히 말해서 그 '정보력 있는 공적인 일'이란 바로 경찰을 의심하는 거 아닙니까."

이유현이 말을 끊고 고진을 바라보았는데, 고진은 부정도 긍정도 않고 무덤덤할 뿐이었다. 이유현이 빠르게 말을 이었다.

"경찰 안에 용해운의 일당이 있다는 가설은 도저히 받아들일 수 없습니다. 무간도도 아니고."

"경찰이 용해운의 공범이다, 라고 생각하니까 거부감이 생기는 거야. 반대로, 용해운의 공범이 애당초 큰 과업을 위해 경찰에 들어갔다라고 생각하면 자연스럽잖아."

"그 공범이 죽은 걸로 되어 있는 용해운의 형이라는 이야기? 터무니없는 공상이에요. 음모론으로서야 재미있겠지만 아무런 근거가 없어요."

이유현이 거의 씩씩대며 말했다.

"아니, 그냥 여러 가지 가능성을 던져 보는 건데 뭘 그리 흥분해? 전혀 생각해 볼 여지가 없을 만큼 황당하지는 않을 것 같은데? 가문의 영광을 깨우치고서 자신의 것이 될 수 있었던 막대한 재산을 아쉬워하면서 어릴 때부터 원대한 계획을 품었다면? 그 꿈을 불어넣어 준 이대철일지, 진성모일지 모르지만 그자가 용해운의 형, 용대운을 죽은 걸로 처리해 놓고 다른 집의 출생자나 양자로 보내서 길렀을 수도 있고, 아니면 우연한 어떤 사정으로 용대운이 남의 집에서 자라게 되었을 수도 있고. 그리고 성장한 용대운은 치밀하게 준비해 경찰공무원이 되었다, 이런 이야기 말이야. 바깥에서 직접 범죄를 실행할 용해운을 도우려면 아이러니컬하게도 경찰이 가장 유리하니까 말이야."

"그럼 이 범행을 위해 백백교 형제가 적어도 10여 년 이상을 준비했단 거네요. 경찰시험 공부까지 해 가면서. 그게 가능하겠습니까?"

"눈앞에 벌어지고 있는 일들이 벌써 이해의 범위를 넘어서고 있잖아. 그림자를 붙들고도 파티를 벌이는 게 광신도들인데 무슨 상식을 따지겠어?"

"그건 용해운에게 세뇌당한 얼간이들 이야기고요, 형님 말대로라면 이 백백교 형제는 교리를 믿는 광신자들이 아니라 돈을 쫓는 범죄의 냉정한 공모자들이에요. 문제는 목하 벌어지고 있는 범죄를 10여

년에 걸쳐 준비해 왔다는 건데 이게 말이 됩니까? 경찰에 몸을 담그기까지 하면서? 10여 년 전이라면 용해운 측은 끈도 확보하지 못했고, 끈의 비밀을 풀 키워드는 아예 소재조차 모르던 때였어요. 보물찾기니 뭐니 나설 수 있다고 장담할 수 있는 상황이 아니었다는 게 형님의 추리였잖습니까. 그런데 어떻게 10여 년 후에 이런 범죄를 저지르게 될 것을 확신하면서 준비를 합니까. 지금 벌어지고 있는 사건의 인과관계를 미리 계산해서 계획한다는 게 도대체 가능한 일입니까?"

여기서는 고진도 말문이 막힌 모양이었다.

"으음…… 처음부터 이런 범죄가 계획되었던 건 아니겠지. 그냥 우연히 형이 경찰이 되고…… 그랬을 수도 있지 않을까."

"그럼 말이 달라지는데요. 경찰이 된 건 과업을 위해 미리 준비한 거라면서요."

"흐음…… 뭔가 설명할 말이 없을까."

"설명할 말이 없으면 틀린 거죠. 그리고 범죄 계획에 경찰이 꼭 필요한 것도 아닌데 뭐 하러 힘들게 시험 공부해서 경찰에 입문합니까? 죽자살자 보물을 찾아도 시원찮을 판에 여론에 까이고 격무에 시달리면서 공무원 봉급에 매달려 왔다? 이게 말이 됩니까?"

경찰로서 자부심에 손상을 입을 위기에 처한 이유현은 열렬히 반론했다. 공범설을 던져 놓고는 가만히 물러나 두 사람의 논쟁을 지켜보고만 있던 화미령이 끼어들었다.

"괜한 농담을 해서 분란만 일으킨 것 같네요. 고 변호사님이 내 조크에 호응해 준 건 고맙지만, 솔직히 경찰 안에 백백교도가 들어가 있단 얘기는 말이 안 될 것 같아요."

이유현의 말이 이치에 닿는다고 공감했는지, 아니면 편이 되어 주려 했던 화미령의 변한 태도에 김이 샜는지 고진은 입술을 떼다 말고 술잔을 들이켰다.

맥캘란 한 병과 콜라 한 잔, 키위주스 한 잔.

고진과 이유현, 화미령이 두어 시간 동안 마신 음료는 종류로 따져보면 언밸런스 자체였다. 고진 혼자서만 양주 한 병을 몽땅 들이켠 셈이다. 두 사람이 말짱한 데 반해 고진은 취기가 얼큰하게 올라 있었다.

자리에서 일어선 고진은 이유현과 화미령을 옆에 기다리게 하고 계산하는 일이 번거로웠는지 "외상."을 외치고 압상트 문을 빠져나갔다. 류경아는 눈을 흘겼지만 고진은 뒤통수의 잔상만을 남기고 내빼듯 사라져 버렸다.

식당 벽에 매달린 대형 TV에서는 케이블 뉴스 전문채널인 YTN이 흘러나왔다. 앵커가 매끄러운 목소리로 급격한 환율 변동 때문에 오늘 하루 주가가 출렁였다는 소식을 전하고 있는 가운데 아래쪽으로 토막 뉴스가 자막으로 흘러가고 있다. 전날 양주 한 병을 통째로 들이부은 탓에 속이 불편한 고진은 점심 무렵 양재역 부근의 생대구탕 전문집에서 혼자 식사를 하는 참이었다. 굳이 양재역까지 나간 건 가까이 있는 이유현을 불러내려던 것이었지만 이유현은 "전 콜라만 마셔서 괜찮으니 혼자 드세요." 하며 버텼다. 정직 상태라 한 끼니가 걱정거리일 이유현이 밥을 거절한 건 아무래도 전날 경찰을 공격한 것에 빼쳐 있는 느낌이었다.

쓰린 위장이 마비될 만큼 국물을 삼키고서 멍하니 뉴스 화면을 바라보던 고진의 작은 눈이 치켜 올라갔다. 급히 휴대전화를 꺼내 이유현에게 전화를 걸었다.

"이 반장, 지금 YTN 뉴스 한번 틀어 봐."

"뉴스요?"

잠시 후 이유현이 말했다.

"지금 보고 있어요. 주식 뉴스인데? 요즘 주식 투자 하세요?"

"아니, 아래 자막으로 지나가는 토막 뉴스 말이야."

이유현의 눈에 든 화면에는 마침 모 남자 가수의 대마초 흡연 적발 소식이 지나가고 있었다.

"지나가 버린 모양인데, 무슨 뉴스였는데요?"

"아마 잠시 후 다시 나오지 싶은데 한번 봐 봐. 남양주 곡운사에 도둑이 들었다는 뉴스가 떴어."

"절에 도둑이 들어요?"

이유현은 에이, 하고 김이 새는 듯 말했다.

"그게 뭐 대수입니까. 절 불전함을 노리는 좀도둑들 심심찮게 있잖아요. 철사 끝에 씹던 껌 붙여 갖고 불전함 구멍에 집어넣으면 지폐가 껌에 붙은 채로 달랑달랑 딸려 오거든요."

"아니, 그런 거 아니야. 그런 흔해 빠진 거라면 자막 뉴스로도 안 나오지. 곡운사에 외부인이 침입했고, 명부전에 화재까지 났다는군."

"도둑놈이 실수로 불을 낸 모양이죠. 그 소식이 왜요?"

고진이 휴대전화기를 바짝 입에다 대고 말했다.

"곡운사는 잠시 스쳤지만 내 기억에 남아 있는 절이거든. 얼마 전에 기사가 났었어. 백백교주 전용해의 유골이 화장되기 전 임시 보관된 곳이야."

"예? 전용해의 유골?"

이유현도 깜짝 놀라 물었다.

"응. 몇 달 전이지만 그거 기억 나? 국과수가 백백교주 전용해의 유골을 보관하고 있다가 불교계에서 소송을 해서 폐기하도록 결정이 났다는 소식."

"아…… 예. 기억납니다. 그때 수육집인가에서 그거 갖고 한참 이야기했죠."

"이번 사건이 일어나고 관여하게 된 때부터 그 뒤처리가 어떻게 됐는지 쭉 관심을 갖고 봐 왔거든. 국과수도 법원 결정을 수용하고 관련 법률에 따라 연고자가 없거나 알 수 없는 시체로 분류해서 화장하기로 했다더군. 서울시립승화원에서 화장 절차를 진행하기로 하고 그 전에 잠시 어느 절에 위탁해서 머리를 안치시켰다는데…… 그곳이 남양주 곡운사야."

"으음. 좀 놀랍긴 한데 도대체 저 일하고 무슨 관련이 있겠습니까? 백백교라는 단어가 공통분모라는 것 말고는요."

"절대 우연이 아닐 것 같은 생각이 들어. 아니, 반드시 관련이 있어. 틀림없이 용해운 일당의 짓이야."

고진의 말투는 점차 확고해졌다.

"내가 어리석었어. 하도 사건이 잇달아 일어나는 통에 정작 중요한 걸 깜빡 잊고 체크를 안 하고 있었던 거야. 젠장."

고진은 머리를 뒨통 흔들어 댔다. 이유현이 마치 그 장면을 보고 있는 듯 말렸다.

"자책하지 마세요…… 뭔지 몰라도 예상 못 한 건 형님만이 아닙니다."

고진이 불쑥 말했다.

"가지."

"어딜요?"

"어디긴 어디야, 곡운사지."

이유현은 정직 상태지만 공무원 신분증을 반납한 건 아니다. 이 경찰 공무원 증은 사찰에서도 상당한 위력을 발휘했다.

"경찰에서 신경을 많이 써 주시네요. 어제도 다녀가셨는데……."

경감급이 찾아올 만큼 경찰에서 각별하게 사건에 임하고 있다는 생각을 할 만도 하다. 사찰 총무실에 앉아 있던 중년의 승려는 합장을 한 후 마당으로 한 발 내밀어 고무신을 신으며 말했다.

"신성한 절에서 일어난 일인 만큼 확실하게 수사하려고요."

이유현은 찔린 마음에도 적당히 둘러댔다. 고진도 옆에서 짐짓 심각한 표정을 지었다.

남양주 축령산, 하늘이 보이지 않을 정도로 울창한 잣나무 길을 지나 능선이 내다보이는 등산로 길목에 자리한 곡운사는 고려시대에 창건된 유서 깊은 사찰이다. 지금은 평일 낮 시간이라 신도들이 거의 보이지 않는다. 주섬주섬 안뜰로 발걸음을 옮기는 등산복 차림의 중년 남자들 몇몇이 눈에 뜨일 뿐이다. 일주문을 지나 만나는 연

못에는 연꽃이 만발해 늦여름의 마지막을 장식하고 있었다.

이유현은 간략하게 찾아온 이유를 설명했다. 물론 용해운이니 백백교니 하는 말은 입도 벙긋 하지 않았다. 화재와 침입 사건에 관한 수사인 마냥 얼버무렸을 뿐이다.

"불이 난 곳이 어딥니까? 좀 보여 주시죠."

"이리 오십시오."

현각이라고 법명을 밝힌 승려는 대웅전을 돌아 뒤쪽 오솔길로 빠지더니 돌계단을 올라갔다. '명부전'이라는 현판을 인 조그마한 별채가 나타났다.

문짝부터 옆 기둥까지 검게 그을렸고, 벽면의 화려한 탱화도 화마의 손길에 당해 회반죽이라도 덧칠한 것처럼 더러워져 있었다. 현판은 아래쪽 절반이 거무스름하게 변색되었다. 그 모습이 오히려 이름대로 명부 같은 으스스한 느낌을 주었다.

"여기가 며칠 전 밤에 불이 났던 명부전입니다."

"문이 부서져 있네요."

문짝 나뭇살이 박살나 있었다. 구멍이 뻥 뚫린 채였다. 가는 톱 같은 것으로 문살을 몇 개 잘라낸 흔적이 보였다. 침입자는 미리 준비를 해 왔다는 이야기다.

"침입자가 그랬던 모양입니다. 밤에는 법당 자물쇠를 채워 놓으니 아예 문을 통째로 잘라내 부숴 버린 거죠."

"현각 스님이 직접 목격하셨습니까?"

이유현이 물었다.

"직접까진 아니지만 현장에 있은 거나 진배없지요. 요즘 잠을 잘

못 이루던 터라 한밤중에 조그만 소리에도 잘 깹니다. 이틀 전 밤에, 새벽 2시경이었던가요. 선방에서 나와 절을 한 바퀴 도는데 대웅전 뜰에서 보니까 명부전이 있는 이 위쪽으로 불길이 보이는 겁니다. 혼비백산해서 사람들을 깨우고 당장 물을 날라다 껐지요. 다행히 비교적 초기에 불길을 잡아서 아까 보시다시피 겉만 좀 태우고 멀쩡했습니다. 나중에 알고 보니 침입자들이 명부전 주변에다가 신나를 붓고 불을 질렀다더군요. 그래도 천만다행이었습니다. 가끔 절에다 불을 지르는 사람들이 있어서 건물에 방염 처리를 해 놓았거든요."

"그나마 다행입니다. 그런데 절에 불을 지르는 일이 가끔 있습니까?"

"안타깝지만 그런 일이 종종 있습니다. 이런 말씀은 조심스럽지만 타 종교에서 광신에 빠진 사람들이 그러는 경우도 있고, 그냥 절에 불만이 있어서 그러는 경우도 있습니다. 심지어는 못된 스님이 있어서 보험금을 노리고 자기 절에 방화를 한 사건도 있었지요. 그러니 남 탓만 할 수도 없는 노릇이고요……."

"그래도 자주 있는 일은 아닐 것 아닙니까?"

"그렇지요. 더구나 대웅전도 아니고 왜 하필 이 명부전을 태우려 했는지 모르겠습니다."

이유현이 명부전 안쪽을 힐끔 쳐다보고 말했다.

"명부전 안에 돈이 있었습니까?"

"불전함이야 있지만 얼마 안 되는 거 뻔하고…… 또 아마 상좌가 그날그날 문 잠그기 전에 다 수거할 텐데. 도둑이 들어왔다가 돈이 없으니까 홧김에 불을 지른 건지도 모르죠."

"절에 CCTV는……?"

"대웅전 안에만 혹시나 싶어서 한 대 설치해 두었지만 그 밖엔 없습니다. 그러니 이쪽 한적한 명부전 쪽은 전혀 사정을 알 수가 없지요."

현각이 계면쩍게 웃으며 답했다. 고진과 이유현은 신발을 벗고 명부전 안으로 올라가 둘러보았다. 본존인 지장보살을 중심으로 그 아래 각 다섯 시왕이 대칭으로 늘어서 있는 모습은 여느 명부전과 다름이 없다. 가운데에 조그만 불전함이 있긴 하지만 불을 질러 가면서까지 노릴 만한 금전은 없을 게 분명하다. 법당 안은 불이 언제 났나 싶게 고요했고, 스산한 기운마저 감돌았다. 고진이 명부전을 내려서며 밖에 서서 기다리던 현각에게 물었다.

"백백교주 머리가 이 곡운사에 있다고 들었습니다만."

"백백교주 머리요?"

현각은 잠깐 어리둥절한 표정을 지었다.

"예, 맞습니다. 형사님도 아시는가 본데, 오래전에 백백교주로 권세를 부리면서 악업을 짓던 전용해라는 사람이 있었는데, 그 머리를 화장할 때까지 우리 절에서 위탁보관하기로 했습니다. 의논 끝에 극락왕생하라고 여기 명부전에 두기로 했지요. 명부전이란 곳이 죽은 이를 천도하는 곳이니까요. 그런데 하필 불이 여기서 나고 보니, 악업이 많아 백골이 되어서도 과보를 받는구나 하는 말도 나오던 참이었습니다."

이유현과 고진은 의미심장한 눈빛을 교환했다.

"그럼 지금은?"

"불이 나고서는 여기다 계속 두기가 좀 그래서 저 아래 극락전으로 옮겼습니다."

"혹시 백백교주 머리는 탈이 없었습니까?"

"멀쩡합니다. 불은 법당 바깥에 났으니까요."

"건드린 흔적도 없었고요?"

고진이 물었다.

"글쎄요. 거기까진…… 전 주로 밖에서 불을 끄느라 정신이 없어서. 그건 아마 당시에 법당 안에 제일 먼저 들어갔던 막내 스님이 잘 알 겁니다. 그 스님을 불러서 한번 물어보죠."

곧 젊은 승려가 한 사람 불려왔다. 빳빳한 모시승복을 입고, 가냘픈 체구에 하관이 날렵해 전체적으로 가물가물한 인상이었다. 경찰이라고 이미 알고 있는 터라 약간 긴장해 있었다. 이유현이 불이 났던 밤에 관해 질문하자 기억에 깊게 남은 일이었던 듯 금세 생생한 대답이 돌아왔다.

"바깥에 불을 그럭저럭 끄고 나서 제가 제일 먼저 법당 안에 뛰어들었지요. 혹 지장보살님이 화마에 피해를 입지나 않으셨을까 걱정돼서요. 그런데 정말 기절하는 줄 알았습니다."

"왜요?"

"저 지장보살상 앞에 백백교주 머리를 보자기에 싸서 고이 모셔놓았습니다. 그런데 보자기가 풀어헤쳐져 있고, 그 머리가 저를 노려보고 있는 게 아니겠습니까? 물론 죽은 머리가 사람을 노려볼 수야 없는 일이지만 정말 그땐 노려보았다는 표현이 딱 들어맞았습니다. 하필 머리가 명부전에 들어서는 저를 향해 정면으로 놓여 있었고요. 어둑어둑한 법당에 바깥 불빛이 어렴풋이 비쳤는데, 새카만 눈알에

원한이 가득 고인 것 같은 것이 얼마나 무섭던지. 게다가 아래턱이 잘려 나가 없더라고요…… 정말 그렇게 놀란 일은 난생처음이었습니다."

젊은 스님은 벌건 대낮에도 몸서리를 칠 정도로 생생한 기억을 떠올리고 있었다. 고진이 위로 겸 말했다.

"스님. 너무 이상하게 생각하지는 마세요. 백백교주 아래턱은 원래 없었던 거니까요."

"아, 그런 거였습니까?"

젊은 스님은 다소 안심한 듯했다.

"예. 원래 1937년 발견될 때부터 아래턱이 없는 상태였거든요."

"그리 듣고 보니 마음이 좀 나아지네요. 그래도……."

"교주 머리 말고 명부전 안 다른 데는 이상한 곳이 없던가요?"

"다른 데는 멀쩡했습니다. 그러니 더 기겁을 하는 거지요. 나중에 소문을 들은 보살들은 백백교주의 원혼이 악심을 품고 절에 불을 낸 거라며 수군대고 있어요. 우리는 그런 미신 같은 소리 말라고 탓하지만요……."

"범인들의 모습을 보진 못하셨습니까?"

이유현이 물었다.

"……모, 못 봤습니다."

마치 자기 잘못이라도 되는 양 기가 죽어서 말하는 모습이 순진해 보였다. 젊은 스님은 한 가지라도 수사에 보탬이 되고 싶었는지 아, 하며 말을 덧붙였다.

"범인은 못 봤지만 범인의 차는 본 것 같습니다. 놀란 마음에 명부전에서 뛰쳐나왔는데 산문 아래쪽으로 막 차가 떠나는 게 보였습니다. 걸어오려면 길이 꼬불꼬불한데 여기서 보시면 저 아래쪽이 직접 보이거든요."

그는 팔을 들어 절 아래를 가리켰다.

"12인승쯤 되는 스타렉스였어요. 제가 예전에 절에서 쓸 승합차 구매를 담당한 일이 있어 차종은 잘 알거든요. 엔진 소리가 남다른 게 튜닝을 한 것 같더군요."

"그렇군요. 관찰력이 정말 예리하십니다."

이유현이 가벼운 흥분에 휩싸여 말했다. 고진을 돌아보니 그도 의미심장한 표정을 짓고 있다. 이유현은 확신했다. 용해운 일당이 틀림없다고. 고진과 달리 곡운사에 든 방화범의 정체를 반신반의하고 있던 이유현이었지만 젊은 스님의 말에 틀림없이 그들이라는 생각을 굳혔다. 엔진 튜닝을 한 12인승 스타렉스라면 절의 시주금을 털고 방화를 저지르는 잡범이 타고 오기에는 부적절한 차량이다. 대신, 백백교 일당이 갖가지의 생활용품과 장비를 싣고 전국을 돌며 끈을 찾는 강도질을 하기에는 최적의 차량이다. 경찰의 추적이 압박해 들어갔을 땐 이 큰 차에서 잠을 자기도 하지 않았을까.

젊은 승려에게서 나올 이야기는 다 나온 듯했다. 고진이 현각을 돌아보며 말했다.

"아무래도 백백교주 머리를 좀 조사해 봐야겠는데요."

"머리를요?"

"네. 단순한 침입자는 아닌 것 같습니다. 불전함보다는 백백교주 머리가 문제인 듯합니다. 지금 좀 보여 주세요."

"머리를요……."

현각은 잠시 머뭇거렸다. 생뚱맞게 백백교주의 머리를 들먹이니 무척 의외일 게 분명했다. 하지만 한편으로 그가 알기에는 경찰이 특별히 신경을 써 경감까지 직접 파견해 사건 조사를 하고 있는 상황이니 그 요청을 쓸데없는 소리라며 일축할 수도 없다.

잠시만요, 하며 현각은 고진과 이유현을 남겨 두고 막내 스님과 같이 자리를 떠나 어디론가 휘적휘적 걸어갔다. 잠시 후 돌아온 그는 말했다.

"주지스님한테 여쭤 보고 왔습니다. 경찰이 하시는 일인데 당연히 도와야 한다며 그러라고 하시네요. 대신 곧 화장할 분이니 조심해서 다뤄 주시라는 부탁도 같이 하십니다."

"물론입니다. 최대한 조심해서 보겠습니다."

"그럼 따라오십시오."

현각은 성큼성큼 걸음을 옮겼다. 역시 절 안에서 생활한 사람이라 다람쥐처럼 익숙하고 빠른 걸음이어서 두 사람은 허덕이며 따라야 했다.

극락전은 명부전에서 계단을 내려가 대웅전을 지나 반대편 언덕 위로 다시 오솔길을 올라가야 했다. 크기나 외관은 명부전과 크게 다르지 않았다.

"여깁니다."

현각이 극락전 문을 열어 주었고, 고진과 이유현은 신발을 벗고 조심스럽게 올라섰다. 그 뒤를 현각이 성큼 따라 올라왔다.

현각은 불상 뒤쪽으로 조심스레 다가갔다. 회색 보자기에 쌓인 두

툼한 상자가 있었다. 한번 변을 당한 터라 좀 더 은밀하게 보관해 둔 것 같았다. 현각은 상자를 가져오더니 법당 한가운데에 양반다리를 하고 주저앉아 보자기 매듭을 풀기 시작했다. 어지간히 꽁꽁 싸매 놓았는지 완전히 풀어 내기에는 한참이 걸렸다.

고진과 이유현은 곁에 주저앉아 기다렸다. 보자기가 풀어지자 떡갈나무로 만든 직육면체의 상자가 드러났다. 현각이 뚜껑을 조심스레 들어 올렸고, 사람 머리 비슷한 물체가 나타났다. 상자는 아래에 받침대가 있고 뚜껑이 그걸 덮는 형태여서, 뚜껑만 걷어 내면 얼굴 전체가 한눈에 보였다. 비참한 두상이었다. 머리카락은 거의 남아 있지 않았고, 눈은 물고기처럼 검고 움푹했다. 들창코는 한껏 숨을 들이마신 듯했고, 입은 쩍 벌어져 마치 단말마의 비명을 지르는 듯했다. 마지막 절규하던 모습 그대로 굳어 버린 것일까. 어떻게 보면 모형 같기도 했다. 포르말린 안에서 썩지도 못하고 세월을 버틴 터라 피부는 매끈매끈한 밀랍으로 얇게 덮인 듯 보였다.

위에서 아래로만 보니 전체를 관찰할 수가 없다. 머리를 쳐들고 보아야 하는데 손을 대기 꺼려지는 건 두 사람 다 마찬가지다. 고진이 양손을 뒤로 돌린 채 단호하게 고개를 흔들었고, 결국 성미 급한 이유현이 손을 뻗었다. 조심스레 받침대를 쥐고 위로 들어올렸다. 눈이 빠져라 들여다보던 고진이 조그맣게 신음 같은 말을 뱉었다.

"으음…… 이빨이 몽땅 사라졌군."

전용해의 두상 아래턱은 처음 용문산에서 발견될 당시부터 없었다는 게 기록상 분명히 남아 있다. 국과수 측은 보관할 때도 마찬가지였다는 것을 재차 확인해 주었다. 하지만 비록 윗부분뿐이지만 이빨만은 가지런히 그대로 붙어 있었다고 했다.

"혹시 원래 처음부터 이빨이 빠진 상태는 아니었습니까?"

이유현은 국과수에서 시설관리를 담당하는 직원과 통화를 하며 몇 번이나 확인했다. 그에게 전용해의 머리에 일어난 변고에 관해서는 이야기하지 않았다. 국과수 담당 직원은 이번에 전용해 머리의 처리 문제로 스트레스를 많이 받았던 듯 그리 우호적이지는 않았다.

"원래 있었어요."

"이빨 부분은 사실 입술에 덮여 있어서 잘 안 보이지 않습니까."

"입을 벌리고 있는 모습이었거든요. 그러니까 똑똑히 알 수 있죠."

상대편은 간단하게 대답했는데, 더 논쟁의 여지가 없다는 투였다. 입이 벌어져 있다는 건 이유현도 직접 보아서 알고 있다. 예전 경찰대 시절 국과수를 견학할 무렵 직접 눈으로 보았다. 벌린 입이 마치 절규하는 듯 하여 생생하게 기억에 남았다. 이번에 물어보았지만 고진의 기억도 마찬가지였다.

"혹시 금니였습니까?"

이유현은 자신이 말해 놓고도 아차 싶었다. 바보 같다는 생각에 귓불이 후끈거렸다.

"예?"

잠시 비웃는 듯한 상대편의 웃음소리가 가볍게 들렸다. 이어 "아뇨." 하며 아예 귀찮아하는 듯한 대답이 돌아왔다.

곡운사에 위탁 보관을 시킬 때도 이빨이 분명히 그대로였는지 물었더니, 상대편은 아예 "분명 머리를 있는 그대로 맡겼으니까요."

하며 귀찮다는 듯 대답했다.

이유현은 기분이 상했지만 그럴 만도 하다 싶었다. 80년 전의 머리를 두고 이빨이 어땠냐며 기억해 보라는 말은 참으로 어이없고 황당하다. 게다가 금니가 아니었냐니. 장난으로 받아들였대도 할 말이 없다. 아무튼 국과수 직원의 단호한 태도가 오히려 사실 관계를 분명하게 해 주었다. 이빨은 침입자가 가져간 것이다.

곡운사의 침입자는 절에 불을 지르고, 이빨을 몽땅 뽑아 갔다.

도둑의 짓은 아니다. 어쨌든 금니도 아니라지 않는가.

그렇다면 침입자는 용해운과 남기만이 분명하다.

"불을 지른 건 아마 전용해의 머리에 손을 댔다는 사실을 숨기기 위해서였겠지."

고진의 말에 이유현도 고개를 끄덕일 수밖에 없었다.

이런 기묘한 짓을 하는 용해운의 심중에는 도대체 무엇이 있는가.

* * *

막바지 여름 볕이 전국의 대지를 한 차례 더 데웠고, 고기리의 전원주택 단지 또한 잔뜩 달궈져 있었다. 주택 마당이 내려다보이는 언덕에서 자그마한 체구의 30대 중반 남자가 러닝셔츠 차림으로 땀을 뻘뻘 흘리며 삽질을 하고 있다.

풀숲에 놓아둔 휴대폰이 울렸다. 남자가 집어 들자 카랑카랑한 목소리가 흘러나왔다.

"남 유사, 다 했나?"

"예, 흙만 덮으면 됩니다."

'유사'라 불린 남기만은 허리를 펴며 대답했다.

"마치거든 안으로 좀 들어와."

잠시 후 삽을 집어던진 남기만은 주택 건물을 빙 돌아 현관으로 향했다.

거실 소파에 앉아 있던 용해운은 땀을 비오듯 흘리며 조심스레 마루에 올라온 남기만을 힐끔 보았다.

"남 유사."

"예."

남기만은 용해운 옆에 시녀처럼 섰다.

"별내면에 가면 그 컨테이너 앞에 드럼통이 있을 거야. 가서 용접으로 그 뚜껑을 잘라 놔."

"예? 드럼통 뚜껑을요?"

용해운은 대답 대신 고개를 미세하게 끄덕였다. 남기만의 반문에 언짢은 듯한 기색이 스쳤다. 남기만은 목구멍까지 치밀어 오른 질문을 꿀꺽 삼켰다. 용해운에게 질문 따위는 감히 허용되지 않는다.

며칠 전에도 곡운사라는 절에 같이 가서 해골의 이빨을 왕창 뽑아왔지만 아무것도 묻지 않았다. 아니, 물을 수 없었다. 대원님은 항상 옳았다. 우리는 판단할 필요 없다. 따르기만 하면 된다. 그러다 보면 항상 모든 일이 풀려 있었다. 우리를 인도하는, 우리가 믿는 별이었다. 이번엔 드럼통으로 무엇을 하려 하시는지 이유는 전혀 짐작할 수 없지만, 대원님의 뜻을 지금 알려고 들 필요는 없다. 교세를 더 확장시켜야 하지 않는지 여쭈었을 때 대원님은 고개를 가로저었다.

다른 이는 알 수 없는 뜻이 있으신 것이다. 교단이 위험에 처했을 때는 대원님의 지시에 따라 여순철을 상대로 가벼운 처벌을 내렸다. 하지만 분명 살아 있었던 여순철은 그 뒤 돌연 자살한 시체로 발견되었다. 결과적으로 교단은 그 덕에 위기를 모면했다. 뒤를 캐러 돌아다니던 경찰의 발길도 그 이후 뚝 끊겼다. 신성 모독을 저지른 강태수 패거리들은 직접 이 손으로 해치웠다. 무엇보다 대원님이 지금까지 보여 준 이 모든 일들이 말해 주지 않는가. 지금까지 해 온 일은 기적이었다. 이분을 만난 건 내 생애 최대의 행운이다. 대원님과 함께라면 두려울 것이 없다. 믿으면 된다. 반드시 새 세상을 보여 주실 것이다. 대원님을 접한 뒤로 인생이 개벽했고 걱정했던 모든 일이 풀려나갔다. 삶의 희망이 생겼고, 목적을 찾았으며, 건강도 좋아졌다. 이 모든 좋은 일들은 대원님을 만난 덕분이다. 경찰의 박해를 무릅쓰고 이렇게 해야 할 일을 확실히 이루어 나갈 수 있는 사람이 대원님 말고 누가 있을까.

남기만은 경이로운 마음으로 용해운의 얼굴을 보았다. 움푹한 눈이 깊숙이 박힌 두 개의 흑요석처럼 빛을 내고 있었다. 그러고 보니 오늘 웬일인지 그동안 사용하던 잡동사니들을 땅에다 모두 파묻고 오라는 말씀을 내렸다. 남기만은 웬지 엄숙한 예감을 가졌다.

이제 모든 것이 막바지에 이르렀다는…….

20

일본 경시청으로부터 국제우편이 도착했다. 1937년 백백교 사건 재판에 제출되지 않은 수사 기록 중 동경 지방문서 보관소에서 관리해 오던 자료였다. 광역수사대가 외사과를 통해 정식으로 촉탁하고 이유현이 현지까지 가서 부탁한 문서임에도 이 종이 더미는 수사팀 안에서 일하고 있는 형사들에게는 관심의 무풍지대에 있는 애물단지에 불과했다. 낡은 종이 위에 손으로 휘갈겨 쓴 일본어를 다시 사본한 읽기 힘든 서류라는 이유만은 아니었다. 이 시점에서 낡은 기록에 관심을 표하는 사람이 있을 리가 없다. 형사들은 라면 상자 절반 크기의 박스에 가득한 A4 용지를 보고는 기가 막혀 했다. 백백교 연구자도 아닌데 이런 거까지 조사할 필요가 있나, 팀장님이 정직 처분을 받더니 시간이 많이 남아도는 모양이다, 현장 감각이 떨어진 게 아니냐는 말까지 돌았다. 물론 유오경이 이유현에게 기록 박스를 전달할 땐 "역시 팀장님은 사건을 보는 시야가 남다릅니다."라는 말만 전했을 뿐이다.

이유현은 고진의 아파트로 기록 뭉치를 들고 갔다. 고진은 거실에 조그만 테이블을 펼쳐 놓고는 쭈그리고 앉아 작은 눈을 빛내며 자료를 휙휙 넘기기 시작했다. 이유현은 고진에게 서류 작업을 맡겨 놓고는 느긋하게 늘어져 있었다.

상당한 시간이 흘렀다. 문서의 제목 위주로 빠르게 훑어 나가던 고진은 마침내 기록 중에 몇 장을 빼놓더니 나머지를 테이블 한구석에 쓱 밀어놓았다.

고진이 이유현에게 내민 서류는 동대문경찰서 고등계 오카다 주임 명의로 작성되고 그 아래 윗선의 결재 도장이 층층이 찍힌 낡은 고문서였다. 고개를 들어 보니 고진이 어쩐 일인지 싱글벙글이다. 이 문서는 고진의 주의를 강하게 잡아끌었던 모양이다.

"뭔가 가설이 맞아 들어갔을 때의 희열 같은 게 형님의 입가에 떠 있네요. 뭡니까?"

"일단 한번 읽어 보시지."

고진이 내민 자료는 '이춘달'을 동대문경찰서까지 동행시켜 받은 참고인 진술 조서였다. 분량은 두 장밖에 되지 않았지만 조사한 형사가 손으로 대충 갈겨 쓴 글씨라 읽기가 쉽지는 않았다.

"이춘달이 누구죠?"

"엉, 이 사람이? 전용해 시체를 가장 먼저 발견한 떠꺼머리잖아! 벌써 까먹었어?"

"아, 알겠습니다. 일단 읽어 보죠."

문: 이름과 나이, 가족관계 등을 밝히시오.

답: 이름은 이춘달이고, 나이는 19세. 가족은 없습니다.

문: 지금 살고 있는 곳은 어디인가.

답: 집도 절도 없이 떠돌이 생활을 하다가 얼마 전에 용문산의 설악면 쪽 자락에 폐가를 발견하고 잠시 기거하고 있습니다.

문: 시체를 발견했을 당시의 정황에 대해 말하라.

답: 오늘 아침에 용문산에 올라갔다가 솔밭에서 사람 시체를 발견하고는 깜짝 놀라서 무작정 달렸을 뿐입니다. 정신이 어질어질하여 그 당시 정확히 어떻게 행동했는지 제대로 기억나지도 않습니다. 그거 말곤 아무것도 없습니다.

문: 시체는 아는 얼굴인가.

답: 전혀 모르는 사람입니다. 전 아무 관계가 없습니다. 빨리 여길 나가고 싶습니다.

문: 서둘지 마라. 몇 가지 답변만 끝내면 금방 나갈 수 있다. 너가 수색대로 달려온 뒤에 종이 비슷한 것을 몰래 먹었다고 이야기한 사람이 있다. 그건 무엇인가.

답: 완전히 잘못 본 겁니다. 종이가 아니라 산나물을 씹어 먹은 겁니다. 정신이 거의 나간 상태였거든요. 마음을 가라앉히려고 거기서 캐서 손에 쥐고 있던 나물을 저도 모르게 입에 넣은 겁니다.

문: 몸수색에서 날카로운 송곳이 나왔다. 이건 무엇인가.

답: 용문산에 몇 번 들어가 보니 들짐승이 불시에 나타나는 일이 있었습니다. 어떨 땐 멧돼지를 산길에서 정면으로 마주치고 혼비백산한 적도 있었고요. 그래서 그때부터 호신용으로 가지고 다니게 되었습니다.

문: 오늘 아침에 용문산 꼭대기에는 무슨 일로 올라갔느냐.

답: 요즘에는 취나물이나 두릅 같은 산나물을 캐러 올라가곤 합니다. 오늘도 그랬습니다.

—이때 문봉조를 비롯한 백백교 간부들이 3차 조사를 위해 구치소에서 호송되어 왔으므로 이춘달에 대한 조사를 잠시 중단하고, 동대문서 안에서 대기할 것을 명하다.

조서는 이렇게 끝나 있었다.

"이게 답니까?"

"음. 이춘달에 대한 조서는 그게 유일해. 다른 조사가 추가적으로 이루어진 바도 없고."

"근데 이게 무슨 의미가 있단 거죠?"

고진은 크게 기지개를 한 번 켜고는 말했다.

"지난번 도쿄에서 읽은 수사보고서 기억나? 이춘달은 혐의점이 없어 귀가조치했다고 되어 있을 뿐이야."

"그랬죠."

"이 진술조서하고 연결시켜 보면 뜬금없잖아. 조서를 받다가 중단해 놓고는 갑자기 귀가 조치? 이상하지 않아?"

"따로 조사를 더 진행했다가 별 게 안 나온 걸 수도 있죠."

"그렇다면 기록을 반드시 남겨야 하는 경찰이 왜 조서 한 장 안 남겼을까. 이춘달에 대해 중단했던 참고인 조사를 마무리했다면 조서가 한 장 더 있어야 해. 만약 설악면 주민들을 상대로 주변 조사만을 했다고 쳐도 최소한 거기에 대한 수사보고서라도 한 장 더 있어야 하고. 그런데 뒤져 봤지만 아무 자료가 없어. 이춘달에 대해서는 조사 중단, 이래 놓고는 바로 덜컥 '귀가 조치'라는 수사보고서가 작성된 거야."

"그렇다는 건?"

"추측인데, 이춘달이 이대로 내뺀 게 아닐까 싶어."

"내뺐다……?"

이유현의 얼굴에 의혹이 번졌다.

"조사 대기 중인 백백교 대간부들이 즐비한데 동대문서 안에서 이 떠꺼머리한테 누가 관심이나 뒀겠어? 어딘가 구석에 앉아 있다가 슬그머니 사라졌다고 해도 이상할 게 전혀 없지. 이춘달은 체포된 게 아니라 참고인에 불과하고, 단지 거동불심자라고 해서 임의동행된 거에 불과했잖아. 가려면 얼마든지 갈 수 있었겠지."

"음. 수사 기록으로 보면 그게 제일 개연성이 높겠네요."

이유현은 딱히 반론할 수 없었다. 이춘달에 대해 추가 수사가 이루어지고도 기록에서 누락될 가능성이란 아주 낮다는 걸 수사 실무자로서 잘 안다. 게다가 수사보고서의 결론이란 게 혐의가 없어 귀가조치를 했다는 적당하고 편의적인 기재뿐이다. 이춘달에 대해 진행하다 만 참고인 진술에서 나온 이상이 없지 않은가.

"도망쳤다면…… 그럼, 형님은 이 이춘달이라는 떠꺼머리가 사건과 관련이 있을 거라고 생각합니까?"

"여러 가지 사정으로 미뤄 봤을 때……."

고진은 여기까지 말하고 담뱃갑에서 담배를 한 가치 끄집어냈다. 바지주머니를 뒤져 지포라이터를 주섬주섬 찾아내더니 칙 하고 불을 붙였다. 그리고는 아차, 재떨이 하면서 방에 들어가 재떨이를 들고 나와 소파에 다시 앉았다. 이 모든 과정이 천천히 진행되었기에 이유현은 상당한 인내를 발휘해야 했다.

"그만 좀 약 올리고 시원시원하게 이야기하면 안 됩니까?"

"후훗, 알았어. 이야기하지."

고진은 담배 연기를 뱀처럼 길게 내뿜은 다음 말했다.

"여러 가지 정황을 모아 보면 이 이춘달이라는 청년은 단순한 부랑자가 아니라 백백교의 전령이 아니었을까 싶어."

"백백교의 전령요?"

이유현이 놀란 눈을 들었다.

"그래. 일본에서 찾아낸 천원금광 수사보고서에 '전령'에 대한 기록이 있었지. 백백교에서는 20세 전후의 뜀박질 잘하고 힘 좋은 청년들을 뽑아서 중요한 사항을 전달하고 심부름을 전담하는 전령으로 주로 이용했다고. 그리고 실제로는 살인이나 시체 유기의 실행을 담당했다지. 물불 안 가리고 말을 잘 들으면서 힘은 넘쳐 나니까, 딱 써먹기 좋은 나이야."

"딴 데로 새지 마시고 계속 해 보세요."

"일단 정황이 너무 의심스러워. 아침부터 산등성이를 어슬렁거리던 청년이 그 많은 수색대원과 마을 사람들을 제치고 전용해의 시체를 발견하는 일은 그래 뭐, 있을 수 있다고 쳐. 그런데 산나물을 캐러 올라갔다는 때 아닌 진술부터가 이상해. 모르긴 해도 취나물이니 그런 건 봄나물 아니야? 아무리 빨라도 4월 말은 되어야 나올 텐데. 더구나 그 무렵 용문산 꼭대기에는 아직 얼음도 덜 녹을 만큼 추웠다는데 말이야. 또, 그가 종이를 삼켰다는 수사대원의 진술도 맘에 걸려. 여기 이춘달에 대한 진술조서에만 전언 형태로 언급된 걸로 보아 아주 가볍게 취급된 것 같긴 한데, 당시에 산나물이 나는 철이 아니었다면 산나물을 캐서 씹어 먹었다는 진술이 거짓말이 되고, 결국 종이를 들고 있다가 몰래 삼킨 걸 보았다는 목격 진술이 사실이 되겠지. 그리고 이춘달의 몸수색에서 발견된 날카로운 송곳. 결정적으로, 단순한 목격자로 임의동행되어 간단한 진술만 마치면 떳떳하게 걸어 나갈 수 있었던 상황에서의 돌연한 도주. 자네도 읽었다시피 당시 설악면 주민에 대한 탐문 등 주변 조사가 예상되는 상황이어서 설악면 산기슭 폐가에서 살고 있었다는 식으로 이야기한 이춘달 진술의 진위 여부가 밝혀질 단계를 앞둔 때였다는 점을 염두에 두길 바라네.

우리가 이전에 했던 가정이 뭐였나? 전용해가 그날 용문산 봉우리에서 죽은 게 아니라 탈주해서 살아남았고, 발견된 시체는 엉뚱한 나그네의 것, 혹은 또 다른 피살자의 것이 아닐까 하는 거였잖아. 백백교 잔당들이 조작한 주검이라고 말이야. 그리고 전용해는 경찰에 쫓기게 되자 백백교의 재산을 몽땅 숨기도록 믿을 만한 수하에게 지시했다, 하지만 결정적으로 숨긴 장소에 대한 메시지를 건네받지 못하고 영영 잠적하게 되었다, 이런 거였잖아? 이 수사보고서와 진술조서를 보면 그런 퍼즐의 미싱링크가 맞춰지도록 그림을 그려 볼 수 있어.

이춘달은 혹시 백백교의 전령이 아니었을까. 그리고 용문산 정상에 엉뚱한 시체를 가져다 놓고 중요한 메시지를 교주에게 전달하는 임무를 맡은 건 아니었을까. 물론 확고한 증거의 뒷받침이 없는 가정이지만, 그렇게 생각해 보면 어색한 상황이 모두 이해가 돼. 이춘달은 전용해를 대신할 시체를 그날 아침 용문산 꼭대기에 가져다 놓았어. 단지 시체만 내려놓는 게 아니라 좀 있다가 이야기하겠지만 그 밖에 몇 가지 중요한 행위도 해야 했지. 그런데 수색대가 아침부터 설쳐 댄 통에 생각보다 빨리 들이닥쳐서 시간이 모자랐던 거야. 수색대가 몰려오는 소릴 듣자 급하게 교주에게 전달할 메시지, 그러니까, 이건 무언가가 적힌 종이겠지, 이걸 급하게 손에 숨기고 시체를 발견한 양 수색대 무리로 뛰어갔어. 그리고 사람들에 묻혀 뒤편에서 조용히 종이를 삼켜 증거를 없앴어. 그러다가 그만 누군가의 눈에 띈 거야. 예상치 못하게 동대문서에까지 끌려와서 이것저것 조사를 받게 되어 적당히 둘러댔는데, 설악면 주민들한테 탐문이 들어가면 폐가에 들어가 살고 있었다는 자신이 했던 거짓말이 들통 날 판이거든. 그래서 백백교 거물들에 대한 조사가 진행되는 어지러운 틈을 타 조용히 줄행랑을 놓은 거야.

그렇게 보면, 발견 당시에 시체의 아래턱이 따로 뜯겨 나가 솔밭에서 발견되었다는 것도 우연이 아니야. 일본 경찰은 들짐승이 물어뜯었을 거라고 결론 내렸지만 그거야 한낱 추측에 불과하지. 진정한 이유는……."

"이유는……?"

고진은 여기서 또 담배 연기를 길게 내뿜었다. 그러고는 소파에서 일어나더니 부엌으로 가 냉장고 문을 열고 콜라 캔을 가져왔다.

"자네도 하나 줄까? 아주 찬데."

고진이 콜라 캔을 내밀었지만 이유현은 "어서 말씀이나 하시죠." 하며 이를 악물고 고개를 좌우로 저었다.

"이유를 말하기 전에 지난번에 이야기한 스키테일식 암호의 문제로 돌아가 보자고."

"예? 시체의 아래턱하고 스키테일 암호하고 대체 무슨 상관이 있습니까? 정말……."

이때 이유현의 조급증을 깨듯 휴대전화 벨이 울렸다. 발신자는 광역수사대 형사 유오경이었다. 이유현은 통화 버튼을 눌렀다.

"무슨 일이야?"

"남기만이를 찾았습니다."

유오경의 목소리는 팽팽하게 긴장되어 있었다.

"그래? 그럼 용해운도?"

이유현은 반색했다.

"아뇨. 용해운은 아직 못 찾았습니다."

"그래…… 그런가. 그럼 남기만은 지금 어디야?"

"남양주 별내면 야산 입구에서 찾아냈습니다."

"그래. 소재를 찾았으면 일단 주거지를 파악해 놓고, 계속 감시해. 어차피 지금 당장 체포할 거리가 있는 건 아니니까."

"그런데, 좀 이상한 짓을 하고 있습니다."

"이상한 짓? 뭔데."

"예전부터 아는 사람 집인 모양인데, 별내면 외곽에 있는 고철 업체에 들르더니 산소용접기를 빌리려 한답니다."

"용접기?"

이유현은 곧바로 유오경과 만날 장소를 정하고는 전화를 끊었다. 고진에게 통화 내용을 간략히 알려 준 다음 "형님의 추리를 듣는 건 다음 기회로 미뤄야겠습니다." 하고는 일어섰다.

"도무지 뭐하려는 건지 상상이 안 되는군."

고진은 눈썹을 찌푸렸다.

"추적 결과는 나중에 꼭 들려 줘."

이미 이유현은 현관문을 나서고 있었다.

남양주 별내면은 서울에 인접한 지역이면서도 시골의 정취가 남아 있는 곳이다. 청정한 야산이 많고 군데군데 진입로를 조금 거슬러 올라가는 수고를 감수하면 숨은 맛집을 만날 수 있다. 특히 중년 남자들의 구미에 맞는 토종닭이나 오리백숙 집이 성업 중인데, 남기만이 발견된 곳도 그런 닭백숙 전문집이었다고 한다. 별내면 야산 입구에서 이유현을 기다리고 있던 광역수사대 유오경과 박인식은 사정을 간략하게 설명했다.

별내면 소재 트럭 렌트 업체 사무실에 남기만이 모습을 드러낸 것이 오늘 아침이었다. 자신의 이름을 대고는 1톤 트럭을 하루 렌트했고, 그 트럭을 몰고서 닭백숙 식당에 들렀다고 한다. 기운을 보충할 일이라도 있는지 삼계탕을 한 그릇 뚝딱 해치운 다음 트럭을 몰고 인근의 고철 수집 업체에 들렀다. 예전부터 아는 사람이었던 모양으로, 인사를 나누더니 휴대용 산소용접기 세트를 빌려 트럭에 실었다는 이야기였다. 물론 가스통도 같이.

'용접'이라는 말이 이유현의 주의를 특히 잡아끌었다.

남기만은 예전에 용접공이었다. 비록 틀린 추리이긴 했지만 여순철의 컨테이너 창틀을 남기만이 용접해 붙여서 밀실을 만들었다는 가설이 고진으로부터 제시된 바가 있지 않는가. 그런데 남기만이 이번에는 아예 용접 기구를 대놓고 빌렸다고 한다. '대놓고'란 말은 어폐가 있지만 그동안 통 모습이 보이지 않다가 돌연 자신의 이름으로 트럭을 빌리는 바람에 경찰에게 소재가 드러났으니 지금까지의 은밀한 행동과는 다르다.

"어디로 갔지?"

"트럭에 용접 기구를 싣고 요 앞 산길로 들어가더니 어느 낡은 컨테이너 앞 공터에 차를 세웠습니다. 거기서 용접기를 내린 다음 담배를 한 대 피우고 있는 것까지 보고 왔습니다."

"빨리 가 보지."

차에 올라 남기만이 용접기를 내린 곳으로 찾아 들어갔다. 3분쯤 굴곡 많은 도로를 달리다 보니, 남기만이 조금 전에 들어갔다는 야산 입구가 나왔고, 거기서 반포장 도로를 또 300미터쯤 더듬어 올라가자 드디어 군데군데 칠이 벗겨지고 녹슨 컨테이너가 멀찍이 보였다. 외진 곳의 컨테이너. 보통의 경우라면 길가에 흔한 광경이고 아무도 거들떠보지 않을 장면이지만, 이유현과 두 형사는 서서히 긴장감에 젖기 시작했다. 컨테이너 앞 빈터에 남기만이 엉거주춤하게 서 있는 모습이 멀리서 보였다. 등을 돌리고 있었는데, 그 옆에 산소통이 눈에 띄는 것으로 보아 용접을 막 시작하려는 듯했다.

이유현은 좀 못 미친 곳에 차를 세우게 한 다음, 차에서 내렸다. 두 형사도 따라 내렸다. 길가 흙길을 따라 다가갔다. 하지만 가까이

가 보아도 남기만이 무언가 용접을 시도하고 있는 건 분명한데, 도대체 무엇을 대상으로 무슨 작업을 하고 있는 건지 알아볼 수 없었다. 순간 이유현의 뇌에 반짝 빨간 불이 켜졌다. 혹시 이것이 어떤 종류일지는 몰라도 범죄가 진행 중인 현장이라면? 다급했다. 감시보다 일단은 중단시키는 게 우선이다.

"남기만 씨!"

이유현이 큰 소리로 불렀다. 남기만은 뒤돌아 힐긋 보았다. 그는 다가오는 형사들을 보고도 전혀 놀라지 않았고 의외라는 표정도 짓지 않았다. 지나가는 바람 소리라도 들은 듯 무표정하게 다시 고개를 돌리더니 자기 일을 계속할 뿐이었다. 이유현은 확실히 무언가가 이상하다고 느꼈다. 이유현은 뛰며 말했다.

"그만둬!"

남기만은 이번에는 뒤도 돌아보지 않고 자신의 일에 여념이 없었다. 그는 철가면도 쓰지 않고 토치를 어딘가에 갖다 대고 용접에만 몰두하고 있었다. 남기만이 씨름하고 있는 상대는 드럼통이었다. 드럼통 뚜껑을 잘라 내려는 것 같았다.

"이게 대체 뭐 하는……."

이유현이 다가서며 말했는데, 나머지 말은 압도적인 소리에 삼켜져 버렸다.

펑!

거대한 폭발음이 들렸다. 동시에 치솟는 활염을 보았고, 그것과 미세한 시간 차이를 두고 엄청난 풍압이 확 밀어닥쳤다. 이유현과 유오경, 박인식은 반사적으로 몸을 땅에 납작 엎드렸다.

폭발의 충격이 지나간 후 고개를 다시 남기만이 있던 곳으로 돌렸다. 지옥의 업화처럼 날름거리던 불길이 순간적으로 사라지는 모습만을 얼핏 보았을 뿐이다.

어안이 벙벙했다. 이런 산 속 외딴 곳에서 폭발 사고를 만나리라고는. 이유현은 유오경과 박인식이 무사한지 확인했다. 물풀 속 가물치처럼 납작 엎드린 그들은 넋이 나간 눈빛을 하고 있다는 점만 빼면 사지는 멀쩡해 보였다.

주춤한 것도 잠시, 이유현은 벌떡 일어나 급히 남기만에게 달려갔다. 유오경과 박인식도 정신을 차린 듯 뒤를 이어 달렸다.

현장은 아수라장이었다. 희뿌연 연기가 주변으로 퍼져가고 있었고 매캐한 냄새가 코를 찔렀다. 호흡 몇 번에 바로 목이 따갑고 머리가 어지러웠다. 드럼통은 위쪽 절반이 찢겨지고 새까맣게 그을린 채 나뒹굴어 있었다. 남기만은 그 옆에 누워 있었다. 용접봉을 손에 꼭 쥔 채였다. 하반신은 비교적 멀쩡했지만 상반신 옷은 시커멓게 탔고, 듬성듬성 보이는 검붉은 피부도 성한 곳이 없었다. 시커멓게 그을은 얼굴은 절반쯤 짓뭉개져 있었다. 드럼통이 폭발하면서 튀어나온 철 조각에 맞은 모양이었다. 드럼통 뚜껑은 남기만의 얼굴을 치고는 어디론가 날아가 버렸는지 보이지 않았다. 절반 남은 남기만의 얼굴 표정이 평온했다.

"남기만!"

외쳤지만, 당연하게도 그는 절명이었다.

다음 날 오후 이유현은 전화로 고진에게 남기만의 죽음을 알렸다.

"남기만이?"

승용차를 운전해 여의도를 막 진입하던 고진은 낮은 비명처럼 말을 내뱉고는 더 이상 대사를 잇지 못했다. 어지간히 놀란 모양이었다. 그의 침묵을 대신해 이유현이 말을 이었다.

"폭사했습니다."

"……폭사?"

고진의 억양이 괴상한 곡선을 그렸다.

"이해가 안 가는군. 폭탄이라도 터졌단 거야?"

"드럼통을 용접으로 절단 중이었는데, 드럼통 안에는 신나가 들어 있었어요. 펑 하고 폭발과 동시에 남기만의 목숨도 날아가 버렸죠."

"……."

고진은 잠시 후 말했다.

"잠깐 만나서 이야기하지. 어디야? 집으로 갈까?"

"지금 집이 아닙니다. 잠깐 광수대 사무실에 들러 수사 상황을 알아보는 중이에요. 뭐 어차피 정직 상태니까 수사에 참여는 못 하지만."

"잘됐네. 금방 갈 수 있어. 그럼 차를 갖고 갈 테니까 10분 후에 광수대 앞길에서 보자고."

고진은 마포 광역수사대 앞길에 우두커니 서 있는 이유현을 발견하고 차를 세웠다. 이유현을 태우고 이유현의 집을 향해 차를 출발시킨 지 얼마 되지 않아 전화벨이 울렸다. 고진은 핸즈프리로 전화를 받았다.

"임인건이 죽었다며?"

김성노였다. 목소리가 차 안을 쩌렁쩌렁 울렸고, 조수석에 앉은 이유현은 귀가 따갑다는 듯 눈살을 찌푸리며 자신의 귀를 가리켰다. 고진은 볼륨을 줄였다. 남기만의 폭사 사건이 벌어진 판에 옆길로 새는 통화가 귀찮은 상황이다. 더구나 노인은 어디를 어떻게 잘못 들었는지 다짜고짜 임인건이 죽었다는 엉뚱한 이야기를 하고 있다. 고진은 정정했다.

"아뇨. 잘못 알고 계시네요. 죽은 건 아니고 정신이 좀 이상해진 채로 발견된 모양입니다."

"그래? 그거야 뭐 죽은 거나 같네."

"하긴 뭐 정신의 죽음이죠."

"그런 건 모르겠고, 또 용해운이란 놈이 그런 거야?"

"그자 아니면 그런 짓을 할 사람이 없습니다."

김성노는 혀를 끌끌 찼다. 꿀꺽꿀꺽 하는 소리가 그 사이로 울렸다.

"그런데 왜 이렇게 소리가 울립니까?"

"목욕 중이야. 둥굴레하고 쑥 끓인 물에 들어가 있거든."

고진은 혀를 내둘렀다. 이미 노목처럼 삭아 버린 몸을 끔찍하게 아끼는 정성에는 두 손 두 발 다 들 지경이다. 이런 까탈스러운 노인네를 하루 종일 돌보는 가사도우미 아줌마는 성실하다 못해 숭고하다고 해야 할 지경이다. 이유현은 끄응 소리를 내며 조수석에 몸을 파묻었다. 고진이 말소리가 울린다고 해서 그런지 노인은 소리를 낮추었다.

"끈은?"

"역시 그게 관심이시겠죠. 못 찾은 모양입니다."

"아니, 그럼 대체 경찰은 뭐하는 거야? 범인은 안 잡고, 끈도 못 찾고."

김성노는 바로 소리를 버럭 질렀다.

"범인은 안 잡는 게 아니라 못 잡는 거죠."

"왜?"

"증거가 없으니까요. 전혀."

"젠장, 그놈의 증거는 무신. 그럼 끈을 찾아낼 방도가 없단 얘긴가?"

"지금으로선 그러네요. 어르신이 임인건한테서 끈을 사는 게 제일 빠른 길이었는데. 아주 지독한 자한테로 넘어가 버렸습니다. 그럼 목욕 잘 하시고 이만."

고진이 대화를 마무리하고 끊으려 했지만 전화기 너머에서는 한동안 말이 없었다. 소리의 공백 사이로 도사린 옹고집 같은 것이 전해졌다. 고진은 끝을 맺기 위해 대신 말을 이었다.

"저도 어르신 심정은 이해합니다. 임인건만 나타나면 끈을 손에 넣을 수 있다고 철석같이 믿으셨잖습니까. 그런데 완전히 벽에 부딪친 거죠. 용해운한테 끈이 넘어간 이상 이젠 단념하시는 게 좋을 듯합니다. 자, 그럼……."

수화기 너머로 여전히 정적이 흘렀다. 그러다 김성노가 불쑥 말했다.

"내가 용해운을 만나 보면 어떨까?"

물소리가 첨벙 하고 났다. 벌떡 몸을 일으킨 모양이다.

"예?"

고진이 놀란 소리를 냈지만 이유현도 눈을 크게 떴다.

"어차피 사람이나 죽일 줄 알지 애송이잖아. 적당히 어르고 달래면……."

"살인마라고 해서 바보는 아닙니다. 단념하세요."

"일단 만나 보면 얘기가 될지 모르잖아."

"아예 가까이 하지 말아야 할 인간입니다."

이유현은 질린 나머지 조수석에서 고개를 도리도리 저었다. 물욕이 노인의 눈을 어둡게 만든 모양이다. 이 옹고집 노인은 쉽게 포기하지 않을 것 같은데…… 예상대로 김성노는 고집스럽게 우겨 댔다.

"까놓고 말해서 지금 내 나이에 뭐가 겁나겠어? 용해운이가 대관절 뭔데 벌벌 떨고 있겠냐고. 내가 만나서 경찰에 넘길 것도 아니고 단지 거래를 하자는 거잖아."

"글쎄요…… 아무래도 7000억의 꿈을 너무 가까이에서 꾸신 것 같습니다. 그게 사라졌다고 생각하니 좀 많이 허탈하시기도 하겠지요. 그래도 뭐 원래 어르신 것도 아니었고, 생각해 보면 용해운이 노리던 걸 옆에서 낚아채기 하려던 거 아니었습니까? 이젠 그만 두시죠."

"용해운이하고 연락할 방법은 있어?"

고진의 설득에도 아랑곳하지 않았다.

"……아쉽게도 없습니다."

"고 변호사, 당신은 대체 하는 게 뭐야? 선수금만 잔뜩 받아가 놓고. 도움이 되어야 할 거 아냐!"

김성노는 역정을 냈다. 고진이 달래듯 말했다.

"성과는 어느 정도 있었습니다만 결국 그 광목 끈만 가지고는 풀 수 없다는 결론입니다. 그러니 용해운한테서 목숨을 걸고 끈을 받아낸다 해도 소용없다는 얘기죠."

"응? 무슨 소리야? 끈만 가지고는 알 수 없다니?"

"아, 아닙니다. 여러 가지 정황으로 추리해 볼 때 그럴 수도 있다는 거지요. 지금 판단으로는."

고진은 대충 얼버무렸다.

"아무튼 임인건이를 죽이고 끈을 빼어간 게 용해운이 틀림없다 이거지?"

바로 조금 전 임인건이 죽은 게 아니라고 했지만 또 제자리다. 고진도 질려 버린 듯 차 안에서 혼자 고개를 절레절레 흔들었다.

"그렇다니까요."

"용해운이의 범행이라는 확실한 증거는 있어?"

횡설수설이군, 고진은 자그맣게 입모양으로 중얼거렸다.

"언제는 증거가 무슨 소용이냐고 그러시더니 이젠 또 증거 타령입니까. 증거는…… 곧 갖출 수 있을 거라고 믿습니다. 하지만 어르신. 용해운이 범인인 건 확실하다고 해야겠지만 만나거나 연락하려는 꿈도 꾸지 마십시오."

"연락처는 알아?"

또 같은 질문을 하고 있다. 휴우 하고 고진은 한숨을 내쉬었다.

"모릅니다."

"이거 뭔가? 고 변호사 거 뭐야, 돈만 먹고 튀려는 거야? 일을 해야지!"

도통 말이 통하지 않는 억지를 피워대는 김성노에게 고스란히 당하는 고진을 옆에서 지켜보는 이유현은 소리를 죽여 키득키득 웃기 시작했다. 고진은 지쳐서 말했다.

"돈은 그만 돌려 드리겠습니다. 그런데 용해운 연락처를 알아내는 게 제 일입니까?"

대답 없이 전화가 끊겼다. 덜커덕 소리가 꽤 크게 난 걸로 보아 전화기를 세게 내던진 모양이었다.

"이 영감님, 제정신이야? 용해운을 만나겠다니. 끈도 마음먹은 대로 안 풀리니깐 이젠 거의 정신줄을 놓은 거 같아."

고진이 분한 듯 말했다.

"그러게 왜 수임료를 그렇게 많이 받았습니까?"

이유현이 능글맞게 웃으며 말했다.

"빌어먹을 영감, 실비고 뭐고 다 돌려줄 거야."

고진은 액셀을 깊게 밟았다.

"도대체 거기서 뭐 하러 용접을 하고 있었던 거지?"

이유현의 집에 들어온 고진은 거실 소파에 몸을 걸치자마자 다급하다는 듯이 곧장 담배를 꺼내 물고는 말했다. 이유현은 손바닥으로 담배 연기를 좇으며 부엌 의자를 당겨와 앉았다. 그러다 이내 견디지 못하고 거실 창문을 활짝 열고는 다시 자리를 잡았다.

"이유는 아직 알 수 없습니다. 아시다시피 남기만은 가족도 없고, 용해운 말고는 주변에 연락하고 지내는 사람도 없지 않습니까. 물어볼 데가 없어요. 거기서 뭐했냐는 질문에 굳이 답하자면 거기서 용접봉으로 드럼통을 따고 있었다, 가 되겠는데, 그게 중요한 건 아니겠죠. 왜 하필 거기서 그 시간에 용접으로 드럼통을 땄느냐, 이건데 그 이유는 본인만 알 겁니다."

"그런가. 그렇다면 납득할 만한 이유가 있는 용접이 전혀 아니었군."

"예. 첨엔 용접을 들고 컨테이너 옆에 앉아 있길래 지난번에 형님이 이야기한 일도 있고 해서 무슨 장치를 만드는 줄 알았습니다. 이를테면 살인 컨테이너 같은 거 말이죠."

이유현이 슬쩍 비꼬았다. 연기가 솔솔 피어오르는 담배를 손가락에 끼운 채 이마를 짚고 있던 고진의 눈꺼풀이 올라갔다.

"이거 좀 곤란하게 됐는데."

"곤란하긴 하죠. 만약 용해운을 체포할 수 있다면 남기만이 가장 강력한 증인이 될 수 있었는데 죽어 버렸으니."

"무슨 소리야. 자넨 남기만이 살아 있더라도 용해운에게 불리한 증언을 할 가능성이 있다고 생각해?"

"없겠죠. 그런 광신도가……."

"내가 곤란하단 건 다른 의미야."

"뭔데요."

"도무지 용접을 할 필연적인 이유가 없다면서? 그렇다면 용접은 폭사 자체가 목적이 아닐까? 다시 말해 이 사고가, 사고가 아니라면 어떨까 하는 거지."

"아니라면?"

"다시 말해 만약 이것 또한 용해운의 살인이라면, 하고 가정해 본다는 말이야."

이유현이 미심쩍은 듯 말했다.

"글쎄요, 용해운이야 항상 의심스러운 놈이지만 이번엔 동기가 없지 않습니까? 그만큼 철저히 자기 말을 따르는 꼬붕인데, 굳이 죽일 필요가 어디 있겠습니까? 살려서 가방모찌라도 시켜야지."

"그렇지. 하지만 난 좀 다른 의문이 있어. 왜 '지금' 남기만을 죽였을까 하는 문제야."

고진은 '지금'에 힘을 주었다.

"왜 '지금'이냐……? 형님은 이번 건도 용해운의 짓이라고 아예 단정하시는 모양인데, 근거가 있습니까?"

"남기만의 죽음에 일차적인 의문은 그거잖아. 대체 누가 그 외딴 산 속에 신나가 가득 든 드럼통을 가져다 놓았으며, 남기만은 왜 용접으로 그 드럼통 뚜껑을 따려고 했냐는 거."

고진은 소파 옆 신문지 뭉치 위에 담배를 비벼 껐다.

"그런데 지금까지 용해운과 그 추종자들이 보여온 이상 행동을 보면 이 정도 의문은 충분히 설명이 돼."

"어떤 설명입니까?"

"용해운이 남기만을 죽이려 결정했다면 간단했어. 신나로 채운 드럼통을 거기다 가져다 놓으면 준비가 끝나. 아니 더 간단히는 그곳에 버려진 드럼통에 신나를 갖다 부어 놓고 뚜껑을 닫아 놓았겠지. 그리고는 남기만에게 명령하는 거야. 별내면 어디에 있는 드럼통 뚜껑을 용접으로 따라. 이 한마디면 살인은 완성돼."

이유현은 고진의 말을 곱씹듯 고개를 끄덕였다.

"흠. 뚜껑을 따라는 명령을 내렸다……. 하기야 용해운은 남기만한테 신이나 마찬가지니까, 뭐 토를 달고 말고 할 것 없이 그대로 했겠지요. 물론 그 통 안에 신나가 들어 있는지는 몰랐겠지만. 어쩐지 그때 남기만이 동공이 비어 보이긴 했어요. 아무 생각 없는 로봇 같은……."

"이건 완전범죄야. 아주 손쉬운. 어떤 증거도 없어. 만에 하나 용해운이 그 장소에 신나가 든 드럼통을 가져다 놓은 사실이 밝혀졌다 하더라도 그 이상은 나아갈 수 없어. 남기만에게 용접으로 드럼통을 따라는 명령을 내린 적 없다고 용해운이 잡아떼면 그만이야. 드럼통을 따라는 말을 직접 들은 증인이자 피해자인 남기만은 폭발과 함께 승천해 버렸으니까."

"젠장할."

이유현은 쓴맛을 본 듯 인상을 찌푸렸다. 창밖으로 고개를 돌려 먼 하늘을 쳐다보았다. 고진의 가설이 가장 사실에 근접할 듯 보였지만 차라리 믿고 싶지 않은 이야기, 진절머리 나는 진상이었다.

"그럼, 그게 사건의 진상이라고 치고, 대체 왜 그랬을까요? 충직한 부하를."

"부하는 용해운이 맘만 먹으면 얼마든지 더 만들어 낼 수 있겠지. 그런데 오히려 남은 부하를 죽여 없앴다면……. 생각해 봤는데 답은 그거 아닐까?"

"뭐요."

"방해."

"방해?"

"남기만의 쓸모가 다한 거지. 이제 용해운이 얻을 수 있는 건 다 얻었다면? 광목천 끈과 키워드를 다 얻었고, 이걸 조합해서 암호를 풀었다면? 이젠 그 장소에 가서 물건을 찾는 일만 남았다, 그래서 필요 없어지고 거추장스러워진 남기만을 없애버렸다면?"

"으음."

이유현은 고진이 뱉어내는 담배 연기도 의식하지 못하고 심호흡을 했다.

"가능한 상상입니다. 목표물을 얻었다면 앞으로 남기만을 데리고 다녀 봤자 걸리적거리기만 하는 애물단지일 테니까요. 경찰의 눈에 더 띌 수도 있고."

"응. 또, 혹시라도 견물생심, 막대한 돈을 눈앞에 본 남기만이 '감히' 분배를 요구하고 나설 수도 있지. 교주에 대한 충성심이란 것도 영원할 순 없을 테고, 과거의 종교인 백백교를 현대의 종교인 화폐가 이기지 못하리란 법도 없으니까 말이야. 용해운으로서는 이것저것 귀찮은 걸 고려하면서 남기만을 탈 없이 조심스럽게 떼어 내기보다는 한 방에 정리하려 한 게 아닐까. 용해운이란 인물을 우리가 익히 알잖나. 인형의 불복을 참을 너그러운 사람이 아니지."

"그렇다면 지금 용해운은……."

"거의 손에 넣었다고 봐야겠지. 아니면 적어도 손에 넣기 직전이든가. 백백교가 숨겨 둔 어마어마한 액수의 채권 말이야."

이유현은 양손을 맞비볐다.

"젠장. 그러면 이거 우린 닭 쫓던 개가 되는 거 아닙니까. 살인자를 체포하지도 못하는데, 그자가 어마어마한 재산까지 채 가는 걸 두고 봐야 하는 꼴인데요."

"실망하긴 일러. 아직 상황이 확정된 건 아니야. 내 계산으로는 분명 용해운이 암호문을 풀이할 조건을 갖춘 지 얼마 되지 않았어. 또 용의주도한 용해운이니 만큼 이미 채권을 손에 넣고 남기만을 죽이기보다는 그 전에 화근을 제거한 것일 가능성도 높아. 그렇다면 끈의 비밀을 풀었다고 해도 아직 채권 자체를 손에 넣지는 않은 상태일 거야. 용해운도 체포하고 채권도 입수할 수 있는 기회가 아직은 있단 거지. 우리가 최대한 빨리 움직이면 돼."

"용해운이가 끈의 비밀을 풀었다면……. 그동안 아무 소식이 없다가 어떻게 갑자기 비밀을 풀었을까요? 신이라도 내렸나?"

"계기는 있었지."

고진이 새 담배를 꺼내 물었다.

"계기? 무슨 계기요?"

"지난번에 이야기하다가 중간에 끊겼었지? 80년 전 용문산 정상에서 발견된 시체의 아래턱과 스키테일 암호의 관계."

"도대체 그게 어째서 계기가 됩니까?"

"그 두 가지는 깊은 상관이 있어. 백백교의 적자 용해운이 오랜 시간 잠행하다가 이제서야 드디어 움직인 이유, 최근에 보여 준 곡운사 방화라든지 하는 좌충우돌 맥락 없는 행동의 연결점, 그리고 지금 남기만을 해치운 이유도 그 관계를 풀면 답이 나와. 다시 한 번 말하지만 우리는 우선 백백교주 시체에 아래턱이 없었다는 분명한 사실을 떠올려 봐야 해."

이유현이 거의 분통을 터뜨렸다.

"또 그 악취미 나왔네요. 사람 감질나게 해서 그거 보고 즐기는…… 그게 삶의 유일한 낙이죠?"

이유현이 항의에도 아랑곳 않고 고진은 유유히 말했다.

"그럼 우선 암호문 쪽부터 이야기해 볼까."

"어디서부터든지요."

"백백교가 사용한 암호가 전통적인 스키테일 암호가 아니란 건 분명해. 그런 방식으로는 광목 끈의 문자가 전혀 읽히지 않으니까. 그래서 일종의 난수표 방식이 적용된 변칙적인 스키테일 암호가 아닐까 하고 잠정적으로 결론 내리고 있었는데 말이야. 아, 여기까진 지난번에 이야기했던가?"

고진은 여기서 잠깐 말을 멈추고 슬쩍 이유현의 눈치를 보다가 상태가 좋지 못한 것을 깨닫고 이내 말을 이어 나갔다.

"이번 곡운사에서 일어난 교주 이빨 도둑 사건과 백백교의 전령으로 추측되는 이춘달의 이상한 행동으로 추리해 보면 하나의 결론이 나온다고 할 수 있지."

"서론이 깁니다."

이유현은 안달이 나 손을 쥐었다 폈다 하며 말했다.

"일정한 간격으로 글자가 나열되는 스키테일 방식은 굳이 원통이 없더라도 여러 번 시도하면 풀리게 된다는 약점이 있어. 여기에, 스키테일 방식에 키를 추가한다면 생각할 수 있는 건 이런 방식밖에 없어. 그러니까, 원통에 감은 다음 가로 일자로만 죽 읽으면 글귀가 성립되도록 하지 않고, 메시지가 되는 문자를 지그재그로 배치해 놓고는 원통을 감은 한 마디마다 읽어야 할 자모의 순번을 지정해 놓는 거지. 그러니까 이 그림처럼……."

고진은 수사보고서 용지를 뒤집어 이면에 볼펜으로 그림을 슥슥 그렸다.

"첫 번째 감긴 줄에서는 다섯 번째 문자, 두 번째 감긴 줄에서는 세 번째 문자, 세 번째 줄에서는 일곱 번째 문자 하는 식으로 말이야. 결국 스키테일 암호로 쓰인 메시지와 별도로 그 독해의 키가 되는 숫자를 알아야 이 암호를 읽어 낼 수 있게 되지. 이런 방식이었기에 광목 끈에 적힌 문자만으로는 암호문 해독이 안 되었던 거야. 키워드가 되는 숫자들이 있어야 했지. 짐작뿐이었지만 최근 일어난 사건과 이 수사 기록을 통해 이 방식이 틀림없다고 확신이 들었어."

"변형된 암호 방식으로 어떤 걸 생각하고 있었는지는 알겠습니다만……."

이유현은 뒷말을 애매하게 흐렸다.

"물론 키워드 숫자는 종이에 적어 놓았겠지. 그걸 전령인 이춘달이 백백교주 전용해에게 전달하려 했던 거고. 그런데 이춘달에게는 또 하나의 임무가 더 있었어. 백백교주가 자살한 걸로 위장하기 위해 시체에 교주의 옷을 입혀 용문산 꼭대기에 가져다 놓는 일 말이야. 이춘달은 시체를 가져다 놓고 나서 이제 막 산을 내려가 숨어 있는 백백교주에게 키워드 숫자가 적힌 종이를 전달하려 했겠지. 그런데 그만 수색대가 막 들이닥친 거야. 숫자가 적힌 종이는 절대로 경찰에 압수되어서는 안 되었지. 그랬다가는 자신도 단순한 시체 발견자가 아니라 백백교 일당인 게 탄로 나게 되니까 말이야. 그래서 그는 임기응변으로 어떤 행동을 택했어. 그가 어떤 행동을 했느냐, 이걸 추리하려면, 먼저 그가 왜 증거물이 될 종이를 일찌감치 처리하지 않고 수색대와 합류한 뒤에야 삼키려 했나 하는 의문을 뒤집어 보면 돼."

"왜입니까."

"종이가 중요한 건 아니잖아. 종이에 있는 숫자가 중요한 거지. 그는 일단 숫자를 그만이 알 수 있는 곳에 찬찬히 옮겨 적어 놓고 종이를 나중에 처리하려 했어. 옮겨 적기도 전에 종이를 먼저 없앴다가 숫자를 까먹어 버리면 낭패니까. 마침 품속에는 휴대하던 송곳이 있었어. 정말 산짐승을 대비한 건지, 아니면 시체를 처리하기 위해 필요한 도구였는지 모르지만, 아마 후자 쪽이었겠지. 그는 송곳으로 시체의 이빨에다가 숫자를 새긴 거야."

"시체의 이빨에?"

놀란 이유현이 뒤집어진 목소리로 말했다.

"그렇지. 거의 영구적 보존이 가능함과 동시에 완벽한 증거 인멸이지. 반드시 아라비아 숫자일 필요는 없었겠지. 마작패처럼 점을 숫자만큼 찍어서 표기를 했든가, 아니면 그들만의 특유한 방법 같은 게 있었을 수도 있고. 점을 찍는 방식이라면 송곳으로 쿡쿡 파면 되니까 쉬웠을 거야. 이빨에 숫자를 다 새겨 놓을 무렵 수색대가 들이닥쳤을 테고, 더 이상 수색대의 눈길을 피하기 어렵다 싶으니 급박하게 자기 발로 먼저 뛰어 들어갔어. 시체를 발견했다고 호들갑을 떨면서. 그러고는 사람의 눈을 피해 가며 종이를 삼켜서 영구적으로 증거를 없애버린 거지. 하지만 스키테일을 해독할 키는 시체의 이빨로 옮겨져 오랜 세월 보존되고 또 보존되어 온 거야."

"잠깐만요."

이유현이 손을 들어 고진의 말을 저지했다.

"이빨에 새기면 아무래도 보이잖습니까. 첨엔 놀라서 그렇다쳐도 부검할 땐 여지없이 들통 날 텐데요. 그리고 국과수에서도 수십 년간 보관하면서 그걸 아무도 못 봤겠습니까?"

"못 볼 수밖에 없었어."

"왜요."

"여기서 우리가 주목해야 할 게 또 있어. 아까 말했잖아. 시체의 아래턱이 뜯겨져서 멀리 떨어진 솔밭에서 발견되었다는 점 말이야."

"그럼 그 떨어져 나간 턱에? 아니, 그건 아닌데. 그렇게 되면 보존된 머리엔 암호가 없단 얘기잖아요."

"아니, 아니. 떨어져 나간 턱의 이빨 쪽에 새긴 게 아니라, 윗니에 새겼어."

"윗니에?"

"그렇지. 그것도 윗니 뒤쪽에다가 말이야."

"뒤쪽에? 아……!"

이유현의 얼굴에 예상이 어긋난 놀람이 떠올랐다.

"그래, 그래서 윗니 뒤쪽에 송곳으로 숫자를 새길 수 있도록 아래턱을 일부러 잡아 뜯어낸 거야. 아래턱은 괜히 뜯겨 나간 게 아니라고. 아마 그걸 뜯어낼 땐 송곳을 충분히 이용했겠지."

으음. 이유현의 입에서는 신음 비슷한 소리가 새어나왔다.

"앞에 새기면 금세 들통 나겠지. 기껏 송곳으로 이빨에 조각을 하면서 그런 바보짓을 했겠어? 이빨의 뒤에 새기면 안전해. 아무렴 이빨의 뒤를 들여다보겠나? 부검을 해도 절대로 들여다볼 일이 없는 곳이지."

"그런데 시체 이빨에 숫자나 기호를 새겨 봤자, 시체는 경찰이 압수할 거잖아요? 그럼 아무 소용이 없을 텐데?"

"경찰에서 부검이 끝나면 시체는 다시 봉합해서 가족한테 돌려주지. 전용해에게는 전중기라는 아들도 있었고, 전평자라는 딸도 있었어. 더구나 전중기는 혐의가 없어 풀려나지 않았나? 그들이 아니더라도 친척이라며 누군가가 나서 시체를 인수할 사람은 얼마든지 있었겠지. 시신을 돌려받을 때 결국 백백교 잔당들은 고스란히 보존된 암호도 다시 건네받게 되는 거야. 바로 경찰로부터."

"그렇군요. 정말 해괴하고도 절묘한 방법인데요. 그런데 여러가지 정황을 보면 그게 딱 들어맞는 이야기이긴 합니다……."

이유현이 자못 감탄한 듯 말했다.

"일본 경찰은 이춘달이 단순한 부랑아라고 했지만 교육 유무를 떠나서 아주 영민한 청년이었던 것 같아. 백백교주께서도 지옥에서 만나면 잘했다고 칭찬해 줘야겠지."

이유현이 건조한 표정으로 천천히 박수를 두 번 딱딱 쳤다.

"충분히 개연성이 있고 논리적이에요. 적어도 아들과 간부의 진술만으로 전용해의 시체가 맞다고 단정해 버리는 것보다는 훨씬 더요."

"웬일이야. 이번 사건 이후로 처음 듣는 칭찬인데."

"그럼 이번에 사찰에서 이빨을 몽땅 뽑은 게 결국 그 숫자 키를 알아내려던 거겠군요. 게다가 뒷사람이 알 수 없도록 이빨을 가져가 은닉까지 한 셈이고."

"그렇지. 그뿐 아니라 80년이나 지난 이제 와서 백백교의 재산을 찾겠다고 이런 참극이 벌어지게 된 것도 모두 그런 이유인 거지.

이춘달은 동대문서에서 도망친 뒤 약속된 시간과 장소에서 백백교주를 만났을 거야. 하지만 암호를 풀 숫자는 이미 가물가물, 기억에서 지워진 뒤겠지. 그래도 숫자는 시신의 윗니 뒤에 새겨 놓았습니다. 나중에 부검이 끝나고 유족으로 나선 누군가가 시신을 인도받으면 그때 숫자를 확인하시면 됩니다, 그렇게 보고했을 거야. 백백교주 전용해는 시신을 인도받을 날만 기다렸겠지. 그런데 세상에나, 전혀 예상치 못하게 희귀한 일이 벌어졌어. 일본 경찰이 무슨 연구 명목으로 교주의 머리를 잘라서는 보관해 버린 거지. 이빨에 적힌 숫자도 영구히 묶여 버린 거야. 전용해는 그때 물론 광목 끈도 갖고 있지 않았겠지. 어떤 간부의 손에 전해져 있는 상태였을 텐데 그 간부가 누군지도 아마 모르는 상태이지 않았을까. 그 뒤로 처절하게 모든 간부의 후손을 찾아다닌 걸 보면 말이야. 어쨌든 백백교 간부는 그 당시 모두 체포되었고 그 가족이 보관하고 있어서 더욱 소재를 파악하기 힘들었을 거야. 조선총독부의 제1 관심사로서 일본 경찰의 대대적인 검거 작전으로 제 한 몸 도망다니기 바빴을 테니 제대로 관리되는 걸 바라는 게 오히려 기적이었을 거고. 게다가 암호를 풀 키는 시체의 목과 함께 일본 경찰의 보관하에 들어가 버렸어. 백백교의 총 재산을 직접 갖다 묻은 간부가 위치를 알고 있는 거야 당연하지만 그는 이미 일본 경찰에 체포되어 엄중한 감시하에 재판을 기다리고 있어서 전혀 만날 수 없는 상황이었지. 그리고 간부는 모두 풀려나지 못했고 대부분 사형에 처해졌어. 결국 이 어마어마한 백백교의 재산은 영원히 미궁 속에 묻혀 버렸던 거야. 개털이 된 전용해는 도주 생활 끝에 다방에서 일하던 만만한 소녀 진상화를 만나

이대철이라는 가명으로 더부살이를 했던 거고. 뭐 진상화 할머니의 말로는 잔당이 가끔씩 찾아와 만난 것 같긴 하지만. 그때 재산을 숨긴 장소를 찾느라 여기저기 정보를 얻는 용무가 주된 것 아니었을까 싶어. 그리 적극적이지는 못했겠지. 돈을 숨긴 간부는 이미 사형을 받아 죽었고, 남은 건 장소를 알리는 메시지뿐인데, 광목 끈은 누군지 알 수 없는 간부의 가족이 보관하고 있어 이제 와서 찾는다는 게 쉽지는 않았어. 하긴 그 끈은 그나마 의지를 갖고 찾으려 들면 찾을 수는 있는 물건이야. 그런데 더 황당한 건, 그놈의 광목 끈을 천신만고 끝에 찾아내 봤자 암호 해독을 할 수 있는 키워드가 절대로 손에 넣을 수 없는 곳에 있었다는 거야."

"국과수의 포르말린 용액통 속이죠."

이유현이 쓴웃음을 흘렸다.

"그렇지. 얼마나 안타까웠을까를 생각해 보면 웃음이 절로 나와. 어디 있는지 뻔히 아는데도 손에 넣을 수 없는 암호. 세상사람 아무도 모르지만 자기만은 그게 말도 못 할 금액을 가리키는 암호란 걸 알아. 그런데 절대로 가까이 할 수 없는 불가능한 상황. 더구나 죽은 걸로 되어 있는 백백교주가 전면에 나서서 그걸 손에 넣을 수 있는 방법 따위는 있을 리가 없는 거야. 아들과 손자에게 몰래 찾아가 가문의 비밀을 알렸지만 별 도리가 없는 건 마찬가지였어. 그렇게 수십 년이 흘렀고, 그는 봉인된 물탱크를 부여잡고 갈증으로 죽어 가는 사막의 여행자 신세였어. 크나큰 갈망을 안고 살다가 20년 전에야 겨우 죽어서 평온을 얻었어. 100세 가까이 장수한 백백교주에게 그나마 그게 혹독한 처벌이었다고 위안을 삼으면 어떤가?"

"용해운이 국과수에 취직했던 것도 그것 때문이었겠군요."

"그렇지. 포르말린 속 해골의 이빨을 들여다볼 수 없을까 기회를 엿보려 했던 거겠지. 그런데 국과수가 엉성한 기관도 아니고 역시 불가능했어. 거기서 근무하는 내 친구 박 박사 이야길 들어 보니 보안이 아주 철통같았다더군."

이유현은 이마에 주름을 잡으며 말했다.

"그런데 용해운은 왜 갑자기 몇 달 전부터 광목 끈을 찾아 나섰던 걸까요? 그걸 찾아내도 어차피 이빨에 새긴 키워드가 없으면 무용지물인데. 그런데 본인이 직접 국과수에 들어가서 확인했을 거 아닙니까. 아무리 해도 시체의 목통을 열고 이빨을 볼 수는 없다는 것을요."

"때마침 우연한 일이 있었거든."

"뭡니까."

"백백교주 머리 폐기 소송."

"앗!"

이유현이 손가락을 튀겨 탁 하고 소리를 냈다.

"맞습니다! 우리가 몇 달 전 수육집에서 보면서 이야기했던 그 뉴스."

"그래. 불교계 인사들이 인도적 차원에서 그 소송을 제기했었지. 우리가 본 뉴스는 이미 폐기 권고 결정이 내려졌다는 거였지만. 그런데 백백교 가문의 후손이자 가문의 비밀을 알고 있던 용해운에게는 이 소송을 제기했다는 소식이 무엇보다 반가웠을 거야. 만약 머리를 폐기하도록 하는 결정이 난다면, 폐기하고 화장하기 위해 외부로 반출이 될 거고, 그렇다면 분명 기회가 있는 거야. 그때야말로 관공서의 온갖 보안코드에 가려져 있던 비밀의 목이 80여 년 만에 바깥 외출을 하는 절호의 기회인 거지. 소송이 제기되었다는 소식을 접한 용해운에게 해골이 품은 키워드 숫자는 드디어 가시권에 들어왔고, 이제 엄청난 실제적 가치를 지니게 된 광목 끈을 그 무렵부터 찾아다니기 시작했던 거야. 백백교 간부의 자손을 이 잡듯 훑으며 찾아다녔어. 물론 우리가 잘 알다시피 자신을 따르는 맹목적 교도들을 십분 활용했는데, 그들은 자기의 목숨이 용해운에게는 시체의 목에서 빠져나온 이빨 하나의 값어치만큼도 안 된다는 걸 모르고 죽을 각오로 용해운을 추종했고. 소송이 제기되고 몇 개월 후, 역시나 유골을 폐기하도록 결정이 났고, 외부의 사찰에 맡겨 불교식으로 유골의 화장 절차를 진행하도록 일이 매듭지어졌어. 용해운은 그 결정이 확정되었을 무렵 최종적으로 국과수를 그만두었지. 이제는 불필요하고 또 불가능한 국과수 내부에서의 유골 절도보다는, 나중에 외부에서 유골의 화장 절차가 진행될 때 틈을 노려 이빨에 적힌 숫자를 알아내기로 방향을 완전히 바꾼 거야……."

이야기에 귀를 기울이던 이유현은 어느새 이마에 비지땀을 흘리고 있었다. 그러다가 참지 못하고 일어섰다. 고진이 뿜어낸 담배 연기가 거실을 가득 채우고 있었지만 창문을 꼭꼭 닫고 에어컨을 켰다. 어지간히 열이 나는 모양이었다. 선 채로 거실을 서성이던 이유현은 거의 혼잣말처럼 중얼거렸다.

"용해운은 곡운사에 침입해서 해골의 이빨을 손에 넣었습니다. 형님 말대로라면 스키테일 암호의 마지막 키워드를 가져갔단 이야긴데. 게다가 부하인 남기만까지 살해한 걸 보면 더 분명해요. 얻을 건

다 얻었단 거고. 아직 우리에게 기회가 있을까요?"

"포기하기엔 일러. 뭐 아직 상황이 확정된 건 아니잖아?"

"형님이야 최악이래도 잃을 게 없으니 느긋하게 그런 말 할 수 있는 거겠죠."

이유현은 이빨을 꽉 깨물었다.

"자네가 그렇게 안달이 난 걸 보니 내가 그동안 좀 게을렀다는 후회가 드네. 일단 여순철 사건에 대해서는 한 가지 가능성이 남아 있어. 이게 아니라면 정말 자살로 인정해 줄 수밖에 없지 않나 싶은데……."

"여순철 사건에서요……?"

이유현은 그리 미덥지 못한 듯 되물었다. 고진의 추리가 두 번이나 빗나간 터라 반응이 미지근할 수밖에 없다.

"전화를 확인해 봤으면 싶은데."

"전화라고요? 목매달아 죽은 사건에서 웬 전화?"

고진은 나지막한 목소리로 찬찬이 이유를 설명했다. 이유현은 자신도 모르게 팔짱을 끼었다가 이내 심각한 얼굴로 변해 갔다.

"그리고, 컨테이너가 왜 두 개였을까, 창문은 왜 하필 아크릴 판이었을까. 그걸 덧붙여 생각해 보면 이건 명백하지."

고진은 씩 웃었다. 그러고는 듣는 사람도 없는데 목소리를 낮추어 이유현에게 몇 마디를 건넸다. 이유현의 눈이 커졌다가 이내 작아지며 날카롭게 빛났다.

"으음. 거기에는 생각이 한 번도 미치지 못했어요. 그런 거라면 가능성이 있겠군요. 그런 방법이…… 당장 수사대에 연락해서 확인하도록 해야겠습니다. 그것만 확인되면 그걸 분명한 증거로 해서 용해운에 대한 체포영장을 받을 수 있을 겁니다."

이유현의 어조가 점차 확신으로 굳어졌다.

고진은 뒤이어 말했다.

"지금 다급한 문제는 암호풀이인데."

"그거야 키워드가 없으면 무용지물이지 않습니까."

"꼭 그렇지만은 않을 수도 있거든. 어쨌든 우리가 가진 암호가 불완전하니까 이 암호풀이에는 뛰어난 두뇌와 함께 진득한 성품이 필요해. 그런데 이런 쪽으로는 나보다 훨씬 재능 있는 스마트한 인물이 지금 막 생각났어."

"혹시 화미령 변호사 말하는 겁니까?"

이유현이 그럴 줄 알았다는 듯 선수 쳤다.

"자네가 어떻게 내 생각을……?"

"그보다 쉬운 건 세상에 없습니다."

고진은 굳이 반박하지 않았다.

'사운드 크런치'는 괴상한 이름답게 귀를 자극하는 음악이 난무하는 서초동 뒷골목의 한 술집이었다. 컴컴한 구석에서 얼굴에 명암을 드리우며 회색 담배 연기를 내뿜고 있던 고진은 화미령의 얼굴을 보자 무덤가 야광충처럼 하얀 이를 드러내며 담배를 눌러 껐다. 테이블 위에는 이미 작은 버드와이저 병이 늘어서 있다. 일자로 흐르는 긴 원피스에 웨지샌들을 신고 등장한 화미령은 고진의 앞쪽에 자리를 잡으며 말했다.

"이 늦은 시간에 이런 동굴로 다 불러내고. 드디어 본격적인 작업을 거시는 건가요?"

"이런, 오해 마십시오. 오늘은 버젓하게 일 때문에 부른 겁니다. 어두운 건 단지 제 취향일 뿐입니다. 음악 소리에 이야기 소리도 묻힐 만한 곳이고."

"어느 동네든 이런 데를 다 알고 계신가 봐요. 우리 동네지만 전 여기 이런 바가 있단 걸 모르고 있었네요."

화미령인 허공에 매달린 우주선 모양의 스피커를 신기한 듯 올려다보며 맥주잔을 내밀었다.

"제가 달리 뒷골목 변호사겠습니까?"

고진은 화미령의 잔에 넘치기 직전까지 맥주를 따랐다.

"오늘 미령 씨를 부른 건 백백교의 암호 때문입니다."

"네?"

화미령이 화들짝 놀랐다. 놀랐다고는 하지만 눈을 살짝 치켜떴을 뿐이다.

"용해운이 찾던 백백교의 끈에 적힌 암호문 말이죠."

이어 고진은 먼저 백백교에 관한 추리를 풀어 놓았고, 끈에 기록된 문자는 스키테일 암호일 거라고 덧붙였다.

"그럼 고 변호사님이 그 끈의 사본을 갖고 있었단 말이에요?"

화미령은 놀라워하며 눈동자를 빛냈다. 고진은 말없는 웃음으로 긍정했다.

"김성노 씨한테는 왜 말 안 했어요? 혼자서 몰래 채권을 찾아 챙길 생각으로? ……아니, 그렇게 보는 것도 이상하네요. 그럴 거면 굳이 그런 의뢰를 수락할 필요도 없었을 텐데. 혼자서 암호를 풀고 찾으면 되지."

"이 반장한테서 받은 정보를 사적인 의뢰에 쓸 수는 없지요. 그것과 의뢰는 별개입니다. 김성노 영감님은 임인건한테서 끈을 얻어 온다는 걸 전제로 한 겁니다. 그렇게 되면 그땐 의뢰대로 진행이 되는 거지요."

"어쩐지……."

화미령이 미소 지었다.

"두 분이 투닥거리면서도 그런 점 때문에 이 경감님이 고 변호사님을 믿고 모든 걸 상의하는 거군요."

"뭐 꼭 그런 건 아니고……."

고진은 뒷말을 흐리며 맥주를 벌컥 들이켰다.

"그럼 끈은 그렇다치고, 영감님의 의뢰는 왜 받아들이셨어요? 암호문을 이미 갖고 계신데."

"왜 안 받아들이겠습니까? 내가 끈의 비밀을 푼다면 그걸로 혼자서 백백교의 재산을 손에 넣는 거고. 영감님이 임인건한테서 끈을 받아 준다면 그래도 모든 걸 손에 쥘 수 있는데……."

"그렇게 되면 겨우 10퍼센트만 받는다는 약정 아니었던가요? 착수금 1억은 따로 챙기셨지만 그건 몇천 억에 비하면야 너무 작고."

"지금에서야 밝히는 거지만……."

고진은 무심한 듯 말하다가 끝을 흐려 버렸다.

"뭐예요?"

"영감님이 임인건한테서 끈을 받아오면 그땐 따로 생각이 있죠."

"무슨 생각 말이에요?"

"끈의 암호를 풀고 나면 그걸 무기로 삼아 영감님한테 다시 제안을 할 생각이었어요."

화미령이 눈을 크게 떴다.

"다시 협상한다고요? 분배 비율을 높여서? 글쎄요…… 아마 그분 성격에 응하시지 않을걸요? 아예 다른 데에 의뢰를 맡겨 버리실 수도 있어요."

"아뇨. 영감님이 받아들일 수밖에 없는 제안을 할 겁니다. 오히려 전보다 훨씬 이로울 테니까요?"

"무슨 말씀인지……."

"10퍼센트니 뭐니 내 지분은 다 포기하겠다, 대신 나를 당신의 상속자로 지정해 달라, 라고요."

"어멋."

화미령은 놀란 눈빛으로 고진을 보았다.

"솔직히 영감님이 얼마 더 사시겠습니까? 영감님은 가족도 없어요. 몇 년만 기다리면 7000억 원에다가 영감님의 고유 재산 수백억까지 붙여서 모조리 물려받을 수 있어요. 손해 보는 장사는 아니죠. 만약 채권을 못 찾는다고 해도 영감님의 수백억 재산은 몽땅 물려받을 수 있고요. 어느 쪽 경우든지 나로선 엄청나게 이익이 남는 거래죠. 처음부터 그런 제안을 하면 이거 뭐하는 인간이야 하며 거부감이 들 것이고 의뢰를 다른 사람에게 맡겨 버릴 수도 있을 겁니다. 그래서 9대 1로 나눈다는 턱없는 조건에 수락해서 경계를 풀게 했어요. 나중에 끈을 건네받고 내가 암호까지 풀고 나면 그때는 발을 빼기 힘듭니다. 그때 암호문을 손에 쥐고 영감님 눈앞에서 흔들면서 협상한다면 일본 국채의 꿈에 바짝 다가간 영감님으로서야 이 정도는 충분히 수락할 수 있는 조건이라고 봐요. 나로서는 있을지 없을지 모르는 안개 속 7000억 채권의 안전판으로 수백억 재산을 더 깔아 놓는 일인데, 해볼 만하지 않습니까?"

화미령은 할 말을 잃은 듯했다. 마치 지금까지 알던 것과 다른 사람을 보는 듯한 표정이었다. 맥주를 한 모금 들이켠 다음 잔을 내려놓고 고진을 향해 눈을 흘겼다.

"……정말 괜히 뒷골목 변호사가 아니네요."

고진이 웃었다.

"게다가."

"게다가 뭐예요?"

"미령 씨랑 같이 일할 기회이기도 하고요."

화미령은 기분이 나쁘지는 않은지 고개를 돌리며 피식 웃었다. 고진이 화제를 바꾸었다.

"그런데 지금은 상황이 변했어요. 느긋하게 되어 가는 형편을 보면서 일을 진행해도 될 여유가 없는 거죠. 얘기했다시피 용해운은 암호를 풀 모든 키를 얻은 상태예요. 남기만을 처리해 버린 걸 보면 이제 곧 행동에 돌입할 거 같고요. 하루 빨리 우리 쪽에서도 암호를 풀어야 한다는 얘기죠. 우리 입장에서야 돈을 얻느냐 얻지 못하느냐의 문젠데, 경찰 입장은 또 다르겠죠. 특히 이 반장은 핀치에 몰렸다고 느끼나 봐요."

"그래서, 이제 와서야 저한테 모든 걸 오픈하고 협력할 마음이 생기셨다 이거군요."

화미령이 비아냥을 실어 말했다.

"꼭 그런 건 아닙니다."

고진이 황급히 변명하듯 말했다.

"지금까지는 뒷부분 숫자 때문에 키워드가 없으면 해독이 아예 불가능하다고 생각했었거든요. 앞부분 한글 단어의 조합은 가능하다 하더라도 뒷부분에는 숫자가 있으니 결국 정확한 키워드를 모르면 어떤 숫자를 가리키는지 알 수 없다고 말입니다."

"그렇잖아요."

"하지만 경우에 따라서는요."

고진은 검지를 눈앞에 곧게 세웠다.

"숫자가 어떤 것을 가리키느냐에 따라 달라지는 문제라는 데에 생각이 미친 거죠. 뒤의 숫자 부분이 만약 위도, 경도를 나타내는 것 같은 수치라면 정확한 숫자를 알아내야 하겠지만, 그게 아닐 수도 있거든요. 어떤 특정한 장소 안의 좌표를 나타내는 숫자라면, 그건 굳이 몰라도 상관없어요. 앞부분의 글자가 그 '특정 장소'를 가리키는 부분일 테고, 용해운은 그곳에 보물을 회수하러 나타날 테니까요. 적어도 용해운이 어디에 나타날지 알 수 있다면 앞 글귀의 풀이만으로 충분히 값어치는 있어요. 또 장소만 안다면 경찰로 하여금 용해운에 대한 경계망을 치게 해서 접근을 봉쇄해 놓고 그 안에서 시간을 두고 천천히 돈을 찾을 수 있지 않을까요."

"굉장히 희망적으로 생각하시네요. 늘 시니컬한 고 변호사님답지 않은데요."

"뭐 눈앞에 아른거리는 막대한 돈의 힘이라고 생각해도 좋아요."

고진은 이야기를 마치고 갑자기 피곤해진 듯 의자에 몸을 묻었다.

"실은 오늘 미령 씨한테 이야기하는 또 다른 이유가 있긴 해요."

"어련하시겠어요. 뭐죠?"

"전 일일이 글자 맞춰 보고 하는 일에는 영 소질이 없습니다. 하룻밤 정도 이 작은 눈이 빨개질 만큼 해 봤는데 결국 포기했어요. 제가 가진 끈기란 게 안남미처럼 훨훨 날아가는 수준이라서요."

"그래서요?"

고진은 상의 안주머니에서 접힌 종이를 꺼내 화미령 앞에 펼쳐 놓았다. 이유현에게서 받은 암호 문자를 워드로 옮겨 출력한 종이였다.

ㄴ,ㅎ,ㅇ,ㅍ,ㅈ,ㄱ,ㅊ,ㅏ,ㅜ,ㅛ,ㅓ,ㅡ,ㅗ,ㅑ,ㄴ,ㅌ,ㄱ,ㅁ,ㅈ,ㄹ,ㅅ,ㅗ,ㅇ,ㅂ,ㅏ,ㄱ,ㅛ,ㄹ,ㅛ,ㄴ,ㅓ,ㅁ,ㅗ,ㅝ,ㅏ,ㅈ,ㅓ,ㅎ,ㅂ,ㅕ,ㄷ,ㄴ,ㅏ ㅂ,ㅠ,ㄴ,ㅇ,ㅕ,ㄹ,ㅡ,ㅗ,ㅓ,ㅘ,ㅜ,ㄴ,ㅅ, ㅌ,4,8,7,3,1,6,7,4,8,2,3,1,6,2,0,1,3,9,6,5,4

"아무한테나 이 작업을 맡길 수야 없지요. 지금 화 변호사님한테 도움을 요청하는 겁니다. 그 독수리 같은 눈으로 이 암호를 한번 봐 주세요."

화미령이 암호문이 적힌 종이에는 눈길을 주지 않은 채 고진을 똑바로 보며 말했다.

"그런 작업에는 내가 적격이란 거예요?"

고진은 의자에 파묻힌 채 빙긋 웃으며 양 손가락을 톡톡 맞부딪혔다. 화미령은 게으른 베짱이를 보듯 고진을 빤히 들여다보았다. 고진이 말했다.

"협업해서 성과가 있다면 결과물도 공동 분배해야겠죠."

그러면서 고진은 그윽한 눈길로 화미령을 보았다. 그동안 남자로서 화미령에게 호감을 보였던 시선과는 달랐다. 이건 인정과 의리에 호소하는 게 아니다, 공짜로 남의 수고를 빌리려는 것도 아니다, 눈앞에 '이것'이 있는데 화미령의 눈에서도 엔이든 달러든 튀지 않겠는가, 그런 자신감에 차 있는 듯한 태도였다.

화미령은 결국 시선을 툭 꺾었다. 그녀는 할 수 없다는 표정을 지으면서 고진이 내민 종이로 손을 뻗었다.

시간이 정오를 향해 치닫고 있다. 알코올 향이 허공을 맴돌고 있지만 이 공간의 주인은 그다지 불편하게 여기지 않는 것 같다. 침대 절반만 한 폭의 넓은 소파에 안겨 땀을 뻘뻘 흘리면서도 편안하게 잠든 모습을 보면 필시 그러하다. 고진은 이유현과 화미령을 만난 뒤 며칠째 별 하는 일 없이 지냈다. 슬금슬금 햇빛이 소파에 널브러진 고진의 검은 얼굴에 마침내 닿을 무렵, 휴대전화가 울렸다. 이유현이었다. 고진은 누운 채로 휴대전화를 더듬어 귀에 갖다 댔다.

"헬로."

"전화가 확인되었답니다."

이유현이 다짜고짜 말했다.

"어, 무슨 전화?"

"형님이 말해 놓고도 잊었습니까. 여순철이 죽던 날의 전화 말입니다."

"아, 그래? 그럼……."

고진의 눈이 그제야 떠졌다.

"예. 형님 말대로였어요. 이번에야말로 드디어 형님의 추리가 맞아들어 간 것 같아요."

"발신자가 용해운으로 확인됐어?"

"아뇨. 하지만 국과수 부근의 공중전화였어요. 아무래도 그날 그 시간에 국과수에서 근무 중이었으니 멀리 나가지는 못했겠죠."

"그건 좀 아쉽네. 용해운의 휴대폰이나 사무실 전화였다면 직접 증거가 될 텐데."

"그렇게 어설프게 할 놈은 아니죠. 어차피 기대도 안 했어요. 대포폰을 썼을지 모른다고 추측했었는데, 직장 안에서 대포폰을 썼다가 혹시라도 기지국 추적하면 더 위험하니 피했던 모양이에요. 국과수 부근 공중전화에서 그쪽으로 걸려온 전화 한 통, 이걸 추적 중입니다."

"그런데."

"뭡니까."

"자넨 아직 정직 중이잖아. 뭔 추적을 해?"

뚝 하고 전화가 끊겼다.

잠시 후 전화벨이 다시 울렸다. 고진은 누운 채로 휴대전화를 귀에 가져다 댔다.

"이 사람, 농담 갖고 욱하기는. 역시 정직 먹은 뒤로 예민해졌어."

"이 경감님하고 통화하셨던 모양이네요."

화미령의 목소리였다.

“아, 미령 씨.”

고진은 몸을 일으켰다.

“그런데 오늘따라 목소리가 어째 잠 못 잔 사람처럼 기운이 없네요.”

“실제로 잠을 많이 못 잤어요.”

“왜요?”

“일을 좀 했거든요.”

“일? 무슨 일로 일을?”

고진이 물었다. 화미령은 풋 하고 웃은 다음 말했다.

“아무래도 암호를 푼 것 같아요.”

21

동두천시 상봉암동 소요산입구 전철역에 사람들 눈에 거의 띄지 않는 평범한 옷차림의 남녀가 심각한 얼굴로 내렸다. 고진과 화미령이었다. 역 건물은 모던하게 바뀌었지만 개찰구를 나서면 코를 시원하게 해 주는 공기부터 서울 도심과는 다르다. 화미령은 꽉 끼는 다크그레이 스키니진을, 고진은 헐렁한 체크무늬 면 바지를 입었고, 모두 운동화에 반팔 티 차림이었다. 간편한 옷차림과 그에 어울리지 않는 진지한 표정, 평일의 늦은 오후라는 시간대를 보면 사이좋게 등산하러 온 게 아님은 분명했다. 큰 숄더백을 멘 고진이 역을 나와 두리번거리다 밀짚 페도라를 쓴 초로의 신사와 눈이 마주쳤다. 그 역시 티셔츠와 면바지의 가벼운 옷차림이다.

고진이 다가가서 악수를 청했다.

"강영덕 선생님이시죠?"

"예. 고진 변호사님이시군요."

이어 그는 화미령과도 인사를 나누었다. 강영덕은 향토사학자로 동두천 일대에 남아 있는 향토 유적이 훼손되어 가는 데에 안타까움을 느끼고 향토사학 학술지에 글을 쓴 바 있었다. 그중 백백교의 천원금광터에 관한 글이 고진의 눈에 띄었고, 수소문 끝에 연락이 닿았다. 그는 완전히 낯선 사람에 불과한 고진의 만나자는 청에 흔쾌히 응해 주었다.

강영덕이 앞장섰다. 세 사람은 주변 야산 쪽으로 향했다. 소요산역에서는 승객들이 몇 내렸지만 그들이 향한 방면으로는 행인이 드문드문하다가 걸은 지 10분 만에 인적이 사라졌다. 암벽을 인 소요산의 아기자기한 경관도 같이 시야에서 사라졌다. 등산 루트는 분명 아니었다.

뙤약볕을 등에 이고 오르는 길이라 땀깨나 흘려야 했다. 더구나 등산객의 발길로 다져지지 않은, 수풀 사이로 흔적만 남은 길이었다. 다행히 산행은 기슭 언저리에서 끝났다.

길이 다한 곳에 시야가 트이면서 너른 풀밭이 나왔다. 앞쪽의 암벽이 크게 풀밭을 둘러 싸 길을 막고 있는 모양새였다. 원래는 다져진 땅이었다가 어느 순간 황폐해진 듯 풀의 자란 모양새가 중구난방이고 어수선했다. 화미령이 숨을 돌리고 주위를 둘러보며 물었다.

"여기가 금광이 있던 곳이에요?"

"예. 맞습니다. 예전에는 여기가 행정구역상 양주군이었죠."

강영덕이 대답했다. 강영덕이 고진과 화미령을 이끈 이곳은 백백교가 운영하던 천원금광터였다. 전용해는 이곳에 미리 금을 묻어 두고 자신의 능력으로 금광이 터졌다면서 선전해서 세상을 현혹시켰다. 실제로는 금이 없었음은 물론, 교도들을 몰래 살해해 묻는 인간 도살장으로 이용된 곳이다.

"어쩐지 으스스한데요."

화미령이 이마의 땀을 닦으며 말했다.

"백백교 사건 당시 여기서만 시체가 40구 나왔지요. 아직도 발견 안 된 해골이 더 묻혀 있을지 모릅니다."

강영덕이 설명했다. 앞쪽 암벽에는 검은 구멍이 입을 벌리고 있었다.

"가 볼까요?"

고진은 빈 땅을 골라 디디며 전면 암벽 쪽으로 다가갔다. 화미령은 뒤를 따랐다.

암벽 입구는 네모나게 깎여 있었는데, 성인 두 명이 동시에 들어갈 수 있을 만한 크기였다. 기울어진 잡목 나뭇잎이 동굴의 입구를 3분의 1쯤 가리고 있었다. 동굴 안에서 바람이 불어 왔다. 뙤약볕을 잊을 만큼 오싹하게 찬 공기였다.

"무시무시한 유적지라고 해야겠지만, 이런 건 보존해서 후세에 남겨야 하거든요. 사람들이 보고 느끼는 바가 있게끔. 그런데 이곳이 세상을 떠들썩하게 했던 백백교의 본거지 중 하나라는 걸 아는 사람은 이제 거의 없습니다. 단지 여기서 사람이 많이 죽었다는 소문이 흉흉하게 돌았을 뿐입니다. 그 때문에 아무도 여기는 가까이 하지 않는 게 금기처럼 내려올 뿐입니다."

"그렇군요. 말씀 감사합니다. 그럼."

고진은 인사를 꾸벅 하고 나서 성큼 앞으로 한 걸음 옮겼다. 여기서 이만 헤어지겠다는 듯한 고진의 태도에 강영덕이 펄쩍 뛰었다.

"잠깐, 혹시 안으로 들어가 보실 생각입니까?"

"예. 좀 안을 보고 싶어서요."

"……지금은 그저 야생동물의 보금자리밖에 안 됩니다. 버려진 굴입니다. 수십 년간 전혀 관리가 되지 않았어요."

"괜찮습니다. 나름대로 준비는 좀 해 왔거든요."

고진은 씩 웃으며 배낭에서 랜턴을 꺼내 흔들었다.

강영덕은 할 수 없다는 듯 밀짚 페도라를 살짝 들어 보이고는 떠나갔다.

고진과 화미령이 오늘 남녀의 데이트에는 전혀 어울리지 않는 피폐한 장소에 오게 된 것은 전날 화미령이 암호를 풀었음을 알리는 전화 때문이었다.

"단어가 몇 가지 조합이 나오긴 했는데요."

화미령은 놀란 고진과 달리 담담하게 말을 이었다.

"백백교 역사와 연관해서 유추한 끝에 제가 내린 결론은 그거예요. '천원 우', 그리고 이하 숫자예요."

"천원 우?" 고진이 말을 되풀이했다.

"네. 그러니까 이 암호는 기본적으로 한 바퀴에 일곱 개의 문자가 들어가는 걸로 보여요. 그러니까 일곱 개 단위로 끊어서, 앞부분의 숫자 키는 7, 4, 1, 2, 6, 7, 5, 5였을 거라는 게 제 역추측이 되겠네요."

고진은 휴대전화를 든 채 일어서서 TV장 쪽으로 갔다. 아래 서랍을 열고 이유현에게서 건네받았던 암호문 종이를 꺼내 자리로 돌아왔다. 화미령이 이야기하는 동안 종이를 테이블 위에 펼쳐 놓았다.

"ㄴ,ㅎ,ㅇ,ㅍ,ㅈ,ㄱ,ㅊ. 첫 번째 키를 7로 보니까 여기서는 ㅊ이 되고요……." 화미령은 일일이 자모를 불러 가며 키에 해당되는 자모를 알려 주었고, 고진은 종이 위에 일곱 개 단위로 사선을 긋고 해당 자모를 굵게 색칠해 가며 일일이 확인했다.

ㄴ,ㅎ,ㅇ,ㅍ,ㅈ,ㄱ,**ㅊ** / ㅏ,ㅜ,ㅛ,**ㅓ**,ㅡ,ㅗ,ㅑ / **ㄴ**,ㅌ,ㄱ,ㅁ,ㅈ,ㄹ,ㅅ / ㅗ,**ㅇ**,ㅂ,ㅏ,ㄱ,ㅛ,ㄹ / ㅛ,ㄴ,ㅓ,ㅁ,ㅗ,**ㅝ**,ㅏ / ㅈ,ㅓ,ㅎ,ㅂ,ㅕ,ㄷ,**ㄴ** / ㅏ ㅂ,ㅜ,ㄴ,**ㅇ**,ㅕ,ㄹ / ㅡ,ㅗ,ㅓ,ㅘ,**ㅜ**,ㄴ,ㅅ / ㅌ / 4,8,7,3,1,6,7,4,8,2,3,1,6,2,0,1,3,9,6,5,4

"일곱 개 단위로 해서 숫자 키를 대입해 보면 '천원 우'가 나오긴 하네요."

"네. 일곱 개로 나누면 뒤에 ㅌ자 하나하고 숫자가 네 개 남지만 그건 페이크라고 생각해요. 한글 자모와 숫자가 만약 7의 4배수로 떨어지면 앞부분 글자가 일곱 개 단위란 게 너무 쉽게 간파당하니까 일부러 붙여 넣은 허수인 거죠."

"그런데 이게 대체 무슨 뜻인가요? '천원 우'라니…… 천 원짜리 소인가요?"

"어머, 다이소도 아니고 그런 게 있겠어요?"

으음, 민망해진 고진은 신음 소리를 냈다.

"잠이 덜 깨신 걸로 이해할게요. 잘 생각해 보세요. 백백교의 아지트 중 하나가 천원금광사무소였잖아요."

"아하, 그렇죠. '천원'은 그렇다치고 그럼 '우'는……?"

"오른쪽이란 의미가 아닐까요? 일단은 그렇게 추측해 볼 뿐인데."

침묵과 함께 잠깐의 시간이 흘렀다. 고진은 와우 하며 감탄사를 뱉더니 휴대전화를 앞에 놓고 박수를 쳐 보냈다.

"브라보! 아니 브라바!"

"그 말씀은 삼가해 주세요."

"에? 아니, 왜요. 감탄이 나와서 그런 건데."

"'브라바'라는 가슴 확대 기구가 있어요."

고진은 잠시 할 말을 잊었다.

"……요즘 미령 씨가 어쩐지 나하고 닮아 가는 것 같습니다."

"제 생각이 맞는 거 같아요?"

"물론입니다. 전령이 교주한테 전하는 메시지니까 두 사람이 공통적으로 아는 곳일 가능성이 애당초 높았어요. 더구나 짧은 단어로 소재를 밝혀야 하니까 더욱 그랬을 거고요. 틀림없을 겁니다. 그 당시 천원금광에서 경찰이 시체를 40구 발굴하고 난리법석이 지나갔을 텐데 오히려 거기다 재산을 파묻은 건 정말 뒤통수를 치는 대담한 센스라고 할 수밖에 없네요."

고진이 흥분한 어조로 말했다.

"그럼 이제 어떡하실 생각이에요?"

"어떡하긴요, 현장에 가 봐야죠."

"현장에요? 뒷부분 숫자를 모르니 정확한 좌표를 알 수는 없는데요."

"그래도 눈으로 보면 뭔가 다를 겁니다. 현장에 가 보면 직관적으로 뭔가 알 수 있을지 모르죠. 숫자는 나중 문제입니다."

"언제 갈 거예요?"

"천원금광이 있던 곳만 알아내면 당장 내일이라도 가야죠. 위치는 그 지역 역사에 밝은 사람을 수소문해서 알아보면 되지 싶어요."

"저도 갈게요."

"그래요? 같이 가 주시면 좋죠."

얼씨구나 하던 고진이 말을 멈췄다.

"잠깐."

"왜요."

"천원금광이란 데가 쇼핑몰도 아니고 그리 편안한 곳이 아닐 텐데."

"그래서요."

"굳이 같이 가겠다는 건 혹시 내가 혼자 재산을 발굴해서 슬쩍 할지 모른다는 의심을 하고 있는 때문 아닙니까."

화미령이 서슴없이 대답했다.

"네, 맞아요. 내 지분도 확인해야겠고, 김성노 씨의 공동 대리인으로서도 그렇고요."

"윽."

"그럼 암호를 내가 풀었는데 당연한 거죠."

"아, 알겠습니다. 그럼 천원금광 소재를 파악하는 대로 전화할게요."

화미령이 전화를 끊으려다 의아한 듯 물었다.

"그런데 왜 이 경감님을 부른단 얘기가 없어요?"

"이 반장은 안 부를 겁니다. 우선은 우리 둘만 가 보죠."

"왜요?"

"일단은 돈을 찾아야지 않겠습니까. 이 반장이 보면 또 무작정 국고로 넘기자고 우길 텐데 그 문제는 다음에 생각하는 걸로."

"지난번에는 이 경감님이 준 끈하고 김성노 씨가 주는 끈하고는 분리한다면서요. 어쨌건 이번에 이 경감님 끈으로 암호를 해석한 거 아닌가요?"

"뭐 그런 셈이든가."

고진은 말을 얼버무렸다.

"아니든가."

화미령은 어이없다는 듯 웃음기를 머금었다.

"고 변호사님이 정말 믿을 사람인지 좀 생각해 봐야겠네요. 의리는 대체 어디 갔어요?"

고진이 말했다.

"의리라…… 영웅본색 이래 20년 만에 들어 보는 말이네요."

강영덕이 떠난 것을 확인한 고진은 배낭에서 실 뭉치와 골프티를 꺼냈다. 골프티에 실의 한쪽 끝을 묶은 다음 동굴 입구 땅에 꽂았다.

"이 실 뭉치를 풀어 가며 갈 겁니다. 혹시라도 동굴에서 길을 잃으면 이 실을 거꾸로 따라 나오면 되니까요."

고진이 일어서며 말했다. 그 모습을 보더니 화미령이 입꼬리를 올리며 웃었다.

"헨젤과 그레텔 같네요."

"들어가 볼까요. 그레텔."

고진은 랜턴을 의지해 동굴 안으로 몸을 집어넣었다. 화미령도 서슴없이 따랐다. 화미령은 고진으로부터 실 뭉치를 받아들고 길을 표시하는 역할을 맡았다.

안은 칠흑같이 새까맸다. 랜턴의 불빛은 아마 근 80년 만에 처음 들어온 외부의 빛일 것이다. LED랜턴 불빛은 동굴이 주는 원초적 두려움을 상당 부분 상쇄시켜 주었지만, 바닥에 돌이 비죽비죽 삐져나와 있어 걷기가 쉽지 않았다.

안으로 들어서자 성인 두 사람이 넉넉히 보행할 수 있을 만큼 넓어졌다. 머리 위로 군데군데 갱도의 지지대 역할을 하던 굵은 나무가 서까래처럼 가로질러져 있었다. 입구 부근에서 곱등이가 풀쩍 뛰는 바람에 화미령이 깜짝 놀랐다. 하지만 화미령도 금세 익숙해졌고, 나중에는 곱등이를 쫓기 위해 일부러 발을 텅텅 내딛기도 했다. 더 안으로 들어가자 그나마 간간이 있던 곱등이도 완전히 자취를 감추었다. 동굴 입구에서도 차가운 바람이 불어 왔지만 안은 숫제 냉장고나 마찬가지였다. 벽에 살갗이 닿으면 기겁을 할 정도로 차가웠다. 고진은 배낭에서 홑겹으로 된 점퍼를 꺼내 화미령에게 건네주었다. "고마워요." 하는데 말이 텅텅 울렸다. 동굴 벽은 주로 화강암이어서 석영과 운모 성분이 랜턴 불빛을 새하얗게 튕겨 냈다.

"이 단단한 화강암 덕분에 이 동굴이 80년을 끄떡없이 버텼군."

고진이 랜턴을 비춰 보며 혼잣말처럼 말했다. 그러고는 작게 덧붙였다.

"화강암 지대면 물이 많이 고이는데, 혹시 숨긴 물건이 침수되지나 않았을까…….”

그렇지 않아도 동굴 입구부터 따라오던 흙냄새가 어느새 사라지고 축축한 물 내음 같은 것이 공기에 섞여 오고 있었다.

“채권은 종이뭉치일 텐데, 80년 동안 물에 젖었으면 지금쯤 흔적도 안 남았겠는데요.”

화미령이 말했다. 후훗 하고 고진이 웃었다.

“왜 웃으세요?”

“만약 그렇게 되었다면 용해운의 표정이 어떨까 생각해 봤습니다. 그 고생을 해서 찾은 보물이 물에 젖은 한지처럼 변해 버렸다, 어떨까요?”

“퍽이나 재미있겠네요.”

화미령이 쓴웃음을 지었다.

“웃으시다니. 그 반응은 뭡니까?”

“고 변호사님한테는 이 사건에서의 균형 같은 게 어디선가 길을 잃은 것 같아요.”

“여기서 길을 잃는다는 말 마세요. 불길합니다.”

고진은 다시 랜턴을 쳐들고 전진하기 시작했다.

실 뭉치는 필요가 없다는 게 곧 밝혀졌다. 동굴이 외길이었기 때문이다.

“역시 예상대로네요. 백백교 전령이 남긴 메시지에는 동굴의 오른쪽 길이라고만 했으니 복잡한 길은 없을 거라고 생각했습니다. 하지만 이러다가 어디선가 갈림길이 나와야 하는데.”

하지만 고진이 기대한 갈림길은 쉽사리 나오지 않았다. 완만하게 똬리를 튼 뱀처럼 길은 군데군데 커브를 그리며 길게 이어질 뿐이었다.

머리 위에 이상한 낌새를 느껴 고진이 랜턴을 비추자 검은 눈알이 반짝하더니 휙 하고 머리 위를 날아갔다. 박쥐였다. 화미령은 앗, 하고 비명을 지르며 고개를 숙였다.

"괜찮아요. 지금 저 녀석을 장님으로 만들었으니까요."

위로랍시고 던진 말에 화미령이 얼마나 어이없는 표정을 지었는지를 어둠 덕분에 고진이 보지 못한 건 그나마 다행이었다.

예상보다 훨씬 오래, 입구에서부터 약 80여 미터가량 축축한 어둠 속을 걸었다. 비뚤비뚤 외길로 이어지던 동굴은 마침내 갈림길을 드러냈다. 좌, 우, 가운데의 세 갈래였다. 두 사람은 일제히 발길을 멈추었다.

갈림길을 발견한 고진의 숨소리가 거칠어졌다.

"오른쪽이죠?"

화미령이 낮은 목소리로 다짐하듯 말했다.

"예. 분명히."

고진의 대답에 흥분이 묻어나왔다. 고진과 화미령은 오른쪽 갱도로 향했다. 발걸음은 한층 조심스러워졌다. 동굴은 완전히 깊어져 다른 세상에 온 듯했고, 랜턴 불빛은 망자를 저승으로 인도하는 무당처럼 춤을 추었다. 노랗고 동그란 불빛이 흔들리며 조금씩 어둠의 바다를 나아갔다. 갈림길 이전까지는 이것저것 말을 늘어놓던 고진도 말수가 없어졌고, 고요한 어둠 속에 돌을 딛는 두 사람의 어지러운 발자국 소리만이 텅 빈 공간을 채워 나갔다. 흥건하게 물이 고인

바닥이 나오기 시작했다. 어디에선가 지하수가 새어 들어오는 모양이었다. 천장에서 물이 뚝뚝 떨어졌고 목덜미에 닿으면 흠칫 놀라곤 했다. 비교적 가벼운 마음으로 진입했던 두 사람에게는 당황스러울 정도로 동굴이 깊었다. 더구나 예전 일이기는 하지만 수십 명이 목숨을 빼앗기고 땅에 묻힌 저주받은 금광터가 아닌가. 오컬트 취미가 있는 고진에게는 몰라도 화미령에게는 무척이나 힘들고 오싹한 여정임에 틀림없다. 하지만 화미령은 돌아가자는 말을 꺼내기는커녕 한 마디의 불평도 이야기하지 않았다. 고진이 랜턴 불빛에 힐끔 돌아보니 화미령은 새파래진 입술을 꽉 다물고 묵묵히 걸을 뿐이었다.

갈림길로부터 약 50미터를 더 걸었다. 어느 지점에서 두 사람의 걸음이 맞춘 듯 동시에 멈추어졌다.

"으음."

고진의 입술에서 신음이 새어 나왔다.

"휴우."

화미령은 맥 빠진 한숨을 내쉬었다.

지금까지 걸어온 길과는 완연히 다른 모습이 흔들리는 랜턴 불에 희끄무레하게 비쳤다.

고진과 화미령의 앞 발치께에 둥글고 깊게 구덩이가 파여 있었다. 그 옆으로는 돌과 흙덩이가 아무렇게나 쌓여 있었다. 분명히 최근에 판 자국이었다.

그리고 구덩이 안은 텅 비어 있었다.

두 사람은 동굴 밖으로 나오자 누가 먼저랄 것도 없이 입구 바닥에 무너지듯 주저앉았다. 코에 닿는 공기가 한없이 맑게 느껴졌다. 아무 일 없었던 세상이지만 암흑의 별천지를 탐험하고 돌아온 두 사람에게는 신세계나 마찬가지였다. 햇살이 거세게 내리꽂혔다. 화미령은 눈을 가늘게 뜨며 선글라스를 꺼냈고, 고진은 콩알만 해진 눈을 연신 문질러 댔다.

"정말, 동굴이 저렇게 길 줄이야."

화미령이 한숨 돌리며 말했다.

"다 제 불찰입니다. 가짜 금광이라고만 생각해서 별 거 없을 줄 알고 준비를 제대로 안 해왔거든요. 저 정도로 깊은 굴일 줄 알았으면 미령 씨한테 같이 들어가자고 하지도 않았을 건데……."

고진은 실 뭉치를 둘둘 말아 회수하며 말했다.

"괜찮아요. 이상한 나라의 앨리스가 된 기분이었어요. 물론 최고로 좋게 해석했을 때의 경우지만."

"그렇다면 다행입니다. 미령 씨가 귀여운 앨리스라면…… 전 뭐 저승 탐험을 떠나는 신곡에서의 단테 정도로 해 둘까요?"

화미령이 웃었다.

"지옥 밑바닥 코키토스에 아무것도 없더라는 걸 확인하고 온 셈이네요. 단테 씨."

"지옥문의 글귀가 맞았어요. '모든 희망을 버릴 지어다.'"

고진은 찌뿌듯한 몸을 이리저리 뒤틀었다.

"광목 끈과 이빨. 두 가지 키워드가 모두 갖추어졌는데 용해운이란 사람이 주저할 이유가 없었겠죠. 행동으로 옮겨도 벌써 옮겼으리라 예상하긴 했지만…… 그래도 정작 눈으로 보고 나니 좀 허무하네요. 닭 쫓던 개가 바로 이런 거겠죠?"

화미령이 말했다.

"부자의 꿈도 훨훨 날아가 버렸고요."

고진이 시니컬하게 웃었다.

"백일몽처럼요. 그렇지 않아도 컴컴한 동굴 속에 있다가 밖으로 나오니 꿈을 꾼 것 같기도 해요."

화미령이 선글라스 테를 가볍게 추켜올리며 말했다. 고진은 화미령을 보며 감탄하듯 말했다.

"미령 씨는 역시 쿨하시군요."

"전 사실 그렇게 확신도 없었고, 이런 로또 같은 일에는 애당초 큰 흥미가 없어요. 의뢰인으로부터의 의뢰. 그 이상도 이하도 아니었으니까요."

"흠흠. 저도 뭐 돈 자체에 큰 매력을 느꼈던 건 아닙니다."

그 말에 화미령이 하하하 웃었다.

"이제 와서요? 돈을 앞에 두고 그런 말 하셨으면 더 믿음이 갔을 거예요."

화미령은 기운차게 일어서서 큰 걸음으로 걸어 나갔다. 마치 돈을 툭 걷어차 버린 듯 미련 없는 발걸음이었다. 고진은 입을 달싹거리다가 그만 두고 일어서서 화미령의 뒤를 따라 폐광터 바깥으로 걸음을 재촉했다.

천원금광 길목의 그늘진 바윗돌 위에 강영덕이 앉아 부채를 부치고 있었다. 강영덕은 "혹시 두 분이 영 소식이 없으면 어쩌나 해서 기다리고 있었습니다. 사고가 나면 큰일이잖습니까. 두 분이 저 동굴에 들어가신 건 저만 알고 있으니까요." 하고 털털하게 웃었다. 강영덕은 내친 김에 고생했다며 밥이라도 먹고 가라고 권했고, 고진은 "안 그래도 배가 고파서……." 하면서 넙죽 수락했다. 화미령은 그 사이 완전히 퀭해져 버린 눈으로 피곤하다고 사양하며 택시를 잡아타고 돌아갔다.

고진은 강영덕이 안내하는 유서 깊은 설렁탕집으로 향했다. 강영덕은 수육을 먹던 중에 밥을 3분의 1쯤 남긴 상태에서 소주를 시켰다. 술과 함께 강영덕의 입이 열리기 시작했는데 달변에다가 워낙에 말하기를 좋아하는 사람이란 걸 깨달았지만 이미 조금 늦어 버렸다.

"안에 아무것도 없었죠?"

강영덕은 소주잔을 들고 안 됐다는 표정으로 고진의 초췌해진 얼굴을 들여다보았다.

"예. 박쥐밖에 못 봤습니다."

"그렇다니까요. 혹시 금이 남아 있을까 봐 들어가 보신 건 아닐 테고. 핫핫핫."

고진도 강영덕의 호쾌한 웃음에 이끌려 웃었다.

"거긴 말이죠, 말이 금광이지 실은 백백교의 위장 아지트였습니다. 금광을 운영한다는 명목으로 관리사무소 건물을 지어 놓고 유지들을 초청해서 거창하게 개소식도 치렀습니다. 하지만 실제로는 포교원 겸 처형장으로 이용을 했지요. 보시다시피 으슥하고 사람의 눈길이 닿지 않는 곳입니다. 그 장점을 십분 활용해서 여기서 수많은 교도를 살해했죠. 바깥사람들에겐 그렇게 보였을 겁니다. 금광까지 보유한 대단한 종교라고. 헛소문이란 게 질기기도 하죠. 백백교 사건이 터진 후에 주인이 사라진 여기서 금을 더 캐 볼까 하고 누가 나서서 갱도를 더 파 보기도 했습니다. 하지만 파도파도 금 대신 누런 금운모만 나왔고 결국 돈만 실컷 내버리고 철수했지요. 꼭 피를 봐야 정신을 차리고 무덤을 봐야 눈물을 흘린다고, 사람들이 정신 차리는 게 그렇게 늦습니다. 금광이란 게 완전히 거짓말이었다는 걸 그제야 깨닫고 지금까지는 완전히 폐광 신세지요. 하긴 백백교 사건이 터져서 경찰이 대대적으로 체포 작전에 돌입한 뒤에도 전국에서 열이 넘는 가족이 대원님을 뵈러 왔다며 재산을 몽땅 들고 백백교를 찾아왔다고 합니다. 이놈의 백백교는 망한 뒤에도 여럿 인생 잡아 잡수신 셈이지요, 쯧."

강영덕은 소주잔을 단번에 비우더니 말을 이었다.

"백백교 사건을 두고 황당한 해석도 있어요. 백백교는 일제강점기 제국주의에 대항하는 민족종교였다. 일본이 곧 망하고 새 세상이 온다고 선전하는 백백교를 일제가 의도적으로 탄압했다는 겁니다. 얼빠진 작자들입니다. 그게 바로 민족종교를 모욕하는 말이란 걸 모른단 말입니까. 일본 욕만 하면 다 우리 편이라는 겁니까? 도대체 어떤 오해가 없으면 340명의 목숨을 빼앗은 사이비 신념 체계를 민족종교로 이해할 수 있단 건지, 상식의 집 아래 버려둔 무식의 씨앗이 야금야금 자라서 집을 아예 홀라당 뒤집어엎어 버린 꼴입니다. 살인한 종교도 광신이지만 그걸 정당화하려는 시도도 광신입니다. 광신과 이성의 차이는 단순해요. 사실을 있는 대로 보느냐, 아니면 이데올로기로 색칠하느냐 이거죠. 아주 간단한 건데도 한번 어떤 신념 체계 안에 들어가 버린 사람은 벗어나기 어려운 모양입니다. 일개 인간에게 생을 바치려 드는 성인보다는 차라리 나쁜 걸 나쁘다고 하는 초등생 쪽의 이성이 낫습니다……."

고진은 강영덕의 빈 소주잔을 채웠다. 땀을 뻘뻘 흘리면서도 말을 쉬지 않는 강영덕은 꽤나 취기가 오른 모양이었다. 끝이 없는 이야기일 수밖에 없는 이데올로기나 정치 이야기가 막 나오려는 위태로운 타이밍이었다. 꾸벅꾸벅 말을 받던 고진은 화제가 밖으로 번지기 전에 틈을 노려 소주잔을 테이블 위에 탕 내리쳤다.

"궁금한 게 하나 있습니다."

"궁금한 거요?"

강영덕은 워낙 천성이 말하기를 좋아하는 듯했다. 고진이 무언가 물으려하니 먼저 얼굴부터 내밀었다.

"천원금광사무소에서 전령이니 뭐니 하며 젊은 사람들을 고용했던 사실은 혹 알고 계십니까?"

강영덕은 놀란 표정을 지었다.

"오호라, 어떻게 그런 것까지 알고 있습니까. 저도 아주 오래전 어떤 사료에서 얼핏 봤을 뿐인데요."

"최근에 우연히 알게 되었을 뿐입니다. 그런데, 이 전령을 이 천원금광에서만 고용한 이유가 있었을까요?"

"글쎄요, 특별한 이유는 없었던 것 같습니다. 금광이라는 특성상 사람을 위장해서 고용하기 딱 좋았다는 이유일 겁니다. 제 기억으로는 아마 그 전령이라는 친구들을 본부에도 몇 명 둔 기록이 있었던 것 같습니다. 본부하고 이곳에 전령을 두었다는 건 그만큼 이 천원금광이 중요한 아지트였단 거겠죠."

"본부라고 하면 가평 어디에 있었다는?"

"예. 그렇습니다. 두 군데인가 있었죠. 잘 아시네요."

"혹시 그 위치를 알 수 있을까요?"

"제가 동두천 지역 향토 역사를 주로 연구하다 보니 그쪽까진 잘 모릅니다. 듣기로는 그 터 중 하나 위에는 조그마한 교회가 세워져 있다고도 하더군요."

"교회가요? 아이러니컬하군요. 사이비 종교가 번성하던 터에 정통 종교 건물이 들어서다니."

"글쎄요. 워낙에 악이 깃든 흉흉한 곳이다 보니 일부러 그 사악함을 억누르기 위해 선택한 게 아닐까요."

고진이 강영덕의 안색을 살피며 말했다.

"그렇군요. 오늘 여러 가지로 도와주셔서 감사했습니다만 한 가지만 더 부탁을 드려도 될까요?"

강영덕은 웃었다.

"뭐, 보나마나 그 위치를 좀 찾아 달라는 거겠죠?"

고진은 긍정의 의미로 웃음을 지었다. 강영덕은 술잔을 부딪치며 호쾌하게 말했다.

"이왕 돕기로 한 거 끝까지 서비스해야죠. 알아보고 곧 연락드리겠습니다."

김성노는 오늘도 무언가가 든 비닐 팩을 손에 들고 있었다. 마치 고진이 빼앗아 먹기라도 하는 듯 고개를 옆으로 돌리고 검은 액체를 빨대로 쭉 빨아올렸다. 고진이 도착했을 때 원목 거실바닥을 밀대로 박박 닦고 있던 도우미 아주머니는 김성노가 심부름을 만들어 아예 바깥에 내보내버렸다. 귀도 잘 안 들린다는 여자를 굳이 자리를 피하게 한 걸 보니 어지간히 비밀 이야기를 꺼낼 태세였다. 아니면 마음이 조급해졌거나. 큰 집 안에 두 사람밖에 남지 않게 되자, 김성노는 약이 흘러내린 입가를 손으로 슥 닦고는 거실 소파 맞은편에 앉은 고진에 말했다.

"용해운이가 채권을 꺼내 갔다면서?"

"화 변호사한테서 들으셨군요. 맞습니다."

고진과 화미령도 암호를 풀지 않았느냐는 말이 없는 걸 보면 화미령이 적당히 가릴 건 가리고 말해 준 모양이었다.

"우리 일은 일단 망쳤구만."

"그런 셈입니다."

"과연 그럴까?"

김성노가 말했다. 고진은 대답 없이 김성노의 눈치를 살폈다.

"내 눈치 볼 것 없어."

김성노가 툭 자르듯 말했다.

"착수금을 되돌려 달라고 부른 건 아니니까."

"의외인데요."

고진은 다시 김성노의 표정을 살폈다. 무슨 생각인지 도무지 속을 알 수 없는 얼굴이다. 속내를 숨기고자 하면 그 깊은 주름과 검은 검버섯 안에 귀신도 알 수 없게 숨길 수 있을 것 같은 노인네다.

"그냥 가지란 건 아니야. 아직 일이 남았으니까."

"일이 남았다고요?"

"지금 돌아가는 일이 웃겨. 용해운이 사람을 몇이나 쳐죽이고서 백백교 재산을 홀라당 들고 가 버렸다 이거야. 그런데도 경찰은 용해운을 털끝 하나 건드릴 수 없다는 거고. 증거인가 뭔가 나부랭이가 없어서?"

"그런 모양입니다."

무심코 대답하던 고진이 문득 깨달았는지 고개를 들었다.

"혹시…… 아직도 어르신이 채권을 손에 넣을 수 있을 거라고 생각하시는 겁니까? 이를테면 경찰이 용해운을 찾아내 체포한다면, 하는 경우를 생각하시는?"

"경찰이 찾기 전에 찾아야지. 용해운이를."

고진은 움찔해서 김성노를 쳐다보았다. 노인의 얼굴은 노리던 일이 글러 버린 사람의 그것이 아니었다. 오히려 묘한 기대감에 고무된 듯 빛나고 있었다.

"고 변호사가 용해운을 찾아내 달란 말이야. 경찰보다 먼저."

거실에 잠깐의 침묵이 흘렀고, 김성노는 답답한 듯 손으로 앞섶을 펄럭이며 침묵을 깨뜨렸다.

"겁먹지 마. 용해운을 붙잡으란 얘기가 아니야. 협상을 하란 얘기야. 정 안되면 나하고 직접 연결시켜 줘도 돼. 용해운이라는 놈이 잡히기 전에 경찰에다 대고 백백교 재산이나 채권의 비밀을 불 리는 없잖아. 아직 채권의 비밀을 아는 건 여전히 우리밖에 없단 거지. 어때?"

"말씀이야 틀리지 않지만……."

"생각해 봐. 용해운이가 채권을 들고 갔지만 입장이 쉽지만은 않거든. 조용히 채권을 파내려고 했는데 너무 눈에 띄고 말았어. 경찰이 눈을 시퍼렇고 뜨고 있는데 그 채권을 일본에 건너가서 돈으로 바꾸는 일이 쉽겠냐 이거지. 무리하게 시도하다간 경찰에 꼬리가 잡힐 위험도 커. 용해운이가 어딨는지만 알면, 아니지, 용해운이하고 연락만 된다면 상황에 따라서는 적절한 거래가 이루어질 수도 있지 않나 하는 거야."

"그런 건…… 조금 기다려 보시죠."

"뭘 더 기다려? 그러다가 용해운이가 경찰에 잡히면 말짱 도루묵이야."

희망에 다가가 있는 듯하던 김성노의 얼굴에 문득 초조한 기색이 떠올랐다. 고진이 말했다.

"어르신 말대로 되면야 물론 좋은 거래일 수 있죠. 단, 말대로만 되면 말입니다. 일단 용해운을 찾는다는 게 쉬운 일이 아니거든요. 설사 연락이 닿는다 해도 괜히 섣불리 움직였다간 지난번 임인건이나 직원들처럼 모조리 당할 수 있습니다. 무슨 생각이신지는 아는데 지금 적극적으로 움직이기보다는 일단은 좀 상황을 두고 보셔야 합니다."

"육시럴!"

김성노는 소리를 빽 질렀다.

"잡는다 잡는다 하다가 몇 년씩 못 잡는 놈들 수두룩해. 아예 외국으로 튀는 놈들도 있고. 내가 몇 년 더 산다구? 그거 기다리다가 남은 수명도 못 채우고 꼴까닥하겠구만!"

노인은 급기야 어기적거리며 자리에서 일어서려 했다. 고진은 양팔을 들어 김성노를 진정시켰다.

"아이구 어르신, 성급하게 생각하시면 안 됩니다. 위험해요."

김성노는 소파에 엉덩이를 다시 붙였다.

"하여간 변호사들이란 도무지 맘에 안 들어. 이것저것 따지기만 하고. 그러다가 결국 안 됩니다, 할 거잖아. 한번 한다면 밀어붙이는 거야. 난 지금까지 그렇게 살아왔어. 그래서 여기까지 온 거야."

김성노는 발을 탕 굴렀다. 노인의 누런 자위가 황금처럼 번득였다. 오직 직선만을 이해하는 듯한 이 노인 앞에서는 고진도 더 이상 할 말을 잃었다.

22

성골이란 마을의 이름은 아마 마치 성처럼 산에 둘러싸인 탓에 붙었을 것이다. 정감록에는 피화지지(避禍之地, 피란처) 또는 십승지지(十勝之地, 열 곳 안에 드는 명승지)로 기록되어 있다고 한다. 옛날 대마초를 대량 재배하던 삼밭골 계곡을 따라 오르면 강원도 홍천군과 경계를 대고 있는 가락재 고개가 나오는데, 백백교 본거지가 있던 곳 중의 하나가 바로 여기다. 산 중턱에 1만여 평의 광활한 지대가 있었는데, 여기에서 교도들이 농사를 지어 생계를 이었다. 물론 그곳에 들어간 사람은 재산과 자유를 완전 박탈당했으며, 끝내는 피살되었다. 그만큼 이 안에서 이루어지는 일을 외부에서는 전혀 알지 못하였다 한다. 체포된 백백교 간부의 실토로 매장된 시체 여러 구를 찾아낸 곳도 여기다. 연고를 알 수 없는 시체가 대부분이라 공동묘지에 안장되었다 한다. 무서운 역사를 지녔지만 지금은 시내버스가 하루 4회 왕복하는 오붓한 종점이기도 하다.

이상은 고진이 천원금광터에서 크게 허탕을 친 다음 날, 가평 가락재 고갯마루에 있다는 백백교의 본거지에 관해 강영덕으로부터 전해들은 이야기다. 가평 조무락골에 더 큰 백백교 본부 터가 있지만 가락재 고개를 행선지로 택한 데는 이유가 있다. 고진은 이유현과 함께 가평에서 적목리행 버스를 탔다. 용수동 버스 종점에서 내려서 계곡 길로 걸어 올라갔다. 가는 길의 산수는 빼어났다. 산새가 조잘거렸고, 물줄기가 돌아 흐르는 깊은 소(沼)가 이어졌다. 며칠 전 내린 비에 수량도 풍부해 폭포의 물줄기는 부챗살처럼 펴졌고, 바위 틈새에서는 찬바람이 흘러 땀을 식혀 주었다. 계곡 초입에는 넓은 바위나 공터에서 야영 준비를 하는 사람도 있었다.

계곡은 고진과 이유현의 목적지로 향하는 산길을 따라 나란히 뻗어 있다. 계곡이 삼림에 묻혀 거의 시야에서 사라진 가락재 고개에 도달한 후 방향을 틀어 고갯마루를 향해 난 돌계단을 걸어 올라간 두 사람은 마침내 조그마한 십자가를 머리에 인 소박한 건물을 바라볼 수 있었다. 옛날 백백교의 은거지로 사용된 목조 가옥 두 채가 서 있던 양지 바른 언덕에 지금은 조그마한 교회가 고즈넉하게 서 있다. 서걱대는 바람 소리와 두 사람의 가쁜 숨소리를 빼면 모든 것이 고요했다. 고진과 이유현이 이곳에 도달한 것은 필연일지 모르지만 하필 이 시간에 온 것은 앞으로 만날 상황을 생각하면 약간의 우연이라고 해야겠다.

강영덕은 어제 고진에게 가평에 있는 백백교의 옛 본부터 두 군데를 알려 주었다. 그중 한 장소에 고진은 의미심장한 미소를 지었다.

이러저러한 곳으로 들어가 '우원천이라는 계곡 위에 있습니다.'라는 말이었다.

우원천?

고진은 부리나케 이유현에게 전화를 걸었다.

"가평에 백백교의 본부가 두 곳 있었어."

"그 정도는 알고 있어요."

"그중 한곳의 위치가 의미심장해."

"글쎄요, 전 백백교의 역사에는 별 관심이 없어서요."

"관심 있을걸."

"내 관심을 형님이 어떻게 압니까?"

"백백교의 본부가 있던 계곡의 이름이 뭔지 아나?"

"모르죠."

"우원천이야. 어때?"

"어떻다뇨? 깊은 산 속에 있으니 물이 좋겠네요."

이유현은 여기까지는 줄곧 심드렁하게 대답할 뿐이었다.

"거꾸로 하면 '천원우'야."

잠깐 시간이 흐른 후 이유현이 무언가를 깨달은 듯 말했다.

"……아하, 그렇네요."

후후, 하고 고진이 웃었다.

"물론 하나의 가능성, 그것도 아주 희미한 거긴 하지만 말이야, 그래도 한번 뒤져 볼 가치가 있지 않아? 알다시피 옛날에는 글도 오른쪽에서 왼쪽으로 쓰고 읽었어. 만약 그 암호가 옛날 방식대로 오른쪽에서 왼쪽으로 읽도록 적은 거였다면, 숫자가 앞에 오고 그다음

'우원천'계곡을 의미하게 되는 거지."

"우원천 계곡 바로 위에 백백교 터가 있었다면 혹시 그 암호가 그 터를 가리키는 말이었을 수도 있다 이런 해석이네요."

"그렇지. 숫자의 의미는 아직 알 수 없지만."

이유현이 다소 맥 빠진 목소리로 말했다.

"하지만 천원금광터 구덩이에서 이미 용해운이가 보물을 파내 갔다면서요."

"아니. 엄밀하게 말하면 나하고 화 변호사가 본 건 구덩이뿐이야. 용해운이가 정말 보물을 파내 갔는지는 알 수 없는 일이지. 땅만 실컷 파고는 아무것도 없는 걸 확인했을 수 있어. 구덩이는 그 흔적일 뿐일 수도 있잖아."

"흠, 그렇긴 하네요……."

이유현의 목소리에 다시 긴장이 어렸다. 생각에 잠기는 듯했다.

"다시 말하지만, 물론 가능성은 희박해."

"아닙니다!"

이유현이 돌연 큰 소리로 말했다.

"가능성이 아예 없는 게 아니라면 일단 가 보는 거죠."

오히려 이번에는 이유현이 더 적극적으로 고진을 잡아끌었다.

우원천 계곡은 고진과 이유현이 걸어 올라온 가락재 너머 반대편이었다.

산중에 자리한 이 교회는 마치 산장이나 단층 주택 같은 외양이었다. 암적색 기와지붕을 얹은 흰 벽에 조그만 불투명 창문 몇 개, 함

석으로 된 빗물받이까지, 성전이라기보다는 생활의 실감을 뿌렸다. 지붕 위로 솟은 조그만 십자가가 없었다면 교회라고 생각할 사람은 아무도 없을 건물이었다. 산장으로 생각한 등산객들은 아마 지친 다리를 쉬러 문을 두드리지 않을까. 산사가 아닌 교회가 산중의 기묘한 언덕에 세워지는 일이란 대단히 드물다 보니, 백백교의 흔적을 정화한다는 종교적 신념이 아닌 다른 이유라면 세워질 이유를 찾기 어려울 거라는 생각에 이유현은 고개를 끄덕였다.

고진은 헐떡이며 돌계단 저 아래에 뒤처져 있었다. 고진이 산길의 의리니 뭐니를 내세우며 같이 가자고 이유현의 뒤통수에 말했지만 이유현은 무시했다. 먼저 교회 건물 앞에 당도한 이유현은 문을 두 번 두드렸다. 대답이 없었다. 문을 밀자 녹슨 경첩이 삐걱대는 불쾌한 소리가 났다. 이유현은 고진을 기다리지 않고 먼저 몸을 들이밀었다. 아무도 없었다. 내부는 침침했고, 서늘한 공기가 땀에 젖은 목덜미를 식혔다. 가운데로 좁은 복도가 좌우로 늘어선 의자를 갈라놓았고, 정면의 반원형 제단에는 십자가상이 걸려 있다. 한 점의 소리도 들려오지 않았다. 이유현은 오른쪽 통로를 택해 앞으로 걸어가며 내부를 살폈다. 주위를 유심히 살피며 걷던 이유현은 예배당 오른쪽 뒤편에서 나무문을 발견했다. 문을 당기자 상어 아가리처럼 깊숙한 통로가 모습을 드러냈다. 지하실로 이어지는 계단이었다.

이유현은 아래로 발을 내딛었다. 시멘트 계단이 아래로 뻗어 있었고 서늘한 바람이 불어왔다. 천장으로 굵은 전기 케이블이 몇 가닥 얽혀서 지나가는 것 말고는 거의 손질이 되지 않은 토굴 수준이었다. 아래에는 불이 켜져 있었다. 벗겨진 모르타르 벽을 더듬으며 계단을 다 내려서자 돌연 널찍한 사각형 공간으로 변했다. 내려온 계단 맞은편에 똑같은 모양의 계단이 보였다. 위층 예배당 왼편에도 문이 있어 지하로 내려가서 만나는 구조인 모양이었다. 파리똥이 덕지덕지 묻은 알전구가 노란 빛을 뿌렸고, 희뿌연 거미줄이 머리에 걸렸다. 콘크리트가 바스러져 흙바닥이 그대로 드러나 있었고, 구석에는 폐 가전제품과 고무 호스, 제초기 따위가 쌓여 있었다. 습기를 머금은 공기가 얼굴을 스쳤다. 짓고 있는 집에서 나는 시멘트 냄새 같은 것이 섞여 있었다. 구석에 조그만 창고 모양의 공간이 보여 문을 열어 보니 보일러 설비가 그득하다. 이 지하공간은 기계실이나 잡동사니 수납 용도 외에는 특별한 쓰임새가 없는 곳 같았다. 이곳이 예전 백백교도들의 시신이 수십 구 발굴된 현장이었을까? 그렇지 않더라도 무엇을 묻기에는 적당한 곳이다. 이유현은 토굴 같은 공간을 촘촘이 살피기 시작했다.

고진은 이유현이 지하로 내려간 시각보다 조금 더 늦게 교회 문을 열었다. 교회 건물 앞에 이르러 흐트러진 숨을 고르느라 조금 더 시간을 소모한 탓이다.

"하여간 성미 급하긴."

고진은 툴툴거리며 문을 열고 들어갔다. 입구에 멈춰 서서 예배당 안을 둘러보던 고진의 얼굴에 곧 서늘한 긴장감이 떠올랐다. 교회 안에 이유현이 없었다. 그 때문이라면 긴장할 일까지야 없다.

한 줄로 이어진 예배석 한가운데에 남자가 앉아 있었다.

이유현은 아니었다.

남자는 등이 높이 솟아 있었고, 뒤통수만 보였다. 고진은 잠시 남자의 뒷모습을 응시했다. 조금의 움직임도 없었다. 오랜 고행 끝에 마침내 성전에 이르러 평온을 찾은 순례자처럼. 고진은 마치 미리 예의를 갖추기라도 하듯 아니면 더위로 흘린 땀과 같이 흐른 식은땀을 감추려는 듯 바지 뒷주머니에서 손수건을 꺼내 이마의 땀을 조용히 닦은 다음 손수건을 집어넣고 천천히 예배당 가운데 통로를 걸어 남자 옆으로 다가갔다. 칼라가 높은 티셔츠에 통이 넓은 갈색 면바지. 편안한 옷차림의 남자였지만 꼿꼿이 목을 세우고 어딘가를 노려보는 듯한 실루엣을 보면 예배를 드리는 중 같아 보이지는 않았다. 성경책을 올려놓는 앞 예배석에 팔꿈치를 올려놓은 모습을 보면 더욱 그러했다. 고진은 남자의 옆얼굴이 힐긋 보이는 지점까지 발걸음을 옮겼다. 워낙 빛이 적게 들어오는 건물 구조다 보니 식별에 약간의 시간이 걸렸다. 눈꺼풀을 키웠다, 좁혔다 하던 고진이 양팔을 번쩍 쳐들었다.

"이거 정말 놀랍군요."

고진은 텅 빈 예배당이 울릴 만큼 큰 소리로 말했다. 마치 친구를 엄한 데서 만나기라도 한 듯 반가운 말투였다. 남자는 암석처럼 꿈쩍도 않았다.

"용해운 씨."

고진이 한 번 더 말하자 남자는 그제야 천천히 돌아보았다. 움푹 팬 눈에는 종교적 경건함 따위는 한 점도 깃들어 있지 않았다. 아니, 아예 아무것도 들어 있지 않았다. 용해운은 고진을 힐긋 보았을 뿐 다시 앞으로 고개를 돌렸다.

고진은 사람 한 명 정도의 공간을 사이에 두고 용해운의 옆에 가

앉았다. 용해운은 고진이 옆자리에 앉든 말든 신경 쓰지 않는 듯 더 이상 움직이지 않았다.

"사람 얼굴을 거의 기억하지 못하는 제가 옆모습만 보고도 알아보았네요."

용해운은 말이 없었다.

"용해운 씨의 존재감이 그만큼 대단하단 거겠죠."

고진은 자못 유쾌한 듯 말했다.

"고진…… 변호사라고 하셨던가."

용해운은 여전히 앞만 바라보며 천천히 또박또박 말했다.

"날 기억하다니 영광이라고 해야 할지 식은땀이 난다고 해야 할지 그렇습니다."

싱긋 웃는 고진과 달리 용해운의 표정은 살짝 일그러졌다. 이런 식의 비아냥에 익숙하지 않은 듯했다.

"무슨 일입니까."

그는 고진 쪽으로 고개를 돌렸다.

"조사할 일이 좀 있어서 왔습니다. 그런데 도대체 용해운 씨는 이 외딴 곳에 웬일일까요?"

"그런 걸 당신한테 이야기할 이유는 없지."

"맞습니다. 그런데, 바로 조금 전에 내 친구인 이유현 경감이 들어왔을 텐데 못 만나신 모양이죠?"

"못 봤소."

"어, 왜 그랬지?"

넉살 부리는 말투로 받은 고진은 예배당 안을 휘휘 둘러보다가 앞

제단 양편으로 열려 있는 문을 발견하고는 고개를 끄덕였다.

"이 반장이 저리로 내려간 모양이군요. 가만 있자, 그러면……."

고진은 말을 잠깐 멈추고 씩 웃었다.

"아마도 용해운 씨는 이 반장을 피해 반대편으로 나오다가 날 여기서 만난 것 같고요."

용해운이 코웃음쳤다. 그나마 지금까지 보인 중 가장 격렬한 반응이었다.

"내가 왜 그런 구차한 짓을 했다고 생각합니까?"

"물론 그런 구차한 짓을 할 이유는…… 있지요. 아무리 증거를 남기지 않았다지만 그래도 이 시간 이 장소에서 경찰을 만나는 건 좋은 운수가 아니니까요. ……아니 그럼, 혹시 여기서 예배를 보던 중이었습니까? 그새 백백교를 버리고 개종이라도 한 걸까요?"

용해운은 고진의 너스레가 영 맘에 들지 않는 게 분명했다. 이번에는 이맛살을 찌푸렸다.

"증거……라니. 여전히 쓸 데 없는 소릴 하는군."

용해운은 일어섰다. 고진 쪽으로 긴 그림자가 졌다. 고진은 용해운을 붙잡을 생각이 없는 사람처럼 미동도 하지 않았다.

"과연 '지금'도 증거가 없을까요? 우리가 어떤 것을 갖고 있는지 궁금하지 않습니까?"

고진은 앉은 그대로 시선을 들지 않은 채 말했다. 용해운은 고진의 머리 위를 노려보다가 천천히 자리에 다시 앉았다.

"당신은 당신이 만든 왕국 안에서 너무나 많은 일을 저질렀습니다. 그냥 호기심으로 구경만 하기엔 좀 과하더군요. 그중 하나를 아무거나 집어들면, 못해도 살인이더라 이거지요."

"빙빙 돌리는 거 별로 안 좋아하는데."

용해운이 딱딱하게 말했다.

"그럼 직접적으로 이야기해 볼까요? 우선 당신이 수면 위로 떠올라 세상에 유명해진 사건부터요. 끈을 찾으러 다니면서 장문오 일가를 다 죽였지요. 그나마 살아남았던 장문오마저 김각수가 병원에 찾아가 동귀어진해 버렸고요. 아, 그 일은 직접적으로 용해운 씨 탓을 하지는 않겠습니다. 자신의 광신에 빠져 교주님을 구하고자 스스로 저지른 짓이니까요. 아무튼 그 사건에서는 유일한 목격자였던 장문오가 김각수의 희생으로 세상에서 사라져 버렸어요. 이 세상에는 이제 그 사건의 증거가 없다는 걸 인정합니다. 끈을 찾기 위해 방해되는 자는 무자비하게 해치웠습니다. 임인건의 부하들을 한 방에 몰아넣어 도살했고, 임인건은 약을 먹여 아예 바보천치로 만들어 버렸죠. 또 가장 최근으로는 남기만의 폭사사건이 있습니다. 이것도 솔직히 증거가 없습니다. 남기만한테 신나가 든 드럼통 용접을 명령해서 뺑 하고 날려 버린 건데, 그렇게 시키는 말을 들은 당사자이자 유일한 증인인 남기만이 폭발과 함께 날아가 버렸으니까요. CCTV 같은 것도 없는 곳이라 드럼통을 누가 가져다 놓았는지도 알 수 없어요. 또 설사 용해운 씨가 그곳 버려진 드럼통에 신나를 부어 놓았다는 걸 밝혀냈다 하더라도 그게 살인이 될 수는 없으니, 이것도 결국 증거가 없습니다……."

"용건은 언제 나올 거요. 상당히 지루한데."

용해운의 눈썹이 찌릿 올라갔다. 이유현이 늘 치를 떨던 고진의

'감질나게 하는' 화법이 용해운마저 약을 올린 것일까.

"조금만 기다려 주시죠. 이야기에는 다 순서가 필요한 법이죠. 용해운 씨 입장에서도 경찰이 어디까지 증거가 있는지, 아니 증거가 없는지를 알고 싶지 않습니까? 자, 그럼 다음으로는 일본 교토에 있던 안병조의 피살사건입니다. 그리고 용의자로 의심했던 반요한이 사지가 절단돼 죽은 사건입니다……."

용해운의 눈썹이 다시 한 번 치켜올라갔다. 눈을 가늘게 뜨고 그 모습을 유심히 보고 있던 고진이 말했다.

"역시, 반요한이 죽었다는 사실은 모르고 계신 듯하군요. 그 사람은 처참하게 사지가 절단 났고 몸통만이 발견되었습니다. 범인은 아직 알지 못하고요. 용해운 씨한테도 어차피 거기에 대해 더 말씀이 나오리고는 기대하지 않았습니다. 다만 용해운 씨의 그 미세한 반응을 보려 했습니다. 예상대로군요. 모르고 계셨다면……."

"반요한이니 뭐니 다 모르는 사람이오. 빨리 용건 이야기를 해 보지."

"알겠습니다. 그럼 지금부터 그 이야기를 하죠. 제가 용해운 씨의 탁월한 범죄 행각을 쫓았지만 거의 알아낸 게 없었습니다. 하지만 이제 겨우 몇 가지를 확실히 알아냈습니다."

용해운의 얼굴에 짜증스러운 기색이 내비쳤다.

"그중에 하나, 그리고 가장 확실한 증거가 있는 사건이 있습니다. 바로 여순철이 컨테이너 안에서 비참하게 죽은 사건입니다. 자살로 철저히 위장했지만 의심할 수 없는 살인이었지요."

"여순철이라…… 그래서?"

여순철 이야기가 나오자 비로소 용해운의 안달이 가라앉은 듯 보였다.

"그래서라니요?"

고진이 놀랍다는 듯 양팔을 벌렸다.

"지금 용해운 씨의 죄악에 관한 이야기를 하고 있는 겁니다."

"시시한 이야기는 관두지. 죄라니."

"용해운 씨한테는 그런 문제가 시시할 수도 있겠습니다. 그런데 우리 같은 보통 사람은 다른 사람을 죽이는 일을 죄라고 부르거든요. 그리고 그건 사소하게 취급하지 않아요."

"그런 일을 한 기억은 없소."

"혹시 컨테이너를 미리 거기 갖다 놓지 않았습니까? 포크레인을 잠시 빌려서요."

"그럼 내가 여순철을 포크레인으로 때려 죽였습니까? 그게 아니라면 포크레인을 빌리면 그게 살인의 증거가 된다는 이야깁니까."

"아니라면 관두죠. 컨테이너는 용해운 씨가 갖다 놓은 게 아니라 원래 그 자리에 버려져 있던 것일 수도 있겠죠. 컨테이너가 어째서 거기 있게 되었는가 하는 게 중요하진 않습니다. 다만, 용해운 씨가 그 컨테이너에 도어록을 설치하고 벽에 옷걸이를 박았다는 사실이 중요할 뿐이죠."

"그게 살인이라고? 여러 가지로 귀찮군. 설사 내가 그렇게 했다 칩시다. 그렇다 해도 그게 살인과 무슨 관련이 있소?"

"여순철은 반요한, 김각수, 남기만 등등과 함께 당신의 충실한 교도였습니다. 그리고 그들을 데리고 광목 끈을 찾기 위해 전국을 돌며 강도살인을 저질렀지요."

"그런 얘긴 이젠 지루하다니까."

고진은 용해운의 반발을 넘어 밀어붙였다.

"그런데 경찰이 냄새를 맡았어요. 광역수사대에서는 강도단 중 의수를 한 남자가 여순철임을 밝혀냈고, 울주군 쪽에 내려가 있다는 것까지 알아냈죠. 광수대로부터 조사를 촉탁받은 울주서 박진우 형사는 여순철의 소재를 탐문하고 다녔습니다. 추적에 위협을 느낀 당신은 그를 살해해서 토막을 내고 낙동강에 버렸지요. 물론 당신은 명령만 했고, 아마 살인의 실행은 부하 중 한 명이 했겠지요. 그런데 형사의 피살 사건을 계기로 여순철이 또다시 경찰에 꼬리를 잡혔습니다. 여순철 한 명이 검거되는 거야 눈썹 하나 까딱 않겠지만 그 때문에 당신들 세력이 드러나는 일은 절대 피해야 했습니다. 아직 본격적으로 끈을 찾으러 나서지도 못했는데 백백교의 실체가 드러나서야 곤란한 일이니까요. 당신은, 도마뱀이 꼬리를 잘라내는 것보다 더 가볍게 여순철을 잘라내기로 결정했습니다. 여순철을 박진우 형사의 살인범으로 만들고, 자살로 위장해서 살해하는 방법으로 말이죠. 경찰이 들러붙은 여순철을 떼어 내고 귀찮은 경찰의 추적까지 일거에 떨쳐 내는 수였습니다. 자살로 가장한 살인이라…… 언뜻 생각하면 복잡해 보이지만 살해 방법은 실로 매우 간단했습니다.

당신은 빈 컨테이너 중고를 두 개 구입했습니다. 범행하기 약 2~3주 전에 적당히 외딴 곳에 가져다 놓았겠죠. 으슥하고 사람들이 관심을 가지지 않으면서 가끔씩 눈에는 띌 만한 곳에다가 말이죠. 컨테이너를 두 대 준비한 데에는 이유가 있습니다. 한 대의 컨테이너는 물론 여순철을 살해하는 도구로 쓰였죠. 다른 한 대는, 말하자면 '기준'이었습니다."

고진이 잠시 말을 멈추고 용해운을 살폈지만 낯빛이 변하지도, 표정이 일그러지지도 않았다. 고진이 다시 말을 계속했다.

"여전히 무슨 개소리냐는 듯 시치미 떼고 계시는군요. 그럼 할 수 없습니다. 원래 전 말수도 적은 사람이고 입이 아프지만 끝까지 설명을 하는 수밖에요. 여기서 당신이 해 놓은 장치가 뭐냐면, 낡은 컨테이너 문에 어울리지 않는 디지털도어록을 달아 놓은 겁니다. 컨테이너 벽에는 옷걸이를 박아 놓았습니다. 이 간단한 장치만으로 여순철의 목을 매달기 위한 최소한의 무대 설정이자 완벽한 살인극의 준비가 끝난 거죠. 당신은 여순철에게 약을 먹여 재운 다음 컨테이너 안에 데려다 놓았습니다. 그건 아마 살인 전날 밤 정도였을 겁니다. 사람들 눈에 띄지 않는 시간 말이죠. 안 그래도 으슥한 임도에서 안으로 깊숙이 들어간 곳인데, 지나다닐 사람이 있을 리가 만무한 밤 시간이었지요."

"그럼 여순철이 그때 죽었소? 이야기 자체가 모순이군."

용해운이 가라앉은 눈을 번득였다.

"그 부분이 가장 자신 있는 부분이겠죠. 여순철은 그보다 약 12시간 이상 지난 뒤인 다음 날 오전 10시에서 오후 1시 사이에 목매달아 죽었으니까요. 당신이 국과수에서 아침 조회에 참석했던 시간이자, 당신의 교도들이 공동 생활을 하던 곳에 약장수처럼 모여 있던 그 시각에 말이지요. 그런 알리바이를 성립시키기 위해 디지털도어록을 달아 놓은 겁니다. 그 시각 밀실에서 여순철은 자살했다는 완벽한 상황을 만들기 위해."

"지금까지 했던 것 중 가장 마음에 드는 이야기요. 설사 내가 여순철을 안다고 하더라도, 내 알리바이를 다 확인했다면서. 그런데 왜 내가 범인이지?"

"여순철이 컨테이너 안에 들어가기 전에 이미 범행은 완성되어 있었던 겁니다."

"그게 무슨 말도 안 되는 소리요."

"컨테이너는 넘어져 있었습니다."

용해운은 손가락을 움찔했을 뿐 말이 없었다.

"아마 당신이 넘어뜨렸겠죠. 여순철이 죽기 전날 밤에요. 당신이 곡운사에 침입했을 때 스타렉스가 목격되었습니다. 고출력의 엔진음을 남기면서 말이죠. 그 이야기가 당신의 수법을 눈치 챌 수 있는 단서가 되었습니다. 스타렉스면 견인차로 이용될 만큼 힘이 좋은 승합차인데 거기다 파워업 튜닝까지 한 모양이더군요. 그 정도 괴물 같은 파워의 차를 보유하고 있었다면 범행 준비는 쉬웠을 겁니다. 컨테이너 앞 모서리에 큰 돌이나 막대기 같은 걸 몇 개 괴어 놓은 다음 컨테이너 지붕을 넘어 반대편 윗 모서리에 갈퀴 같은 걸 걸고 스타렉스의 뒤꽁무니에 연결해 강력한 엔진으로 잡아당기면 빈 컨테이너 정도는 속절없이 그 자리에 쓰러졌을 겁니다. 아마 윈치 같은 장치를 썼을지도 모르죠. 원통형 드럼에 와이어로프를 감아서 도르래를 이용해서 물건을 끌어당기는 기계 말입니다. 그랬다면 훨씬 간단하게 해치웠을 겁니다. 넘어질 때의 충격으로 창이 깨지지 않도록 일부러 유리 대신 아크릴판을 달아 놓았고 촘촘한 창틀까지 끼워 넣었습니다. 스타렉스 차에는 견인할 수 있는 장비를 실어 놓았던지 아니면 격벽을 제거하고 약간의 개조를 해 놓았을 수도 있겠네요.

어쨌든 이렇게 컨테이너를 자빠트려 놓으면 컨테이너의 벽이 바닥이 되고 컨테이너의 문은 위로 향하게 됩니다. 당신은 컨테이너 위로 올라가 그 문을 통해 안으로 들어갑니다. 물론 수면제를 먹여 재운 여순철을 데리고요. 컨테이너가 쓰러져 있으니 문은 위로 나 있게 되고, 위에서 뚜껑을 열고 들어가는 듯한 모습이었겠죠. 컨테이너 벽에 박아 놓은 옷걸이에 끈을 매어 여순철의 목과 연결해 놓습니다. 이렇게 하면 여순철은 바닥이 된 컨테이너 벽에 누워 자는 모습이 되죠. 바닥에 튀어나온 옷걸이와 목을 끈으로 연결한 채로요. 이불과 옷가지 몇 개, 휴대폰, 박진우 형사를 죽였다고 자인하는 유서 한 장을 던져 놓고 당신은 문을 열고 위로 나옵니다. 마치 탱크 위로 병사가 나오는 듯한 장면이었겠네요. 디지털도어록은 철통같이 잠겼습니다. 마지막으로 잠긴 그 밤 시간이 기록되면서요. 이렇게 해서 밀실이 완성됩니다.

당신은 아마 그 며칠 전 인근의 중기 대여업체에게 미리 돈을 입금해 놓았을 겁니다. 그리고 간단한 일을 하나 맡깁니다. 조만간 전화를 걸 테니까 정해진 시간에 포크레인을 가지고 가서 시키는 대로 작업을 해 달라. 그리고 그날 아침 당신은 업자에게 전화를 걸었습니다. 컨테이너 두 개 중 하나가 넘어졌다. 즉시 가서 쓰러진 컨테이너를 옆에 것과 나란히 서는 모습으로 일으켜 세워 달라. 업자는 아무것도 모르고 당신이 말한 대로 현장에 가서 두 컨테이너 중에 쓰러져 있던 컨테이너 한 개를 포크레인을 이용해 일으켜 세웁니다. 두 대의 컨테이너를 준비한 것은 바로 이 이유였습니다. 한 대의 컨테이너만 넘어져 있고 그걸 전화로만 이러저러하게 일으켜 달라고 했다면 일솜씨가 거친 업자라면 제 멋대로 컨테이너를 굴릴 수도 있어요. 그러다가는 안이 지나치게 엉망이 되고 잘못하다간 여순철의 목에 심한 상처가 생길 위험성도 있지요. 그래서 그 옆에 기준이 되는 컨테이너를 세워 놓고 거기에 나란히 세워 달라고 주문함으로써 업자의 작업 동선마저 컨트롤한 것입니다. 아, 여기서 창유리 대신 아크릴 판을 달고 검게 코팅해 놓은 건 깨지지 않기 위함도 있지만 업자가 일을 할 때 컨테이너 안이 보이지 않도록 하는 의미도 있었을 테지요.

그 결과…… 어떻게 되겠습니까? 목에 끈은 매달았지만 편안하게 숙면을 취하고 있던 여순철의 몸은, 컨테이너가 수직으로 일어서면서 그만 벽의 옷걸이에 목을 매단 꼴이 되고 맙니다. 목이 졸려 사망하는 건 금방이었겠죠. 결국 여순철은 벽 옷걸이에 목을 매달아 축 늘어진 시체로 발견되는 겁니다. 이미 12시간 전에 문이 잠겨 버린 밀실에서요. 집어넣어 놓았던 이불이나 옷가지 같은 것들도 컨테이너가 세워지면서 모두 바닥으로 떨어졌습니다. 이렇게 해서 자살로 위장한 밀실살인이 완성됩니다. 그리고 여순철이 죽은 그 시간은 당신이 국과수에서 확실히 근무하고 있던 오전 시간입니다. 당신이 한 일은 국과수 근처에서 공중전화로 업자에게 쓰러진 컨테이너를 일으켜 달라는 전화 한 통을 건 게 전부였던 것입니다."

고진은 말을 이었다.

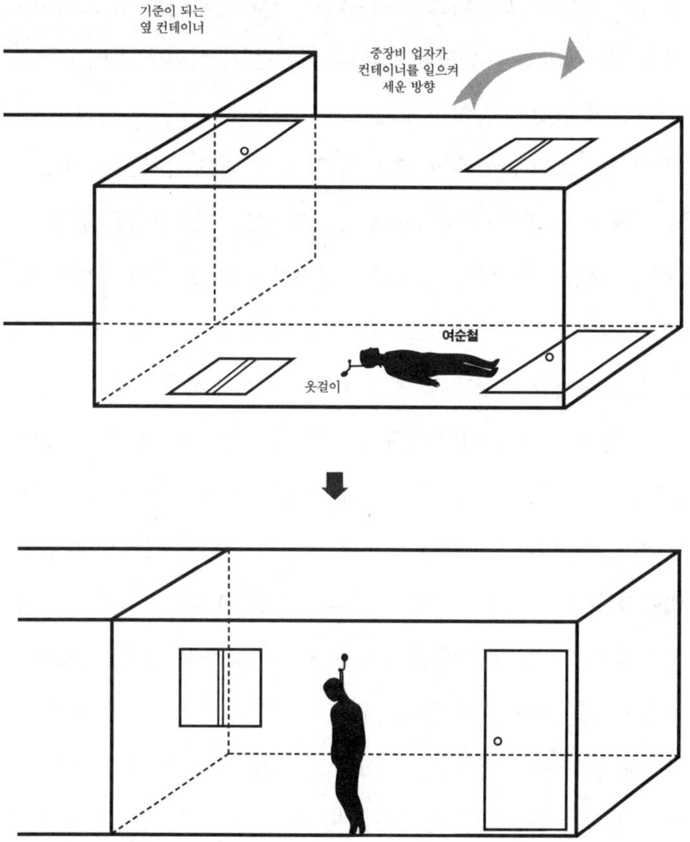

"이번만은 용해운 씨 당신이 직접 했더군요. 스타렉스를 운전해 컨테이너를 넘어뜨린 부분이라든가 약을 먹인 여순철을 컨테이너 안에 데려다 놓는 부분이라든가 이런 힘들고 귀찮은 일은 교도 중 충성스러운 누군가를 시켰을 수도 있겠습니다만. 아, 전 그게 남기만이 아닐까 하고 추측합니다. 맞나요? ……어쨌든 그게 누구였든 그 교도조차도 그게 바로 살인이라는 거대한 파이의 한 조각이었던 거라고는 생각하지 못했을 겁니다. 어쨌든 그 시점에서 여순철은 그냥 잠들어 있었을 뿐이니까요. 교주님이 이런 일을 왜 시키지? 정도의 의문을 품지 않았을까요? 감히 입 밖에 내서 묻지는 못하고 말이죠. 살인의 준비는 교도에게 맡겼을지 모르지만 실행은 용해운 씨, 당신이 했습니다. 바로 포크레인 업자한테 건 전화 한 통이지요. 아마 그 시점에서 불안해하고 해이해진 다른 교도들에게 본보기 효과도 컸지 않았을까 싶네요. 예전 백백교주 전용해가 그랬듯이 말이지요. 여순철을 미리 어떤 배교자 비슷하게 만들어 놓지는 않았을까요? 그래 놓고서 곧 자살한 시체로 발견되게 하고. 대원님을 배반하면 저렇게 된다. 천벌이다. 혹은 대원님은 현장에 가지도 않고 벌을 내린다! 이런 거 말이죠. 효과 만점의 살인입니다. 게다가 갑자기 경찰의 위협도 뚝 끊겨 버립니다. 교도들이 교주를 신처럼 따르는 마음은 더 깊어질 수밖에 없겠지요."

용해운은 내내 물처럼 담담했다. 고진의 말이 끝나자 교회 안은 다시 정적에 휩싸였다. 용해운은 마귀의 유혹을 물리치고 홀로 신과 마주해 기도를 드리는 이처럼 차라리 경건하다고 해야 할 자세로 팔꿈치를 예배석에 올려놓은 채 정면만을 바라보고 움직임이 없었다. 말을 마치고 무얼 찾는지 이리저리 두리번거리고 있는 고진의 행색이 더 불경스러워 보였다. 이윽고 용해운은 힘든 기도를 마쳤다는 듯 고개를 이리저리 꺾으며 천천히 입을 뗐다.

"뭘 기대하시나? 어떤 종류든 리액션이란 걸 기대했다면 오산이야."

용해운은 고진을 쳐다보았다.

“이것저것 말은 많았지만 쓸모가 없어. 증거도 없는 헛소리들에 괜히 반응해서 당신을 기쁘게 해 주고 싶지는 않군.”

“이런, 오해하고 있군요. 지금 막 그 증거란 것에 관해서 이야기하려는 참입니다. 트릭을 밝혀낸 건 저지만…….”

고진은 미안하다는 듯이 어깨를 으쓱했다.

“증거를 직접 찾아내는 건 경찰의 일이지요. 트릭을 알아낸 후 경찰은 현장 부근에 있는 중기업자 모두를 상대로 샅샅이 수사를 펼쳤답니다. 그 무렵 그들의 통화 기록을 모두 조사했다더군요. 대단하죠? 그런데 그게 결국 나왔거든요. 여순철이 죽던 전날 밤 국립과학수사연구원 근처 공중전화에서 한 중기업자에게 걸려 온 전화. 그리고 국립과학수사연구원은 바로 당신, 용해운의 당시 일터였지요. 그리고 경찰은 그 업자를 직접 찾아가 여순철이 죽기 며칠 전 입금된 돈과 의뢰 건을 확인했다고도 합니다. 물론 여순철이 죽던 시각, 쓰러진 컨테이너를 세워 달라는 의뢰 건이 있었음이 확인되었음은 물론이고요.”

용해운은 고개를 다시 정면으로 돌리고 제단의 십자가를 한동안 바라보았다. 그 무표정 안에 무엇이 들어 있는지는 도무지 알기 힘들었다. 이윽고 천천히 입을 뗐다.

“한 가지 틀린 게 있어.”

“뭐죠?”

고진이 물었다.

“당신이 말수가 적다는 거. 귀가 아파 죽을 지경이야.”

고진은 입매를 일그러뜨리며 웃었다.

"이런, 그럴 의도는 없었습니다만 그렇게 됐네요."

"그렇게 되었다라…… 그래서."

용해운의 높은 목소리가 유난히 울렸다.

"민간인인 당신이 나를 잡기라도 하겠다는 건가?"

고진은 질겁하며 손사래를 쳤다.

"천만에요. 물론 민간인도 현행범은 체포할 수 있지만, 용해운 당신은 기수범이지 현행범은 아니죠. 댁이 과거에 어떤 범죄를 저질렀건 지금은 교회 안을 잠시 어슬렁거리고 있을 뿐 무슨 범죄를 저지르고 있는 건 아니니까요. 아니, 내게 현행범 체포의 권한이 있고 없고를 떠나서 이런 괴이한 사건에 코를 들이밀 약간의 호기심은 있을지 몰라도 목숨을 걸고 그런 무모한 짓을 할 만한 열혈 정의감은 아예 없습니다."

고진은 갑자기 고개를 쳐들고 팔을 쭉 뻗어 앞을 가리켰다.

"그런 정의감이 있는 사람은 저쪽이죠."

이유현이 막 지하실에서 올라와 제단 옆 쪽문에서 몸을 드러낸 참이었다.

그는 고진을 먼저 발견했고, 이어 옆자리의 남자를 의아한 표정으로 쳐다보다가 소리를 버럭 질렀다.

"용해운!"

용해운은 이유현에게 지그시 눈길을 보냈지만 그저 귀찮다는 듯한 표정을 조금 지었을 뿐이다. 이유현은 빠른 걸음으로 용해운이 앉은 곳 앞으로 다가와 섰다.

"이거야! 이런 행운도 있군. 안 그래도 이번엔 당신한테 확실한 볼 일이 있어. 일단 서까지 동행해야겠어."

"무슨 일로?"

"무슨 일?"

이유현은 용해운의 팔목을 움켜쥐었다.

"무슨 일이긴, 살인사건이지."

용해운은 이유현에게 팔을 잡혔지만 움직이지 않았다. 그는 뒤엉킨 창자처럼 양 미간을 잔뜩 찌푸리고 억양 없이 말했다.

"내 몸에 손대는 건 좋아하지 않아."

용해운에게는 신성을 침해당한 듯한 분노가 깃들어 있었다. 이유현은 움찔했지만 팔을 잡은 손은 그대로였다. 용해운이 고개를 돌려 이유현을 보았다. 이유현은 일단 팔을 놓았다. 용해운은 분명 자신이 처한 상황을 이해하지 못하고 있다. 그렇게 생각한 이유현은 반 발짝 물러서서 나직이 말했다.

"아직까지 허세를 부리는군. 지금까지는 당신 농간에 실컷 놀아났지만 이번엔 달라. 확실한 증거가 있거든."

용해운은 턱을 천천히 쳐들었다.

"중기업자한테 건 전화 한 통, 그걸로 말인가?"

이유현은 고진을 한 번 보고는 용해운에게 시선을 옮겼다.

"이미 형님이 설명을 마친 모양이군. 그럼 입 아프게 다시 이야기할 것도 없겠지. 이번에는 옴짝달싹 못 해."

"좋아. 그런 전화가 있었다고 쳐 주지. 그런데, 그걸 내가 했다는 증거도 있는 건가?"

이유현이 자신도 모르게 움찔했다. '현재' 기준이라면 물증을 아직 갖추지 못했다. 지금 광역수사대 형사들이 중기업자를 상대로 조사를 벌이고 있는 중이다. 모든 의뢰를 전화로만 받았기에 용해운의 얼굴을 보지는 못했다고 했다. 전화 목소리만으로는 용해운이라고 특정할 수 없다. 그렇다고 국립과학수사연구원 근처 공중전화에서 걸려 온 전화라는 이유만으로 용해운이 했다고 우길 수도 없는 일이다. 적어도 법정에서는 그렇다. 단 한 가지 남은 길이 중기업자에게 입금된 돈의 경로 추적이었다. 일단은 대포통장에서 업자에게로 입금된 걸로 나왔다. 이 대포통장의 유통 경로를 추적 중인데, 만약 이게 용해운에게까지 도달된다면 전화 통화와 결합해 여순철 살인사건의 거의 확실한 증거가 된다. 지금은 수중에 없지만, 용해운을 체포해서 영장을 발부받아야 할 48시간 이내라면 어떻게든 얻어 낼 자신이 있다. 이유현은 지그시 입술을 깨물었다. 용해운은 앉은 채로 이유현을 다그치듯 말했다.

"또 이러긴가? 역시 아무런 증거를 갖고 있지 못하잖아."

하지만 이유현은 금세 확신에 찬 표정을 회복했다.

"왜 우리가 증거가 없다고 믿지?"

용해운은 말이 없었다. 이유현이 목청을 높였다.

"어차피 당신 수법은 다 드러났어. 경찰이 바보야?"

"지금까지는 그랬어."

용해운이 느긋하게 말했다. 이유현이 울컥해서 무슨 말인가를 하려는데 이어지는 용해운의 말이 그것을 막았다.

"여기까지 차를 타고 왔거든."

"뭐?"

용해운의 뜬금없는 말에 이유현의 눈이 일순 커졌다.

"역시 강원도 쪽에 가깝다 보니 중간에 검문도 한 번 받았어."

"그래서?"

이유현의 목소리 톤이 높아졌다.

"그런데 무사 통과더군. 뭐 당연한 일이긴 하지. 그런데, 그게 뭘 의미하는가 하면, 경찰에서는 날 상대로 체포영장도 발부받지 못했고, 지명수배도 하지 못했다는 얘기야. 아니 지명수배는커녕 지명통보 조치도 못 한 모양인데?"

"……."

"허풍 쳐 봐야 경찰도 객관적인 증거는 없단 이야기지. 그 전화 통화 한 건 말고는. 그런데 역시 우리 이 경감을 뺀 나머지의 신중한 경찰은 그걸로는 영장을 받아 내지 못한다는 걸 잘 알고 있는 거야. 그 통화를 내가 했다는 증거가 없으니까 말이야. 증거가 없으니 체포영장을 못 받아 냈고, 체포영장이 없으니 지명수배를 내릴 수 없었겠지."

이유현은 잠깐 주춤했지만 이내 기세를 회복했다. 선 채로 용해운을 정면으로 내려다보며 단정적으로 말했다.

"아니. 당신도 알 거야. 이번엔 지난번하고 상황이 달라. 증거가 무언지, 실마리를 얻어 내기까지는 어려웠지만 지금은 손에 다 넣었어. 나머지 증거를 확보하는 건 시간문제야."

"시간문제?"

용해운이 눈살을 찌푸렸다.

이유현은 가볍게 입가를 올리며 웃었다. 아마 용해운을 앞에 두고 여유롭게 웃는 최초의 순간일 것이다.

"그럼. 당신을 일단 이 자리에서 긴급체포한 다음 증거를 확보해 영장을 시간 안에 받아내야 한다는 그 시간문제 말이야. 그리고 긴급체포 후에 영장을 받아내야 하는 48시간이란 건 지금 상황에선 너무나 충분한 시간이거든."

육박해 오는 이유현의 말에도 용해운은 전혀 당황하지 않았다.

"뭐 아무튼 좋아. 나도 인정해. 그 정도 증거라면 아마 곧 확보할 수 있을 거야. 며칠 안에는 영장을 받아내 수배령이 떨어지고, 그 땐 체포할 수도 있겠군. 날 다시 만난다면 말이야."

이유현이 코웃음쳤다.

"무슨 헛소리야? 설마 당신이 지금 여길 떠날 수 있다고 믿나? 그렇겐 못 하지. 당신 같은 자를 지금 보내 주면 언제 또 붙잡을 수 있겠어? 꿈 깨. 증거? 좀 모자라도 돼. 여기서 긴급체포하고 48시간 안에 나머지 증거를 보완하면 그만이야. 그걸로 사후영장 받으면 게임 오버야."

이유현은 안색을 확 바꾸었다.

"자, 그럼 사담은 이만하고, 지금부터 공무 집행에 들어가 볼까."

이유현은 승리를 확신한 자의 여유를 부리며 한 발짝 다가섰다.

"당신은 변호사를 선임할 권리가 있고……."

이유현이 틀에 박힌 어조로 미란다 원칙을 읊기 시작했다.

불쑥, 용해운은 마치 염불을 외듯이 말을 내뱉었다.

"아쉽게도 총은 없어. 수갑도 없지……."

이유현이 멈칫했다.

"뭐?"

"정직 상태인 형사가 용의자를 체포할 수 있는지 어떤지 법률 검토는 하지 않은 모양이군."

이유현이 놀란 눈을 하고 움찔했다.

그 순간 용해운이 상체를 훽 숙였다. 용해운을 사이에 두고 이유현 반대편에 떨어져 앉아 있던 고진은 얼핏 놀라 몸을 뒤로 물렸다. 상체를 일으켜 세운 용해운의 양손에는 어느새 삽이 쥐어져 있었다.

용해운은 벌떡 일어서며 삽을 크게 휘둘렀다. 삽이 반원을 그리며 허공을 갈랐다. 이유현이 반사적으로 양팔을 들었지만 늦었다. 삽날은 정확히 이유현의 옆머리에 꽂혔다. 큰 키의 용해운이 마치 도리깨질을 하듯 삽으로 풀스윙을 했으니 그 위력은 어마어마했다.

악 하는 짧은 비명이 터졌다. 이유현은 고무처럼 휘청하더니 그 자리에 쓰러졌다. 고진이 놀라 입을 쩍 벌렸다. 워낙 일순간에 벌어진 일이라 그가 할 수 있는 건 아무것도 없었다. 쓰러진 이유현의 옆머리에서 이내 흥건하게 피가 흘러 바닥을 적셨다.

용해운은 복도로 몸을 빼낸 뒤 신발에 묻은 피를 멀쩡한 바닥에 슥슥 비볐다. 정신을 겨우 차린 고진은 바닥에 쓰러진 이유현 옆에 다가가 한쪽 무릎을 세우고 앉았다. 전기에 감전된 듯 이유현의 몸이 움찔거렸고, 귀 윗부분이 쭉 찢어져 기름이 새는 기계처럼 피가 쿨럭쿨럭 흘러나오고 있었다. 고진이 고개를 들고 용해운을 보았다. 용해운은 손에 삽을 쥐고 내려다보았다. 눈이 금속제 버튼처럼 번들거렸다.

"이제 막 내가 경찰을 때려눕혔으니 현행범이군. 어때? 이젠 생각이 바뀌셨나? 날 현행범 체포라도 하시게?"

고진이 천천히 일어서더니 품에서 담배를 꺼냈다. 손이 가늘게 떨렸다. 라이터를 꺼내지 않고 담배를 손가락 사이에 낀 채 말했다.

"당신……."

침착을 가장하려 한 듯 했지만 고진의 목소리는 어느새 잠겨 있었다. 고진은 헛기침을 한 번 하고 말했다.

"당신 같은 괴물이 삽까지 들었는데 상대하려면 M16 정도는 있어야겠는 걸. 그런데 그런 것이 없어. 조용히 간다면 눈으로나마 배웅해 드리지."

용해운은 고진의 작은 눈에 시선을 내리꽂았다. 이 인물이 자신을 당장 위협할 의사가 있는지 어떤지 확인해 보려는 것 같았다. 그 확인은 금세 끝났다. 고진은 어정쩡하게 펴든 손에 쥔 담배에 아직도 불을 붙이지 못하고 있었다. 용해운은 시선을 누그러뜨렸다.

"현명하군."

용해운은 삽을 바닥에 던졌다.

그리고 뚜벅뚜벅 걸어 교회 문 밖으로 모습을 감추었다.

생각보다 이유현의 상처는 크지 않았다. 삽으로 찢어진 외상에서 출혈이 심했지만 십여 바늘 꿰맨 것으로 끝났다. 정신을 잃은 건 일시적인 뇌진탕 탓이고 뇌의 물리적 손상은 발견되지 않으니 별문제 없다는 것이 이유현을 진단한 경찰병원 전담의의 진단이었다.

이유현은 문병 온 광역수사대장 민호원으로부터 호되게 질책을 받았다.

"자네 경찰 맞나?"

민호원은 손바닥으로 병상을 쾅 내리쳤다. 평소에 말수가 적고 온화한 그로서는 이례적일 정도로 거친 제스처였다. 이유현의 거듭된 실책에 그의 인내 주머니도 풍선처럼 부풀어 터지기 일보 직전인 듯했다.

"정직 기간 중에 애착을 갖고 사건 수사를 한 것까지는 좋아. 하지만 단서를 찾으러 갈 거였으면 수사팀한테 먼저 이야기하고 가야 하는 거 아냐? 독단적인 행동을 하니까 그런 꼴을 당한 거잖아!"

"죄송합니다."

이유현은 고개를 숙였다. 그리고 하나마나한 변명을 덧붙이는 어리석음을 저질렀다.

"저도 용해운을 거기서 만날 줄이야 생각지도 못했습니다. 암호문이 혹시 백백교의 옛 본부가 있던 터를 가리키는 게 아닐까 하는 생각에…… 워낙 가능성이 낮았기 때문에 일단 한번 가 보자는 생각뿐이었습니다."

"언제부터 이렇게 변명이 많아졌나!"

민호원의 얼굴이 달아올랐다.

"죄송합니다."

이유현은 병상에서 몸을 반쯤 일으킨 채로 머리를 숙였다.

민호원은 급기야 언성을 크게 높였다.

"그걸 말이라고 하나! 자네는 경찰이잖은가! 고 변호사란 사람은 민간인인데, 수사관이 휘둘려 다녔단 말밖에 더 되나?"

이유현은 민호원의 화가 식기를 기다리는 수밖에 달리 도리가 없었다.

민호원이 돌아간 뒤 형사들이 이유현의 옆에 다가와 수군거렸다.

"대장님이 오늘따라 좀 이상하시네요."

"뭐가."

"팀장님이 정직 기간 중에도 열심히 뛰어서 결정적 증거를 가져오지 않았습니까. 용해운이 여순철을 죽였다는 거요. 그걸로 간신히 체포영장을 받아 냈고, 이제 지명수배 내렸으니 할 만큼 한 거 아닙니까?"

"어쨌든 내 실수니까."

이유현도 민호원의 처사가 마음에 드는 건 아니지만 그렇다고 부하들 앞에서 덩달아 같이 욕을 할 수야 없다.

"용해운, 이 개자식을 어디서 찾는단 말입니까?"

유오경이 분한 듯 말했다.

"할 수 있는 한 경찰의 손이 미치기 전에 빨리 채권을 회수하든가 아니면 처분하려 들 거야. 시간을 끌수록 운신의 폭은 좁아질 수밖에 없으니까."

"그거야 그렇겠지만 대체 어디로 튄 줄 알아야 더듬어나 보죠."

"채권 추심하기 위해서라도 모습을 드러내지 않겠습니까. 그때 검거하면 되죠."

윤영탁이 말했다.

"글쎄…… 아무튼 지금 그자를 찾아내지 않으면 나중에 체포한다는 건 아주 힘들 거야. 대리인을 내세운다든지 해서 일본 정부로부터 채권을 받아낸 다음 잠적해 버리면 영원히 용해운은 잡을 수 없어. 시간 여유를 주면 안 돼."

윤영탁이 곤란한 듯 미간을 찌푸렸다.

"그게 용해운으로서도 어려운 상황이지 않습니까? 원래 계획은 잊혀진 백백교 유산을 아무도 모르게 파내서 조용히 수중에 넣은 다음 일본에서 채권금을 받아 내는 거였을 텐데 막판에 팀장님 때문에 살인이 들통 나서 영장까지 발부된 상태입니다. 살인자로 수배 중인 자가 느긋하게 채권을 받아 내는 일이 가능할까요?"

"……."

이유현은 대답을 하지 못했다.

용해운이 과연 어떤 선택을 할 것인가. 그로서도 그저 궁금할 뿐이었다.

23

광역수사대 팀이 문병을 다녀간 뒤를 잇듯이 들어온 고진은 이유현의 비좁은 병상 옆에 걸터앉아 형사들이 가져온 토마토 주스를 꺼내 마셨다. 민호원과는 또 다른 의미로 이유현을 환자 취급하는 기색이 없다.

"누구한테 두들겨 맞았는지는 기억나나?"

"용해운이지 누굽니까?"

"기억상실증은 없는 것 같아 다행이군."

이유현이 반쯤 상체를 일으켜 세워 벽에 기댔다.

"그건 그렇고, 참 의리 없습니다. 그 상황에서 용해운을 그냥 보냅니까?"

"무슨 소리. 자네 옆에 나란히 시체로 누워야 의리란 말이야?"

"그까짓 삽…… 영화 좀 보세요. 총 든 놈한테도 덤비잖아요."

“악당한테 단지 시체를 한 구 더 만들 기회를 줄 뿐이야. 그런 건 자존심을 내세워 상속을 거부하고 옥탑방에서 사는 재벌의 혼외 아들 이야기와 비슷한 수준의 현실성만을 가지지.”

이유현은 도리질을 했다. 따지는 일을 포기하고 대신 광역수사대 윤영탁 형사가 전해주고 간 희소식을 전했다.

“대포통장 추적 끝에 중기업자한테 부친 돈의 흐름이 확인됐답니다. 대포통장을 세 단계 거쳤는데 결국 용해운의 계좌는 나오지 않았지만 금융거래를 한 곳이 국과수 근처였어요. 금융 거래가 주말에는 할 수 없고 평일 낮 시간만 되는 데다 직장에서 나와 몰래 하려니 멀리까지 갈 수 없었던 덕분이죠. 아마 중기업자한테 그 일을 의뢰하는 부분은 형님 말대로 부하들 몰래 한 거라서 결국 자신이 직접 입금과 전화를 할 수밖에 없었던 것 같습니다. 전화와 돈. 모두가 국과수 근처에서 이루어졌으니 용해운의 혐의가 한결 짙어진 거죠. 덕분에 여순철 살인으로 결국 용해운에 대한 영장이 발부되었답니다. 그나마 다행이죠.”

“글쎄, 그것도 영장발부 근거로는 애매했을 거야. 영장은 그것보다 자네가 몸을 던져 받아낸 거라고 봐야지. 증거가 애매한 살인사건보다 몇 배나 확실한 경찰 폭행 건이 있으니까 말이야. 삽으로 퍽.”

고진은 휘두르는 흉내를 해 보였다.

“칫, 놀리지 마십쇼.”

“그래도 용해운이 우릴 살려 두고 간 건 고맙다고 생각해.”

“그거야, 더 이상 살인을 할 필요가 없어졌으니까 그런 거죠. 적어도 여순철 살해의 진상이 경찰 조직에 적나라하게 드러났고. 경찰이 이미 증거도 어느 정도 확보했단 걸 알았으니까요. 그 판국에 우릴 죽여 봤자 죄만 추가되지 아무런 득이 없는 겁니다."

"맞아. 실은 그 때문이었어."

"뭐가요?"

이유현은 고진을 빤히 쳐다보았다.

"교회 안에 들어갔는데 용해운이 앉아 있는 걸 보고 정말 깜짝 놀랐어. 그래서 평온을 가장하면서 굳이 사건 이야기부터 한 거야. 당신의 트릭은 이미 다 드러났다. 증거도 찾아냈다. 혹시라도 돌발적으로 입막음 하겠다고 칼이라도 들고 푹 찌르면 어떡하겠나. 그래서 이미 어떤 필요에 의해 살인을 추가할 이유는 없다는 걸 알려 주기 위해 여순철 사건 이야기부터 꺼냈던 거야. 용해운은 윤리 실종의 살인마이긴 하지만 다행히 실용적인 사고를 가진 인물이었어. 역시나, 욱 해서 우리의 목숨을 빼앗는다거나 하는 번거롭고 불필요한 일은 하지 않았지. 다만 편안하게 도주하기 위해 필요한 정도만큼의 폭력을 썼어."

"내 머리를 삽으로 내리쳐 피바다를 만든 거 말이죠."

이유현이 마치 오래전 일을 회상하듯 말했다.

"나한텐 손 하나 까딱 안 했는데?"

"퍽이나 고맙기도 하겠습니다."

삽에 맞은 머리에 통증을 느낀 이유현이 손을 상처 부위에 갖다 댔다.

"그런데, 그놈이 거기 나타난 건 정말 의외였어요."

"나도 꽤 놀랐어. 설마 하고 가 본 곳이었는데."

"……아무래도 이해가 안 돼요."

이유현은 이마 언저리를 만지며 말했다.

"그 암호가 '천원우'가 아니라 정말 '우원천'이었을까요? 아무리 예전에 오른쪽에서 왼쪽으로 썼다지만 그건 세로쓰기나 책 제본할 때 방식이 그렇다는 거고, 한글을 가로로 써 나갈 때는 왼쪽에서 오른쪽으로 쓰지 않습니까? 그리고 보물을 묻은 장소로 천원금광이라는 특정한 장소를 가리킨다면 이해가 되지만, 우원천이라고 하면 지나치게 애매하고 범위가 넓어지잖아요. 가락재 고갯마루에 있는 예전 백백교 본거지를 가리키려 했다면 다른 말을 썼어야 할 것 같은데. 물론 숫자가 더 있으니 위치를 특정할 방법이 있는지는 모르지만……."

이유현은 여기까지 말하고는 머리가 핑 도는 듯 잠시 쉬고는 말을 이었다.

"'우원천'이라는 새로운 해석을 듣고 혹시나 싶어 가보긴 했지만, 돌이켜보면 아무리 생각해봐도 그 암호는 '우원천'이 아니에요. 어떻게 보든 '천원우'로 읽어야 해요. 그렇다면 천원금광에서 형님이 발견한 구덩이도 용해운이 암호를 풀어서 채권을 꺼내간 흔적이라고 보는 게 맞습니다. 그런데 희한한 일이, 용해운 놈이 우원천 계곡에 있는 그 장소에 버젓이 나타났지 않습니까?"

고진이 거기에 대답을 않고 갑자기 키득키득 웃었다. 이유현이 목을 힘겹게 쳐들었다.

"혹시 뭐 떠오르는 게 있습니까?"

"어서 낫기나 해. 나하고 어디 가 볼 데가 있어."

"뭔가 아는 게 있죠?"

이유현이 다그쳤다.

"몸을 움직일 수 있게 되면 얘기해 주지."

"정말 이 머리 꿰맨 것보다 형님이 사람 감질나게 하는 게 더 스트레스예요."

이유현이 인상을 구겼다. 그때 광역수사대의 유오경 형사가 병실을 들어섰다. 조금 전에 이유현의 병문안을 하고 떠난 참이어서 다시 들어오는 모습에 이유현은 의아했다.

"어. 왜 다시 왔어?"

"팀장님이 꼭 보셔야 할 것 같아서요. 이거 한번 보십쇼."

유오경은 신문을 한 장 내밀었다.

"뭔데 이러는 거야. 뭐 또 경찰 욕하는 기사라도 떴나?"

"아까 용해운이 도망자 신분으로 채권을 받아내는 일은 어렵다고 이야기했었죠? 그런 도망자의 심정을 충분히 알고 틈새를 노린 영감님이 등장했습니다."

유오경이 말했다. 이유현의 시선은 기사 아래편 광고에 꽂혔다. 신문 1면 하단의 절반은 직사각형으로 꽉 채운 광고가 차지하고 있었다. 문구를 찬찬히 읽던 이유현은 소리를 버럭 질렀다.

"이 영감! 드디어 미쳤어. 스스로 관을 짜고 있단 걸 모르나?"

이유현에게서 신문을 받아든 고진의 얼굴도 순식간에 일그러졌다.

"이 영감님이…… 눈앞을 어른거리다 사라진 돈에 눈이 뒤집혔군. 뭔가 헛짓을 하지 않을까 걱정했는데, 결국엔……."

고진이 이를 갈듯 말했다.

김성노가 자신의 실명과 연락처를 공개한 신문 광고였다. 내용은 극히 간단했다. 몇 글자 외에는 흰 여백이 많아 오히려 눈에 띄었다.

[용 선생. 80년 전의 국채 전부를 원하는 가격으로 살 용의가 있습니다.]

모르는 사람이 읽으면 무슨 내용인지 도무지 알 수 없는 간단한 글귀가 있고, 그 아래에는 전화나 방문 혹은 어떤 방법으로든 자신에게 연락을 해 달라는 말을 덧붙이고 있다. 명백히 용해운 1인만을 향한 공개 제안이었다.

"이 신문 말고도 주요 일간지에 다 뿌렸더군요. 방금 확인했습니다."

유오경이 말했다.

"궁지에 몰린 용해운에게서 엄청나게 가격을 후려쳐 국채를 사겠다는 심산이군……."

이유현이 말꼬리를 흐렸다.

"이 일이 어떤 변수로 작용할지…… 왠지 불길한 예감이 드는데……."

고진은 이유현의 침상 위에 신문을 내던졌다.

천원금광터에는 저녁 어스름이 내려앉아 있었다. 한낮의 열기가 삭고 서늘한 바람이 감돌며 축축한 풀 냄새를 흩뿌렸다. 산 속의 외딴 곳이란 으레 불안해지기 마련이긴 하지만 천원금광터는 사연을 아는 사람에게는 더욱 각별한 느낌을 던져 줄 수밖에 없다. 80년 전에도 아마 어둑어둑해진 하루의 이 무렵부터 백백교도들이 활약했을 것이다. 백백교주에게 불만을 털어놓다가, 혹은 돈을 다 바치고 이용가치가 다해서, 혹은 이도저도 아니라면 오직 전용해만이 아는 이유로 광신도들에게 끌려와 이곳에 광맥 대신 묻혔다.

"여깁니까? 천원금광이?"

"저쪽 암벽 보이지? 거기에 갱도가 있어."

고진은 성큼성큼 발걸음을 뗐다. 아직 머리에 커다란 거즈와 반창고를 붙인 이유현은 삽자루를 들고 그 뒤를 따랐다. 병상에 있을 때 고진이 의미심장하게 말한 '가 볼 데가 있다'란 곳이 이 천원금광터였다. 이유현이 퇴원을 허락받자마자 고진은 이유현의 건강상태를 불문하고 이곳으로 이끈 것이었다. 머리를 꿰맨 곳이 좀 욱신거리는 외에는 모두 정상 컨디션이라 실은 이유현도 몸이 근질거리고 마음이 조급하던 참이었다. 천원금광터까지 끌고 오면서도 고진은 꿍꿍이를 털어놓지 않았다. 동굴 앞에 다다른 이유현은 캄캄한 안쪽을 체념한 듯 들여다보더니 배낭을 땅에 놓고 안에서 플래시를 끄집어냈다. 고진도 숄더백을 내려 뒤적뒤적하더니 LED 랜턴과 굵은 실 뭉치를 꺼냈다.

"안에 길이 복잡합니까? 그럴 것 같진 않아 보이는데?"

이유현이 실 뭉치를 보며 고개를 갸웃거리자 고진이 싱긋 웃어보였다.

"그 용도는 아니야. 지난 번 화 변호사하고 왔을 땐 동굴 안에서 길을 잃을까 봐 실을 가져왔지만 들어가 보니 그럴 염려는 없더군. 이 동굴은 아주 단순해. 일직선으로 쭉 80미터쯤 가다가 세 갈래 갈림길이 나올 뿐이야."

"그럼 그 실은 뭡니까?"

"우리를 보물이 있는 곳으로 안내해 줄 마법의 밧줄이지. 난 여기에 '33퍼센트의 기적'이라는 이름을 붙여 놓았어."

고진이 실 뭉치를 들고 흔들었다. 이유현이 그 모습을 보더니 코웃음을 쳤다.

"기적? 하여간 말은 늘 거창해요. 이 판국에까지 수수께끼를 즐기고 싶습니까?"

"성질 급하긴…… 내가 재밌는 게 그렇게도 배 아픈가? 아무튼 이제 여기까지 왔으니 간단하게 설명해 주지."

"짧게 끝내세요."

"내가 지난번에 화미령 변호사하고 여기에 답사차 왔었고, 그땐 이미 용해운이가 파 놓은 구덩이밖에 보지 못했다는 이야기는 했지?"

"예. 여러 번요."

"그때만 해도 모든 암호키를 가진 용해운이 당연히 보물을 파내갔을 거라고 생각하고 허탈했어. 그런데 나중에 새로 알아낸 어떤 사실에 따르면 용해운이 여기에 묻혀 있던 채권을 꺼내가지 못했을 가능성도 33퍼센트는 있어."

"그게 무슨 소립니까? 33퍼센트는 또 뭡니까?"

흐흐, 고진은 음흉하게 웃었다.

"자네도 그게 의문스럽다고 했지? 용해운이 백백교 옛터에 세워진 그 교회에 왜 나타났을까? 돈 챙겼으면 빨리 몸을 감출 일이지, 무슨 미련이 있어서?"

"그건 저도 궁금한 부분이에요."

"한 가지 더 중요한 사실이 있지. 왜 하필 용해운의 발밑에 삽이 놓여 있었을까 하는 거야."

"그놈이 몰래 놓아둔 거겠죠. 유사시에 무기로 쓸려고."

고진은 또 음험하게 웃었다.

"그렇게 생각하기엔 좀 황당하지 않아? 칼도 아니고 뜬금없이 삽? 그걸 하필 교회에서 구해서 발치에 감추고 있었다?"

"그럼……?"

고진은 답하지 않고 말을 돌렸다.

"이곳을 안내해 준 강영덕이라는 향토사학자로부터 들은 이야기가 있어."

"뭔데요?"

"백백교 사건이 있은 후에, 주인이 없어진 금광에서 한 건 해 보겠다고 여기에 돈을 투자해서 갱도를 더 파 본 사람이 있었대."

"그래서요?"

"그래서요라니? 갱도를 하나 더 팠다면, 백백교 전령이 일본 국채를 갖다 묻은 후에 갱도가 하나 더 생겼단 거잖아?"

아, 하고 이유현은 탄성을 질렀다.

"백백교 전령이 남긴 메시지는 그거야. '천원 우'하고 숫자. 즉 '천원금광 오른쪽 길'에 숫자만큼 나아간 곳이란 뜻이지. 우린 완전한 메시지를 갖고 있지 못하니까 숫자는 모르지만. 어쨌든 아마 그때는 갈림길이 좌우 두 개밖에 없었던 모양이야. 그런데 그때는 없었던 갱도가 나중에 하나 더 생겼단 말이야. 그래서 세 개가 된 거지. 그렇다면 경우의 수를 생각해 보자고. 만약 원래 있던 두 개의 갱도

맨 왼쪽에 새 갱도를 뚫었다면 어떨까? '천원금광 오른쪽 길'은 그대로 예전과 같은 길을 가리키게 돼. 그렇다면 용해운은 제대로 채권을 파내서 가져갈 수 있었겠지. 두 번째로, 만약 원래 있던 두 개의 갱도 가운데에 새 갱도를 뚫었다면? 그래도 역시 '천원금광 오른쪽 길'은 예전과 같은 길을 가리키게 되지. 역시 용해운은 채권을 손에 넣는 거고. 그런데 만약 세 번째로, 원래 있던 두 개의 갱도의 맨 오른쪽에 새 갱도를 뚫었다면?"

이유현은 손가락을 부딪쳐 딱 소리를 냈다.

"에러가 나는 거군요."

"그렇지. 새로 뚫은 갱도가 천원금광의 맨 오른쪽 길이 돼 버리고, 원래의 '천원금광 오른쪽 길'은 이제는 가운데 길이 돼 버려. 만약 이런 경우라면, 용해운은 잘못된 갱도에서 구덩이를 판 거고, 허탕만 친 거야. 일본 국채는 아직 가져가지 못한 거지. 백백교 사건 뒤에 새로 광산을 개발해 보려고 이곳에 누군가가 새로 갱도를 뚫었다는 사실은 향토사를 전문적으로 연구했던 학자가 알려 준 거야. 전용해가 광구 안에 들어가 봤을 리는 없으니 그도 갱도 개수는 미처 몰랐던 거고, 백백교 시절의 정보만을 물려받은 용해운도 알 리가 없지. 즉 세 경우 중의 한 경우, 약 33퍼센트의 가능성으로 일본 국채는 아직 남아 있는 거야. 가운데 갱도에."

"으음. 그렇겠네요."

"용해운이 그 교회에 삽을 들고 나타난 걸 보면 더 그럴지 모른다는 생각이 들어. 아직 상자를 파내지 못한 게 아닐까. 그래서 암호의 재해석에 돌입해서 나와 같은 결론에 이르렀어. 반대로 읽어서 우원천, 그리고 숫자. 우원천 하면 백백교 예전 본당이 당연히 떠오를 것이고. 그래서 예전 백백교 터에 세워진 교회를 다음 발굴지로 삼아 갔던 게 아닐까. 숫자가 어떤 의미인지는 몰라도 직접 찾아가서 어디서건 그 수치를 기준삼아 파 볼 심산이었겠지. 그러다가 자네가 갑자기 들어섰고, 삽을 들고 나서다가 나를 만난거야. 그래서 그 상황에서 갑자기 삽이 무기가 되어 나타났던 거고. 어때? 그렇게 해석하면 결론은 차라리 희망적이지 않아?"

"결국 용해운의 삽에 머리를 찢어지게 맞은 일이 희망이 됐네요."

이유현은 머리를 어루만졌다.

"다 새옹지마라고 생각해. 잠깐 동굴 길을 걷는 수고를 해서 수천억 원어치 국채를 찾아낼 가능성이 3분의 1이라면 왜 안 하겠어?"

"그 실은…… 길이를 재기 위한 거군요."

"그래. 우리가 천원금광 오른쪽 길로 얼마를 들어가서 파야 할지는 알지 못하잖아. 그런데 용해운이 몸소 그 길을 친절하게 알려 준 셈이야. 정말 재밌지 않나? 갈림길에서 오른쪽 갱도의 구덩이를 판 곳까지의 길이만큼 이 실로 재는 거야. 그다음 다시 갈림길에서 가운데 길까지 그 실 길이만큼 들어가 구덩이를 파면 돼. 이 실은 우리에게 33퍼센트의 확률로 기적을 가져다 줄 거야."

이유현도 흥분을 감추지 못했다.

"어마어마하게 높은 확률의 로또인데요. 어서 들어가 보죠."

미적대던 이유현이 휙 하고 몸을 돌리더니 삽을 한 손에 쥐고 앞장섰다.

외길이지만 역시 긴 동굴이다. 두 개의 불빛에만 의지해서 울퉁불

통한 돌길을 더듬어 걸어가야 했지만 동굴 안에 수십 년간 잠자던 재보를 발견할지도 모른다는 거대한 흥분 앞에 그 정도 수고는 아무런 문제가 되지 않았다.

"그런데 이거 찾으면 누구 게 되는 겁니까?"

어둠 속에서 이유현의 목소리가 울렸다.

"그야 내 꺼지. 무기명채권인데."

"형님이 다? 김성노 영감님 의뢰 아니었습니까?"

"김성노 영감이 한 일이 없잖아. 원래 임인건한테서 암호문 뺏어다 주기로 했던 게 조건이었는데 결국 못 했지. 아, 영감님이 한 일이 있긴 있군. 이들이 찾는 게 거액의 일본 국채라는 사실을 알려 주었지. 좋은 정보 주어서 고맙다는 인사 정도는 해야겠군."

"잠깐요, 그러고 보니……."

이유현이 플래시를 고진의 앞쪽으로 쳐들었다.

"여기서 백백교의 국채를 찾을지도 모른다는 사실을 숨기고 있다가 조금 전 동굴 앞에 와서야 나한테 얘기해 주었죠. 그것도 결국……."

"미리 얘기했으면 자네가 가만 있었겠어? 경찰이 출동했을 거잖아. 그럼 채권은 국고로 귀속돼 버리고 난 오리알 되는 거니까."

"형님이 그렇게 돈 욕심이 많은 줄은 몰랐습니다."

"너무 나무라지 마. 누구의 이름으로든 간에 일본 국채를 받아 내면 막대한 일본의 돈이 우리나라 안으로 들어오는 셈이니까. 후훗. 실은 나도 난생처음 돈에 마음이 설레었어. 이거야 단위가 다르잖아. 몇천 억이면."

"국고로 헌납하는 건 어때요?"

휘이, 고진이 휘파람을 불었다. 마치 쓸데없는 없는 이야기를 날려보내겠다는 듯이. 휘파람은 동굴 벽을 울리며 사라져 갔다.

"킹 크림슨의 「Epitaph」에 그런 가사가 있지. '인류의 운명은 바보의 손아귀에 있다'고."

"그래서요?"

"뭐 세금도 마찬가지란 거야. 바보천치들이 세금 줄줄 낭비하는 거 뻔히 보면서 그래? 그럴 맘은 전혀 안 들어. 내가 그들보단 더 좋은 데 돈을 쓸 것 같지 않아?"

"막 갖다 붙이기는. 그렇다고 형님을 국고보다 더 믿어야 합니까?"

"유니세프에 한 절반쯤 확 떼어 줘 버릴까? 그럼 믿겠어?"

고진이 랜턴을 이유현 앞으로 쳐들었다.

"아님, 자네하고 좀 나눌까?"

"아, 아니. 나누긴요." 하며 이유현은 손을 내젓다가 말했다.

"아니, 생각해 보니 좀 받아도 되겠네요. 암호문을 제공한 건 나 아닙니까?"

"실은 그게 궁금하긴 해."

고진이 흐물흐물 웃었다.

"뭐가요?"

"자네가 돈 생기면 과연 경찰을 그만둘 건지 하는 거 말이야."

"글쎄요…… 그렇지는 않겠죠. 돈 벌려고 경찰 하는 거 아니니까."

이유현은 고진 쪽으로 플래시를 비추었다.

"그러는 형님은요, 변호사 일 계속 할 겁니까? 화미령 변호사한테 뒷골목 변호사란 말까지 들어 가면서?"

"뒷골목을 다 사 버리면 어떨까? 설마 그때도 뒷골목이니 뭐니 타박하진 않겠지?"

두 사람은 긴장을 떨치기 위해 굳이 대화를 나누는 것 같았다. 끝이 없어 보이던 어둠의 길도 앞으로앞으로 나아가다 보니 드디어 갈림길을 드러냈다. 고진은 실 한쪽을 감은 골프티를 바닥에 박고는 실 뭉치를 들고 맨 오른쪽 갱도로 향했다. 이유현은 삽을 갈림길 바닥에 놓은 다음 뒤를 따랐다. 고진이 이미 한 번 갔던 길이지만 어둠이 익숙해질 리는 없다. 다만 오늘은 파트너가 이유현이어서 비교적 진행이 수월했다. 바닥의 돌을 피해가며 얼마쯤 갔을 때 길이 축축해졌고 동굴 벽에서 군데군데 물이 배어 나왔다. 곧이어 조그만 물웅덩이가 드문드문 나오기 시작했다. 불빛에 비친 물웅덩이는 뿌연 회색을 띄어 더 괴기스러웠다. 잠시 후 드디어 화미령과 같이 확인했던 구덩이가 모습을 드러냈다. 구덩이 너머로는 파낸 흙과 돌이 잔뜩 쌓여 있다.

"여기군요."

이유현이 탄식하듯 말했다. 고진은 구덩이 한가운데쯤 실의 끝을 맞추더니 이빨로 끊어 냈다.

"됐어. 이제 다시 갈림길로 돌아가서 이 실 길이만큼 가운데 길로 가는 거야."

두 사람은 가던 길을 되돌아갔다. 발걸음이 빨라진 통에 돌에 걸려 몇 번이나 넘어질 뻔하는 촌극을 연출했다. 갈림길로 돌아간 고진은 실 한쪽 끝을 묶은 골프티가 그대로 꽂혀 있는지를 확인한 후 조금 전 자른 실의 끄트머리를 들고 가운데 길로 들어섰다.

"운명을 만나러 가 보지."

갈림길 바닥에 놓아두었던 삽을 집어 든 이유현의 얼굴이 점차 굳어 갔다.

가운데 갱도는 고진도 처음 가 보는 길이지만 지금껏 지나온 길과 별반 다를 것은 없었다. 다만 어쩐지 공기가 조금 더 탁한 느낌이었다. 실이 거의 다할 만큼 왔지만 오른쪽 갱도처럼 습기가 차 있지는 않았다. 길도 동굴벽도 모두 바짝 말라 있었다.

"이 상태라면 채권이 묻혀 있었어도 침수되지는 않았겠어."

고진이 동굴 벽을 손가락으로 문지르며 말했다.

마침내 실이 다 했다. 고진은 실을 바닥에 조심스럽게 놓고 배낭에서 호미를 꺼냈다. 두 사람은 실 끝이 놓인 지점을 중심으로 땅을 파기 시작했다. 힘이 좋은 이유현이지만 삽 한 자루로 동굴 바닥을 파내는 일이 쉽지는 않았다. 고진이 네 발로 엎드려 호미로 깨작깨작 도왔지만 큰 도움이 안 되었다.

"호미는 왜 가져왔습니까? 삽이나 한 자루 더 가져오시지."

"상자 같은 게 나오면 그때부턴 호미로 해야 해. 삽으로 무식하게 파내다간 상할 수 있거든."

거의 20여 분 동안 두 사람이 땀을 뻘뻘 흘리며 파낸 흙이 조그만 산더미를 이룰 무렵 마침내 이유현의 삽이 탁 소리를 내며 어떤 물건에 부딪혔다.

"앗!"

이유현이 가시를 삼킨 듯한 소리를 질렀고, 두 사람은 얼굴을 마주보았다.

고진이 호미를 들고 살살 흙을 걷어냈다.

나무상자 모퉁이가 랜턴 불빛 아래 비죽이 비쳤다. 켜켜이 쌓인 시간의 겹을 뚫고 보물은 마침내 모습을 드러냈다. 상자는 근 80년 만에 비록 인공이긴 하지만 빛을 받았다. 나머지 흙을 걷어내고 손으로 털자 검고 매끈한 표면이 불빛을 되비쳤다. 예전에 잘 사는 집에서 사용하던 고급 담배함 같은 모양이었고, 라면 상자 절반쯤 되는 크기였다. 오동나무에 검은 칠을 한 상자 위에는 '쌍희 희(囍)'자 무늬가 양각되어 있었고, 상자의 양옆에는 철로 된 납작한 고리 손잡이가 눕혀져 있었다. 두 사람의 심장은 망둥이처럼 뛰기시작했다.

"오동나무라 그런가 상자가 꽤나 무겁군."

고진이 구덩이에서 상자를 꺼내들었다.

"이거 역사적인 순간인데."

"한번 열어 보시죠."

이유현이 숨죽여 말했다.

"음."

고진이 주저앉은 채로 상자 뚜껑에 손을 댔다. 이유현은 동굴 안쪽을 등지고 삽에 기대선 채로 고진의 손끝을 뚫어져라 쳐다보고 있었다. 랜턴 불빛에 비친 그의 얼굴은 흥분으로 이글대고 있었다.

"젠장. 꽉 끼었어."

뚜껑을 열다 말고 고진은 상자를 신경질적으로 두드렸다.

"오래되다 보니 나무가 뒤틀린 것 같아."

고진은 상자 옆면과 뒷면을 더듬었다. 그러는 동안 이유현은 아무런 말이 없었다. 상자에 열중하고 있던 고진은 그게 이상하다는 생각을 미처 하지 못했고, 어느 틈엔가 이유현이 바람 빠진 인형처럼 스르르 무너져 내리고 있음을 깨닫지 못했다. 낑낑대는 고진 바로 앞에 이유현이 삽과 함께 풀썩 쓰러졌다.

무슨 일이 일어났는지 인식하지도 못한 가운데 어렴풋이 돌을 빠르게 밟는 소리를 함께 들었다. 고진은 고개를 들었다. 아니 들려했다. 거의. 이유현의 몸이 시야에서 사라진 텅 빈 어둠에서 랜턴 불빛 안으로 불쑥 키 큰 남자의 모습이 나타났지만 남자의 키가 크다고 생각한 것은 땅에 비친 긴 그림자 때문이었지 전체를 본 때문은 아니었다.

"뭐야!" 하며 질겁하는 고진의 말이 채 끝나기도 전에 남자는 재빨리 다가와 바닥에 앉아 있던 고진의 목에 주삿바늘을 찔러 넣어 버렸다. 고진은 고개를 못다 쳐들고 그 상태로 아득한 어둠 속으로 떨어졌다.

남자는 바닥에 뻗어 버린 두 사람의 몸뚱이를 무감정하게 바라보았다. 태엽이 다 풀린 인형을 바라보는 정도의 눈빛이었다. 움푹 꺼진 뺨, 짙게 음영이 드리운 얼굴. 귀기 어린 입술. 동굴 천장까지 온통 그림자를 드리우고 있었다.

고진은 아쉽게도 습격해 오는 남자의 허리 위로는 보지 못했다. 하지만 그건 고진은 물론이고 이유현에게도 다행한 일이었다.

이유현이 깨어났을 때 제일 먼저 느낀 것은 극심한 두통이었다. 시야 안에 자신의 손발이 들어오긴 했지만 마치 남의 것인 양 보였다. 망석중이처럼 축 늘어져 있고, 촉각 또한 자기 것 같지가 않았다. 몸은 붕 떠 있는 느낌이었다. 막 태어난 아기가 이럴까. 감각이 저마다 따로 놀고 의식은 몽롱했다.

여기가 어디더라?

주변이 온통 캄캄한데 주위에만 랜턴 불빛이 비치고 있다. 플래시 한 개가 발치에 떨어져 엉뚱한 방향을 비추고 있다.

그렇지. 여긴 천원금광 안인데.

고진이 상자를 막 열려는 순간을 지켜보던 중에 목덜미가 따끔하면서 갑자기 정신을 잃었던 게 기억이 났다. 정신을 좀 더 추스르고 보니 이유현의 얼굴은 자신이 판 구덩이 안에 들어가 있었다. 팔 다리에 명령을 내려 보았다. 덜 마른 시멘트 덩어리 안에서 꿈틀거리는 느낌이 들었지만 다행히 제대로 붙어 있는 것 같았다. 팔을 짚고 일어나려다가 눈앞이 핑 돌면서 다시 엎어졌다. 무릎에 힘을 주고 다시 시도했다. 몇 번을 허우적거린 끝에 석 달 누운 환자처럼 간신히 일어나 앉을 수 있었다. 이유현이 쓰러졌던 앞쪽에는 고진이 옆으로 누운 자세로 잠자듯 늘어져 있었다. 구덩이에서 파낸 나무상자는 보이지 않았다.

"형님, 일어나세요."

이유현은 고진에게 엉금엉금 다가가 흔들어 깨웠다. 고진은 쉽게 의식을 회복하지 못했다. 몇 차례 더 세차게 흔들고 나서야 고진이 반응했다.

맥없는 신음 소리를 내며 고진의 눈이 떠졌다.

"……으음, 어디야? 여기가."

고진의 첫 마디였다.

“이게 뭔 꼴입니까. 상자는 사라지고.”

고진도 정신을 차리는 데에는 잠시 시간이 필요했다. 끄응 하며 일어나 앉은 고진은 이유현이 깨어났을 때와 마찬가지로 주변을 휘휘 둘러보았다.

“몸이 잘 말을 안 듣네. 잠깐 이대로 좀 있지.”

그래도 팔다리가 한여름 버마재비처럼 생생하게 허우적대는 걸 보니 이유현보다는 비교적 빨리 움직임을 회복한 듯했다. 이런 종류의 회복에는 깡마른 몸이 유리한가 하는 엉뚱한 생각이 잠시 이유현의 뇌리를 스쳤다.

“그러죠. 그런데 어떻게 된 건지 압니까?”

고진은 손가락을 목의 경동맥 근처에 대 보더니 말했다.

“우리가 죽은 건 아닌 거 같아. 여전히 죽을까 봐 겁나는 걸 보면.”

“헛소리 마시고요.”

이유현은 벌떡 일어나려다가 현기증이 달려드는 바람에 눈을 질끈 감았다. 고진이 그 모습을 보더니 혀를 쯧쯧 차고는 말했다.

“우리가 당한 거야.”

“당했다니요? 누구한테요?”

“나도 얼굴은 못 봤지만…… 용해운이겠지. 누구겠어?”

“용해운요?”

이유현이 질겁하며 등을 뒤로 물렸다. 마치 용해운이 지금 옆에 와 있기라도 한 듯 화들짝 놀란 모습이었다.

“응. 우린 몰랐지만 이곳에 먼저 와 있었던 거야. 어둠 속에서 기다리고 있다가 자네 등 뒤에서 다가가 목에 마취 주사를 찔러 넣었던 것 같아. 그다음 곧바로 내가 당했고."

고진은 손가락을 접었다 폈다 하며 다시 주변을 둘러보았다.

"그자가 결국 상자를 손에 넣은 거군요."

"대단한 집념이야."

"심지어 우리가 땅까지 파도록 했네요. 자기는 손 하나 까딱 않고."

이유현이 분한 듯 이를 갈았다.

"그렇지는 않겠지. 우리가 이 시간에 여기 올 걸 어떻게 알았겠어? 아마 혼자서 여기 들어왔다가 땅을 파기 전에 우리가 둘이서 가운데 길로 들어오는 소리를 들었을 거야. 우리가 좀 떠들썩하게 다녔잖은가. 그래서 동굴 안쪽으로 몸을 피했겠지. 튀어나온 암벽 뒤쪽 같은 데에 몸을 숨겼다가 우리가 땅을 실컷 파서 상자를 꺼내는 걸 확인한 다음 나타나서 우릴 해치운 거야."

"정말 지랄 같은 인연입니다."

이유현은 여전히 분을 삭이지 못했다. 혼잣말처럼 '젠장', '제기랄'을 연발하던 고진은 힘들게 일어섰다.

두 사람은 축 늘어진 발걸음을 옮겨 동굴 밖으로 빠져나왔다.

쓸쓸하게도 동굴 바깥에는 벌써 어둠이 내려앉아 있었다. 여름의 끝을 알리는 선선한 바람이 마비되었던 그들의 얼굴에 와 닿았다. 고진은 희뿌연 구름을 삼키어 가는 암회색 하늘을 향해 허허롭게 시선을 보냈다. 이유현은 양팔을 위로 쭉 뻗으며 깊게 숨을 들이마셨다.

고진은 바닥에 털썩 주저앉아 배낭에 랜턴과 호미를 집어넣었다.

"어쨌든 용해운 선생이 목숨을 살려 준 건 정말 눈물 나게 고맙다고 해야 할까. 우릴 죽이려면 개미 모가지 비트는 것보다 쉬웠을 텐데."

"그러게요. 그 인간으로서는 대단한 자비를 베풀었네요."

이유현도 삽을 바닥에 던져 놓은 채 고진 옆에 철퍼덕 주저앉았다.

"우린 간발의 차이로 살아남은 건지도 몰라."

고진이 주사기로 찔린 목을 주물렀다.

"간발의 차이라뇨?"

"자넨 뒤에서 당했으니까 당연히 영문을 몰랐겠지만, 나도 용해운의 얼굴은 못 봤거든. 고개를 들려는데 주삿바늘에 찔려서 꿈나라로 간 거야. 범인의 얼굴을 못 봤으니 증인도 못 돼. 천만다행이야. 내가 조금만 더 빨리 고개를 쳐들었다면 우린 다 죽었을 수도 있어. 이 좋은 날씨는 하늘로 올라가는 길에 감상해야 했을 걸."

"굳이 죽일 필요성을 못 느낀 거 아닐까요. 이미 여순철 살인은 명백히 드러났으니 우릴 죽인다고 숨길 수도 없고, 돈을 찾는다는 목적도 이제 달성했으니까요. 우릴 죽여 봤자 괜히 살인죄만 추가될 뿐이죠."

"난 그래도 내가 고개를 0.5초 늦게 든 덕분이라고 믿을 거야. 그래야 왠지 내가 강한 운으로 지켜지고 있는 것 같은 기분이 드니까."

"그러시든지요. 아무튼 살려줬는데 불만 가질 필요는 없겠죠."

이유현은 훌훌 엉덩이를 털며 자리에서 일어났다.

"용해운에게 두 번이나 연달아 당한 경찰이 되었군."

"그렇게 놀리면 같이 당한 형님 기분이 좀 좋아집니까?"

"자넨 가까스로 건진 목숨에 대해서도 그다지 감동받지 않은 것 같아."

"이게 감동적입니까? 그러다가 백백교 신도 되시겠습니다."

이유현은 고진을 내버려 두고 휘적휘적 걸었다. 고진도 그제야 뒤따라 일어섰다. 두 사람은 각각 다른 생각을 품고 나란히 천원금광터를 앞서거니 뒤서거니 걸어 나가기 시작했다.

"잠깐."

앞서 걷던 이유현이 발걸음을 우뚝 멈추었다. 주머니를 이리저리 열심히 뒤지던 이유현의 얼굴이 흙빛이 되었다.

"젠장!"

"왜 그래?"

"휴대전화가 없어요. 그 안에 떨어진 것 같아요."

"이런. 주사 맞고 쓰러질 때 땅에 떨어져 버린 모양이군."

고진은 괜히 놀랐다는 듯 심드렁하게 대답했다.

"저길 다시 들어가야 하나……."

이유현이 입술을 깨물었다.

"요즘 휴대폰 싸잖아. 새로 사. 저기에 누가 들어가서 자네 휴대폰을 집어갈 일은 앞으로 100년간은 없을 거야."

"휴대폰 기계 값이 아까워서가 아니라 전화번호나 메모가 다 들어 있잖아요. 당장 광수대 연락도 받아야 하고."

이유현이 발걸음을 옮기려 했다. 고진이 이유현의 어깨를 붙들었다.

"기다려. 자넨 아직 환자잖아. 내가 들어가서 찾아볼게."

고진이 이유현 이마의 거즈와 반창고를 눈짓으로 가리키며 말했다.

"형님이 대신 가 주시겠습니까."

이유현은 기다렸다는 듯 자리에 철퍼덕 주저앉았다.

"혹시 모르니 이걸 갖고 있어."

고진은 자신의 휴대전화를 이유현에게 건네주고는 랜턴을 집어 들고 뚜벅뚜벅 동굴 안으로 걸어 들어갔다.

동굴 안은 길고 걷기 편한 길이 아니다. 그리고 용해운의 마취 주사를 맞고 깨어난 직후니 고진의 몸이 정상은 아닐 것이다. 게다가 고진은 이런 상황에서도 서두르지 않을 인물이긴 하다. 그렇다 해도 시간이 너무 지났다. 30여 분이 족히 넘었건만 고진은 돌아올 기미가 없다. 이유현은 고진이 건네준 휴대전화를 꺼내 자신의 번호로 전화를 걸었다. 동굴이 깊어서인지 통화 불가능한 지역이라는 안내 음성만이 들렸다. 문득 초조해졌다.

'아직 휴대전화를 못 찾은 건가. 하긴 눈도 작은 양반이 그 어둠 속에서 찾는 게 쉽진 않을 거야.'

역시 자신이 직접 가야 했다고 생각하며 이유현은 자리에서 일어섰다. 플래시를 켜고 동굴 안으로 몸을 집어넣었다.

불쾌한 동굴길이다. 용해운에게 당한 뒤 다시 들어가는 길이라 찝찝한 느낌이 이를 데 없다. 돈 다 뜯기고 홀라당 발가벗겨져 내쫓긴 바가지술집에 놔두고 온 신분증을 찾으러 다시 돌아가는 기분이다. 다시 들어간 고진이 소식이 없는 것도 불안을 가중시켰다. 은근히 고진 탓을 하게 된다. 휴대전화를 찾아오랬더니 대체 안에서 뭐 하고 있는 건가.

바로 조금 전 갱도의 어둠 속에서 습격을 당한 터라 그 두려움이 완전히 가셨을 리 없다. 입구에 몸을 들일 무렵에는 일부러라도 소리 내어 투덜거려보았지만 곧 입가에서 말이 저절로 사라졌다. 스스럼없이 안으로 들어간 고진이 어떤 면으로는 신경이 참 굵다고 감탄하는 사이에 갈림길에 도달했다. 이유현은 가운데 길로 들어섰다. 계속 걷다가 약간 굽은 곳을 벗어나고 보니 드디어 저 멀리 노랗게 동굴 벽을 물들이는 희미한 불빛이 보였다. 고진이 가지고 들어간 랜턴이 틀림없다. 이유현은 랜턴 불빛을 좌표 삼아 바삐 걸었다.

엇? 이유현은 돌연 발을 삐끗해 하마터면 넘어질 뻔했다. 플래시로 땅을 비쳐보니 조금 전 상자를 파냈던 구덩이였다.

랜턴은 구덩이보다 좀 더 동굴 안쪽에 놓여 있었던 것이다. 어둠 때문에 이유현은 다시 한 번 구덩이에 얼굴을 묻을 뻔했다. 동굴 깊숙한 안쪽에서 비치는 랜턴 불빛에 고진의 모습이 어른거렸다.

"젠장, 구덩이 땜에 넘어질 뻔했네. 그런데 뭐 합니까? 그 안에서. 휴대폰은 내가 넘어졌던 이쪽 부근에 있을 텐데."

이유현은 나무라듯이 말하며 휴대전화를 찾아 플래시로 땅을 이리저리 비추었다. 휴대전화는 곧 찾아냈다. 검은색 뒷면이 돌 틈에 끼어 있어 웬만해서는 발견하기 어려웠을 듯 보였다. 어떻게 굴렀는지 참 희한한 장소에 들어가 있다. 이유현이 금세 찾은 건 행운이라고 해야겠다. 그런데 고진은 이걸 못 찾은 탓에 동굴 안쪽까지 들어가 본 건가?

"형님, 휴대폰 찾았어요."

고진은 대답이 없었다. 이유현은 안으로 걸음을 옮겼다. 랜턴 불빛 안에 앉아 있는 고진의 모습이 들어왔다. 그런데 어딘지 이상했다. 멍한 표정으로 바닥에 철퍼덕 앉아 있었다. 이유현이 재차 부르는 소리에도 반응하지 않았다. 충격을 받고 실성한 사람 같기도 하고 무언가 깊은 생각에 빠져 들어간 사람처럼도 보였다.

“거기서 뭐 합니까.”

다가가던 이유현은 플래시를 자칫 떨어뜨릴 뻔할 만큼 소스라치게 놀랐다. 고진 옆 동굴 벽에 사람이 한 명 더 있었다. 그는 마치 잠자듯 비스듬하게 동굴 벽에 기대어 앉아 있었다. 꽤 긴 실루엣이었다. 그 옆에는 얼음이 반쯤 남은 투명한 물통이 굴러 있었다. 멈칫하고 자신도 모르게 뒤로 반 발짝 물러선 이유현의 등줄기를 오싹한 기운이 강타했다. 설마.

찬물을 뒤집어 쓴 듯한 오한 속에 이유현은 천천히 발걸음을 뗐다. 불과 두 걸음이었지만 발은 천근의 추를 단 듯 무거웠다.

이유현이 다가가 랜턴 불빛 위에 플래시를 비추자 벽에 기대어 고개를 숙이고 있던 남자가 드디어 얼굴을 완전히 드러냈다.

용해운이었다.

입가에는 한 줄기 피가 흘러 있었다. 표정은 잠든 것처럼 평온했다. 하지만 이유현은 그가 죽어 있다는 것을 곧바로 깨달았다.

24

고진은 천원금광터를 거의 빠져나온 뒤에야 겨우 생각에서 깨어난 듯 보였다. 이유현은 주섬주섬 차 키를 찾으며 고진에게 말했다.

"이게 어떻게 된 일일까요? 대체 누가 저 괴물을 죽였을……."

말을 하다가 말고 이유현은 고진을 심각한 눈길로 보았다.

"혹시…… 형님이?"

고진이 맥없이 손을 저었다.

"아니야."

"예. 당연히 아니겠죠. 상태로 봐서는 독을 마신 것 같은데, 뭐 형님이 그새 독을 준비했을 것 같지는 않고."

그러면서 이유현은 광역수사대에 전화를 걸어 천원금광터에서 용해운이 시체로 발견된 소식을 전했다.

"내가 뭔가 크게 잘못 생각했던 것 같아."

이유현이 전화를 끊는 모습을 보며 고진이 말했다.

"뭘요?"

"지금 당장 가야 할 데가 있어? 여기 일은 다른 현역 경찰한테 맡기고 자네도 같이 가지."

"어딜요?"

"여기서 가까운 곳이야."

"어딘데요?"

"나도 몰라."

"뭐라고요?"

"하지만 아는 사람이 한 명 있지."

고진은 대답 없이 휴대전화를 꺼내더니 꾹꾹 눌렀다. 전화를 건 상대방은 화미령이었다.

"……거기가 정확히 어디죠? ……아, 주소는 모르고 가 본 적만 있다고요. 지금 좀 같이 가 주실 수 있겠어요? ……굉장히 다급한 상황입니다…… 예, 거기서 만나서 같이 가시죠."

휴대전화를 집어넣은 고진은 말했다.

"화 변호사가 다행히 여기서 멀지 않은 데 있네. 북부지법에 재판이 있었는데 늦게 끝나는 바람에 이제야 막 돌아가는 길이라는군."

그는 멍하니 서 있는 이유현을 잡아끌었다.

고진과 이유현이 약속 장소인 도봉역에서 화미령을 픽업해서 그녀의 안내에 따라 차를 달려 도착한 곳은 포천이었다. 도로를 달리다가 운전대를 꺾어 들어간 곳에 넓은 대지가 모습을 드러냈다. 어슴푸레 드리운 밤의 장막 아래 검푸르게 펼쳐진 녹지를 지나자 손질된 땅이 나왔고 그 위에 단층 주택이 서 있었다. 노란 불빛 몇 개가 점점이 매달려 주변을 고즈넉하게 밝혀 주었다. 김성노의 북한강 별장과는 달리 개방감이 넘치는 입지였다. 집 앞에는 검은 리무진이 번견처럼 서 있었다.

고진과 이유현, 화미령은 별장 앞에 차를 세웠다. 화미령이 먼저 정원을 가로질러 걸어가 현관문 앞에 섰다. 벨을 누른 후 딸깍 소리와 함께 화면이 켜지자 화미령이 작은 카메라 렌즈에 얼굴을 비추며 말했다.

“저 화미령이에요.”

문이 열렸고, 김성노 옆에 늘 붙어 있던 예의 가사도우미가 넙데데한 얼굴을 내밀었다. 화미령을 필두로 세 사람이 줄줄이 들어오자 도우미는 놀란 눈을 하고 멀뚱하게 서 있을 뿐이었다.

거실은 대낮처럼 환했다. 김성노는 길쭉한 소파 한가운데에 앉아 있었다. 손님을 맞이하러 나와 앉은 게 아니라 그저 세 사람의 방문에 딱히 관심 없이 그냥 거기 있는 것처럼 보였다. 노인은 세 사람에게 가볍게 눈길을 한 번씩 주었다. 소파 앞 테이블 위에는 한약 봉지가 수북이 쌓여 있었다. 큰 컵이 있고 접시에는 한 가득 육포도 담겨 있다. 김성노는 지팡이를 소파 한 옆에 기대놓고 물렁한 육포 조각을 집더니 우적우적 씹었다. 쭈글쭈글한 입술이 움찔거리는 모습이 새우를 씹는 말미잘 같았다.

“그건 또 어떤 건강식품이에요?”

화미령이 미소 지으며 인사 대신 물었다.

"그 뒤에는 누구신가?"

김성노는 시선을 들지 않고 물었다.

"이유현 경감이라고 합니다."

이유현이 얼굴을 내밀며 딱딱하게 말했다.

"경찰? 아, 지난번에 본 것 같군."

김성노가 그제야 눈을 들었다.

"화 변호사, 무슨 일이야? 이 밤중에 경찰을 다 데리고 오고."

화미령을 향해 말했는데 탓하는 말투는 아니었다.

"죄송해요. 이분들이 꼭 뵙고 싶다고 해서요. 오늘 안 데리고 온다고 포기할 것 같지는 않아서 모셔 왔어요. 어르신도 만날 사람은 당장 만나시는 게 원칙이잖아요."

"잘 했어. 내 성질 급한 거야 화 변호사도 잘 아니까. 이 사람들이 나한테 용건 있는 걸 알았다면 내가 더 못 기다렸을 거야."

김성노는 고개를 비스듬하게 들고 말했다.

"노인네 목 아프네. 자리들 앉아."

김성노가 세 사람 뒤편에 우두커니 서 있던 가사도우미에게 "시원한 거나 가져오지." 하는데 고진이 만류했다.

"괜찮습니다. 용건은 금방 끝날 겁니다."

가사도우미는 심상치 않은 분위기에 질렸는지 평소와는 달리 조용한 발걸음으로 물러났다.

김성노는 눈가를 씰룩하고는 입으로 가져가던 음식을 내려놓았다. 그러고는 옆에 기댄 지팡이를 집어 들더니 양손 아래에 세웠다. 마치 세 명의 부당한 침입자에 대적해 싸우려는 결의를 보이듯이.

"그래, 용건을 말해 보게."

"용해운이 죽었습니다."

고진이 대뜸 말했다.

"그런가."

김성노는 전혀 놀라지 않았다.

"그리고 국채를 넣어두었던 상자도 사라졌대요."

화미령이 말했다.

"그런가."

음감 없는 김성노의 무심한 말투는 조금의 흔들림도 없었다.

"그리고 그건 어르신이 지금 갖고 있지요."

다시 고진이 말했다.

이유현과 화미령은 꼿꼿하게 서서 김성노를 바라보았다. 이리로 오면서 차에서 고진이 말해주었다. 이유는 밝히지 않았지만 이 힘없는 노인이 백백교의 상자를 가지고 있는 게 분명하다고 했다. 이유현은 더 묻지 않았지만 고진의 굳은 얼굴에서 그가 확신하고 있다는 걸 알 수 있었다. 그리고 또 이유현은 알고 있다. 고진이 그만큼 확신하는 일은 드물고, 그런 경우에는 항상 사실로 드러난다는 것도.

이유현도 이미 마음속으로 확신한 상태였다. 그렇다면, 막대한 일본 국채를 손에 넣은 이 노인은 어떤 오리발을 내밀 것인가…….

"그래, 맞아."

김성노가 대수롭지 않은 듯 말했다. 예상치 못한 긍정의 답변에 이유현은 놀랐다. 화미령도 어깨를 움찔하고는 김성노를 뚫어지게 쳐다보았다.

"내가 가졌어."

김성노는 지팡이에서 한 손을 떼고 내저었다.

"겨우 그런 용건이었어? 돌아가."

노인은 거친 쇳소리를 냈다.

이유현이 "영감님!" 하면서 반 발자국 나섰다.

김성노는 조개처럼 입을 꽉 다물고 얼굴을 창문으로 휙 돌려 버렸다. 거실 유리창에는 노인 자신의 굳은 얼굴이 이중 노출된 화면처럼 정원의 정경과 겹쳐 있었다. 절대로 아무 말도 하지 않겠다는 듯 단호한 태도였다. 이유현이 또 나서려는데 고진이 손으로 막았다.

"어르신, 어떻게 상자를 손에 넣었는지만 말해 주시면 아마 이 열혈 이 반장이 수긍할 것 같은데요."

김성노는 고개를 돌려 고진을 힐긋 보더니 입을 열어 짧게 내뱉었다.

"샀어."

이유현이 다급하게 물었다.

"샀다고요? 누구한테서요? 그리고 채권은 어디 있습니까?"

"더 이상 말하기 싫구만. 물건을 넘긴 자가 누구건 난 아무런 관심이 없어. 누군지도 실제로 모르고. 어쨌든 채권은 내가 산 거야. 경찰이 내놓아라 마라 할 물건이 아니잖아?"

김성노는 묘하게 입을 비죽댔는데 마치 비아냥거리는 듯 보여 이유현은 울컥했다. 화미령은 어쩔 줄 몰라하며 김성노와 이유현을 번갈아 보았다.

"영감님!"

이유현이 얼굴이 벌게져 소리쳤다. 고진이 이유현을 다시금 제지했다.

“잠깐. 이 어르신이 입을 닫겠다면 우린 할 수 있는 게 없어. 그 채권 상자는 용해운이 남한테서 뺏은 게 아니잖아. 땅에서 파낸 거지. 다시 말해 법적으로는 무주물이고 파낸 사람 물건이란 말이지. 아니, 적어도 물건 주인이 아닌 경찰이 그걸 압수하거나 국고로 돌릴 수 있는 법적 근거는 없어. 그걸 용해운이든 아니면 용해운을 죽이고 그걸 뺏어 온 자한테서 사들였건 간에 우리가 이 어르신한테서 달라고 할 수는 없단 거야. 이젠 어르신 물건이니까. 아무 말도 하지 않겠다는데 말하라고 강요할 수도 없고.”

“형님은 이 영감님 변호를 하러 왔습니까!”

이유현이 소리를 높였다. 김성노가 쇳소리를 섞어 웃었다.

“다 맞는 말이야. 고 변호사한테 의뢰를 맡긴 보람이 있군. 한 가지만 더 이야기해 주지. 난 조금 전에 상자를 가져온 남자에게서 거액의 어음을 써 주고 채권을 샀을 뿐이야. 내 광고를 보고 거래를 하러 왔다더군. 일본국 채권만 갖고 온다면 그게 용해운이건 다른 껄렁패건 내 알 게 뭔가? 안 그래?”

“그렇군요.”

고진은 김성노에게 빙긋이 웃어 보이고는 이유현에게 말했다.

“결국 용해운을 해치우고 상자를 손에 얻은 그 미지의 남자와 이 어르신은 공범조차 아니란 거지. 단지 사후에 거래를 한 것뿐이니까.”

“형님, 끝까지 이러실 겁니까!”

이유현이 소리를 높였지만 고진은 외면했다. 화미령이 김성노에게 부드럽게 말했다.

"채권만이라도 이분들에게 보여 주면 안 될까요? 그럼 곧 돌아가실 텐데."

"싫어. 이젠 완전히 내 물건이야."

"경찰은 그냥 수사 자료로서 확인만 할 뿐입니다. 보여 주십시오."

이유현이 말했다.

"돌아가라니까. 경찰이 하는 일이 다 그렇지."

김성노의 말에 이유현의 눈썹이 움찔했다.

고진이 불쑥 말했다.

"그게 이유일까요?"

"뭐라?"

김성노가 눈을 치켜떴다.

"채권 상자를 내놓지 않는 이유가 그런 거겠냐 이거죠."

"무슨 소리야?"

김성노가 이상한 낌새를 느꼈는지 이마에 깊게 주름을 만들었다.

"제가 이미 법적으로 그 물건이 어르신 게 되었다고 바로 조금 전 설명을 했지요. 아까 보셨듯이 이유현 경감도 그 점은 인정하고 있고요. 당연, 화미령 변호사도 그렇게 이야기하고 있습니다. 채권만 보여 주면 우리들은 돌아간다고. 두 명의 변호사와 한 명의 경찰이 재산권을 보장한다는데도 굳이 내놓지 못하겠다는 것은…… 역시 내 예상대로라고밖에 할 수 없네요."

김성노의 몸이 언뜻 굳었다. 예상? 이유현과 화미령은 일제히 고진을 보았다. 이유현은 종이 정도는 뚫어 버릴 듯한 눈빛을 고진에게 보냈는데, 고진이 또 악취미를 발휘해 사전 귀띔 없이 이유현을 당황하게 만드는 폭로전을 펼치려는 것이 아닌지 막 의심하기 시작한 탓이었다. 고진이 잘라 말했다.

"어르신은 이미 잘 아실 겁니다."

"뭘 말이야?"

"이미 시간이 많이 흘러서 아무런 문제가 안 된다는 걸요. 그리고 이제 와서 알려진들 뭐가 두렵겠습니까?"

김성노는 가만히 고진을 쳐다보았을 뿐, 말이 없었다. 이유현은 고진의 말이 선뜻 이해 가지 않아 고개를 갸우뚱 했지만 나서서 물을 상황은 아니었다. 고진이 다시 말했다.

"그리고 드디어 얻으려는 걸 얻었죠. 아무런 법적인 하자 없이. 이제 맘껏 향유하는 일만 남았습니다. 아, '향유'란 말은 좀 어렵군요. 즐긴다고 해 두죠."

김성노의 표정은 주름과 검버섯 안에 깊숙이 숨겨져 있었다. 노인은 지팡이를 양손으로 모아 짚고 미동도 않은 채 앉아 있었다.

"그래서 전 여기서 어르신을 한번 제대로 불러 보고 싶어졌습니다. 양해해 주셨으면 합니다."

이어지는 연극조의 대사에 이유현은 심사가 불편해진 듯 인상을 찌푸렸고, 화미령은 고진을 빤히 쳐다보았다. 김성노는 오히려 귀를 기울여 고진의 말을 기다리는 듯 보였다.

"자그마치 80여 년 만에 불리는 거지요, 어르신."

이유현, 화미령, 김성노 세 사람의 시선은 일제히 고진의 입을 향했다.

"그렇지 않습니까?"

고진은 천천히 또박또박 말했다.

"전. 용. 해."

이유현과 화미령은 선 채로 화석처럼 굳어 버렸다. 김성노도 한동안 말이 없었다. 잠시 후 노인은 지팡이를 옆에 내려놓았다.

"예의가 없군, 고 변호사."

김성노는 주름을 지으며 입가에 웃음 비슷한 모양을 만들었다. 마치 해골바가지를 연상시키는 오싹한 모습이었다.

"노인의 이름을 함부로 부르다니. 자네 할아버지라 해도 내 아래일 텐데."

고진의 말을 긍정하는 김성노의 대답이 잠시 가출했던 이유현의 정신을 돌아오게 했다.

"이, 이 노인이 전용해라고요? 말도 안 됩니다!"

이유현이 부르짖듯 말했다.

"설마……."

화미령은 눈을 둥그렇게 뜬 채 고진과 김성노를 번갈아 쳐다보았다.

"왜 자네가 나서서 부정을 해? 본인이 인정하고 있지 않나."

고진이 이유현에게 장난스러운 눈짓을 보냈다. 김성노가 지팡이를 거실 바닥에 대고 한 번 탕 쳤다.

"고 변호사는 다 알고 있군. 좋아. 한때 세상의 왕이었던 나야. 구질구질하게 발뺌하는 짓은 안 해. 그리고 자네 말대로 내가 무얼 했건 간에 시효가 다 지났어. 내가 몇 명 죽였다지만 그래 봤자 80년 전이야."

"그렇지요. 그리고 지금은 아무런 법적 하자 없이 원하던 걸 다 얻었지요."

"자, 잠깐요. 두 사람이 그렇게 나가 버리깁니까?"

이유현이 마치 두 사람을 말리듯 가운데로 반 발자국 내딛었다.

"이게 말이 됩니까? 백백교주 전용해는 1937년에 용문산에서 죽었어요. 아니, 그날 살아남아 도망쳤다 하더라도, 이대철이란 이름으로 살다가 20여년 전에 죽었어요. 우리가 확인하지 않았습니까!"

"그거야 예전 같이 동거했던 진상화 할머니가 거짓말한 거지. 우리가 찾아갈 걸 안 백백교주께서 미리 손을 쓴 거야."

고진이 말했다.

"……그렇다 해도."

이유현은 잠시 말이 막힌 듯 머뭇거리다가 다시 목소리를 높였다.

"말이 안 됩니다! 이대철은 20여 년 전에 벌써 90세가 훨씬 넘은 나이였어요. 백백교 사건이 터졌던 1937년에 전용해는 벌써 43세였던 거죠. 지금까지 살아 있을 리가 만무합니다. 이 영감님이 나이가 많이 든 건 맞지만 설마 120살이나 되었을라구요?"

김성노는 무표정했고, 말이 없었다. 고진이 그를 힐끔 보고는 말했다.

"물론 여기 있는 이 전용해 할아버지가 120살 먹으신 건 아니지. 90세는 넘으신 것 같지만 말이야."

"그럼 아니잖아요? 전용해는 나이가……."

"전용해가 당시에 43세였다 이 말이지?"

"예."

"그게 확실할까?"

"예?"

"전용해가 누군지도 몰랐는데 나이는 어떻게 안단 거야?"

이유현은 순간 말문이 막혔다.

"인상착의는 물론 교주의 나이도 일본 경찰이 갖다 붙인 거야. 그것도 체포된 백백교 간부들의 증언에 따라서 말이야. 시체도 가짜였는데 실체 없는 교주를 말만 맞추어서 40대 중년 남자로 만들기야 식은 죽 먹기지. 아마 우리 교주님은 당시에 기껏해야 한 스무 살 정도였을걸? 그렇지 않습니까? 전용해 어르신."

"아마 17, 18세쯤이었을 거야."

김성노, 아니 전용해는 자랑스럽게 고개를 끄덕였다.

"아무리 그래도…… 교주가 무슨…… 스무 살도 안 되는……."

"이 사람. 그런 건 편견이야. 최남선이 18세에 잡지 편집장을 하던 시대였어. 서른이 되어서도 젖병을 빠는 우리 시대와는 달랐다구. 아니, 그런 유명한 양반들 예를 들지 않더라도, 유독 사이비 종교계에는 남다른 재능으로 나이를 초월하는 경우가 많아. 소년, 소녀가 신의 자손으로 나서서 교도들을 모으는 사이비 종교들은 요즘도 심심찮게 있거든. 예전 휴거 소동 이후에 분파해 나간 다베라선교회 같은 교단들도 18세와 21세의 앳된 젊은이가 이끌었어. 조금 오래전으로 거슬러 올라가면, 일본 최초의 기독교 농민반란인 17세기 시마바라의 난은 어떤가. 불과 3만 5000명의 농민군이 12만의 막부 군을 석 달이나 처절하게 괴롭혔지. 그 지도자는 불과 16세의 미소년인 아마쿠사 시로였어. 우리나라라고 그보다 못할 이유 있겠나. 전용해 할아버지도 일찍부터 사람을 사로잡고 조직하는 천부의 재능을 발휘했다고 봐야지. 물론 백백교 자체는 그 이전부터 있었어. 전용해 영감님이 아직 어렸을 때는 교단의 누군가가 대리인으로 나서서 섭정하는 형태였을지 모르지. 기록으로는 당시에 전정운의 백도교 유산을 두고 아들 간에 싸움이 일었을 때 전용해와 함께 차병간이라는 간부가 떨어져 나와 백백교를 창설해 1대 교주가 되었다고 하니, 그 사람이 아니었을까? 아마 한 10대 중반 이후부터는 전용해 영감님이 교주로 부상해 조직을 휘어잡고 교세를 무한정 늘려가지 않았을까 싶은데."

김성노는 숫제 만족스러운 듯 보였다. 고진이 말을 잇는 동안 눈을 희번덕이고 있었다. 이유현은 음소거 버튼이 눌린 TV 화면 속 인물처럼 입을 벙긋거리다가 그대로 얼어붙었고, 화미령은 다리가 풀렸는지 옆 의자에 조심스럽게 앉았다.

"그렇다면…… 용해운은 이 영감의 손자……? 도대체 어떻게……."

이유현은 더듬거렸다. 김성노가 히죽 웃었다.

"예전엔 몸이 좋았지. 용문산에서 마지막으로 빠져나왔을 때는 펄펄 날던 시절이었어. 그런데, 고 변호사는 내 옛날 이름을 어떻게 알아냈어? 참 재주도 좋군."

"재주가 좋긴요. 너무나 간단한 사실이었는데도 왜 그동안 한 번도 의심을 못 해 보았는지, 정말 머리를 쥐어뜯고 싶은 심정인데요. 용문산 정상에서 전용해로 보이는 시체를 발견하고 수색대원에게

소리친 20세 전후의 떠꺼머리 젊은이. 한동안은 그를 백백교에서 고용한 전령이라고 생각했지만, 잘못 생각한 거였습니다. 그 사람이 바로 전용해 영감님 본인이었죠. 바로 조금 전 용해운의 죽음으로 뒤늦게 깨우쳤으니 자랑할 만한 게 전혀 못 됩니다. 아, 동굴 속에서 깨달음을 얻었으니 원효대사님의 해골바가지 이야기와 비슷한 구석이 있다는 점에는 약간의 위로를 받아야겠네요. 하하하."

상황에 맞지 않는 고진의 농담에 아무도 따라 웃지 않았다.

"그 젊은 떠꺼머리가 전용해였다고 하면, 그 당시 나이는 10대 후반, 80년 가까이 흐른 지금은 아흔 몇 세가 되겠죠. 일단 김성노 어르신의 나이와 엇비슷해지지 않습니까. 어르신은 용해운이라는 걸출한 후손을 남겼어요. 용해운은 할아버지 못지않은 뛰어난 두뇌와 사람의 마음을 조종하는 재능을 가진 인물입니다. 살인을 밥 먹듯해 가면서 우여곡절 끝에 천원금광터에서 보물을 발견해 마침내 제 것으로 만들었습니다. 그런데 용해운을 이렇게 뒤에서 후원하던 할아버지는 마지막에 가서 용해운을 크게 배신해 버립니다. 다행히 아마 용해운은 배신당한 사실조차 모르고 죽었을 겁니다."

"그럼 이 영감이 용해운을 죽인 겁니까?"

이유현이 놀라 물었다.

"물론이지."

"용해운을 죽였다는 따위의 짜증나는 이야기는 관둬."

김성노는 버럭 쇳소리를 냈다.

"아, 걱정하지 마십시오. 어르신이 용해운을 죽였다는 증거를 갖고 있는 건 아니니까요. 하나의 재밌는, 그럴듯한 이야기에 불과합니다."

고진이 손사래를 쳤지만 이유현은 김성노를 지그시 노려보았다.

"정말 지독한 영감님이시군. 손자인 용해운을 실컷 이용하고서 그 돈을 독차지하려고 죽였다? 용해운도 괴물이지만 당신은 더한 괴물입니다!"

"맘대로 생각해. 그럴듯한 이야기이지만 틀렸어."

김성노가 대꾸했다.

"그래. 이 영감님 말씀이 맞아. 자네 이야기는 틀렸다구."

고진이 말했다.

"틀리다뇨?"

예상치 못한 고진의 말에 이유현이 따지듯 물었다.

"조금 전에 형님이 말했잖아요. 이 영감이 돈을 차지하려고 손자인 용해운을 죽였다고."

"그랬지."

"그런데요?"

"용해운을 죽인 건 맞아."

"네?"

"하지만 돈을 독차지하려고 죽인 건 아니야."

"옛?"

이유현이 소리를 높였다.

"아니 그럼 용해운을 왜 죽입니까? 재산을 찾아 주었고, 게다가 자기 손자인데."

고진은 시선은 김성노에게 보내며 입으로는 이유현에게 답했다.

"용해운으로부터 죽임을 당할까 봐서지."

"죽임을? 왜요?"

김성노는 주름으로 덮인 눈을 번득였다. 고진이 말했다.

"일본 국채 놀음은 다 거짓이었으니까."

"뭐라고욧?"

이유현은 소리를 빽 질렀다.

고진은 거기에 대답하지 않고 김성노에게 물었다.

"전용해 어르신, 어떻습니까? 제 추측입니다만, 김성노가 곧 전용해다, 이렇게 생각하니 분명한 의문이 하나 생깁니다. 신분도 이름도 다 잃어버렸던 전용해 어르신이 맨몸으로 이렇듯 큰 재산을 이룩한다는 게 거의 불가능하지 않겠습니까? 더구나 사업도 아니고 두둑한 현금으로 시작하는 사채업인데 말이죠. 그렇다면……."

고진은 잠깐 쉬고 김성노를 쳐다보았다.

"어르신은 백백교의 숨겨 둔 재산을 이미 다 찾으신 거 아닙니까? 그게 바로 이 사채업의 자산이고요."

김성노는 목에 뭐가 걸린 듯 켁 하는 소리를 내더니 선뜻 고개를 끄덕였다.

"똑똑하군. 맞아. 오래전 진상화인가 하는 여자한테 얹혀 살 때 백백교 시절 숨겨 뒀던 재산은 다 찾아냈어. 그 길로 그 여자를 떠났고, 그 돈으로 사채업을 하면서 그럭저럭 지금껏 살아왔지."

"진상화 할머니도 그러더군요. 누가 어르신을 찾아와서 몇 번 만나더니 같이 사라지셨다고. 찾아온 사람은 아마 백백교의 잔당이었겠죠. 그때 재산을 찾으신 거고요."

고진이 말했다.

"벌써…… 재산을 찾았다고……?"

이유현은 말을 채 마치지 못했다. 화미령이 숨을 집어삼키는 기척이 났다. 고진은 만족스러운 듯 고개를 끄덕였다.

"봤지? 어르신이 솔직하게 확인해 주었어. 그러니까 백백교의 재산이니 일본 국채니 하는 건 다 거짓이었던 거야."

"그렇다면……."

이유현은 여전히 말을 잇지 못했다.

"백백교주 전용해가 지상 최고의 보물로 소중히 여기고 모든 것을 걸고라도 찾아내려 한 것은 일본 국채 같은 것이 아니었어."

"그럼……?"

김성노는 자신 앞에서 벌어지는 고진과 이유현의 대화를 외면하고 접시 위에 놓인 조그만 육포를 다시 하나 집어 들었다. 입에 털어 넣고 우적우적 씹더니 컵에 따라 놓은 한약을 들이켰다.

"전 이렇게 생각합니다."

고진은 마치 웅변대회에 출전한 초등학생의 과장된 몸짓처럼 사람들의 얼굴을 한 번씩 찬찬히 들여다보았다.

"우리가 살면서 돈의 힘을 하도 절감하다 보니 늘 돈, 돈 외치고 다닙니다. 돈이 최고의 가치인 것 마냥 서로 비아냥대기도 하죠. 하지만 여러분. 우리 솔직해집시다. 돈 따위는 비교도 안 되는 인간의 소원, 있지 않습니까?"

"……소원?"

화미령이 고진의 말을 곱씹었다.

"그게 뭡니까?"

이유현이 따지듯 물었다.

김성노는 무표정하게 입만 오물거렸다.

고진은 과장된 어조로 천천히 말했다.

"불로장생."

"불로장생?"

이유현이 되뇌더니 말도 안 된다는 듯 고개를 흔들었다. 고진의 말에 귀를 기울이던 화미령도 어이없다는 듯 눈꺼풀만 끔뻑끔뻑했다.

"뭐 이룰 수야 없겠지. 그러니까 소망인 거고. 하지만 끔찍이 자기 몸을 생각하시는 우리 전용해 영감님께서 드시는 건 아무튼 극도로 효험이 있는 무언가가 틀림없겠지요."

"대단하군. 발뺌할 수가 없네."

김성노가 목을 쥐어짜 말했다.

"그래, 맞아. 내가 손에 넣은 건 채권이 아니라 바로 이거야."

김성노는 손에 쥔 타원형 주머니 모양의 작은 육포 조각을 흔들었다.

"뭡니까? 그딴 육포가 다 뭐라고."

이유현이 멍해져서 말했다.

"그래, 뭐 어쩔 거야? 이제 와서 뺏을 수도 없는 거 아닌가."

"뭐 뺏을 생각은 전혀 없습니다. 일본 국채가 아니면 저도 관심 없거든요. 그런 게 불로장생을 이루어 주리라고도 믿지 않고요."

고진이 말했다.

"대체 그게 뭡니까?"

이유현이 김성노를 향해 거칠게 물었다.

"알고 싶어?"

김성노가 말했다.

"알고 싶습니다."

"사람의……."

"에? 사람의?"

"쓸개야."

"쓸개?"

이유현이 버럭 소리를 질렀다. 화미령의 입이 벌어지고 뺨이 하얗게 변했다.

"쓸개는 역시 사람 것이 최고야. 웅담? 웃기지 말라고 해. 그래도 만물의 영장인 사람의 몸에서 자란 건데, 곰 같은 우둔한 놈 것에 비할 수야 없지. 원래 우리 집안이 대대로 간이 안 좋았는데 난 이 쓸개 덕분에 살았어. 요즘도 간이 썩 좋진 않거든. 이거야 말로 천만금을 주고도 살 수 없는 무병장수, 만병통치의 신약이지."

"인간의…… 쓸개……."

이유현이 흙빛이 되어 김성노의 말을 반복하며 더듬거렸다.

"그래. 교도를 괜히 죽였겠나? 이 쓸개를 꺼내 먹으려고 죽였어. 먹다 남은 건 따로 보관해 뒀지. 밀랍에다가 계피를 섞어서 고이고이 감싸 놓았어. 그러면 거 뭐야, 이집트 미라처럼 아무리 오래 보관해도 되거든. 갑자기 경찰이 들이닥치는 통에 이거 급히 숨기느라 고생깨나 했어……."

"어쩐지 상자가 무겁더라니."

고진이 투덜대듯 말했다. 김성노는 감개무량한 어조로 계속 중얼거렸다.

"근 80년 만에야 겨우 찾아냈군. 이 좋은 걸 놔두고 그동안 멧돼지니 곰이니 허접한 쓸개를 먹으려니 입맛이 이만저만 더러운 게 아니었어. 그렇다고 신분을 감추고 도망 다니는 몸으로 새로 사람을 쳐 죽여서 쓸개를 꺼낼 수는 없잖아. 그건 너무 위험하겠더라고. 세상이 바뀌어서 예전 백백교식으론 더 이상 안 되는 거야. 신도들도 이젠 없고. 예전엔 내 말 한마디면 신도들이 바로 사람 몸에서 장기를 꺼내 갖다 바쳤지, 내 손 하나 까딱해 본 적이 없었거든. 백백교가 340명인가 죽인 걸로 되어 있지만 내가 먹은 것만 해도 그보단…… 다 관두지. 옛날이야기 더 해서 뭐하겠나. 그런데 참 희한한 게, 시체마다 하나같이 쓸개가 빠져 있었을 텐데 일본 경찰은 그걸 숨겼더라고."

"이, 이게 대체……."

여전히 말을 잇지 못하는 이유현이었다.

"사람을 쓸개를 먹으려 키우는 동물 정도로 생각하신 건가요……."

화미령은 차마 더 말하기 힘든지 하얗게 질린 얼굴을 아예 돌려버렸다.

"백백교의 또 다른 실체는 바로 인간 목장이었다, 이거지요."

고진이 말했다.

"차라리 다행이야. 오래 묵어서 더 좋은 효능이 있을 거야."

김성노는 쓸개를 우적우적 씹어 대며 말했다.

그 장면을 물끄러미 바라보던 고진이 말했다.

"용해운이 죽을힘을 다해서 찾아낸 것이 7000억 원어치의 일본 국채가 아니라 저 말라비틀어진 인간의 쓸개란 걸 알아봐. 눈이 뒤집힐걸. 할아버지고 뭐고 바로 절단 난다고 봐야지. 살인마 손자의 무서운 성질머리를 잘 아는 우리 전용해 영감님은 용해운이 상자를 손에 넣자마자 들통 나기 전에 선수를 쳐 먼저 죽여 버린 거야."

"으으……."

이유현의 목 깊은 곳에서 낮은 신음이 흘러나왔다.

"어쩜 그럴 수가……."

화미령은 고개를 가로저었다.

"용해운이 왜 거기서 죽어 있었을까. 처음엔 말문이 막혔지만 여기서 찬찬히 사건을 거슬러 올라가 보니 사건의 전모를 깨달을 수 있었어. 뭐 덕분에 칙칙한 동굴 속에서 한참 시간을 보내긴 했지만, 그래도 뭐 원효대사의 해골바가지…… 아, 이 비유는 안 먹혔지. 아무튼 동굴 안에서 깨달음이 찾아왔어. 경찰도 찾아내지 못했던 임인건을 어떻게 용해운이 찾아내 등신으로 만들었을까 하는 의문도 이 김성노 영감님이 전용해라면 아주 쉽게 설명이 돼. 몸을 숨겼던 임인건은 하필 그 무렵 아내가 카드를 정지시킨 통에 돈이 떨어졌어. 아내한테 다시 연락하거나 찾아갔다가는 길목을 지키고 있던 경찰한테 걸린다고 생각했겠지. 그럼 다음에는 누굴 찾겠나? 자연스럽게 돈줄인 김성노 영감님한테 연락하지 않았겠어? 용해운이 온라인으로 배스솔트를 해외 업체로부터 구입했을 테고, 김성노 영감님은 미리 용해운한테서 그 배스솔트를 받아 놓았어. 돈이 필요한 임인건이 영감님을 찾아갔을 때 임인건이 환장한다는 사슴피같은 걸 내놓았을 거야. 거기다 배스솔트를 탔겠지. 사슴피 같이 맛이 독한 음료수에 배스솔트를 넣었다고 알아챌 수는 없을 거고. 아마 어마어마한 양의 배스솔트를 넣었을 거야. 그걸 마신 임인건은 바로 돌아 버렸고. 어떻습니까, 영감님. 제 추리가 맞습니까?"

김성노는 대답하지 않았다. 하지만 부인하는 제스처도 취하지 않았다.

"알겠습니다. 임인건이나 용해운이나 현재의 범죄에 대해서는 어차피 인정하시지 않을 테니 더 묻지 않겠습니다. 하지만 전용해로서 저질렀던 과거의 일은 안심하셔도 되겠네요. 340명을 죽였건 삶았건 어차피 살인의 시효는 오래전에 지났으니까요."

고진은 잠깐 말을 끊었다가 손을 들어 테이블 위 육포를 가리켰다.

"그건 안심하고 드십시오. 어르신 물건이 맞지요. 원래는 남의 몸에 들어 있던 남의 것이었지만."

"그럼, 그럼."

김성노는 고개를 끄덕끄덕 했는데 호기롭던 조금 전과 달리 왠지 급격히 힘이 빠진 모습이었다.

"일제강점기…… 간질병에 좋다고 아기를 죽여 뇌를 먹었을 만큼 미개함이 남아 있던 시절이지요. 인간의 영지(英智)란 게 아직 모양도 갖추지 못해 밑바닥을 기던 무렵입니다. 하지만 지금은 21세기, 의학과 과학의 시대입니다. 이제는 좀 달라져야 하지 않겠습니까?"

김성노가 목구멍에서 컹 소리를 내며 말했다.

"과학? 의학? 그래봤자 어차피 인간의 장기를 먹어 보지 못한 놈들이지."

"과연 그 쓸개가 몸에 이로울까요?"

"뭘 모르는 놈들……."

김성노가 켁켁 하며 기침을 했다.

"과연 어르신을 무병장수의 길로 이끌 수 있을까요?"

"무슨 헛소리……."

김성노는 머리를 가로저었다. 녹슨 간판처럼 삐걱거리는 목소리는 끝을 맺지 못했다.

"헛소리라고요?"

"모르니까 그런 소릴……."

"그런데 어르신 안색이 좋지 않습니다."

"헛소리……."

말을 마치지 못하고 김성노의 혀가 꼬였다. 밧줄처럼 관자놀이에 힘줄이 솟았고, 밧줄은 얼굴 전체로, 목으로 퍼져 나가는 듯 보였다.

"어르신, 안색이……?"

화미령이 한 발짝 다가서며 고진의 말을 반복했다.

털썩.

김성노의 지팡이가 쓰러졌다. 뒤이어 김성노도 바닥에 수직으로 고꾸라졌다.

25

의사는 이런 종류의 서류 작성에 익숙한지 진료실 책상에 앉아 고개도 들지 않고 빠른 속도로 슥슥 적어 가고 있었다. 당직을 서다 보면 드물지 않게 마주하는 일인 모양이었다. 이유현은 주민등록번호를 김성노의 것으로 불러 주었다. 생년월일부터가 실제와는 다르겠지만 전용해의 주민등록번호라는 건 존재하지 않으니 어쩔 수 없는 일이었다. 이름도 김성노로 기재할 수밖에 없었다.

진료실 입구에 서서 사체검안서에 사인하는 의사의 모습을 바라보며 이유현은 착잡한 심경에 사로잡혔다. 이유현은 복도에 서 있던 고진을 돌아보며 말했다.

"이번엔 진짜 죽은 거겠죠?"

"사람을 먹는 영감이지만 드라큘라는 아니니까."

고진은 담배를 꺼내들다가 집어넣었다. 화미령은 두 사람의 대화에 끼어들지 않고 그림자처럼 말없이 서 있었다.

김성노가 갑자기 의식을 잃고 쓰러진 후 이유현과 고진은 혹시 이런 일이 가끔 있는지 혹은 늘 먹던 약이 있는지 묻기 위해 가사도우미를 찾았지만 사라지고 없었다. 별장 바깥의 리무진도 같이 사라졌다. 단순한 기절이 아님을 직감하고 119를 불러 김성노를 급히 병원으로 후송시켰다. 외진 곳이다 보니 구급차가 오고 가는 데에 시간이 많이 지체될 수밖에 없었다. 병원에 도착한 지 얼마 되지 않아 결국 김성노는 사망했다. 의사는 사인(死因)을 급성 감염증이라고 썼다. 김성노가 영약으로 믿었던 인간의 쓸개는 밀랍과 계피라는 백백교풍 방부 처리에도 불구하고 땅속에서 70여 년간 묻혀 지내며 부패할 대로 부패해 있었고, 노쇠한 김성노는 강력한 균의 침입을 견디지 못하고 급성 바이러스 감염으로 급사한 것이었다.

이틀 후. 압상트의 카운터에 고진을 사이에 두고 나란히 앉은 이유현과 화미령 두 사람은 아직까지 나름의 복잡한 심경에 사로잡혀 있는 듯 보였다. 그런 가운데 고진이 주로 이야기를 하고 있었다.

"용문산 정상에서 전용해로 보이는 시체를 발견했다던 떠꺼머리. 그가 전용해 본인이었다고 하면 모든 게 설명이 돼. 전용해를 용문산 자락으로 몰아넣었다는 일본 경찰의 당시 상황에 관한 기록은 상당히 신빙성이 높다고 봐야 해. 그렇다면 그 전령 자신이 바로 전용해였다고 보는 게 아닌 쪽보다 열 배는 더 개연성이 높지. 사실은 전용해가 용문산으로 도주한 일이나 경찰이 추적해 들어간 것도 모두 계산된 일이었던 게 확실해. 그렇다면 더더욱 그 떠꺼머리는 전용해

이외에 다른 사람이 될 수가 없는 거지."

"그건 왜 그렇습니까?"

"전용해는 이미 간부들의 진술을 조작해 백백교주를 43세의 중늙은이로 만들어 놓았어. 아들이라는 전중기나 딸인 전평자도 당연히 거짓이겠지. 43세 교주의 신빙성을 부여하기 위해 백백교도 가족 중 적당한 아이들을 골랐을 거야. 교주의 자녀임에도 수사결과 별 대단한 혐의점이 나오지 않은 것도 그런 이유 아닐까. 애당초 다른 자를 전용해로 오인시키기로 미리 계획을 세웠을 거야. 객사한 시체를 우연히 주웠다고는 생각하기 어려워. 시체는 발견 당시를 기준으로 죽은 지 이미 50일 정도 되었다고 하니, 아마 미리 다른 부하에게 지시해서 용문산 정상에서 살해해서 숨겨 두도록 했던 걸 거야. 어쩌면 전용해가 가장 쉽게 시체를 얻을 수 있는 방법을 택했을 수도 있어. 자기 교도 중 한 명을 죽이는 것 말이야. 물론 간부들에게 진술시킨 백백교주의 인상착의는 그 살해당한 인물에 맞춰 놓았던 거고. 그걸 봐도 용문산에서의 시체 바꿔치기는 미리 계획된 시나리오였다고 봐야 해. 그때 전용해는 백백교의 전 재산을 숨긴 장소를 적은 끈은 전달받지 못하고, 그 키워드가 되는 숫자가 적힌 종이만을 갖고 있는 상태였어. 경찰에 쫓기던 전용해는 의도적으로 용문산으로 숨어 들어 갔지. 시체 바꿔치기가 준비된 곳이었으니까.

생각해 봐. 체포된 백백교 간부가 입을 꾹 닫고 있다가 어느 시점에서 교주가 용문산으로 도주했다고 진술한 것부터가 이상하잖아. 체포되기 전에 이미 교주가 나중에 용문산으로 도주할 거라는 알고 있었다는 모순인 거야. 사실은 이것도 전용해의 지시에 따른 진술이었던 거지. 도주한 전용해가 용문산 마을 산막에서 굳이 사람들 눈에 띄었던 것 하며, 데리고 나왔던 여신도를 죽여 산막 부엌에 버려 둔 일 하며, 이 모두가 미리 세워 둔 계획 아래 일부러 경찰을 유인한 거였어.

수색대가 출발한 그날 백백교주 전용해는 그보다 일찍 용문산 정상까지 바삐 올라갔어. 부하가 숨겨 놓았던 시체를 꺼내 적당한 위치에 눕혀 놓고 자신으로 오인하도록 몇 가지 손을 보았어. 자신이 유인해 온 경찰 수색대가 이 시체를 발견하고 백백교주로 오인하도록 말이야. 그런데 시간 계산에 착오가 생긴 거야. 수색대가 생각보다 빨리 도착해 버린 거지. 산 아래쪽에서 수색대원이 올라오는 기색을 느끼고는 급히 아래턱을 뜯어 내고 송곳으로 이빨에 보물지도 키워드만 새겨 넣었어. 그런 급박한 상황이 생길 줄은 예상 못 하고 숫자를 외워 놓지 않았던 거지. 다급하게 외울 자신도, 잊지 않을 자신도 없었을 거고. 현대인인 우리도 휴대폰 번호 몇 자리 못 외우는 거 생각하면 전용해의 조치는 아주 현명한 처사이긴 했어. 숫자를 새겨 놓은 다음 키워드 종이는 삼켜 버렸지. 여기까진 훌륭한 임기응변이었는데, 그 후에 일이 그만 예상치 못하게 꼬여 버린 거야. 백백교주 전용해가 자살한 걸로 처리된 것까진 계획대로였지만, 그 '보물'이 문제였지. 간부들이 소탕되면서 중요한 끈은 어디론가 사라져 버렸고. 시체의 해골은 잘라내 경찰에서 보관한다고 하고. 결국 전용해는 '보물'을 숨긴 장소를 가리키는 암호문과 키워드 모두를 분실해 버리게 된 거야. 전용해는 이름을 바꿔 이대철, 김성노로 남은 평생을 살면서도 속 태우면서 아쉬워하게 되지. 결국 아들을 거쳐 손자인 용해운을 찾아가 필생의 과업을 넘겨 주게 되는 거고."

"김성노 씨가 전용해라는 건 그날 이야기했듯이 임인건 사건 때문에 알아챈 거군요."

화미령이 말했다. 고진은 화미령을 향해 고개를 돌렸다.

"그뿐만은 아니지요. 임인건의 일이 있은 후에도 전 여전히 그런 의심을 못 해 봤으니까요. 그저 용해운이 어떻게 임인건의 소재를 알아냈을까, 하고 궁금해하는 수준이었죠. 결정적으로는 역시 동굴 속에서 용해운의 시체를 발견한 때문이었어요. 동굴 속에서 동굴의 우상을 깨뜨린 셈이니 아이러니컬하지 않습니까? 하하하…… 음, 이번에도 아무도 웃어 주지 않는군."

고진은 헛기침을 하고서 이야기를 계속했다.

"아무튼, 용해운이 수괴가 아니었던 건가? 그렇다면 혹시 용해운을 배후에서 조종한 누군가가 있었던 게 아닐까. 그리고 그는 용해운이 물건을 찾아내서 용도가 다한 때를 기다려 해치운 건 아닐까. 그렇다면 그럴 수 있는 인물은 누구며, 이 물건이 어떤 것이길래 그랬을까. 용해운인 임인건을 어떻게 찾아내 해치울 수 있었을까. 생각을 이어가다 보면 한 가지의 결론에 도달하게 되더군요. 김성노가 바로 전용해였다, 라고요. 이유는 뭐 앞에 이야기한 그대롭니다. 아, 용해운이 천원금광터를 쉽게 찾아낸 것도 쉽게 설명할 수 있죠. 사실 나는 향토사학자를 수소문해 그분 도움으로 겨우 위치를 알아낸 거거든요. 용해운은 거길 어떻게 알아냈을까요? 가평 조무락골의 백백교 본부는 또 어떻게 알았을까요? 역시 사학자의 도움으로? 아닙니다. 나보다 훨씬 쉬웠죠. 다름 아닌 전용해 본인이 알려 주었거든요.

여담으로, 이건 나도 얼마 전에 안 사실이지만, 오대산에서 잡은 노루를 여신도가 선물한 일이 있었는데, 그걸 계기로 전용해는 노루피에 맛 들이게 된 모양입니다. 앵정정 집 마당에 닭장과 노루장 같은 걸 두고 닭과 노루를 사육하며 정력제로 애용했다고 하더군요. 백백교 사건이 터진 후 백주 장안대로에 노루 한 마리가 어슬렁거리다가 생포되었는데, 전용해가 약재로 키우던 것으로 판명 났다는 신문 기사도 있더군요. 그런데."

고진은 말을 끊고 가볍게 웃었다.

"내가 김성노로서 처음 만났을 때도 그 영감님은 사슴피를 마시고 계셨더랬죠."

"어쩐지……."

화미령이 고개를 끄덕였다.

"예전 입맛을 못 버린 모양입니다. 그런 부분을 전에 알았다면 조금은 일찍 동일인이라고 눈치채지 않았을까 싶기도 해요."

고진은 스카치를 입에 툭 털어놓고서 말을 이었다.

"하여튼, 용해운의 시체를 보고 나니 전용해가 찾는 물건은 일본 국채가 아니지 않았을까 하는 생각이 들더군요. 물론 일본 국채라고 하더라도 전용해가 용해운을 죽인다는 경우의 수는 상상할 수 있습니다. 재산을 독차지하려고 말이지요. 하지만 일본 국채라면 그렇게 '급하게' 용해운을 해치울 필요는 전혀 없었습니다. 용해운이라는 폭발물이 상자의 정체를 아는 순간 바로 걷잡을 수 없는 균열을 일으킬 물건. 적어도 용해운이 만족할 만한 국채나 아니면 돈, 재산 따위의 것은 아니다 이거죠. 물론 교주 본인이 찾는 물건이 그게 아니라면 일본 국채를 백백교가 사 모았다는 말도 당연히 거짓말이고요.

그러면서 거기에 생각이 미쳤어요. 살날이 얼마 안 남은 영감님이, 거기다 몇백억의 자산가가, 돈에 욕심낸다는 일이 자연스러운가? 하는 거요. 평소에 끔찍이 몸 생각을 하면서 검증되지 않은 괴상망측한 음식만 먹어 대던 김성노이니 더 그랬죠. 그 나이에 가장 갖고 싶은 것은 그게 아니지 않은가, 하고요. 돈이나 여자는 아직 노인이 되어 보지 못한 우리가 먼저 떠올리는 것들일 뿐이죠. 어떻게 보면 인생의 애송이들이 갖는 꿈일지 모릅니다. 정점에 도달한 사람들은 더 길고 큰 꿈, 이를테면 영생, 혹은 영생에 가까운 장수 같은 것에 눈을 돌리게 되는 지도 모르죠. 진시황이 최초로 중원을 통일하고 황제가 되어 수많은 유학자를 생매장해 죽였으면서도 자신의 목숨줄을 이어 갈 불로장생의 영약을 찾으려 전력을 기울였듯이 말이죠. 규모는 다르지만 자신의 만든 왕국 안에서 모든 향락을 맛본 전용해라는 이 인물도 최종적으로는 이 꿀보다 달콤한 인생을 조금이나마 더 길게, 오래 맛보고 싶은 욕망에 사로잡히지 않았을까. 그게 세상을 거머쥔 그런 인물들의 최후의 비원 아닐까. 그 간절한 비원의 주인공이 정작 남의 목숨은 수백 수천 개를 서슴없이 앗아갔다 하더라도 말이죠. 그 영감이라면, 그가 90세가 넘어서까지 간절히 찾으려 한 건 돈이 아닌 무언가, 혹시 아주 귀한, 장수를 약속하는, 혹은 그렇게 믿는 약재나 비약 같은 건 아니었을까? 물론 그게 인간의 쓸개일 거라고는 저도 상상 못 했습니다……."

고진의 말이 끝나자 화미령은 침울한 얼굴로 고개를 저었다.

"돈, 장수…… 전 둘 다 별로 갖고 싶지 않네요. 여자는 물론이고."

이유현이 곰곰히 듣다가 무언가에 생각이 미친 듯 퍼뜩 말했다.

"잠깐만요. 그럼 김성노가 어떤 남자에게서 물건을 샀다는 얘기는……?"

"당연히 거짓말이지."

고진이 말했다.

"하지만 아무리 정정하다 해도 90대 노인이 동굴 안에 들어가 용해운을 죽인다는 건 불가능하지 않습니까. 그걸 실행하고 물건을 전용해에게 가져다 준 누군가가 따로 있었던 건 분명합니다."

"그렇지. 하지만 김성노가 수족처럼 부렸던 가사도우미라도 그 정도 일은 충분히 가능할 거야. 동굴 안에 따라 들어가 독이 든 물통만 건네주면 되는 일이니까."

"가사도우미……."

이유현이 고진의 말을 되풀이했다.

"그렇겠네요. 김성노 영감이 쓰러진 뒤 급히 달아났죠. 리무진까지 훔쳐 타고 말이죠."

"꼭 훔치겠다는 생각보다는 당장 달아나느라 그랬던 걸 거야. 아마도 김성노의 지시를 받아서 아무것도 모르고 독이 든 물통만 전달한 단순 심부름이었을 지도 몰라. 그래도 눈앞에서 용해운이 죽는 걸 보았을 테고 바로 경찰이 들이닥치니 겁이 낫겠지. 그렇지 않다 하더라도 결과적으로 악마를 세상에서 없애 준 셈이니 솔직히 뭐 그렇게 심하게 나무랄 건 없잖아."

경찰 입장은 다를 수밖에 없지만 이유현은 굳이 반발하지 않았다.

"경찰 조사 결과, 전용해와 용해운 간에 통화 내역이나 금융 거래 기록이 전혀 없었다며? 전용해는 정말 치밀한 인물이었어. 용해운에게 찾아가 가문의 영광을 알려주었을지언정 호적은 물론 나중에 추적해 들어갈 수 있는 인적 연관은 절대로 만들지 않았던 거지. 직접 만나든가 아니면 대포폰을 썼겠지. 돈은 현금만을 주고."

"그것 참……. 남기만이 돈을 빌린 사채업자가 하필 전용해가 뒤를 봐주던 임인건이었다는 게 참 기묘한 우연입니다."

이유현이 말했다. 고진이 즉시 손을 저었다.

"그건 우연이 아니었어."

"우연이 아니라고요?"

"우연일 리가 없잖아. 남기만한테는 금융권은 사채업자조차도 돈을 돌려받을 아무런 가능성이 없다고 판단하고 모두 대출을 거절한 상황이었어. 그런데 임인건의 명성실업이 3800만 원이나 되는 거액을 담보도 없이 덜컥 빌려줬어. 우리가 정신이 멀쩡할 때의 임인건을 알지만 그럴 사람이야? 실상은 그거라고 봐야지. 남기만이 돈을 빌린 게 아니라 명성실업에서 돈을 빌려 준 거야."

이유현이 멈칫했다.

"명성실업에서 빌려준 거다? 그거나 그거나요."

"전주인 전용해가 빌려주게 했던 거지. 아마 남기만이 돈이 궁해 죽어 가는 걸 본 용해운은 능력을 보여 확실한 추종자로 만들 기회라고 판단했을 거야. 용해운이 전용해에게 그걸 말했고, 전용해는 임인건에게 말한 거지. 남기만이란 자에게 돈을 빌려주라고. 용해운은 남기만에게 명성실업을 찾아가 보라고 유도했을 거야. 좋은 일이 있을 거라면서. 용해운이 시키는 대로 찾아간 명성실업에서 거액의 대출을 받은 남기만은 용해운이 둘도 없는 구세주처럼 여겨졌을 게 분명해."

"그런데 결과적으로 그 탓에 일이 꼬였네요. 명성실업 임인건이 남기만한테서 돈 받아 내려다 국제우편으로 날아온 끈을 가져가 버렸으니까요."

듣고 있던 화미령이 말했다.

"그러게 말입니다…… 그런 우연적인 패착만 제외하면 전용해는 끝까지 치밀했어요. 용해운에게 영장이 발부되고 지명수배가 내려지자 전용해도 낭패스러운 상황에 처하게 됩니다. 용해운이 상자를 찾아낸 사실이 경찰에 들통 났고 살인사건의 진상마저 밝혀져 경찰에 쫓기는 신세가 되었으니 이 상자를 몰래 회수하려던 전용해의 계획마저 틀어지게 된 것이죠. 상자의 소재를 추적해 들어온 경찰이 전용해에게 당신이 왜 이 상자를 가지고 있지? 라고 추궁하기 시작하면 만사가 끝이니까요. 그런데 여기서 전용해는 역시 남다른 수를 씁니다. 신문에 광고를 실어 버립니다. 채권을 사겠다고.

그래 놓으면 나중에 전용해가 상자를 입수하더라도 신문 광고를 보고 찾아온 용해운, 혹은 다른 누군가로부터 샀다고 주장하면 되니까요. 상자 속 물건이 일본 국채도 아니고 이게 뭐냐 라고 물어도, 물건을 찾고 보니 채권이 아니라 용해운이 실망해서 팔아 버리려 자신을 찾아왔다, 그리고 전용해는 적당한 값을 치르고 사들였을 뿐이다, 이렇게 말하면 그만입니다. 상자를 손에 넣고도 그런 방식으로 용해운과의 인적 연관을 끊어 놓으려 했던 겁니다."

"그러네요……."

화미령이 눈을 깜빡였다.

"아흔 넘은 영감이 교활한 꾀는 여우보다 더하군."

이유현이 혼잣말처럼 내뱉으며 잔을 들이켰다.

"참, 전용해 영감이 그 별장에 있는 건 어떻게 알았습니까?"

"거기밖에는 생각할 수 없었어. 평생을 기다려 온 보물이니까 당연히 남모르는 장소에서 조용히 즐기면서 맛보고 싶었을 거야. 그런데 아흔 넘은 노인이 호텔을 찾을 것도 아니고 그럴 만한 데는 자기 집인데, 홍제동 집이나 북한강 별장은 일단 내가 알고 경찰도 안단 말이지. 그렇다면 남은 데는 미령 씨가 한번 이야기했던 그 포천에 있다는 별장이야. 보물 상자를 손에 넣은 천원금광터에서도 가깝고. 그곳에 있을 거라고 확신했지. 그래서 장소를 아는 미령 씨한테 급히 물어서 찾아갔던 거고."

"그랬군요…… 그건 그렇고, 그 노친네가 형님한테 채권을 찾아 달라는 의뢰는 왜 맡겼을까요?"

쯧, 고진은 입맛이 쓴 듯 혀를 찼다.

"그것도 철저히 계산된 거야. 두 가지 의미가 있었을 거야. 첫째로는, 나를 통해서 수사 진행 상황을 수시로 알아내려 했던 거야. 광수대 사무실에 처음 왔을 때 우릴 보았잖아. 백백교 사건의 수사지휘자인 자네하고 나하고 각별한 사이인 걸 안 영감은 나를 불러 사건을 의뢰하면서 경찰과의 접점을 만든 거지. 그 후로 수시로 나를 집으로 부르거나 내게 전화를 했는데, 돌이켜보면 늘 용해운에 대한 증거가 있는지, 경찰이 암호문을 풀었는지, 임인건의 소재는 파악했는지, 수사는 어떻게 되어 가는지 하는 걸 일일이 묻고 확인하고 있었어. 용해운을 체포할 증거가 없어서 수사가 어렵다는 내 말에 안심하고 흐뭇했겠지."

"그럼 형님이 수사 정보를 흘린 셈이군요."

이유현이 비꼬듯 말했다.

"정말 우라질 상황이었어……."

고진이 머리를 흔들었다.

"그럼 두 번째는요?"

"그거야 자신이 쫓는 보물의 진정한 정체를 숨기기 위한 거지. 그 무렵 수사를 받았던 용해운에게 전해 듣지 않았겠나? 백백교의 끈을 쫓고 있다는 점까지 경찰이 이미 알고 있더라 하는 것 말이야. 그렇다면 차라리 끈은 드러내되 그 진정한 실체를 숨기자는 생각이었겠지. 그들이 찾는 건 인간의 쓸개가 아니라 일본 국채다, 라고 말이야. 나중에 물건을 찾더라도, 미리 나를 통해서 경찰에게 보물의 실체를 현혹시켜 놓는 게 훨씬 안전할 테니까 말이야."

"그렇군요. 마지막까지 우리 모두 그렇게 믿고 있었으니……."

"심지어 용해운조차도 그랬지. 사실 용해운은 선악을 떠나 어떤 면으로는 굉장히 뛰어난 인물이야. 할아버지 못지않게 사람의 마음을 조종하는 재능을 가졌던 인물이었어. 머리도 비상했고. 밥 먹듯 살인을 해 가면서 우여곡절 끝에 천원금광터에서 보물을 발견해 마침내 제 것으로 만들었는데, 막 환희의 인생이 펼쳐지려 하는 순간 할아버지 전용해로부터 커다란 배신을 당한 거고."

"하지만 그 전용해도 당한 셈이네요."

화미령이 말했다.

"자신의 어리석음한테서요."

"인간 푸아그라에 맛들인 자의 최후라고나 할까요. 어쩌면 그가 죽인 사람의 원혼이 복수한 건지도 모르죠."

고진은 싱긋 웃으며 잔을 비웠다.

"그래도 너무 늦었어요."

이유현이 씁쓸하게 말했다.

"인간 푸아그라……?"

화미령이 고진의 표현을 곱씹다가 가볍게 고개를 흔들었다. 그것을 마지막으로 대화가 멈추고 잠깐의 침묵이 세 사람을 덮었다. 고진과 이유현은 그 침묵을 메우려 약속이라도 한 듯 잔을 거푸 들이켰다. 압상트의 불빛은 오늘따라 더 짙은 어둠을 뿌렸다. 화제 탓인지 침묵 사이로 무거운 기운이 감돌았다. 아까부터 간간이 나지막한 말투로 끼어들기만 할 뿐 줄곧 침잠해 있던 화미령이 드리운 우울한 분위기 탓인지도 모른다. 화미령은 초점이 맞지 않는 눈으로 카운터 위에 놓인 양주 글라스를 조용히 내려다보고 있었다. 고진이 분위기를 깨려는 듯 화미령에게 가볍게 말했다.

"글라스 안에 미지의 생물체라도 있습니까?"

화미령이 고개를 들어 말했다.

"고 변호사님은 이런 게 좋은 건가요?"

"예?"

화미령의 돌연한 말에 고진은 낮게 반문했고, 이유현도 시선을 보냈다.

“생물체요? 아니면 술잔요?”

고진이 엉뚱한 질문으로 되받고는 금세 얼굴에 앗, 이게 아니지 하는 후회의 빛을 띠었다.

“아뇨.”

화미령은 도리질을 쳤다.

“인간을 의심하고, 내내 인간의 악의를 생각하고, 가끔씩 시체도 눈앞에서 만나고 하는 거요.”

“그런 일이야…….”

화미령의 돌발적인 발언에 고진은 말을 잇지 못했다.

“고 변호사님은 돈 이야기를 많이 했지만 결국 보수 때문에 이 일에 뛰어든 것 같지는 않아요. 그리고 돈을 받고 이 일을 하는 어떤 사람보다도 열중했었고요. 용해운, 전용해 모두 목적을 위해서는 서슴없이 사람의 목숨을 뺏는 극단적인 악인이고 잔인한 인물들이었어요. 물론 고 변호사님은 그런 사람들의 흉계를 밝혀내는 좋은 분이죠. 그런데 왜일까요? 고 변호사님 또한 사람의 목숨에는 그리 관심이 없었다는 듯한 이 이상한 기분은 왜 들까요? 마치 바다 속 전복이 파래를 뜯어먹고 사는 일에 인간이 신경 쓸 필요가 없다는 듯이 말이죠. 오로지 사건의 진상만이 중요했을 뿐, 솔직히 그들의 범죄가 어찌됐건 고 변호사님한테는 상관없었던 것 아닌가요?”

“……왜 그런 생각을 하시죠?”

고진이 안주머니에서 담배를 찾으며 말했다. 하지만 괜히 손만 더듬거릴 뿐 쉽게 담배를 찾아 꺼내지 못하고 있었다.

“미안해요. 지나친 생각인 건 알아요. 하지만 좀 견디기 힘드네요.

시체를 여럿 눈앞에서 보았어요. 마지막엔 노인이 인간의 살점을 먹으며 죽어 가는 모습을 보았고요."

만약 이유현이나 류경아가 같은 말을 했다면 필시 대단한 휴머니즘이라며 시니컬하게 비웃거나, 혹은 당신은 입이 너무 짧군 하며 말도 안 되는 유머로 받아넘겼을 고진이었다. 하지만 이 순간 고진은 입을 떼지 못하고 있었다.

"……어떤 쪽으로든 도무지 난 그걸 감당할 수가 없을 것 같아요. 고 변호사님은 그런 걸 쫓아다니는 사람이고. 고 변호사님은 이런 게 좋은 건가요?"

화미령은 처음의 질문과 똑 같은 질문으로 말을 맺었다. 고진은 마침내 담배를 겨우 찾아 입에 물었고, 이유현은 끼어들지 못하고 물끄러미 천장만을 바라보아야 했다.

"모르겠어요. 머리가 어지럽네요. 생각을 좀 해야겠어요."

화미령은 핸드백을 챙겨 일어섰다. 고진은 불이 붙지 않은 담배를 입에 문 채 멍하니 화미령을 바라볼 뿐 붙잡지 못했다. 이유현은 왠지 화미령을 보는 게 마지막일 것 같다는 생각을 했다. 자신에게도 또 고진에게도.

"죄송해요. 먼저 갈게요."

떠나가는 화미령에게 입구 쪽에 앉아 있던 류경아가 잘 가라는 인사를 밝게 건넸다.

고진이 따로 류경아를 만난 건 꽤나 오랜만이었다. 류경아의 청담동 아파트 안 어린이 놀이터 벤치였다. 몇 달 전 노르웨이숲 고양이를 선물해 냉담해져 가는 여성 심리의 반전을 노렸던 그 자리다. 백백교의 살인처럼 내리쬐던 폭염이 지나고 계절은 완연한 가을로 접어들었다. 바람에 굴러온 낙엽이 발치를 건드렸다. 벤치에 앉은 고진은 뺨이 움푹 패고 눈 밑이 검게 변해 있었다. 깡마른 몸에 갈색 코트를 걸친 그 모습은 가을에 접어들어 낙엽을 떨구고 껍질이 말라가는 나무를 닮아 있었다. 카디건을 걸치고 몸을 움츠린 류경아가 놀이터 안으로 터덜터덜 걸어왔다. 그녀를 보자 말라 가던 나무가 되살아났다. 고진이 씩 웃으며 손을 흔들었고 류경아는 가볍게 고개를 끄덕했다. 가까이에서 본 류경아의 얼굴은 여전히 하얗지만 다소 초췌해 보였다.

"화 변호사님은요?"

류경아의 첫마디였다. 화미령을 놔두고 왜 자기한테 찾아왔느냐는 투정 섞인 말이 압축되어 있었다.

"거의 못 봤어."

사실은 '전혀' 만나지 못했다. 고진은 류경아 앞에서 최후의 자존심을 지키기 위한 말을 덧붙였다.

"요즘 업무가 밀려서 많이 바쁜가 봐. 하긴 그동안 내 일에 엮이는 바람에 자기 일을 제대로 못했지."

"고 변호사님 일에 더 이상 휘말리기 싫어서가 아닐까요."

"충격이 컸으니까 잠시 시간이 필요한 거겠지. 보기보다 섬세한 감성을 갖고 있는 거 같아."

고진의 말투는 밝았지만 어느 모로 보나 그 사람을 직접 만나지 못한 자의 짐작에 불과한 말들이었다.

"그러고 말이야, 첨부터 뒤를 캐듯이 그럴 거야? 지나는 길에 가을 날씨도 스산하고 해서 잠깐 들러 봤는데."

"하긴 고 변호사님은 추남이시죠."

류경아는 발치의 낙엽을 툭 찼다.

"이런, 그건 못생긴 여자한테 '호박이 넝쿨째 굴러들어 왔소'하는 거나 마찬가지야. 이유현이나 나처럼 찔리는 남자는 그런 말 들으면 삐쳐."

고진이 너스레를 떨며 불평을 늘어놓았지만 류경아는 고진의 말을 제대로 듣고 있는 것 같지 않았다. 그녀의 눈가에는 눈물이 번져 있었다. 뒤늦게 물기를 발견한 고진이 화들짝 놀라 물었다.

"왜 그래? 무슨 일 있어?"

"어제 베티가 죽었어요."

"베티?"

고진은 눈알을 굴렸다.

"모르는 이름인데. 외국인 친구야?"

"아니. 그 고양이 말이에요."

"고양이라니?"

류경아가 눈물이 번진 눈으로 한심하다는 듯 고진을 쳐다보았다.

"정말. 자기가 선물해 놓고도 기억을 못해요?"

"아, 그 노르웨이숲."

"그래요."

"헛. 그럼 그 고양이가 죽었단 말이야?"

"네."

"것 참. 비극이군. 어쩌다가?"

고진은 '비극이군'은 건성으로 말하고, '어쩌다가'에는 힘을 주었다.

"큰 멸치를 잘못 먹었어요. 수의사 말로는 목에 걸려서 질식한 거래요. 아직 아기여서 못 넘긴 모양이에요. 계속 목을 컹컹대고 비틀거리길래 좀 이상하다 싶었는데…… 가여워 죽겠어."

"안됐네."

고진은 짤막하게 말을 받았는데, 어떤 위로의 말을 해야 할지를 모르는 듯했다.

"후회돼요. 신경을 더 썼어야 했는데. 밤에 늦게 들어오다 보니까 제대로 살피질 못했어요. 어제 아침에 일어났는데 우리 베티가 집 안에서 나오질 않더라고요. 이상해서 들여다봤더니……."

"자기 집 안에서 자다가 죽었군. 그래도 크게 괴로워하다가 죽은 건 아닐 거야."

"그렇겠죠?"

류경아가 고진에게 확신을 구하듯 올려다보았다. 고진이 드디어 위로의 번지수를 제대로 찾은 것이다.

"응. 진짜 아팠으면 끙끙대느라 밤에도 소리가 들렸을 거야……."

고진은 류경아의 어깨에 손을 얹었다. 류경아는 빨개진 눈에서 눈물이 흐르지 않도록 가만히 고개를 들었다.

"그날 밤에 고양이집만 한번 들여다보았더라도 살았을 텐데……."

류경아는 혼잣말처럼 중얼거렸다. 실처럼 가늘게 이어지는 여운은 후회의 길이 같았다. 고진은 류경아의 어깨에 손을 얹은 채 기사 서품이라도 하듯 가만히 앉아 있었다. 그러던 고진의 표정이 어느 순간부터 점차 일그러졌다. 류경아의 어깨에 놓였던 손이 스르르 내려갔는데 자신도 그걸 의식하지 못했다. 고진은 자세를 똑바로 하더니 등받이에 몸을 기대고 생각에 빠져들었다.

류경아는 그런 고진을 의아한 듯 쳐다보았다. 주화입마에 들기라도 한 듯 고진의 상태가 이상해졌지만 류경아는 "왜 그래요?" 라든가 "어디 아파?" 하며 몸을 잡아 흔드는 따위의 서툰 짓은 하지 않았다. 아끼던 고양이를 잃은 슬픔에 빠졌어도 여전히 살아 움직이는 본능적인 센스였다.

한참 후에 고진이 입을 열었다.

"고마워."

"고맙다뇨. 제가 미안하죠."

류경아가 고진의 표정을 살폈다.

"오늘은 이만 가 볼게. 안녕."

고진은 대답 없이 벌떡 일어서서 손을 가볍게 흔들었다. 물기로 흐려진 류경아의 눈에 고진의 걸음걸이가 잠깐 비틀거린 것처럼 보였다.

대모산 기슭 아파트로 돌아온 고진의 낯빛은 매미껍질처럼 창백했다. 현관 언저리에 구두를 아무렇게나 벗어 던진 고진은 코트와 슈트 상의를 한꺼번에 벗어 소파에 던져 놓았다. 이어 거실 모퉁이에 치워 두었던 백백교 사건 자료를 가져와 거실 테이블 위에 쏟아부었다.

고진은 와이셔츠 단추를 두 개 풀고 찬 바닥에 주저앉아 손에 잡히는 대로 자료를 되짚어가기 시작했다. 병자 같은 낯빛, 충혈된 눈으로 묵은 종이를 뒤적이는 그를 누가 보았다면 도박장에서 돈이 떨어져 집문서를 찾으러 온 건달쯤으로 생각했을 법하다. 그는 잠시 후 허리를 한 번 쭉 편 다음 테이블 옆에 치워 둔 노트북을 켰다. 백백교 사건자료 폴더를 열고 파일들을 일일이 체크하기 시작했다.

눈을 거의 깜빡거리지도 않고 한참 모니터를 뚫어져라 쳐다보던 그는, 어느 순간 등을 소파에 기대고 바람 빠진 풍선처럼 축 늘어졌다. 이어 마룻바닥이 꺼져라 긴 한숨을 쉬었다.

노트북 옆에는 이유현이 건네주었던 암호문이 놓여 있었다.

26

오전 10시의 인천국제공항은 사람들로 터져나갈 듯 북적였다. 거대한 고래 뱃속의 크릴새우만큼이나 많은 이 사람들 속에서 한 사람을 그냥 찾아낸다는 일은 불가능에 가까울 것이다. 고진은 만날 약속이 되어 있지 않은 누군가를 찾으려 하고 있었다. 그럼에도 그의 얼굴에 난처한 빛은 보이지 않았다. 고진은 인파 사이를 뚫고 뚜벅뚜벅 분명한 행선지가 있는 걸음을 옮겼다.

고진은 여권과 항공권을 보여 주고 출국장 게이트를 지나 보안검색을 마치고 출국심사대를 통과했다. 출국장에 들어선 고진은 주저없이 오른쪽 에스컬레이터에 올랐다. 위층까지 올라간 다음 출국장 허공을 가로지르는 다리를 지나 입구가 온통 유리로 된 럭셔리한 공간으로 들어섰다. 대한항공 퍼스트클래스 라운지 입구의 데스크 여직원은 항공권과 함께 회원카드를 꺼내 보여 주는 고진에게 상냥한 웃음을 지어 보였다. 하지만 그 항공권이 겨우 일본 후쿠오카행 이코노미 클래스 항공권임을 확인하고는 눈가에 의아한 빛을 띄웠다.

안으로 들어서면 밖에서는 보이지 않는 넓고 화사한 공간이 선택된 승객들만을 위해 마련되어 있다. 오른편은 통째로 유리여서 채광과 전망이 이루 말할 수 없이 시원하다. 맞은편에는 뷔페와 각종 술이 준비되어 있고, 그 사이는 소파와 바가 마련된 넓은 공간이다. 더 안쪽으로는 샤워장과 안마의자까지 있지만 오늘 고진이 거기까지 갈 일은 없을 듯하다.

고진은 입구께에 서서 교실 두 개만 한 크기의 홀을 훑듯이 둘러보았다. 소파는 많지만 자리는 거의 비어 있었다. 중년 남자와 외국인 몇몇이 간단한 음식을 앞 테이블에 두고서 띄엄띄엄 신문을 펴들고 있을 뿐이다. 창가 통유리를 면한 카운터석에는 노트북이 마련되어 있고, 그 앞을 차지한 젊은 여성의 모습이 보였다. 고진은 그 여성의 뒤편에 시선을 잠시 고정했다.

고진은 뷔페로 가서 유리컵에 평소 잘 마시지 않는 압솔루트 보드카를 가득 따랐다. 잔을 들고 성큼성큼 걸어가 조금 전 시선을 주었던 여성의 옆에 섰다. 화미령은 카푸치노 한 잔과 크레페 두 개를 옆에 놓고 등받이에 몸을 기댄 채 노트북 화면으로 시선을 떨구고 있었다. 가느다란 손가락으로 터치패드를 톡톡 두드리고 있었는데 딱히 뭔가를 찾고 있는 것 같지는 않았다. 고진은 조용히 그 옆자리에 앉았다.

"이렇게 좋은 전망을 두고도 손바닥만 한 노트북 모니터를 보시네요."

화미령은 고개를 옆으로 돌려 고진을 보더니 가볍게 인사했다.

"왔어요?"

모르는 사람이 이 장면을 보았다면 두 사람이 약속을 하고 만난 것으로 생각했을 것이다. 화미령에게는 놀라거나 당황한 빛이 없었다. 당연히 올 줄 알았다는 듯한 반응이었다.

"내가 올 줄 알았어요?"

고진도 그 점이 궁금했던 모양이다.

"어느 정도는."

화미령은 고개를 까딱하며 터치패드에서 손을 뗐다.

"설마 저하고 항공 일정이 겹친 건 아닐 테죠?"

"물론 아닙니다. 다행히 여기 라운지 회원카드는 갖고 있었고요. 항공권은 비자 필요 없는 제일 싼 걸로 하나 구했어요. 일본 후쿠오카 가는 걸로."

"풋."

화미령은 웃었다.

"성의가 가상하네요. 나 잠깐 만나려고 항공권 값 그냥 날린 거잖아요."

"아깝지 않습니다. 미령 씨 얼굴을 보는 값으론 아주 싼 거죠."

화미령은 고진이 앞자리에 놓은 투명한 술을 보며 말했다.

"그거 보드카 아네요? 아침부터 술?"

"공짜니까요."

"그런 헛소리는 믿지 않아요. 공짜를 좋아했다면 이렇게 날 찾아올 일도 없었겠죠."

"그건 무슨 말씀일까요?"

"내가 말하다 보니 이상하게 자꾸 돌려서 이야기하게 되네요. 고 변호사님이 용건을 이야기해 보실래요?"

고진은 보드카 잔에 손을 대고 한동안 가만히 있기만 했다.

"용건은…… 물론 백백교 사건 때문이죠. 그리고 화 변호사님이 가져간 김성노의 전 재산 때문이기도 하고요."

고진은 오랜만에 '미령 씨' 대신 '화 변호사'라고 불렀다. 화미령은 무덤덤했다.

"좀 실망이에요. '공항의 이별' 뭐 그런 용건일 줄 알았는데."

"로맨틱할 수도 있었겠죠. 돈 문제만 아니었다면."

"로맨틱? 그럼 뭐죠, 날 좋아하긴 했단 말이에요?"

"아뇨, 설령 좋아했다고 해도 지금은 그렇게 말하고 싶지 않습니다."

"왜요?"

화미령이 무척 재밌다는 듯 물었다. 고진은 거기에는 대답하지 않았다.

"백백교 사건이 끝나고 미령 씨는 아주 바빠졌죠. 만나기도 힘들어졌고요. 사실 좀 낙담했습니다. 이러저러한 못된 말도 하셨지만 결국 나하고 같이 일했던 건 오로지 김성노 씨의 의뢰 때문이었나, 하고요. 알고 봤더니 김성노 씨의 재산을 이전하는 작업을 하고 계셨더군요."

화미령은 스스럼없이 인정했다.

"그래요. 합법적이고도 아무런 하자 없는 유언장을 통해서요. 아마 다 알고 오셨겠지만 김성노 씨는 자신이 죽으면 유산은 모두 저한테 주도록 유언장을 만들어 놓았죠. 그 영감님이 그렇게 돌아가시자마자 곧 작업에 들어갔어요. 부동산을 이전하고 환금하는 데는 좀 시간이 걸렸어요. 나머지는 주로 현금이어서 간단했지만요."

"당당하게 말하시니 오히려 보기 좋네요."

고진이 휘이 하고 작게 휘파람을 불었다.

"뭐, '합법'이니까요."

"그렇지요. 그리고 그 돈 전부는 '합법적으로' 홍콩의 모 법인에 투자금 명목으로 몽땅 송금해 놓고 영영 이주하시려는 거고요. 홍콩행 일등석 표를 끊고서요. 아마 홍콩에서 잠시 머물다가 어디론가 가실 작정이겠죠? 미국? 유럽?"

화미령은 여전히 대수롭지 않다는 투로 말했다.

"그건 천천히 생각해 보려고요. 어쨌든 한국에서야 더 볼일 있을까 싶어요. 평생 변호사일 해 봐야 꿈도 못 꿀 돈을 손에 넣었는데, 일할 맛이 나겠어요? 뭐 그렇다고 이 정도가 필생의 꿈이었다, 그렇게 간 작은 소릴 하려는 건 아니에요. 김성노 씨가 남긴 재산은 뭐 당분간은 쓸 만한 정도긴 하더라고요."

"수백억이 당분간 쓸 만한 정도라……."

고진은 홀의 공기가 흐트러질 만큼 갑자기 웃음을 터뜨렸다. 수염이 성성한 백인이 신문을 내리고 고진을 힐끔 쳐다보았다.

"역시 화 변호사님은 매력 있어요. 그런 점을 본능적으로 알아봤기 때문에 내가 처음부터 끌렸는지도 모르겠어요."

화미령은 카푸치노를 조금 들이켰다.

"사실은, 고 변호사님도 꽤 매력 있어요. 이제 와서니까 솔직히 말할게요. 로펌 변호사들 얼마나 숨 막히는지 아세요? 개중에는 아직도 어리숙하게 정의니 뭐니 읊어 대는 애들 있어요. 저도 그런 척하느라 숨 막혀 죽는 줄 알았어요. 고 변호사님 같이 인간의 바닥을 솔직하고 세련되게 보여 준 사람, 정말 오랜만이었거든요. 특히 이 업계에서는."

"고맙습니다. 하지만 그 매력이 수백억만큼은 아니었단 거잖아요."

고진은 짐짓 풀죽은 목소리로 말했다.

"너무 섭섭해하지 마세요. 고 변호사님 입장에서도 내가 떠나가 주는 게 좋을 거니까요."

"이성적으로 생각하면 그건 맞는 말입니다. 언제 인생이 몽땅 날아갈지 모르는 판에 여자를 사랑할 수 있겠습니까?"

"그건 무슨 얘기예요?"

화미령이 빤히 쳐다보며 말했다. 고진은 팔을 벌려 곤란하다는 제스처를 취했다.

"아니, 솔직히 털어놓으신다길래 그런 줄 알았더니 아니었습니까?"

"왜 그래요? 혹시 뭐 녹음기 같은 거 준비하셨을까?"

"제가 지금 유치하게 그런 짓 하러 왔을 것 같습니까?"

고진은 양복 상의를 집더니 주머니를 일일이 뒤집어 보였다. 급기야는 반쯤 일어서서 바지 주머니까지 뒤집어 보였다.

"알았어요. 알았어. 그냥 해 본 말이에요. 고 변호사님이 적어도 저한테 여기 이 상황에서 그럴 사람이 아니란 건 누구보다 잘 알아요."

"그럼 솔직하게 내 얘기를 먼저 들어 주십시오."

"해 봐요. 아직 보딩 시간도 많이 남았고. 왠지 먼 여행을 떠나기 전에 재밌는 선물이 될 것 같기도 하네요."

화미령이 샐쭉 웃었다. 고진은 보드카를 한 모금 들이켰다.

"며칠 전 압상트의 류경아 씨 고양이가 죽었더군요."

"실망. 뚱딴지같이 왠 고양이 이야기예요?"

"뭐 관계는 없습니다. 그런데 그 불쌍한 고양이가 음식을 잘못 먹고 명을 달리한 사건 덕분에 어떤 계시를 받았다고나 할까요?"

"계시……? 사이비 종교 사건에 빠져 있었던 탓인가요, 정말 무슨 교주 같은 말씀을 하시네요."

화미령은 웃음기를 머금었다. 고진은 정색을 했다.

"적어도 그때의 저한테는 계시와 같았습니다. 연역적인 추론이 아니라 안개 속을 때리는 번개의 번득임 같은, 아님 말라 버린 직관의 우물에 후두둑 떨어져 내리는 장맛비 같은 거였다고나 할까요. 그 일이 어떤 강한 연상 작용을 일으켰고, 덕분에 김성노 영감님 별장에서의 변사사건의 진실을 알 수 있을 것 같았으니까요."

"호호, 역시 재밌는 이야기가 나올 모양이네요."

화미령은 왼쪽 손으로 턱을 괴고 비스듬히 얼굴을 돌려 고진을 빤히 들여다보았다.

"류경아 씨의 고양이는 조그만 고양이집 안에서 죽었답니다. 경아 씨는 밤에 고양이 집을 한 번이라도 들여다보았다면 살 수 있었을 거라 안타까워했죠. 그 이야기를 들으니 자연스레 그게 떠올랐습니다."

"뭐가요."

"슈뢰딩거의 고양이."

류경아는 풋 하고 웃었다.

"재밌는 연상이네요. 역시 고 변호사님다워요."

"물론 잘 아시겠지만 슈뢰딩거의 고양이는 이런 겁니다. 독가스와 방사성 물질이 든 상자 안에 고양이가 있습니다. 1시간 안에 방사성 물질의 핵이 붕괴할 확률이 50퍼센트인 상황입니다. 핵이 붕괴하면 독가스가 방출되어 고양이가 죽습니다. 다시 말해 1시간 후 고양이가 죽을 확률은 50퍼센트, 살 확률 또한 50퍼센트인 상태입니다. 그렇다면 이 슈뢰딩거의 고양이는 1시간 후 살아 있을까요, 죽었을까요? 어느 쪽이든 50퍼센트이고, 어느 쪽으로든 일이 벌어져 있을 것 같은데, 실은 고양이가 살았느냐 죽었느냐는 관찰자가 상자를 열기 전까지는 확정되지 않는다는 겁니다. 뭐 이런 종류의 양자물리학이 이 범죄에 이용되었다는 건 아니에요. 하지만 관찰자가 상자를 열었고, 고양이의 죽음을 확인한다는 발상이 저에게 핀홀 조명처럼 한 줄기 빛을 비춰주더군요."

"무슨 빛을 보셨을까."

"김성노 씨 별장의 상황도 비슷했다는 겁니다."

고진이 잠시 뜸을 들이자, 화미령이 눈으로 다음 말을 재촉했다.

"우리가 들어가기 직전에 죽은 강태수는 슈뢰딩거의 고양이였어요. 그리고 나머지 사람은……."

"나머지는?"

"용해운은 그들을 아예 생명 있는 존재로 취급조차 하지 않았어요."

"무슨 얘기를 하시는 거죠? 별장 사건은 우리가 같이 직접 본 거 아니었나요?"

"이 사건에서는 커다란 착각 세 가지가 있었어요. 그 세 가지 착각은 살인의 중요한 요소였죠. 그래서 범인은 다른 요소들 아래에 철저히 은폐시켜 놓았고, 우리는 거기에 꼼짝없이 걸려들었던 겁니다. 제가 얼마 전 파헤치기 전까지는요."

"어머, 갑자기 웬 잘난 척?"

화미령이 웃었고, 고진도 마주 웃었다.

"그럼 첫째부터 이야기를 해 볼까요. 시체를 발견할 당시 분명 기억이 생생하실 겁니다. 우리가 들어갈 때 거대한 소파가 문을 가로막고 있어서 낑낑댔죠. 힘들게 소파를 확 치웠더니 방 안에는 어마어마한 광경이 기다리고 있었고요. 저는 무거운 소파를 치우느라 문을 힘들여 밀었다고 생각했지만, 착각이었죠. 아니 부분적인 착각이었죠."

"거기에 무슨 착각이 있겠어요? 문 뒤에 커다란 소파가 있던 건 저도 똑똑히 기억해요."

고진은 거기에 답하지 않고 말을 이었다.

"그리고 착각은 더 있었습니다. 방 한가운데에는 우리의 간담을 서늘하게 만든 십자가가 있었죠. 옷걸이를 쓰러뜨려 만든 십자가 표식 말입니다."

"그래요. 그 장면은 기억이 생생해요. 그런데 십가가가 왜요?"

"백백교라는 것 때문에 옷걸이도 종교적 기호로 해석했었죠. 범인이 십자가 표식을 굳이 만들어 놓고 우대원과 김종낙이 그걸 숭배하는 자세로 죽였다고 생각을 했습니다. 물론 그것도 범인이 유도한 거죠. 실상은 옷걸이를 십자가로 겹쳐 놓은 건 옷걸이의 진정한 용도를 숨기기 위한 거였어요."

"무슨 소리죠? 옷걸이의 용도는 옷을 거는 거잖아요."

화미령이 대꾸하자 고진이 빙긋 웃었다.

"다른 용도로 쓰일 수 있었습니다. 적어도 이 방 안에서는요. 그리고 마지막의 착각이 있었습니다. 바로 강태수의 머리맡에 놓여 있던 피 묻은 백과사전. 강태수의 머리를 후려갈긴 그것 말입니다. 그런데 이 백과사전과 그것으로 강태수의 머리를 후려갈긴 것조차도 진정한 용도를 숨기기 위한 은폐용이었어요."

"고 변호사님은 늘 참 배경이 길어. 북유럽 소설 같아요."

화미령이 시계를 들여다보며 가볍게 질책했다.

"알겠습니다. 뭐 한두 명으로부터 들은 이야기가 아니니 일단 그 불평은 받아들이죠. 그럼 이야기를 이어서 쭉 해 보겠습니다. 내가 별장에 도착해서 안방 문을 밀었을 때로 돌아가보겠습니다. 처음엔 문이 소파에 가로막혀 열리지 않았었죠. 그런데 실은 문을 가로막고 있었던 건 소파뿐만이 아니었습니다. 문간에 시체도 한 구 걸려 있었습니다. 맨 앞에 있던 시체는 우대원이었죠, 아마. 그래서 더 문을 밀 때 힘들었던 겁니다."

"우대원 씨가 문에? ……제 기억에 우대원 씨는 좀 뚱뚱했죠. 아마 그랬다면 문을 열기 더 힘들었을 수 있겠네요."

화미령은 손가락을 이마에 대고 생각을 더듬는 듯 말했다. 고진이 뒤이어 말했다.

"적어도 이 사건에서는 우대원이 소파 뒤에 걸려 있었다는 것과 결부되어서 아주 중요한 역할을 했습니다. 바로 살인 장치로서의 역할이죠."

"살인 장치라……."

화미령은 고개를 까딱했다.

"하여간 뭔가 끊임없이 재밌는 얘길 하시네요."

화미령이 웃음을 머금었지만 고진은 따라 웃지 않았다. 고진은 볼펜을 꺼내더니 냅킨 위에 어설프게 슥슥 그림을 그렸다.

"우대원 다음엔 김종낙의 시체가 있었고, 그 뒤로 강태수의 시체가 있었습니다. 실은 우리가 들어가기 직전 시체가 원래 있던 상태는 이런 모양이었다고 생각합니다."

냅킨 위에는 고진과 화미령이 시체를 발견했을 때와는 조금 다른 위치에 사람의 모습이 그려져 있었다.

"그래서요?"

화미령이 턱을 쳐들었다.

"문제는 우리가 들어간 시기입니다."

"시기? 그게 어쨌다구요? 밤이었잖아요."

"밤이라는 게 문제가 아닙니다. 피해자들이 죽은 시간을 말하는 겁니다."

"죽은 시간?"

"부검 결과 밝혀졌지만 우대원, 김종낙이 사망한지 거의 12시간 정도 경과한 때였습니다. 강태수는 죽은 지 얼마 안 되었고요. 여기서 주목해야 할 건, 우대원, 김종낙이 사망한지 12시간이 된 무렵이었다는 건데요, 그 시간은 사후경직이 최대에 달하는 시간입니다. 사람이 죽으면 근육 내에 ATP가 빠져나가면서 사후경직이 시작되죠. 근육이 굳어지고 관절이 고정돼 통나무처럼 변해 갑니다. 그런 현상은 사후 12시간 정도 무렵에 가장 극에 달하고 그 후부터는 차차 풀리게 됩니다. 뭐 이런 이론적인 걸 설명하지 않더라도 우리가 현장에 갔을 때 직접 확인했잖습니까? 우대원과 김종낙은 이미 막대기처럼 딱딱하게 변해 있었던 걸요. 그런데 용해운, 이 무자비한 인간은 그들을 진짜 '막대기'로 취급했어요. 아니 그냥 '톱니바퀴'였다고 해야 할까요? 인간 톱니바퀴."

"인간 톱니바퀴……"

화미령은 말을 따라하더니 시선을 창밖 먼 곳으로 돌렸다.

"그렇습니다. 통나무처럼 변한 시체들을 대략 이 그림처럼 늘어놓고, 그 위쪽에 강태수를 뉘여 놓습니다. 물론 강력한 마취제를 맞고 혼절해 있었지만 분명 살아는 있는 상태였죠. 하지만 강태수의 목에는 이미 에프네프린이 가득 든 주사기가 꽂혀 있었습니다. 다만 피스톤은 아직 눌려있지 않았지요. 강태수는 후두부에 강한 타격을 입었었고, 그 옆에는 그의 머리를 강타한 커다란 백과사전이 놓여 있었고, 책장에서는 책도 몇 권 떨어져 있었습니다. 그런데 그 백과사전이나 책은 아까 이야기했듯 속임수였어요. 책장에서 괜히 책이 떨어진 것으로 보이게끔 말입니다. 그리고 백과사전은 강태수의 머리를 때린 용도로만 쓰인 것으로 보이도록. 하지만 실은 이렇게 되어 있었던 겁니다. 두툼하고 묵직한 백과사전 바로 앞에는 바로 강태수의 목에 꽂힌 에피네프린 주사기의 피스톤이 닿아 있었던 거죠. 범인은 실제로 몇 번 해보고 그중 가장 잘 통하는 위치를 선정했을 겁니다. 자, 간단하지만 이로써 모든 건 세팅이 되었습니다. 용해운과 남기만 두 사람이 만들어낸 작은 실험장입니다. 작은 기계장치 안에서 목숨이 경각에 달린 인형 실험세트라고나 할까요? 우리가 문을 열면 어떻게 되었겠습니까?

통나무처럼 변해 있던 우대원의 몸이 이렇게 돌게 됩니다. 우대원의 허리에 대어 있던 옷걸이가 지지대 역할을 합니다. 예, 그렇습니다. 옷걸이는 십자가를 만들기 위한 게 아니라 바로 이 역할을 위해 면밀히 계산해서 설치했던 겁니다. 가로로 옷걸이를 하나 더 얹어 십자가 모양을 만들어 놓음으로써 주의를 분산시켰고, 으스스한 분위기를 연출하는 이중의 효과를 보았습니다. 우대원은 처음에 문을 열면서 가장 강한 힘이 주어지는 첫 번째 기어이기 때문에 그 움직임도 가장 세고, 큽니다. 거의 세로에 가깝게 획 돌아갔죠. 이렇게 우대원의 몸이 돌면서 그 다리 부분에 걸려 있던 김종낙의 다리를 재차 획 돌립니다. 김종낙의 허리는 침대 모서리에 걸려 있었습니다. 물론 침대 모서리가 지지대 역할을 했죠. 그래서 김종낙의 몸은 다시 이 방향으로 회전하게 됩니다. 이 때문에 두 사람은 마치 옷걸이 십자가를 사이에 두고 숭배하는 듯한 모습으로 발견된 겁니다. 하지만 그 모습을 만든 건 다름 아닌 우리였죠. 제2의 통나무 김종낙의 몸이 이렇게 돌면서 김종낙의 머리가 백과사전을 툭 밀어냅니다. 백과사전에 닿아 있던 주사기의 피스톤이 꾹 눌리면서 대량의 에피네프린이 강태수의 목에 주사됩니다. 어마어마한 양의 에피네프린을 흡수한 강태수는 미친 듯이 심장 박동이 올라가면서 즉사했습니다. 그나마 다행인 건, 이미 의식을 잃은 상태였으니 고통 없이 죽었다는 점이랄까요.

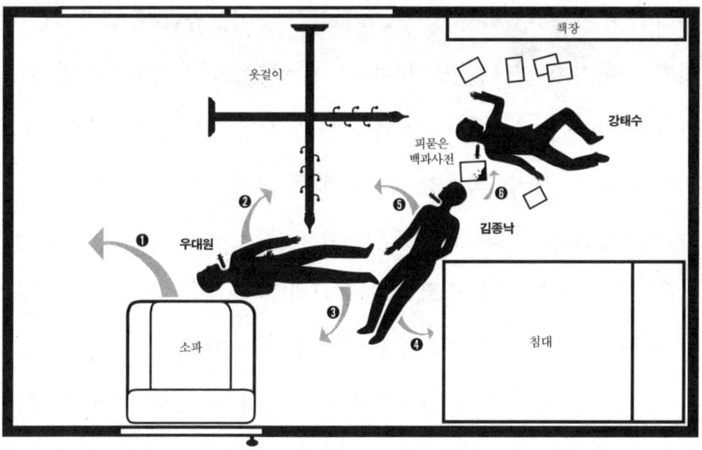

용해운은 강태수의 죽음을 은폐하기 위해 우대원, 김종낙의 목에도 에피네프린 주사기를 꽂아 두었습니다. 물론 그보다 12시간 전에 실제로 그 주사로 죽인 거긴 하지만, 그대로 연출한 건 강태수의 죽음이나 우대원, 김종낙의 죽음이나 방법이 다를 바 없다는 착각을 불어넣기 위한 거였죠.

우리가 문을 조심스럽게 연다면 이 인간기어 세트가 제대로 작동 안 될 수도 있었어요. 그래서 용해운과 남기만은 문 앞에 큰 소파를 갖다놓아 있는 힘을 다해 문을 열어젖히도록 유도한 겁니다. 우리는 있는 힘을 다해 소파와 함께 문에 걸려 있던 첫 번째 인간기어 우대원도 벌컥 밀어 버린 거고요.

문 뒤에 소파를 밀어 놓은 것이나, 옷걸이를 십자로 걸쳐 놓은 것이나, 강태수를 뒤통수를 백과사전으로 후려갈겨서 옆에 버려둔 거나, 모두 이 진정한 용도, 그러니까 힘의 전달을 위한 지지점이나 톱니바퀴로 사용되었다는 걸 숨기기 위한 것이었습니다. 관찰자인 우리가 들어가기 전에는 강태수는 살아 있었습니다. 하지만 방 안을 관찰하러 들어가는 순간, 이 여섯 단계 힘의 전달을 통해 슈뢰딩거의 고양이 강태수는 죽음을 맞이하게 된 거죠. 바로 우리 때문에요."

"흥미롭네요. 그럴듯한 설명이에요."

화미령은 눈을 크게 뜨고 고개를 끄덕였다.

"용해운이 그 별장의 전기를 끊어 놓았던 이유도 거기에 있습니다. 강태수가 아무리 즉사할 거였다지만 우리가 들어가자마자 강태수의 상태를 본다면 바로 막 죽었다는 걸 눈치 챌 수도 있겠죠. 그래서 전기를 아예 끊어 놓아 방 안의 상태를 금세 알아볼 수 없도록 한 겁니다. 실제로 우린 어둠 속에서 조심스럽게 방 안을 살피다가 충격적인 장면에 잠시 바깥에 나와서 마음을 가다듬었지 않습니까? 그러면서 벌써 몇 분이 흘렀으니, 강태수의 상태를 눈치 챌 수가 없었죠. 창문 걸쇠를 풀어 놓은 건 또 하나의 덫이었어요. 밀실이 되어 버리면 오히려 트릭이 탄로 날 수 있거든요. 용해운에게 중요한 건 밀실살인이 아니라 알리바이 확보니까요. 범인은 우리가 들어갈 무렵 강태수를 막 살해하고서 입구를 소파로 막아 놓고 창문으로 도주했을 수 있다는 가설이 성립할 수 있도록 이중 삼중으로 덫을 쳤습니다.

어쨌든 이렇게 해서, 우리가 세 사람의 시체를 발견할 무렵 김성노의 별장에서 200킬로미터 떨어진 강서구청 뒷길에서 낸 교통사고로 경찰 조사를 받고 있던 용해운, 남기만에게는 완벽한 알리바이가 성립한 겁니다."

"그럼 결국 우리가 문을 열어 강태수를 죽인 셈이 되나요?"

화미령이 마치 고진을 나무라듯 말했다.

"자책할 필요는 없겠지요. 우리 또한 용해운이 만든 거대한 세트 안에서 하나의 기계장치 역할밖에 못 한 거니까요. 인간을 기어 정도로밖에, 아니 낫게 봐 줘도 인간의 모습을 한 인형 정도로밖에 여기지 않은 용해운의 범행에 등골이 서늘하기도 하지만, 여기서 제가 진정 충격을 받은 건 이 범행에서 이용된 트릭 때문이 아니었습니다."

"그럼 뭔가요?"

고진은 의자를 빙글 돌려 화미령을 정면으로 쳐다보았다.

"마지막 가는 길에 그렇게 부담스러운 눈길을 주긴가요?"

화미령은 고진의 시선을 맞받고는 고개를 돌렸다. 고진은 눈길을 움직이지 않았다.

"화 변호사님이 범인이라는 사실보다 부담스러울까요?"

화미령은 고개를 옆으로 천천히 돌렸다. 놀람도 아니고 항의도 아닌, 마치 한밤의 북극해를 나아가는 쇄빙선의 탐조등 같은 시선으로 고진을 찬찬히 바라보았다. 고진이 농담을 하고 있는 게 아니라는 것을 확인한 탐조등은 곧 꺼졌다. 그녀는 가벼운 표정으로 돌아와 피식 하고 웃었다.

"범인이라고요? 문을 열 때 힘을 보태 준 역할 때문에? 그게 범인이라면 고 변호사님도 공범 아닌가요?"

고진은 손바닥을 펴 들고 어깨를 으쓱했다.

"이건 뭐, 마치 제가 알고 있나 모르고 있나 테스트하는 것 같네요."

화미령이 도전적인 눈빛을 보냈다.

"그렇게 생각하세요? 그럼 어디 그 그럴듯한 거짓말 한번 들어나 보죠."

어느새 그녀의 눈동자에서 도전적인 빛이 사라지고 흥미가 깃들었다. 화미령이 한 마디를 덧붙였다.

"재밌겠네요."

고진은 잠깐 쉬었다가 말을 이었다.

"이 범행이 성립하려면 세트장을 만드는 일 말고도 결정적인 조건이 또 하나 있죠. 우대원, 김종낙이 죽은 지 12시간 무렵, 사후경직이 최대화돼서 충실히 인간 톱니바퀴의 역할을 할 수 있을 시점에 누군가인지 모르지만 관찰자가 그 방문을 열어젖혀야 한다는 겁니다. 그래야 강태수는 바로 그 시간에 죽고, 또 그 시각 강서구청 뒷길에 있던 용해운과 남기만에게 알리바이가 성립하는 거니까요. 그리고 그 관찰자로 선택된 사람은 어리숙한 변호사, 저 고진이었습니다. 원래 이유현 반장도 포함되었던 모양입니다. 그날 화 변호사님이 압상트에서 나와 이유현 반장을 같이 불러냈던 걸 보면 말이죠. 그런데 하필 용해운의 교통사고가 즉시 이 반장한테 보고되는 바람에 이 반장은 자리를 뜨고, 나만 김성노 씨 별장에 가게 된 거지요.

화 변호사님은 압상트에서 강태수의 메시지를 받았죠. 별장으로 와서 도와 달라는 그 메시지요. 그걸 나한테 보여 주고, 걱정하는 듯이 쇼를 연출했습니다. 그리고는 그 밤중에 외딴 별장에 간다고 고집을 폈죠. 그렇게 하면 화 변호사님한테 관심이 있던 저는 당연히 어디로 튈지 모르는 럭비공을 따라다니는 선수처럼 따라나설 거라고 예상했겠지요. 그렇게 해서 시체를 발견하고 강태수를 죽이고 용해운의 알리바이를 증명해 주는 역할을 제가 맡게 된 겁니다. 만에 하나, 제가 박정한 남자라서 따라가지 않는 경우에는 또 다른 경로로 경찰에 신고하든가 해서 알리바이를 확보하는 방법도 따로 마련해두었으리라 생각해요.

시체의 강직 상태를 이용한 이 살인 방법을 깨닫고 난 뒤에는 당연히 그 조건의 한 축이었던 화 변호사님을 의심할 수밖에 없었습니다."

"고 변호사님은 음모론을 좋아하시나 봐."

화미령이 짐짓 뿌루퉁하게 말했다.

"물론 트릭을 깨달았다고 해서 화 변호사님을 범인이라고 단정할 수는 없었어요. 의심이 와락 들었을 뿐이죠. 집에 있던 백백교 자료를 다 처음부터 검토해 봤습니다. 그러다가 어처구니없는 사실을 발견하게 되었어요."

"어처구니없는 사실?"

"네. 화 변호사님이 범인일 수밖에 없다는 사실도 황당하지만 그게 화 변호사님의 실수가 아닌 제 실수로 밝혀졌다는 게 더욱 황당했습니다."

"틀린 말이더라도 재밌겠네요. 해 보세요."

화미령의 눈동자가 반짝 빛났다.

"화 변호사님이 전화로 '천원 우'라는 암호문을 풀어 주었죠. 한글 자모와 숫자를 일일이 불러 주면서. 전 그때 이유현 반장이 건네준 암호문을 들고 와서 일일이 맞춰 보았어요. 그런데 놀라운 일이 생깁니다. 화 변호사님이 불러 준 한글 자모와 이 반장이 건네준 암호문의 한글 자모가 딱 들어맞았다는 겁니다."

"당연한 거 아네요? 그게 왜 놀랍죠?"

화미령은 정말 모르겠다는 듯 의아한 눈으로 고진을 보았다.

"그래서 제 실수로 범행이 밝혀졌단 겁니다."

고진은 자책하듯 머리를 흔들었다.

"무슨 실수요?"

"화 변호사님한테 건네준 건 이 반장 암호문을 제가 워드로 타이핑을 새로 해서 출력한 거였죠. 그런데 실수로 45번째 글자인 ㅜ를 ㅠ로 잘못 쳤더군요. 별장 사건에 의심을 품고 이번에 백백교 자료를 전부 재검토하다가 발견했습니다."

화미령은 고진을 지그시 노려보았다. 그러다가 이내 하하하, 웃음을 터뜨렸다.

"ㅜ와 ㅠ 키가 붙어 있어서……."

고진은 턱을 긁적였다.

"어쨌든 타이핑을 틀려서 건네준 암호문인데, 화 변호사님은 나한테 전화로 정확한 자모를 불러 줬단 말이죠. 이보다 놀라운 일이 어딨겠습니까? 이게 의미하는 건 한 가지밖에 없죠. 화 변호사님은 이미 암호문을 입수하고 있었던 겁니다. 제가 건네준 암호문 대신 그걸 보면서 저한테 불러 준 거였죠. 그 무렵 경찰 외에 암호문을 가질 수 있었던 사람은, 임인건을 폐인으로 만들고 끈을 빼앗은 이 사건의 범인 말곤 없겠죠."

"정말, 참 민폐 덩어리라니깐. 그거 하나 제대로 타이핑 못 해요?"

화미령은 장난스럽게 눈을 흘겼다.

"어이없으실 거란 거, 이해합니다. 화 변호사님은 완벽했는데, 제가 허술해서 범행이 드러났으니까요."

"쳇, 은근히 기분 나빠요. 뭐, 어쨌든 암호문 부분은 내가 들어 봐도 내가 범인이 아니라면 설명이 안 되는 부분이긴 해요."

"다른 합리적인 설명이 가능하다면 받아들일 준비는 되어 있습니다만……."

"아뇨."

화미령은 무심하게 잘라 말했다. 이어 "문제는……."이라고 말을 던져 놓고는 카푸치노 잔을 들었다. 잔이 거의 빈 것을 확인하고는 다시 자리에 내려놓았다.

화미령은 "한 잔 더 마실게요." 하고는 자리에서 일어나 음식이 놓인 쪽으로 향했다. 잠시 후 돌아온 화미령의 손에는 양주잔이 들려 있었다. 고진이 웃었다.

"나한테 아침부터 술이냐고 타박을 하시더니 미령 씨도 술입니까?"

"고 변호사님 이야기가 재밌어서 말이죠. 좋아하는 리큐어 한 잔 따랐어요."

화미령은 싱긋 마주 웃었다.

"제일 큰 수수께끼는요." 하고 자리에 앉은 화미령이 다시 말머리를 꺼냈다.

"내가 만약 그랬다면, 왜 그랬냐는 거죠."

"그걸 설명해 주는 게 지금 이 모습 아닙니까? 김성노, 아니 전용해의 재산을 모두 챙겨들고 해외로 잠적하시려는 이 순간 말이죠."

"그건 대체 무슨 관계?"

고진이 미안한 듯 화미령의 눈치를 살피며 말했다.

"실은 화 변호사님의 가족관계등록부를 찾아봤습니다. 기분 나쁘실 테지만."

"아뇨."

화미령은 오히려 조그맣게 미소를 띄었다.

"그 정도는 예상했어요. 우리 사이에 고작 그런 걸로 일일이 신경질적으로 반응하기는 좀 우습잖아요?"

"'우리 사이'라고 해 주니 고맙습니다. 하지만 서류를 떼 보고 전 뒷골로 오한이 쭉 뻗치더군요. 등골이 송천하는 줄 알았습니다."

"왜일까요? 내 호적이 무슨 스티븐 킹 공포소설이라도 되나요?"

"그보다 더 무서웠어요. 킹의 소설은 허구지만 가족관계등록부는 리얼이니까요. 사실 내가 놀란 건 화 변호사님의 신상 때문이 아니에요. 모친 성함 때문이었습니다."

고진은 잠시 쉬었다가 말했다.

"화미령 변호사님의 모친 성함은 화정옥이더군요."

화미령은 그리움에 잠기듯 슬그머니 눈을 위로 떴다.

"오랜만에 듣네요. 엄마 이름. 더구나 남이 불러 주는 건. 그런데 그게 어쨌다는 거죠?"

"화 변호사님도 아버지가 안 계셨어요. 아니, 호적상 화정옥 여사께선 그때까진 결혼을 안 하신 상태였으니 화 변호사님의 아버지는 아이까지 낳고 동거하다가 바람처럼 사라지신 것 같습니다. 바로 용해운의 아버지가 그랬던 것처럼."

"그게 우연이 아니란 생각을 했군요."

화미령은 리큐어 잔을 만지작거렸다.

"예. 맞습니다. 수십 년간 철저히 계획해 온 백백교 사건에서 우연이란 게 있었습니까? 모든 건 필연이었어요. 화미령 씨의 아버지가 살아간 방법이 용해운의 아버지가 살아간 방법과 놀랍도록 유사합니다. 그리고 묘한 인연으로 미령 씨는 이 백백교 사건에 얽혀 들어와 있었죠. 그렇다면 혹시, 단지 우연히 유사한 데에 그치는 게 아니라, 미령 씨의 아버지가 바로 용해운의 아버지라면? 섬뜩하지만 생각해 볼 수밖에 없는 가정 아닙니까? 그런데 말이죠, 그렇게 생각하면 모든 수수께끼가 풀립니다. 금방 화 변호사님이 제기한 그 문제도요. 왜 화 변호사님이 이 사건에 공범으로 깊숙이 개입했나 하는 최대의 수수께끼를 포함해서요."

"결국 내가 용해운의 배다른 동생이었다?"

"동시에 전용해의 손녀였고요."

"오늘 들은 이야기 중에 제일 재밌는 공상 같네요."

화미령이 조그맣게 웃었다.

"이제 와서 굳이 부정하실 필요 있습니까? 제가 녹음기 따위는 없다고 했는데도 안 믿으시는군요. 정말 마지막 한 방울까지 조심하는 그 철두철미한 태도. 놀랍습니다. 하긴 어중간한 마인드로는 이런 일을 생각조차 할 수 없었을 테지요. 그런 치밀함에서 세상을 뒤집은 놀라운 범죄가 나온 거겠죠."

"고 변호사님의 추리를 더 들어 보고 싶네요."

"제 마지막 추리는 그겁니다. 용해운의 모친이었던 용여순을 찾아와 뒤집어엎은 여자, 원주에서 수원까지 산 넘고 물 건너 하루 종일 시외버스를 타고 찾아온 그 억센 여자가 바로 미령 씨의 모친인 화정옥 씨고, 그 여자의 등에 업혀 있던 인디언 머리를 한 갓난아기, 부친인 진성모 씨가 아들을 낳으려다 얻은 딸이 바로 화미령 씨라고. 화정옥 씨의 주민등록초본 상에는 그 무렵 춘천에서 산 걸로 나와 있더군요."

화미령이 야릇한 표정으로 웃었다.

"그렇지 않습니까? 내친 김에 미령 씨 모친의 주민등록원부 사진도 찾아서 봤습니다. 미령 씨는 모친과 심하게 닮으셨더군요. 화정옥 여사의 젊었을 때의 모습은 그대로 미령 씨의 모습이었어요. 그제야 조그만 의문 하나도 풀리더군요. 화 변호사님은 나중에 커서 모친한테 그 활약상을 들었을지도 모릅니다. 내가 너네 아버지를 꼬신 여자 찾아가서 뒤집어 놓고 왔지, 너를 업고 갔는데 언니하고 둘이 있더라…… 이런 식으로. 그래서 내가 용해운의 이모, 그러니까 용여순 씨의 언니인 용귀순 씨를 찾아가 보자고 했을 때 거절한 거 아닙니까? 혹시라도 용귀순 씨가 미령 씨를 알아볼까 봐서겠지요. 워낙에 강렬한 사건이었습니다. 젊었을 때 자매를 뒤엎고 사라진 화정옥 씨와 꼭 닮은 화미령 씨가 나타난다면 용귀순 씨가 기억할 위험성이 높기 때문이었죠."

"하지만 김성노, 그러니까 전용해는 로펌에 사건을 의뢰하러 왔다가 사진 심사로 날 뽑았죠. 그런 우연이 있겠어요?"

"그거야 바로 나중에 이런 식으로 변명하기 위해 대외적으로 쇼를 벌인 거죠. 미리 말을 맞추면 그런 거야 간단하지 않습니까? 전용해가 화 변호사님이 일하는 로펌에 들릅니다. 일을 맡길 것 같이 하면서 '난 관상을 심하게 따진다, 변호사들 사진 좀 보자' 이런 식으로 고집을 피운 끝에 화미령 변호사를 선택합니다. 두 사람 간의 존속관계는 완전히 은폐되고 우연하게 맺어진 계약 관계로 재정립됩니다. 그냥 김성노, 화미령 두 사람이 갑자기 의뢰인과 변호사로 사회에 등장해 활동한다면 나중에 어떤 주목할 만한 범죄 사건이 결과로 벌어졌을 때 '두 사람은 어떤 관계에 있을까' 한번 파헤쳐 보게 됩니다. 하지만 이런 과정을 거쳐 공공연하게 계약관계를 형성해놓으면 아무도 인적 연관을 의심하거나 알 수 없게 되죠. 호적에도 드러나지 않으니까요. 앞으로 어떤 일을 도모하게 될지, 어떤 식의 재산이동이 이루어질지는 모르지만 사회적으로 또 대외적으로 두 사람의 인적 연관을 끊어 놓기 위해서 작위적으로 연출한 겁니다. 전용해는 용해운과도 그런 식으로 인적 연관을 철저히 은폐해 놓았지요. 같은 수법입니다. 모든 게 처음부터 너무나도 치밀합니다. 놀랄 지경이에요.

전용해는 자신의 핏줄인 용해운을 찾아내서 직접 찾아갔듯이 또 다른 자신의 핏줄인 화미령 또한 찾아내서 직접 찾아갔을 게 당연합니다. 왜 아니었겠습니까? 그래서 전용해와 그 손자들인 용해운, 화미령 사이에는 어릴 때부터 긴밀한 네트워크가 형성되었던 겁니다. 흘러가버린 백백교의 영광을 21세기에 재현하기 위해서요. 물론 저마다의 다른 흑심을 품고 있었지요. 용해운은 백백교가 남긴 엄청난 일본 국채를, 김성노는 백백교 시절 불로장생을 꿈꾸며 보관해 두었던 인간의 쓸개를, 그리고 화미령 변호사님은…… 좀 더 현실적으로 전용해의 현 재산을 몽땅."

"그런 웃기는 얘기, 왜 이유현 경감님껜 안 하셨을까?"

화미령이 비꼬듯 말했다.

"제가 이 반장한테 이야기 안 한 건 어떻게 아십니까?"

"이야기했으면 그 다혈질 남아께서 그냥 있었겠어요? 난 출국장을 통과 못 했겠죠. 지금쯤 어딘가에 영장도 없이 긴급체포되어 있든가 말이죠. 뭐 어차피 증거가 전혀 없으니 그래봤자 또 경찰은 창피만 당할 뿐이겠지만요. 하다못해 상속세 포탈도 아니에요. 아직 신고 기한이 남았으니까요."

화미령은 여유만만했다. 고진은 엷게 웃었다.

"맞습니다. 이 반장이 그런 사고를 또 칠까 봐서 안 했습니다. 화 변호사님은 아무런 증거도 남기지 않았어요. 용해운이 별장에서 세 사람을 죽일 때 실질적으로 공범 역할을 했고 암호문 전달에도 에러가 생겼지만 그건 내 머릿속 추리이지, 법정에서 통할 수 있는 증거는 아니니까요.

화 변호사님의 정체를 안 뒤에야 생각이 미친 거지만, 가평 교회에서 용해운을 만났을 때 용해운은 이유현 경감이 정직 상태인 걸 알고 있더군요. 경찰 내부의 징계 사항을 어떻게 알았을까요? 그땐 김성노 영감한테서 들었겠거니 생각했지만, 아무리 생각해 봐도 그 영감님한테 이 경감이 정직 먹었다는 이야기를 한 기억이 없어요. 실상은 화 변호사님이 용해운에게 알려 준 거였죠. 내 기억을 나도 못 믿은 탓입니다. 조금만 더 기억력이 좋았더라면 좀 더 일찍 눈치챘을 텐데, 아쉽습니다. 뭐 그래도 어쩔 순 없었겠죠. 화 변호사님은 증거를 남기지 않았으니까.

화 변호사님이 더 무서운 점은 '천원 우'라는 암호를 일부러 알려 준 겁니다. 그 땐 용해운이 천원금광터에서 허탕을 친 직후였어요. 용해운이 실패한 걸 알고서 화 변호사님은 일부러 내게 가르쳐 준 겁니다. 이제는 쓸모없어진 암호를 말이죠. 그리고 천원금광터에서 직접 이 작은 눈으로 빈 구덩이를 보게 합니다. 봐라, 용해운은 이미 백백교의 보물 상자를 파내어 갔다, 이렇게 믿게 하려고요. 그래야 경찰의 수사 방향에 더 혼선을 줄 수 있으니까. 경계를 하든 실망을 하든 진상과 다르게 유도함으로써 용해운은 다시 찬찬히 어딘지 모를 다른 장소에서 진정한 보물찾기를 할 수 있을 테니까요. 그곳이 천원금광터의 다른 갱도였다는 황당한 사실은 화 변호사님과 용해운도 나중에야 깨달았지요.

마지막 하이라이트는 그거였습니다. 화 변호사님은 인간의 악에 진저리를 치는 순수하고 섬세한 감성을 지닌 여자의 연기를 했습니다. 저 고진을 인육 먹는 살인마와 동급 취급을 해 가면서 처절하게 단죄하고 떠나갔어요. 날 찾지 마, 이거죠. 그러고는 아무의 방해도 받지 않고 착실하게 전용해의 모든 재산을 이전하고 몰래 출국 준비를 마친 겁니다. 아카데미상 급의 연기는 아니었을지 몰라도, 여자가 울면 쩔쩔매고 웃으면 덩달아 웃는 수준의 나나 이유현 정도는 감쪽같이 속일 정도의 연기력이었어요. 하여간에, 그러고 보면 그래도 한두 개쯤은 증거를 남긴 용해운이 차라리 화 변호사님보단 더 인간적이었다는 생각이 들 정도입니다."

화미령은 리큐어를 한 모금 들이켜고는 맛을 음미하듯이 천천히 삼켰다. 그 상태로 한동안 말이 없었다. 어떤 판단을 하려는 것 같았다. 고진도 화미령의 판단에 시간을 주려는 듯 더 이상 말을 삼가고 조용히 있을 뿐이었다.

마침내 화미령이 입가를 조그맣게 올려 웃은 다음 입을 열었다.

"해운 오빠의 유일한 실수는요."

고진은 화미령의 입술을 쳐다보았다.

"고 변호사님을 죽여 버리지 않은 거예요."

고진은 망치로 불시에 뒤통수라도 맞은 듯이 보드카 잔을 쥐고 잠시 가만히 있었다.

"……무시무시하군요. 그럼 혹시 용해운이 날 죽이려는 생각은 품었었단 얘긴가요?"

화미령이 슬그머니 웃었다.

"고 변호사님은 실은 나한테 이러시면 안 돼요."

"왜요?"

"목숨을 빚졌으니까요."

"……."

"해운 오빠가 언젠가 그랬어요. 아마 처음 광수대 사무실에서 만난 얼마 뒤였을 거예요. 고진 변호사란 자가 신경 쓰인다. 머리가 날카로운 인물이고 우리 일에 방해가 될 것 같다. 일찌감치 없애버려 화근을 잘라 내는 게 좋지 않을까 하고 이야기를 꺼냈어요. 그때 제가 그랬죠. '아니다. 보기보다 어수룩하다. 우리 일을 위협할 만한 사람이 못 된다' 그렇게요. 해운 오빠는 내 말을 그대로 믿고 생각을 바꿔 당신을 가만 놔 둔 거예요."

"……이거야, 내가 모르는 사이에 내 목숨이…… 있다 없다 그렇게 된 거군요."

고진은 속 타는 얼굴로 보드카를 쭉 들이켰다.

"그러니까 제가 구해 준 거라니까요."

화미령은 눈을 찡긋했다.

"전 실은 고 변호사님이 위험한 인물이란 걸 알고 있었다구요."

"……."

"정말이에요. 근거를 대 볼까요? 압상트에서 강태수의 메시지를 받을 때도 원래 계획은 그거였어요. 일단 내가 강태수의 휴대폰을 가지고 있는 거예요. 기억나세요? 이유현 경감님이 가게에 들어오기 전에 전 잠깐 화장실을 다녀왔죠. 그때 강태수의 휴대폰을 꺼내서 제 휴대폰으로 별장으로 와 달라고 메시지를 보내는 거죠. 10분마다 알림음이 울리도록 해놓고요. 그러고는 자리로 돌아와요. 잠시 후 메시지 알림음이 들리면 백에서 휴대폰을 꺼내 메시지를 보고 놀라는 척하면서 고 변호사님한테 보여 드리는 거예요."

"흠…… 꽤 간편한 계획인데 왜 안 하셨죠?"

"만에 하나 발신지 기지국 추적을 하면 강남이라고 나오니까요. 그러면 제가 의심을 살 수 있잖아요? 경찰이 보통은 통화 내역 조회만 하지 기지국까지 확인하진 않지만, 고진이란 위험한 인간이 있으니까. 이 사람은 거기까지 의심해 볼지도 모른다. 그 때문에 안 한 거예요. 그래서 강태수 휴대폰은 해운 오빠한테 줬어요. 강서구청 쪽에서 저한테 메시지를 보내도록. 제가 화장실에 갔을 땐 제 휴대폰으로 해운 오빠만 쓰는 대포폰으로 발신하고 끊기만 했어요. 그러면 10분 뒤에 강태수 휴대폰으로 메시지를 보내오기로 얘기되어 있었거든요.

아니나 다를까, 기지국 추적을 하셨더군요. 생각을 바꾸길 잘했죠? 어차피 해운 오빠야 완벽한 알리바이가 있으니 안전하고."

"하여간…… 철저하네요. 인정머리 없을 만큼."

"내 수를 펼치기보단 상대를 읽는 게 먼저니까요."

승리한 바둑 고수가 고개를 늘어뜨린 상대에게 건네는 오의가 담긴 한 마디 같은 대사를 던진 후 화미령은 리큐어를 쭉 들이켰고, 고진은 가볍게 한숨을 쉬었다.

"……등골이 서늘하네요. 제가 이 반장한테서 암호문을 받아가지고 있단 얘기를 화 변호사님한테 늦게 했기 망정이지, 일찍 알았다면 제가 임인건 대신 배스솔트를 마시고 등신이 되었겠군요. 아니면 이미 죽었거나."

"글쎄요, 그 얘길 들었대도 해운 오빠한테 이야기하지는 않았을지도 몰라요. 제가 고 변호사님한테 보여 달라고 할 수도 있는 건데, 굳이 살인마 오빠를 끌어들여 법조계에 얼마 없는 멋쟁이를 한 명 줄일 필요는 없으니까요. 어때요? 인정머리 없진 않죠?"

화미령이 코를 찡긋했다.

"가정으로 선심 쓰는 거야 뭐, 그다지 고맙진 않네요."

고진은 시큰둥하게 말했다.

"그럼 전용해는 어땠습니까?"

"전용해 할아버지도 고 변호사님을 의식하긴 했죠. 해운 오빠하고는 좀 다른 방향으로 말이죠. 할아버지는 고 변호사님이 위험하다고는 생각하지 못했어요. 단지 백백교 사건을 수사 중인 광수대의 이유현 경감하고 절친한 사이란 걸 알고는 경찰의 수사상황을 알고 정보를 빼내기 위해 고 변호사님을 필요로 했던 거죠. 그래서 굳이 나하고 짝을 이뤄 사건 의뢰도 만들어 붙였고요. 그 의뢰를 빌미로 내가 항상 고 변호사님하고 같이 있으면서 흘러나오는 정보를 접할 수 있도록. 그런데 생각보다 그건 효과가 적었어요. 공과 사의 구분인가요? 좀 재미없더라고요. 이 경감님한테서 경찰의 수사정보는 별로 흘러나오지도 않았고, 고 변호사님도 굳이 무리하게 캐묻지도 않더군요. 그래도 혹시 하는 마음에 계속 접촉은 했지만요."

"그래도 상당한 효과를 보시지 않았나요? 이를테면, 나하고 이유현 경감이 있는 자리에서 외부에 공범이 있지 않을까 하는 엉뚱한 얘길 꺼내 자연스럽게 경찰 내부에 범인이 있지 않나 하는 의심을 불어넣는다든가."

"후후. 그랬죠. 뭐 생각보다 잘 먹히진 않았지만."

화미령은 마치 동창회에서 예전의 추억을 떠올리며 그리워하는 듯한 표정을 지었다. 즐거워하는 화미령과 대조적으로 고진이 약 오른 얼굴로 말했다.

"그리고 또 있죠."

"또 있었나요?"

"본인이 해 놓고도 기억을 못 하시네요. 화 변호사님의 그 엉뚱한 힌트 덕분에 전 이미 아기 때 죽은 용해운의 형이 또 다른 대원님이 아닐까 하는 가설까지 세웠지 않습니까. 그건 화 변호사님이 의도한 부분은 아닌 거 같지만……."

"아! 그거요."

화미령은 갑자기 허리가 휘어질 듯 웃었다.

"하긴 저도 거기까지 가실 줄은 몰랐어요. 용해운의 형이 살아남아 어쩌구 하는데 정말 웃겨 죽는 줄 알았어요."

"제길, 난 정말 바보였네요."

고진은 주먹을 쥐고 테이블을 가볍게 내리쳤다. 화미령은 웃음을 힘겹게 거두고서 말했다.

"미안. 고 변호사님을 비웃는 건 아니에요. 그냥, 그 상황이 웃기지 않겠어요? 실은 그때 고 변호사님이 귀여워 보이기까지 했는걸요. 제 마음을 얻기 위해 그럴듯한 공상을 그려낸 고 변호사님 뇌의 편향이라고 이해하겠어요. 그럼 뭐 고 변호사님도 나도 기분 좋은 일 아니겠어요?"

"난 이번 사건에서 광신을 비웃었지만 실은 이런 것도 일종의 광신인지 모르겠습니다. 나중에는 말도 안 된다고 생각했지만 그 자리에선 미령 씨 편에 서느라 그랬는지 그런 말도 안 되는 논리를 나도 모르게 줄줄 펴고 있었어요. 어쨌든 난 정말 바보였습니다."

"그래도 고 변호사님이니까 그만큼 추리해서 사건의 실체에 가 닿은 거잖아요? 다른 사람? 어림도 없죠. 난 처음부터 알아봤다구요."

"용해운한테는 어리숙하다는 인물평을 하셨다면서요."

"내가 정말 그렇게 생각해서 그런 말을 했다고 생각해요?"

"그럼 아닌가요?"

화미령은 말없이 미소를 지었다. 고진의 눈썹이 치켜올라갔다.

"설마, 날 살려 준 겁니까?"

"그렇다니까요. 아까 얘기했잖아요."

"왜입니까?"

"고 변호사님을 좋아해서라고 해 두죠."

"후후."

고진은 씁쓸하게 웃었다.

"듣기 좋은 소리지만, 아무래도 그게 아닌 것 같다고 저 밑바닥에 남아 죽어 가는 이성이 마지막으로 소리치는군요. 어차피 용해운은 화 변호사님한테는 마지막에는 어떤 형태로든 제거되어야 할 인물이었으니까. 그 역할을 그나마 백백교의 실체가 가장 가까이 다가가고 있던 나한테 맡겨야 하니까. 아닙니까?"

"정말 여자의 마음을 너무 몰라 주네요."

화미령은 눈을 흘겼다.

"한 가지 더 제 추측이 있는데, 확인해 주시겠죠?"

"뭐죠?"

"저하고 이 반장이 진상화 할머니를 찾아갔을 때, 할머니는 한때 동거했던 이대철, 그러니까 백백교주 전용해가 20여 년 전에 죽었다고 이야기했거든요. 그런데 분명히 이건 거짓말이었단 말이죠. 다른 건 다 진실이었는데. 그 할머니가 그 시점에 그런 식으로 거짓과 진실을 나누어 말해야 할 이유는 없었거든요. 이것도 화 변호사님이 손을 쓴 거 아닙니까? 우리가 할머니를 찾아갈 거란 걸 아셨을 테니."

화미령은 고개를 까딱했다.

"고 변호사님 추측대로예요. 고 변호사님이 용해운의 호적을 떼고, 이모를 만나러 같이 가자고까지 했잖아요. 해운 오빠의 직계를 조사한다는 걸 알았으니까 대책을 세워야 했죠. 곧 전용해 할아버지와 직접 동거했던 진상화 할머니에게까지 이를 거였으니까요. 고 변호사님이 전용해 할아버지가 용문산에서 죽지 않고 살아 남았다는 확신을 가지고 뒷조사를 하기 시작했으니 그 조사를 막을 수야 없지만 딴 건 몰라도 전용해 할아버지가 지금껏 살아 있다는 사실만은 숨겨야 했어요. 절대로 실수해선 안 될 부분이었죠. 그래서 딱 한 가지만 거짓말을 하시라고 훈련시켜 놓고 왔어요. 여든 된 할머니에 이것저것 복잡한 거짓말을 시켰다간 더 헷갈려서 일을 망칠 수 있으니까요. 진상화 할머니한테 그랬어요. 누군가 찾아올지 모른다. 딴 건 기억대로 이야기해도 좋지만 대신 이대철이 죽었다고만 이야기해 달라. 쉬웠어요. 아, 덤으로 한 가지만 더 부탁했네요. 첨 만났을 때 이대철이 늙수그레하더라 하는 이야기도요. 그래야지 세상에 43세로 위장된 전용해 할아버지의 나이와 맞아 들어가니까요. 생활비를 좀 얹어 드렸더니 아주 좋아하시더군요."

"여든 먹은 노인이니 현실적으로 가능하고 꼭 필요한 딱 한 개의 거짓말만 시킨다…… 이런 발상은 아무나 할 수 있는 게 아니죠. 역시."

고진은 질렸다는 듯 고개를 설레설레 저었다. 그러고는 다시 물었다.

"화 변호사님은 용해운과 달리 백백교의 수천억 채권 따위를 믿지 않았어요. 소박하다고 표현하면 웃기지만 어쨌든 화 변호사님의 목표는 처음부터 전용해의 재산이지 않았습니까?"

"맞아요. 소박한 목표였죠. 해운 오빠처럼 헛꿈 꾸거나 하지는 않았어요."

"그래서, 대체 화 변호사님이 왜 이런 일을 벌여야 했는지 이해가 안 갑니다. 전용해가 아무리 정정하다 하더라도 이미 90이 훌쩍 넘은 몸입니다. 얼마 안 가 명을 달리할 것이고, 화 변호사님은 가만히 있어도 자연스럽게 상속할 수 있지 않았습니까?"

"안타깝게도 내가 전용해 할아버지의 손녀란 게 호적에 드러나지 않잖아요? 전용해 할아버지는 철저히 신분을 은폐해 살아왔죠. 할아버지 자신도 호적에 이름이 없고 그 아들이자 내 아버지인 진성모 씨도 바람같이 이리저리 여자를 건너뛰며 떠돌아다닌 탓에 아무도 자신의 호적에 올리지 않았으니까요. 용해운도 저도."

"호적은 없지만 전용해가 미령 씨 앞으로 유언장을 만들어 주었잖습니까? 그래서 이렇게 전용해 사후에 재산을 모두 물려받았고. 유산이 목적이었다면 굳이 그 백백교 사건에 개입하실 필요가 있었습니까?"

화미령이 생각만으로도 질린다는 듯 고개를 절레절레 저었다.

"전용해 할아버지가 얼마나 지독한 인물인지 아시잖아요. 핏줄이라는 이유만으로 그냥 재산을 물려줄 사람이에요? 내가 그 상자를 찾아주면 전 재산을 나한테 물려준다는 유언장을 써 주겠다는 거예요. 전 그 유산을 상속받기 위해서는 있는 힘을 다해서 상자를 찾아내야 했거든요. 물론 전용해 할아버지는 저한테도 그게 일본 채권이라고 속였고요. 물론 그 말을 믿지는 않았지만, 설마 사람의 쓸개를 모아 놓은 걸 줄이야 저도 모르긴 했어요. 하여간 자기 몸 생각은 엄청 하시는 분이라니까. 전용해 할아버지는 그놈의 쓸모없는 쓸개 상자를 거머쥔 다음에야 저한테 그런 유언장을 써 주었어요.

지난번에 고 변호사님이 그랬죠? 암호문을 푼 다음 그걸 건네주는 조건으로 할아버지한테 자기를 상속인으로 지정해 달라고 요구할 거라고. 그땐 속으로 깜짝 놀랐어요. 나하고 같은 생각을 한 인간이 또 한 명 있구나 하고요."

"미안……했네요. 남의 떡을. 본의는 아니었습니다."

고진은 미안하지 않은 얼굴로 가볍게 고개를 숙였다.

"상자를 파낸 날 저녁, 고 변호사님은 저한테 김성노 할아버지의 포천 별장이 어딨냐고 전화로 물었죠. 전 북부지법에 재판이 있다고 했지만 실은 포천 별장에서 그 유언장을 건네받고 막 돌아가는 중이었어요. 아무튼, 그러니까 그 유언장을 할아버지한테서 받아 낸 건 아주 최근이라고요. 그리고 곧 돌아가시는 바람에 이렇게 귀찮은 변호사 생활을 정리할 수 있게 되었죠."

"그렇군요…… 역시 그런 거였습니다. 용해운에게 독이 든 물을 건네 직접적으로 손을 쓴 사람은 전용해의 가사도우미가 아니라 화 변호사님이었죠? 두 번째 천원금광에 들어갔을 때 아마 화 변호사님은 용해운과 같이 왔거나 나중에 뒤따라 들어왔을 겁니다. 용해운이 이 반장과 나를 기절시키고 상자를 빼앗았을 때, 화 변호사님은 배다른 오빠에게 다가가서 독이 든 물을 건넸겠죠. 동굴 안에서 한바탕 활극을 벌이고 목이 말랐던 용해운은 시원한 얼음물을 벌컥벌컥 들이켜고 그 자리에서 즉사했습니다. 그렇게 염원하던 상자를 한 번 열어 보지도 못하고요. 화 변호사님은 그 상자를 곧장 전용해에게 가져다 주었고. 그 대가로 바로 그 자리에서 유언장을 받아낸 것이군요…… 뭐 용해운 같은 악귀를 죽인 걸 갖고 그래도 사람의 목숨인데, 하며 이러쿵저러쿵 착한 척하지는 않겠습니다. 어차피 증거도 없는 이야기고요."

"이래서 고 변호사님이 좋다니까요."

화미령이 빙그레 웃었다.

"그래도 해운 오빠를 악귀로 표현하다니 의외네요. 살인 같은 거엔 익숙하신 줄 알았는데."

"용해운의 다른 살인 행각도 그렇지만 반요한에게 한 짓을 생각하면 잔인하단 실감이 나더군요."

"반요한?"

화미령은 미간을 좁혔다. 이름을 떠올리려 노력하는 모양이었다. 화미령은 이내 가볍게 말했다.

"……뭐 보기에 따라선 그렇게 생각하실 수도 있겠네요."

고진은 양복 호주머니를 뒤져 담뱃갑을 꺼내 담배를 한 개비 뽑아 들다가 이곳이 공항 라운지임을 뒤늦게 깨닫고 스스로 흠칫 놀라서 그만 두었다.

"또 하나, 이건 차마 물어보기 두려웠습니다만……."

"뭐예요? 사람을 저급한 백백교도로 만들어놓고 또 뭐가 두려우실까?"

"용해운에게는 사람의 마음을 현혹시키는 특별한 재능이 있었죠. 자신이 가로챈 사람의 마음을 철저히 조롱하는 냉혹함도 있었고요. 물론 그자는 마음이 빠져 버린 사람 따위는 나무토막 이상으로 생각하지 않았을 겁니다. 실제로 눈앞에서 벌어진 연속 살인, 그리고 자신을 따르던 교도들을 무자비하게 이용하고 내버린 얼음장 같은 이성. 용해운은 여순철을 밀실에서 감쪽같이 살해해서 경찰의 추적을 따돌렸고, 흔적도 남기지 않고 일본에서 안병조를 살해해서 끈을 손에 넣었지요. 그리고 완벽하게 알리바이를 가진 채 김성노의 별장에서 대량 학살극을 벌였습니다.

그런데, 이런 사건에는 전용해나 용해운이 가진 것과는 또 다른 재능이 필요해 보입니다. 뛰어난 범죄적인 두뇌 말이지요. 물론 성질이 다른 두 가지 재능이 용해운이라는 한 사람에게서 발현될 수도 있겠습니다만, 노래 잘하고 미녀이기까지 한 사람이 잘 없듯이 그건 드문 경우일 겁니다…… 혹시, 이 일련의 사건들은, 용해운이 아니라 화 변호사님이 만들어 낸 건 아닐까요? 물론 김성노 별장의 살인에서 약간의 역할을 한 것 말고는 절대로 전면에 나서거나 범행의 실행에 개입하지는 않았겠죠. 그랬다가는 어떤 형태로든 신상이 노출될 위험이 있고, 만약 백백교 집단이 검거되기라도 하면 같이 무너지는 거니까요. 제가 아는 한 세상에서 가장 용의주도한 어떤 여성분이 그럴 리는 없습니다. 게다가 그분은 대략 눈코 뜰 새 없이 바쁜 로펌 소속 변호사이기도 하지요. 하지만 물적 도움을 주거나 범죄의 실행을 분담하는 일은 않는다 하더라도 범죄의 치밀한 계획을 세우는 건 자신의 안전을 위해서도 필요했을 겁니다. 말하자면 완벽한 범죄 플랜을 전달만 하는 역할은 할 수도 있단 것이죠."

고진의 말이 이어지는 내내 화미령은 심드렁해 있다가 마침내는 노점상의 허접한 물건에 잠시 관심을 빼앗겨 시간을 내버린 사람처럼 억울하다는 표정으로 고진을 빤히 쳐다보았다.

"그런 문제를 꺼내시다니 고 변호사님답지 않네요. 그런 게 중요해요? 촌스럽게 죄니 벌이니 하는 문제를 따지려는 거예요? 그렇게 따지면 어느 쪽이든 공동정범이고 법률상은 똑같이 평가받잖아요?"

"그냥 저 개인의 호기심이라고 생각해 주십시오."

"그게 참…… 남자들은 참 어리석어요."

화미령은 허리를 쭉 펴더니 긴 다리를 바꿔 꼬았다.

"예?"

고진의 입이 살짝 벌어졌다.

"여자들의 악에는 한계가 있을 거라 지레 짐작해 버려요. 남자란 종족은, 대수롭지 않은 걸로 욱해서는 워워 짐승 소리 내면서 사람을 난자하는 원시적인 범죄밖에 못 저지르면서 그게 대단한 건 줄 아나 봐요."

"이건 뭐…… 새로운 시각의 페미니즘이군요."

고진이 허탈하게 말했다. 그러고는 잠깐 후 생각을 떨쳐버리듯 고개를 흔들었다.

"정말 난 등신인 것 같습니다."

"어머, 왜 갑자기 자학 모드?"

"지금도 화 변호사님한테 매력을 느끼는 이 괴상망칙한 센서가요. 전용해 가문의 전통을 충실히 이어받아 법과 도덕을 가뿐하게 밟아버리는 희대의 범죄자이자, 모두가 악마라고 두려워하던 용해운을 가볍게 해치워 버린 초일류 살인자인데도요. 제 뇌가 어디에선가 단단히 고장 난 모양입니다."

화미령이 웃었다.

"과격한 표현에 감사해야 하나요? 어쨌든 저한테 목매실 필요 없어요. 류경아 씨 있잖아요. 그 여자 분은 고 변호사님을 꽤 좋아하는 것 같던데."

"류경아……?"

고진은 눈을 들어 창밖의 먼 곳 어딘가에 초점을 맞추었다.

"좋은 여자죠. 화 변호사님의 연기를 혹시 류경아였으면 간파하지 않았을까 하는 생각도 들더군요. 류경아 같은 여자가 내 옆에 있어야 하는 건지도 모르죠. 아니, 꼭 나한테만이 아니죠. 모든 남자에게 엘도라도 같은 여자라고나 할까요."

"그러면 잘 해 보세요."

화미령이 빈정거리듯 말했다.

"하지만 그것도 다이아몬드 광산을 발견하기 전까지죠. 엘도라도는 금광이잖아요."

"다이아몬드?"

화미령은 나직이 웃었다.

"후훗, 고마워요. 다이아에 비유해 줘서."

고진은 품에서 상의 윗주머니를 뒤적뒤적 하더니 조그만 물건을 꺼내 화미령에게 내밀었다.

"이게 뭐예요?"

동그란 모양의 물건을 받아든 화미령의 얼굴이 환해졌다.

"어멋, 다이아잖아!"

화미령은 커다란 다이아 알이 백금에 박힌 반지를 들고 어린아이처럼 좋아했다.

"다이아 이야기를 하더니 바로 다이아를 꺼내 주시네. 정말 산타

클로스 같아요, 고 변호사님은. 이거 나 주는 거죠?"

"예, 화 변호사님 주는 겁니다."

"이건 뭐죠? 프러포즈?"

"설마요. 내 목숨이 여러 개도 아니고. 그건 작별 선물입니다. 아니, 어쩌면 원래 화 변호사님 거라고도 할 수 있어요. 2캐럿이고, 1억 원짜리 다이아예요. 김성노 영감님한테서 받았던 의뢰비 1억. 그것도 원래는 화 변호사님이 상속할 재산이었죠. 그걸 돌려 드리는 거라고 생각해 주세요. 출국장 보안대도 통과한 물건이니 그냥 가져가시면 됩니다."

"후훗, 고마워요."

화미령은 반지를 핸드백에 집어넣고서 슬쩍 덧붙였다.

"백백교의 피 묻은 돈은 갖기 께름칙하다는 건지 모르지만, 어쨌든."

고진은 움찔했다가 이내 양팔을 쓱 벌렸다.

"이런, 뒷골목 변호사가 그렇게 가녀린 사람이겠습니까?"

"그럼 뭐라고 생각할까요?"

"뭐랄까요, '내 청춘의 마지막, 다이아에 실어' 정도로 해석해 주시죠."

화미령이 입가에 미소를 띠었다.

"……참 아쉽네요."

"아쉽다고요? 뭐가요?"

"외국에 나가면 고 변호사님 같이 재밌는 남자를 당분간 못 만날 것 같아서요."

고진은 대꾸하지 않았다.

화미령은 핸드백 끈을 어깨에 올리며 일어섰다. 고진이 그녀에게 가볍게 손짓을 했다.

"안녕."

화미령도 손을 두 번 흔들고 일어서서 라운지를 걸어 나갔다.

27

이유현은 거의 고진의 목을 조를 뻔했다.

"화미령이 공범인 걸 알면서도 그냥 보냈다고요! 대체 뭐한 겁니까!"

분을 이기지 못한 이유현은 고진의 양팔을 꽉 쥐었다. 강남구청 역 뒷길을 지나던 사람들 몇몇은 낙엽 뒹구는 가을날 오후에 멀쩡한 양복쟁이 남자 둘이 대로 한복판에서 벌이는 서툰 촌극을 지켜보았다.

"이럴 줄 알고 그랬어."

고진이 차분하게 이유현의 팔을 떼어냈다. 이유현은 흥분을 가라앉히지 못했다.

"이 경감님 참으세요. 고 변호사님은 이 경감님을 생각해서 그런 거예요."

류경아가 아직 덜 떨어진 이유현의 나머지 팔을 고진에게서 떼어

내며 말했다. 두 남자가 마침 자신의 집 근처에 왔다고 부르기에 무심하게 나왔던 류경아로서는 생각지 못하게 싸움을 말리는 곤욕을 치르는 중이었다.

"내 생각을 했다고요? 화미령한테 아직 미련이 있어서 그런 거겠죠."

고진이 뻣뻣하게 선 채로 말했다.

"아무 증거가 없어. 정의감만으로 체포해 봤자 영장을 받을 수도 없고 기소도 안 돼. 또 정직 먹을 게 뻔해. 아니, 두 번째니까 더한 걸 먹을 수도 있어."

"아무리 그래도!"

"그러면 어쩔 건데."

고진이 목소리를 확 낮추었다.

"어쩔 거긴요…… 어쩔 거냐면……."

이유현의 말이 줄어들다가 사라졌다. 그리고는 영 침울한 낯빛으로 말이 없어졌다. 쉽게 달아오르는 만큼 쉽게 식어 버리는 이유현이었다.

"아유, 모처럼 휴일에 차 한잔하자고 불러내곤 이게 뭐예요. 이 경감님, 빨리 어디 들어가서 머리나 식혀요."

류경아의 제안으로 세 사람은 길 뒤편 2층 커피숍에 들어가 자리를 잡았다. 커다란 관엽 식물이 칸막이를 대신하는 조용한 장소였다.

이유현은 자리에 앉자 곧 평정을 회복한 듯했다. 고진이 늘어놓는 이야기에 몰입한 덕분이 컸다.

"이제 다 알 것 같네요. 김성노 별장에서 셋이 몰살당한 사건의 진상도. 그리고 용해운의 죽음도."

이유현은 팔짱을 끼고 차분하게 말했다. 고진의 설명을 듣느라 그 앞에 놓인 커피는 차디차게 식어 있었다.

"어쩐지 이상하더라니. 며칠 전 김성노의 가사도우미를 찾아냈어요. 알고 봤더니 몽골인이더군요. 김성노의 별장에서 왜 도망쳤냐고 하니 비자 기간이 오래전에 만료된 상태라 들통 나면 바로 출국당할까 봐 그랬답니다. 경찰이 별장에 찾아온 걸 보고서 놀랐던 거죠. 리무진은 도망치려고 운전해 간 거지 훔친 게 아니라면서 막 울데요. 리무진은 실제로 경기도 장호원 어느 구석에 버려 놨더군요. 한국에 온지 오래 됐지만 한국말이 서투르니까 입을 열면 들통날까 봐 말을 거의 하지 않았고, 한국말도 완벽하게 못 알아들으니 그냥 귀가 좀 안 들린다 하고 살았던가 봅니다. 숨어서 돈 벌 데가 필요했던 그 아줌마와 하루 종일 조용히 수발을 들어 줄 사람이 필요했던 김성노와는 서로 필요가 딱 들어맞았던 거죠. 독이 든 물을 전달해 동굴에서 용해운을 죽이지 않았냐고 물었더니 펄쩍 뛰었어요. 연기인 줄 알았는데, 범인이 따로 있었네요. 바로 화미령이었단 말이죠……."

고진은 무언가를 납득한 듯 고개를 끄덕끄덕했다.

"그 아주머니가 나를 볼 때마다 상당히 경계를 하길래 이상하다 싶었지. 불법 체류 상태라 낯선 사람을 경계한 거였어. 역시 여성이 나한테 적대감을 품을 리 없지."

어이가 없어진 류경아는 옆의 이유현을 돌아보았지만 그는 별 반응이 없었다. 이유현은 고진의 착각을 고쳐 더 나은 남자로 만드는

데에는 별 관심이 없음이 분명했다.

"그럼…… 한 가지 문제만이 남았네요."

"뭐더라?"

"안병조를 누가 죽였는지, 그리고 반요한은 또 누가 죽였는지 하는 거요. 물론 배후는 용해운이지만 범죄의 실행을 누가, 어떻게 했는지가 미스터리예요."

"그거? 반요한이 죽은 사실은 용해운은 알지도 못했어. 분명해."

고진이 단정적으로 말했다.

"모르고 있었다구요?"

이유현이 커다란 음성으로 물었다.

"내가 그날 교회에서 용해운과 직접 대면해서 확인해 봤어. 용해운이 그런 걸 갖고 구차하게 연기할 인물도 아니고, 그럴 이유도 없어. 용해운은 반요한을 죽이지도 않았고, 죽은 사실도 몰랐어. 그때까지는."

이유현은 거의 펄쩍 뛰다시피 했다.

"그게 무슨 소립니까? 반요한을 죽인 범인이 용해운이 아니라니?"

"죽은 사실도 몰랐으니 죽인 건 당연히 아니겠지."

"이게 설명이 되나요? 안병조야 그렇다치고, 용해운이 아니면 누가 반요한을 죽입니까? 설마 화미령이 반요한을 토막 낸 건 아닐 거고."

"당연히 아니지. 화미령은 차갑지만 잔인하지는 않아."

고진의 말에 류경아가 입을 삐죽 내밀었다.

"아직도 화미령 변호사를 두둔하고 싶으신가 봐."

"그런 건 아닌데."

고진이 민망한 듯 커피 잔을 들어 마시는 척을 했다.

"말해보세요. 그럼 안병조는 어떻게 된 겁니까?"

이유현이 재촉했다.

"안병조를 죽이고 반요한을 죽인 자는 동일인이 아니야."

"동일인이 아니다? 그럼 용해운 말고 제3, 제4의 공범이 있다는……?"

"아니. 용해운이 모든 걸 조종한 건 맞지."

"그럼 반요한은요?"

"용해운은 우리가 돌멩이를 던지다가 개구리를 죽여도 의식 못 하는 것과 마찬가지 상태였을 거야."

"고 변호사님. 그만 돌리고 이젠 속 시원히 말 좀 하세요."

류경아가 고진을 나무랐다.

"류 사장이 저런 말 할 정도면 형님이 얼마나 심한지 아시겠죠?"

이유현도 덩달아 비난의 눈빛을 보냈다.

"아니, 이야기엔 순서가 있고, 흐름이 있는 건데……."

"어서 이야기하세요."

"말 하시죠."

류경아와 이유현이 거의 동시에 말했다.

"알았어, 알았어. 성미들이 급하군."

류경아가 눈을 흘겼다. 고진이 뜨끔해서 말했다.

"안병조는 반요한이 죽였어. 물론 용해운의 명령을 받아서지."

"반요한이요? 그가 어떻게?"

이유현이 물었다.

"뭘 어떻게야. 범인은 반요한일 수밖에 없잖아."

"그때 공항, 항만 다 봉쇄했어요. 심지어 밀항까지도. 아니, 그것보다 반요한은 한국에서 토막 시체로 발견되지 않았습니까."

"아, 알겠다. 그 시체가 반요한인가 하는 사람의 것이 아니라고 생각하시는 거죠?"

류경아도 자못 궁금한지 턱을 내밀고 물었다.

"아니. 맞아. 그건 틀림없는 반요한의 시체였어. 과학적으로 검증된 건데. 아니, 그렇지 않더라도 그 상황에서 그 시체는 반요한이어야만 해."

이유현이 눈을 부릅떴다.

"말 빙빙 돌리는 거 슬슬 짜증나는 상황입니다. 오늘…… 어떤지 알죠?"

고진이 찔끔하더니 말을 이었다.

"간단해. 처음에 공항에서 출국하려다 걸렸던 인물은 인상착의로 봐서 김각수였던 것 같지만 그게 께름칙했던지 그 후에 임무 수행자를 바꾼 모양이야. 반요한이 결국 용해운의 명을 받들어 일본에 건너가서 안병조를 목 졸라 죽였어. 김각수가 건너갔더라면 아마 특기인 칼을 썼을 거야. 아, 김각수라면 그 체구로 보아 일본에 가지 못했을지도 모르겠군. 그 때문에 반요한으로 바꾼 건지도 몰라. 임무를 완수한 반요한은 다시 한국으로 온 거야. 그리고 죽였지."

"그러니까 어떻게 일본에 가느냐고요."

이유현이 테이블에 양손을 짚고 답답한 듯 말했다. 류경아도 항의하듯 얼굴을 쑥 내밀었다.

"여름이었잖아. 그러니까 가능했어."

이유현이 숫제 이를 악물었다.

류경아는 주먹을 쥐고 고진의 팔을 때렸다.

"어휴, 정말. 여름이니까 어쨌다는 거예요?"

고진이 찔끔해서 말했다.

"헤엄쳤어."

"뭐라고요?"

"네에?"

이번에도 이유현과 류경아가 거의 동시에 말했다.

"배, 비행기 다 막혔으면 수영해서 건너는 수밖에 없지."

"그게 말이 됩니까!"

이유현이 버럭 성질을 내듯 말했다.

"물론 말이 안 되는 소리고 상식 밖의 일이야. 하지만 백백교였기에 가능했어. 교주의 말 한 마디가 신의 복음이자 명령이던 이 백백교 안에서는 말이야. 신체가 남달리 건장한 반요한이었어. 아마 옛날엔 운동도 꽤 했다지?"

"……."

이유현은 더 이상 따지고 들 수 없었다. 백백교니까.

"부산에서 대마도까지는 50킬로미터야. 한여름 바닷물 정도면 얼어 죽을 일도 없고. 구명조끼를 몸에 두르고 오리발이라도 하나 신으면 해볼 만하지 않아? 물론 목숨은 걸어야지. 대마도로 가까이 갈수록 파도가 좀 거칠어진다더군. 어때? 거친 풍랑에도 오직 교주님 말씀을 지켜야 한다는 종교적 열정 하나로 필사적으로 팔다리를 허우적거리며 헤엄쳐 바다를 건너가는 숭고하고 거룩한 장면이 떠오르지 않아?"

"어쩜……."

류경아는 질려 버린 얼굴로 말을 잇지 못했다.

"수영복 속에 비닐에 싼 엔화 정도는 바느질해서 끼워넣어 줬겠지. 일본으로 헤엄쳐 건너간 반요한은 교토까지 거슬러 올라가 안병조를 해치웠어. 끈을 국제우편으로 남기만에게 보낸 다음 다시 남으로 내려왔지. 여권이 없으니까 다시 대마도에서 헤엄쳐 부산으로 건너오려고 했어. 그런데 이번엔 기운이 다했든지, 아니면 폭풍을 만났든지 했을지 몰라. 아마 그 무렵 몇 차례 여름 태풍이 있었지? 휩쓸렸겠지."

"그럼 토막이 난 건?"

"죽은 채로 이리저리 떠다니다가 배의 스크루에 걸려 작살이 나버린 걸 거야. 물론 구명조끼니 오리발이니 하는 것도 같이. 토막 난 시체 중 몸통만이 흘러흘러 낙동강 하구로 들어갔다가 을숙도 갈대밭에 걸려 발견된 거야. 우연히 박진우 형사의 토막 시체와 비슷한 곳에서 발견되는 바람에 착각이 생겼는데, 실은 경로가 달랐어. 박진우 형사는 낙동강 위쪽에서 살해돼서 강에 버려져 하구로 흘러 내려간 거고, 반요한은 바다에서 토막이 난 뒤 역류하는 바닷물을 타고 낙동강 하구로 몸통만이 흘러 들어간 거지. 바닷물이 하도 거꾸로 흘러들어 가서 하구에 둑까지 쌓은 낙동강이야. 이런 시체의 이동경로는 자연스럽다고 해야겠지."

짧은 침묵이 흘렀다.

"……너무 불쌍해요."

류경아가 눈썹을 찡그렸다.

"용해운은 반요한을 일본에 보내서 안병조를 죽이고 끈을 얻는 것만이 목적이었어. 그 뒤에 반요한이 돌아오든 말든 아무런 상관도 관심도 없었지. 반요한은 교주의 무관심 속에 날씨도 살피지 않고 헤엄쳐 건너오다 대양 한가운데서 외로이 최후를 맞이한 거야. 아마 반요한은 최후까지 꼭 교주님의 용안을 다시 보겠다는 종교적 갈망에 사로잡혀 죽을힘을 다해 허우적댔을 거야. 하지만 그에게 길을 인도하는 밤하늘의 별이었던 용해운은 일찌감치 문을 닫고 배신의 장막을 드리우고 있었어. 글쎄…… 어떨까. 믿음에 경중이 없다면, 그런 것도 열반이고 순교라고 해야 할까?"

"……."

이유현은 침묵했다. 류경아도 커피 잔을 놓고 시선을 아내로 내린 채 말이 없었다. 뭐라 딱히 할 말도 없고 대꾸할 거리도 없는 이야기인 모양이었다.

류경아는 문득 양팔로 자기 몸을 감쌌다.

"좀…… 갑자기 추워졌어요."

커피숍의 난방기가 사람들의 볼을 빨갛게 데우고 있었다.

고진은 항상 술에 취하기 위해 압상트에 들렀다. 들르기 전에 취한 적은 없었다. 그런데 오늘 압상트의 문을 열고 들어온 고진은 조금 비틀거리고 있었다. 고진은 전혀 취하지 않은 척 애쓰는 듯 보였지만 고진에게 다가간 류경아는 고진의 입에서 나는 알코올 냄새를 맡았다.

"그렇게 억지로 무릎을 모으고 새처럼 걸으려 하지 않아도 돼요. 취한 거 이미 다 들통 났으니까요."

쳇, 고진은 혀를 차며 늘 앉던 카운터 앞 대신 구석 자리를 차지했다. 류경아는 아르바이트생에게 다른 손님을 상대하도록 눈치를 주고는 고진의 옆자리에 가 앉았다. 고진은 가을 코트를 안쪽에 던져 놓고는 마치 처음 온 손님처럼 주변을 휘이 둘러보았다.

"오늘은 뭔가 푸르스름한 게 낯선데."

"조명을 티파니블루로 한번 바꿔 봤어요."

류경아는 턱을 괴고 고진을 빤히 쳐다보며 말했다.

"그런데 그거 알아요?"

"뭐."

"바꾼지 몇 달 됐다는 거."

"……그런가."

잠시 후 맥캘란 한 병과 과일 한 접시가 날라져 왔다. 고진은 류경아가 채워준 위스키 잔을 손에 들고 입에 가져가지 않은 채 그녀를 돌아보았다. 류경아는 고양이처럼 선명한 눈망울로 고진을 마주 보았다. 은은한 조명과 뽀얀 화장이 아니더라도 그 시선 하나만으로 취한 남자의 이성 정도는 충분히 하늘로 날려버릴 만했다.

"젠장. 너무 이쁘잖아."

고진은 한입에 술을 털어 넣었다.

"왜 보자마자 욕이야."

류경아가 눈으로 웃으며 입을 샐쭉했다.

"경아 씨, 아니 경아."

"왜요."

"우리 결혼할까?"

풋 하고 류경아가 웃었다.

"왜 웃어?"

"싫어."

"왜."

"당신은 분명히 매력 있어."

"어."

"그런데. 당신이라면"

"어."

"당신하고 살 수 있겠어?"

"……."

고진은 류경아가 건네준 담배에 불을 붙였다.

"……훗, 그렇군."

류경아가 재털이를 밀어 주었다.

"화 변호사하고 헤어져서 그러죠?"

"우리가 언제 사귀었나?"

"원사이드란 것도 있으니까요."

"그런 의미라면…… 헤어졌던가?"

류경아는 웃으며 일어섰다.

혼자 남은 고진은 위스키를 홀짝거리다가 상의 주머니에서 휴대전화를 꺼내 어디론가 버튼을 눌렀다. 00×로 시작해서 꽤 길게 숫자를 누르는 걸 보니 국내가 아닌 듯하다. 잠시 후 딸깍 소리가 났다.

"여보세요."

여자의 밝은 목소리였다.

"오랜만입니다."

"고 변호사님일 줄 알았어요."

"와아. 역시 미령 씨답군요."

"이곳 홍콩의 투자은행에서 저한테 전화가 왔더군요. 한국 측에서 전화가 왔는데 송금 과정에 문제가 있어 본인과 통화가 필요하다면서. 원래는 가르쳐 줄 생각이 없었어요. 송금 과정에 문제가 있건 없건 내가 그쪽 은행과 통화할 볼일은 없거든요. 그래도 고 변호사님이지 않을까 싶어 전화번호를 가르쳐 주라고 했어요."

"내가 건 전화인 걸 미령 씨도 알고 있을 거라고 짐작했어요. 아무튼 그건 고맙습니다만……."

"설마 술 마시자고 전화한 건 아닐 테고."

"화상 통화는 몰라도 화상 술자리 같은 건 재미없죠. 용건은…… 실은 한 가지 궁금한 게 남아 있어서요."

"이거 뭐야, 이 밤 시간에. 좀 로맨틱한 일일 줄 알았더니 실망이에요."

화미령의 목소리는 여전히 밝았다.

"미령 씨 목소리 듣는 게 진정한 목적이었다고 해 두죠."

"설마 술 마시고 남자들이 하는 그런 거야?"

화미령의 웃음소리가 가볍게 들려왔다.

"좋아요. 그런데 고 변호사님은 이미 다 알고 계시잖아요."

"끝까지 풀리지 않는 게 하나 있더군요."

"뭐가요? 뭐가 더 궁금할까?"

"미령 씨는 전용해의 유언장을 받아 내기 위해서 정말 번거로운 작업을 해 왔는데요, 사실은 호적이나 유언장이 없어도 간단한 방법이 있지 않았습니까?"

"……."

"전용해가 유언장을 만들어 주지 않는다고 해도 그를 상대로 친 손자임을 확인하는 소송을 하면 되죠. DNA 검사만 하면 되는 소송이니까 보통 두어 달 안에 끝납니다. 그것만 확인되면 전용해가 싫다고 발버둥쳐도 나중에 죽으면 미령 씨한테 유산이 모두 넘어갑니다.

변호사인 미령 씨가 왜 그런 생각을 안 한 겁니까? 또 다른 손자인 용해운이 공동 상속인이지만 절반으로 나눈다 해도 막대한 재산이고, 또 범죄적인 발상으로 이야기한다면 이렇게 여럿 죽이는 소동을 벌이느니 용해운 하나만 처리하면 단독 상속인이 되어 재산을 혼자서 물려받게 됩니다. 그러지 않고서 이렇게 번거로운 일을 대체 왜 한 거죠?"

화미령이 나무라듯 말했다.

"하여간 집요한 사람이야. 그 죽일 놈의 호기심병을 고치지 않는 한 언젠간 비명횡사할지도 몰라요."

"그것도 괜찮습니다. 그러면 사후 세계에 대한 호기심은 풀리겠죠."

호호호. 화미령의 웃음소리가 건너왔다.

"사실 지금부터 할 이야기는 제가 생각해도 좀 재밌네요……."

화미령은 잠시 머뭇거렸다. 왠지 수화기 너머로도 빙그레 웃음을 지은 것을 확실히 알 수 있었다. 화미령은 아마도 말이 막혀서라기보다는 자신이 지금부터 할 말이 스스로도 재밌는 모양이다.

"친자 확인 소송? 그거 DNA 채취해서 하는 거잖아요. 아주 간단하게 끝나죠."

"그러니까 왜 안 했을까 궁금한 겁니다."

"DNA 채취를 하니까 안 한 거예요."

화미령이 잘라 말했다.

"에?"

얼빠진 듯한 소리와 함께 고진의 입이 벌어졌다.

"들통 나니까요."

"……뭐가요."

"난 전용해의 핏줄이 아니거든요."

"에?"

고진이 또다시 바람 빠진 소리를 냈다.

"엄마인 화정숙 여사는요, 다른 남자와의 사이에서 절 낳았어요. 용해운의 아버지 진성모와 동거 중에 속칭 바람을 피운 거죠. 그 아기를 업고 싸움하러 용해운의 엄마인 용여순을 찾아가신 거지만 단지 아기를 봐 줄 사람이 없었을 뿐이에요. 그 아기는 진성모의 핏줄이 아니었어요."

고진은 대꾸를 하지 못했다.

"그러니 용해운도 제 오빠가 아니에요. 그쪽에선 죽을 때까지 그런 줄 알았지만. 물론 전용해도 저의 할아버지가 아니고요. 피 한 방울이라도 섞였어야 말이죠. 중학교 때였나? 전용해 영감님이 찾아왔을 때 그냥 손녀인 척했어요. 돈이 많아 보였거든요. 전용해 영감님은 날 자기 아들 진성모가 낳은 손녀인 줄 철석같이 믿고 학비에 집에…… 결국에는 이렇게 어느 정도 성과를 거두었네요.”

“그랬군…….”

고진은 씁쓸함이 드리운 얼굴로 천천히 위스키 잔을 기울였지만 이미 비어 있었다.

“전용해 영감도 결국 여자에겐 한 방 먹었네요.”

화미령은 가만히 있었다.

“그리고, 또…….”

“또?”

“세상에 나쁜 놈은 백백교주 말고도 하늘의 별처럼 많고요.”

아하하하하하.

화미령은 크게 웃었다. 평소의 그녀답지 않은 호탕한 웃음이었다.

“목숨을 빚진 거 잊지 말아요.”

뜬금없는 말을 남기고 화미령은 전화를 끊었다.

〈끝〉

백백교 사건 참고자료

이문현, 『백백교』, 자유시대사, 1989

전봉관, 『경성기담』, 살림출판사, 2006

유다의 별 (2)

1판 1쇄 펴냄 2014년 7월 4일
1판 9쇄 펴냄 2023년 2월 9일

지은이 | 도진기
발행인 | 박근섭
편집인 | 김준혁
책임편집 | 장은진
펴낸곳 | 황금가지

출판등록 | 2009. 10. 8 (제2009-000273호)
주소 | 06027 서울 강남구 도산대로 1길 62 강남출판문화센터 5층
전화 | **영업부** 515-2000 **편집부** 3446-8774 **팩시밀리** 515-2007
홈페이지 | www.goldenbough.co.kr

도서 파본 등의 이유로 반송이 필요할 경우에는 구매처에서 교환하시고
출판사 교환이 필요할 경우에는 아래 주소로 반송 사유를 적어 도서와 함께 보내주세요.
06027 서울 강남구 도산대로 1길 62 강남출판문화센터 6층 민음인 마케팅부

ISBN 978-89-6017-869-4 04810(2권)
978-89-6017-870-0 04810(set)

㈜민음인은 민음사 출판 그룹의 자회사입니다.
황금가지는 ㈜민음인의 픽션 전문 출간 브랜드입니다.